"神话学文库"编委会

主　编
叶舒宪

编　委
（以姓氏笔画为序）

马昌仪　王孝廉　王明珂　王宪昭

户晓辉　邓　微　田兆元　冯晓立

吕　微　刘东风　齐　红　纪　盛

苏永前　李永平　李继凯　杨庆存

杨利慧　陈岗龙　陈建宪　顾　锋

徐新建　高有鹏　高莉芬　唐启翠

萧　兵　彭兆荣　朝戈金　谭　佳

"神话学文库"学术支持

上海交通大学文学人类学研究中心

上海交通大学神话学研究院

中国社会科学院比较文学研究中心

陕西师范大学人文社会科学高等研究院

上海市社会科学创新研究基地——中华创世神话研究

国家出版基金项目
"十四五"国家重点出版物出版规划项目

神话学文库
叶舒宪主编

文学与人类学之间
维克多·特纳的文化批评建构

VICTOR TURNER AND THE CONSTRUCTION OF CULTURAL CRITICISM BETWEEN LITERATURE AND ANTHROPOLOGY

[美] 凯瑟琳·M.阿什利
(Kathleen M. Ashley) 编

邱玉祺 李永平◎译

陕西师范大学出版总社　西安

图书代号　SK24N2077

Victor Turner and the Construction of Cultural Criticism: Between Literature and Anthropology
by Kathleen M. Ashley
Copyright © 1990 by Indiana University Press
Simplified Chinese language rights licensed from the original English-language publisher,
Indiana University Press

合同登记号：25-2024-213

图书在版编目（CIP）数据

文学与人类学之间：维克多·特纳的文化批评建构／
（美）凯瑟琳·M.阿什利（Kathleen M. Ashley）编；
邱玉祺，李永平译. -- 西安：陕西师范大学出版总社有限
公司，2024.11. --（神话学文库／叶舒宪主编）.
ISBN 978-7-5695-4632-3

Ⅰ.I561.065
中国国家版本馆 CIP 数据核字第 2024U3P475 号

文学与人类学之间：维克多·特纳的文化批评建构
WENXUE YU RENLEIXUE ZHIJIAN: VICTOR TURNER DE WENHUA PIPING JIANGOU

［美］凯瑟琳·M.阿什利　编　邱玉祺　李永平　译

出 版 人	刘东风
责任编辑	王娟娟
责任校对	庄婧卿
出版发行	陕西师范大学出版总社
	（西安市长安南路 199 号　邮编 710062）
网　　址	http://www.snupg.com
印　　刷	中煤地西安地图制印有限公司
开　　本	720 mm×1020 mm　1/16
印　　张	16.25
插　　页	2
字　　数	283 千
版　　次	2024 年 11 月第 1 版
印　　次	2024 年 11 月第 1 次印刷
书　　号	ISBN 978-7-5695-4632-3
定　　价	78.00 元

读者购书、书店添货或发现印刷装订问题，请与本公司营销部联系、调换。
电话：(029) 85307864　85303629　传真：(029) 85303879

"神话学文库"总序

叶舒宪

神话是文学和文化的源头,也是人类群体的梦。

神话学是研究神话的新兴边缘学科,近一个世纪以来,获得了长足发展,并与哲学、文学、美学、民俗学、文化人类学、宗教学、心理学、精神分析、文化创意产业等领域形成了密切的互动关系。当代思想家中精研神话学知识的学者,如詹姆斯·乔治·弗雷泽、爱德华·泰勒、西格蒙德·弗洛伊德、卡尔·古斯塔夫·荣格、恩斯特·卡西尔、克劳德·列维-斯特劳斯、罗兰·巴特、约瑟夫·坎贝尔等,都对20世纪以来的世界人文学术产生了巨大影响,其研究著述给现代读者带来了深刻的启迪。

进入21世纪,自然资源逐渐枯竭,环境危机日益加剧,人类生活和思想正面临前所未有的大转型。在全球知识精英寻求转变发展方式的探索中,对文化资本的认识和开发正在形成一种国际新潮流。作为文化资本的神话思维和神话题材,成为当今的学术研究和文化产业共同关注的热点。经过《指环王》《哈利·波特》《达·芬奇密码》《纳尼亚传奇》《阿凡达》等一系列新神话作品的"洗礼",越来越多的当代作家、编剧和导演意识到神话原型的巨大文化号召力和影响力。我们从学术上给这一方兴未艾的创作潮流起名叫"新神话主义",将其思想背景概括为全球"文化寻根运动"。目前,"新神话主义"和"文化寻根运动"已经成为当代生活中不可缺少的内容,影响到文学艺术、影视、动漫、网络游戏、主题公园、品牌策划、物语营销等各个方面。现代人终于重新发现:在前现代乃至原始时代所产生的神话,原来就是人类生存不可或缺的文化之根和精神本源,是人之所以为人的独特遗产。

可以预期的是，神话在未来社会中还将发挥日益明显的积极作用。大体上讲，在学术价值之外，神话有两大方面的社会作用：

一是让精神紧张、心灵困顿的现代人重新体验灵性的召唤和幻想飞扬的奇妙乐趣；二是为符号经济时代的到来提供深层的文化资本矿藏。

前一方面的作用，可由约瑟夫·坎贝尔一部书的名字精辟概括——"我们赖以生存的神话"（Myths to live by）；后一方面的作用，可以套用布迪厄的一个书名，称为"文化炼金术"。

在21世纪迎接神话复兴大潮，首先需要了解世界范围神话学的发展及优秀成果，参悟神话资源在新的知识经济浪潮中所起到的重要符号催化剂作用。在这方面，现行的教育体制和教学内容并没有提供及时的系统知识。本着建设和发展中国神话学的初衷，以及引进神话学著述，拓展中国神话研究视野和领域，传承学术精品，积累丰富的文化成果之目标，上海交通大学文学人类学研究中心、中国社会科学院比较文学研究中心、中国民间文艺家协会神话学专业委员会（简称"中国神话学会"）、中国比较文学学会，与陕西师范大学出版总社达成合作意向，共同编辑出版"神话学文库"。

本文库内容包括：译介国际著名神话学研究成果（包括修订再版者）；推出中国神话学研究的新成果。尤其注重具有跨学科视角的前沿性神话学探索，希望给过去一个世纪中大体局限在民间文学范畴的中国神话研究带来变革和拓展，鼓励将神话作为思想资源和文化的原型编码，促进研究格局的转变，即从寻找和界定"中国神话"，到重新认识和解读"神话中国"的学术范式转变。同时让文献记载之外的材料，如考古文物的图像叙事和民间活态神话传承等，发挥重要作用。

本文库的编辑出版得到编委会同人的鼎力协助，也得到上述机构的大力支持，谨在此鸣谢。

是为序。

从阈限书写进入

——文学人类学之"大文学"的出场（代译序）

李永平　李泽涛

"阈限"一词源于人类学概念，源于拉丁语 limen 或者 limin，与拉丁语 "limus"（跨越）的意思相近，意为"门槛"（threshold），包括门槛建筑、门、边界、入口或出口、心理效果开始产生的点和临界（值）等意思。法国人类学家阿诺尔德·范热内普（Arnold Van Gennep）在论著《过渡礼仪》（Rites of Passage）中将"阈限"一词用来描述人们在参加过渡仪式中的模糊而不确定的，在结构中分离之后而未进入新的结构的过渡阶段，即"游动于两个世界之间"[1]。而且，他还"提出将与先前世界分隔之礼仪称为'阈限前礼仪'，将在边缘阶段中举行之礼仪称为'阈限礼仪'，将融入新世界之礼仪称为'阈限后礼仪'"[2]。

20 世纪 60 年代后期，英国人类学家维克多·特纳（Victor Turner）在范热内普的基础上进一步拓展了"阈限性"的概念。[3] 特纳认为，阈限性或阈限人具有不确定和不清晰的特征，这是因为阈限实体处于位置之间，非此非彼，既此又彼，摆脱了文化空间中既有的结构。在"阈限"时期里，"仪式主体（被称作'通过者'）的特征并不清晰；他从本族文化中的一个领域内通过，而这一领域不具有（或几乎不具有）以前的状况（或未来的状况）的特点。在第三个阶段（重新聚合或重新并入的阶段），通过过程就圆满地完成了"[4]。此时，通过者"重新获得了相对稳定的状态，并且还因此获得了（相对于其他人的）明确定

---

[1]［法］阿诺尔德·范热内普：《过渡礼仪》，张举文译，商务印书馆，2010 年，第 15 页。
[2]［法］阿诺尔德·范热内普：《过渡礼仪》，张举文译，商务印书馆，2010 年，第 17 页。
[3] 在特纳的代表性著作《仪式过程：结构与反结构》中，特纳对范热内普的分离/阈限/重合（separation/liminality/reintegration）三阶段理论进行了进一步改造，主要区分了"阈限"（liminal）和"近阈限"（liminoid）两种不同状态。参见 Victor Turner, The Ritual Process: Structure and Anti-Structure, New York: Cornell University Press, 1991。该书中文版见［英］维克多·特纳：《仪式过程：结构与反结构》，黄剑波、柳博赟译，中国人民大学出版社，2006 年。
[4]［英］维克多·特纳：《仪式过程：结构与反结构》，黄剑波、柳博赟译，中国人民大学出版社，2006 年，第 95 页。

义、'结构性'类型的权利和义务"①。简言之，过渡礼仪就是从正常的社会结构中分离出来的一段时间和空间，在此时空之中，通过者在神秘力量的作用下完成向新状态的转换，同时对旧的状态进行了"净化"。通过阈限所牵连着的三阶段即分离、阈限、聚合，"人类学才有可能在概念上关注边缘、改变、反抗、排斥、附属、污染、反常和越轨等现象"②，对阈限书写的日益关注，成为人类学和文学交叉形成的民族志诗学的重要议题，而民族志诗学本身就是文学人类学研究的一个重要方面。

玛丽·道格拉斯（Mary Douglas）从社会仪式角度认为，"分隔仪式性的弥留和重生的阈限时段（marginal period）"③在于分类和厘定身份，这种混沌未分是危险的。同时她认为，"处于阈限就是同危险相接触，就是处于力量的来源处"④。鉴于此，"在社会系统有清晰显示的地方，我要寻找积存在权威处清晰的力量；在社会系统不清晰的地方，我要到混乱中去寻找不清晰的力量之源"⑤。因此，"阈限性"指涉着人类文化活动中带有"模棱两可"、属性未定的中间或边缘状态。借用人类学的"阈限阶段"概念，从阈限书写进入就成为文学人类学在诸多相关问题域展开的一个视角。

一、文学人类学中的阈限书写维度

文学人类学研究以跨学科视域反思本土文化现象和发掘文化文本资源，聚焦于神话、民俗、族群认同的形成等方面。因此，本研究主要集中在神话叙事中的时空迁移、民俗活动中的身份转换、族群认同中的边界效应等方面的阈限书写上。

（一）神话叙事中的时空通道

在中外常见的神话母题中，宇宙起源、人类创世、洪水神话、英雄神话、

---

① [英] 维克多·特纳：《仪式过程：结构与反结构》，黄剑波、柳博赟译，中国人民大学出版社，2006年，第95页。
② [英] 奈杰尔·拉波特、[英] 乔安娜·奥弗林：《社会文化人类学的关键概念》，鲍雯妍、张亚辉等译，华夏出版社，2005年，第196页。
③ [英] 玛丽·道格拉斯：《洁净与危险》，黄剑波、柳博赟、卢忱译，商务印书馆，2008年，第122页。
④ [英] 玛丽·道格拉斯：《洁净与危险》，黄剑波、柳博赟、卢忱译，商务印书馆，2008年，第122页。
⑤ [英] 玛丽·道格拉斯：《洁净与危险》，黄剑波、柳博赟、卢忱译，商务印书馆，2008年，第125页。

死亡神话等五类神话中的阈限书写痕迹较为明显。仔细探究这五种类型神话中的阈限书写，发现与之相关的意象英雄、人神沟通、神仙、鬼怪精灵、自然风物等共同具有"时空迁移"的属性。

中国神话故事得以持续书写的文化传统中，能够组成"神话中国"图谱的风物是丰富多样的。纵览中国神话故事的图谱序列，不难发现，船只、桥、神鸟、画面（挂画、壁画、扇画）、葫芦（壶）、花朵、仙洞（山洞、地洞、水帘洞）、天门、天窗等风物是神话得以展演的显著凭借。这些神圣物的背后含纳着神圣时空的迁移与流转的阈限物（人）或阈限空间。①

关于这一点，中国典籍中的相关表达显而易见。在受命于天的神话历史中，天命的传达离不开神人、圣物、神兽（鸟）。周武王诛殷纣王中是"赤乌衔珪，降周之岐社，曰：'天命周文王伐殷有国。'"②。具体到三代嬗递中，传达天命的就是玄鸟、句芒、祝融、赤鸟、瑞、瑾、珪。《墨子·明鬼》记载："昔者郑穆公，当昼日中处乎庙，有神入门而左，鸟身，素服三绝，面状正方。……穆公再拜稽首曰：'敢问神名？'曰：'予为句芒。'"③《诗经·商颂》中的得天道者"天命玄鸟、降而生商"，有德者"凤鸣岐山""飞熊入梦"等。所有这些神话历史中都是神兽充当天命降临的祥瑞或使者、媒介等。

葫芦被神化为世界初始之原型，壶是混沌，是道，纳须弥于芥子，宗天地于一壶，小中见大。民间有八仙铁拐李肩挑葫芦骑龙渡海图，寿星南极仙翁龙头拐杖上也挂的是葫芦。在原始道教向理性化正统道教演变过程中形成的上清派，检阅中国名山，对山中洞室十分重视，将其视为神圣的所在。对此伊莎贝拉·罗宾特（Isabele Robinet）写道："洞穴在道教中扮演着重要角色，它是隐士们的栖身之所和纳福之地。它们坐落在隐士们隐居的山谷里，在盆状的地方盘绕起迷宫，形成地上的'天堂'。这些洞穴隐藏着宝贵的生命、秘经和具有保护性作用的道符。它们之间的联系如此紧密：隐士们可能会通过地下通道从一

---

① 阈限或阈限人〔"门槛之处的人"（liminoidal）〕的特征不可能是清晰的，因为这种情况和这些人员会从类别（正常情况下在文化空间里为状况和位置进行定位的类别）的网状结构中躲避或逃逸出去。阈限的实体既不在这里，也不在那里；它们在法律、习俗、传统和典礼所指定和安排的那些位置之间的地方。作为这样的一种存在，它们不清晰、不确定的特点被多种多样的象征手段在众多的社会之中表现了出来。在这些社会里，社会和文化上的转化都会经过仪式化的处理。所以，阈限常常是与死亡、受孕、隐性、黑暗、双性恋、旷野、日食或月食联系在一起。参见〔英〕维克多·特纳：《仪式过程：结构与反结构》，黄剑波、柳博赟译，中国人民大学出版社，2006年，第95页。
② 〔清〕孙诒让：《墨子闲诂》，孙启治点校，中华书局，2001年，第151—152页。
③ 〔清〕孙诒让：《墨子闲诂》，孙启治点校，中华书局，2001年，第227—228页。

个洞穴'天堂'旅行到另一个洞穴'天堂'"①。人居于洞穴,就意味着回归母体。民间宗教团体入会时,"过关"的通道模拟婴儿娩出的情景,新入会者头发也要湿漉漉的。神话意象中"壶天"或"仙洞"正是人回归母体(永恒的回归)获得新生的"边界"与"通道"。

实际上,"洞窟世界还出现在中国人对阴间的信仰中"②,不同世界以水域或桥梁相划分/连接。比如,"更早的神话认为,阴间位于山脉底下(比如丰都山和泰山),靠近水源之处(比如中国早期神话中阴间的黄泉)"③。这是一个超越分离的场域、一个漏洞和突破口。汉学家田海关于入会仪式的神话观念研究给了我们启发:当社会秩序和谱系秩序受到威胁时,透过"天门""黄泉"这些空间入口,我们可以窥见神话所发挥的作用。通过一个洞口,或者是一口井,由此进入了阴间。中国民间还流传着另一种信仰,即"人们普遍相信,井或塘连接着两个不同的世界,这样的井被称为'天窗'。镜子(通常用一碗水当作镜子)亦在更寻常的意义上被视为'天窗',能使人看见前世、今世和来世之间的屏障之处所发生的事情"④。与此同时,中国民间文化传统中,与"天窗"相对应的是"天门"。阿诺尔德·范热内普指出:"对于普通住宅,门是外部世界与家内世界间之界线;对于寺庙,它是平凡与神圣世界间之界线。所以'跨越这个门界'(seuil)就是将自己与新世界结合在一起"⑤。人神两个空间的界限自然是通天之门。关于"天门",中国古籍中多有记载。《山海经·大荒西经》中就有"天门"条,曰:"大荒之中,有山名日月山,天枢也。吴姬天门,日月所入。"⑥《淮南子·坠形训》中则这样描述登临"天门"之感:"昆仑之丘,或上倍之,是谓凉风之山,登之而不死。或上倍之,是谓悬圃,登之乃灵,能使风雨。或上倍之,乃维上天,登之乃神,是谓太帝之居。"⑦ 古籍中有关"天门"

---

① Robinet, Isabele, *Taoism: Growth of a Religion*, trans. Phyllis Brooks, Stanford: Stanford University Press, p. 132. 文中所引译文,凡未说明者,均为笔者自译。
② [荷] 田海:《天地会的仪式与神话:创造认同》,李恭忠译,商务印书馆,2018年,第78页。
③ [荷] 田海:《天地会的仪式与神话:创造认同》,李恭忠译,商务印书馆,2018年,第78页。
④ [荷] 田海:《天地会的仪式与神话:创造认同》,李恭忠译,商务印书馆,2018年,第81页。
⑤ [法] 阿诺尔德·范热内普:《过渡礼仪》,张举文译,商务印书馆,2010年,第17页。
⑥ 袁珂:《山海经校注》,上海古籍出版社,1980年,第402页。
⑦ 刘文典:《淮南鸿烈集解》(全2册),冯逸、乔华点校,中华书局,1989年,第130页。

的记载也常常与墓葬出土玉璧上进入天国的"天门"相关联。① 换句话说,"天门"就是凡人进入天界的入口。因此,进入"天门"的通道就是神话叙事中的阈限空间,而通过"天门"的历程则是中国古人"升天成仙"的阈限阶段。"天门"及与之形成的神话观念——"天命""天人合一",以及"黑洞""虫洞""星际之门"分别是通天神话前世与今生的不同诗学框架的阈限性书写。这是因为"基于现在的相对论原理,由于生命之'大限'和光速的不可跨越,到达另外一个宇宙空间几乎是不可能的。要'活着'摆脱时间大限,必须倚靠极为偶然的空间入口或通道、'虫洞'来跨越'星际之门'——'天门'"②。

以上论述了中国神话叙事中涉及时空迁移时所生发出的一些阈限书写,除此之外,在神话谱系中也可以窥见一些勾连时空迁移的阈限物。河流(冥河)、船只、桥(灵槎)这些神话物象就成为这样的阈限物。世界多个民族的神话叙事中都会提及冥河,它是人间和冥府之间的阈限性阻隔——亡灵一旦蹚过这条河,其前世的记忆就会消失。除此之外,在中外神话叙事中,有些船与河流的物象为了配合神话主题的行进潜隐在整个神话叙述过程中而不自现。比如,像米诺斯这样决定人类命运的法官在中国和希腊神话中都存在着,只不过在中国的神话中将其称作判官。不同寻常的是,这个判官的审判会设在深夜,审判的对象包括皇帝、武士、摄政王等位高权重的人③,包括任何生命。分析这一审判过程就会发现,船与河流依然是神拣选的物种历劫与新生的阈限物,救世主义宗教把宣扬渡人前往"弥勒世界""真空家乡"的经卷直接命名为《救生船》,"救生船"在洪水之中漂泊等待新生的时段则为阈限时段。

创世神话中的挪亚方舟则是人间生存与毁灭之间的阈限物,其船上的生灵意味着将被这个阈限物带至一个可以生存的时空。当然,这个神话中的英雄人物是诺亚,他是上帝的使者,本身也带有"渡人渡己"的神圣性。与之相对照,印度神话《梵天创世的故事》中的摩奴与诺亚很相似,也承担着协助梵天造成船只、挑选物种、渡过水灾、迎接新世界的使命。张华《博物志》记载往米大地的船筏——灵槎。《红楼梦》第七十八回贾宝玉祭奠晴雯所撰祭文《芙蓉女儿

---

① 20世纪80年代,重庆巫山县东汉墓出土10余件鎏金铜牌,其中5件上都标有"天门"二字,所绘人物坐于门阙中央,背后皆生有羽翼,充分展示了墓主人升天的神话信仰。在追求升仙的古人眼中,穿过玉璧高悬的璧门,才算达到天国的境界。参见李永平:《文化大传统的文学人类学视野》,陕西师范大学出版总社,2019年,第241页。
② 李永平:《众妙之门:神话编码中的隐蔽秩序》,载《上海交通大学学报》(哲学社会科学版)2022年第28卷总第136期。
③ 参见[法]维克多·谢阁兰:《碑》,车槿山、秦海鹰译,上海人民出版社,2009年,第142页。

诔》中"洲迷聚窟，何来却死之香？海失灵槎，不获回生之药"，以乘槎搜寻回生之药，极言"仙云既散，芳趾难寻"的悲苦和辛酸。①

一言以蔽之，以上是从中外传统神话体系中窥探到的神话叙事中的时空转换书写，背后隐含的神话叙述，其核心依然是对阈限物或者处于临界状态以及时空流转角色的书写与阐释。

（二）民俗仪式活动中的身份转换

西方神话理论中的"神话－仪式"学派认为神话和仪式存在着天然的互疏关系。这一论断在文学人类学研究中也被广泛认可和接受。② 神话叙事和民俗仪式同为文学人类学研究的聚焦对象。因此，从阈限书写进入，思考仪式的价值很有意义。

民俗仪式的操演源于神圣空间中的身份转换。探究民俗仪式活动操演者的身份转换，发现人们禳灾纳吉的仪式活动多包含于以阈限状态的"闹"（大闹、热闹）为主题的民俗活动中。"大闹"这个民俗事项源自远古宗教仪式中被禊污染时的冗长而又热烈的仪式，在一代代仪式演述和集体记忆之中散落为故事说唱和仪式表演等文化文本。在这样的种种文化文本中，仪式操演者的身份具有两重属性。

在故事说唱文本资源库中，中国宝卷的功能与民俗活动背后的"大闹"主题天然相接。《张四姐大闹东京宝卷》《关帝伏魔宝卷》《大圣宝卷》等都包含着"大闹—审判—伏魔"这一文化原型结构③。在这样的演述过程中，宣讲宝卷的人被称为宣卷先生，他的身份因为要充当圣灵降临的叙述者而获得一种双重属性，也就是成为阈限人。江浙一带的做会仪式过程中要宣讲相应的宝卷，宣卷先生因此担任做会的执事。在"圣灵降临的叙述"中，宣卷先生焚香点烛请神佛，然后开始宣讲宝卷。等到整个仪式结束时，宣卷先生则焚烧神码（供奉

---

① 〔清〕曹雪芹、〔清〕高鹗：《红楼梦》，人民文学出版社，1990 年，第 665 页。

② 一直以来，文学人类学把神话观念与仪式，宇宙观和图像、器物等结合起来研究，或从古今中外的文学叙事模式中发掘仪式原型，或通过田野工作考察至今还存活的仪式与信仰、神话的关系，将文献文本之学与民族志相结合，显示了人类学视角对于传统的文本性神话研究路径的改造。近年来，中国的文学人类学派又相继提出了"神话历史""神话中国""文化大传统"等命题，初步建成了自己的神话学体系。参见谭佳：《整合与创新：中国文学人类学研究七十年》，载《中国文学批评》2019 年第 3 期，第 23—29 页。

③ 李永平：《"大闹"与"伏魔"：〈张四姐大闹东京宝卷〉的禳灾结构》，载《民俗研究》2018 年第 3 期。

的神像）等物送神佛。在类似的若干个宝卷念唱仪式过程中，宣卷先生的身份是人与神的中介。这个中介带有即时的名义上的确定性和事实上的不确定性，可称其为阈限人。实际上，以宣卷先生所发挥的功能而论，他的阈限身份有着异常丰富的内涵。阈限人常常拒绝接受社会结构的差别、分类和等级、碎片化和隔阂化，总是威胁、污染、削弱这个世界空间上的普遍性和时间上的永恒性，并为这一切提供了另外一个可能。因此，社会结构的守护者总是试图管制阈限人群，如果不能让他们不存在，至少要把他们流放到"伊甸东边挪得之地"[1]，尤其不能让他们出现在日常生活当中。

以上是在以故事说唱为例论述的中国文化传统中，以"大闹"来禳灾纳吉时产生的身份阈限情况。除此之外，做会表演仪式活动中包含阈限阶段实现的社会失范力量重组的诉求。

以山西省的傩舞表演"花腔鼓""五鬼闹判"为例。这个节目在临汾市襄汾县赵康镇每年都要上演一次，其主要突出一个"闹"字。"闹"字背后所要表达的就是申冤。展演状态中的判官成为阈限人，他"头戴判官相貌帽，面戴狰狞可畏的判官面具，耳挂红髯，身穿红官服，足登高方，一手高擎虬杖，上挂一红绸、一'生死簿'、一'酒葫芦'、一'驱邪扶正'牌，一手握笏板，威风凛凛，怒目巡视"[2]。该判官在仪式操演过程中实施身份转换时的"模棱两可"状态，正是维克多·特纳所言的仪式展演中的中介状态。"中介状态在不同的文化中可能具有惩罚、洁净、赎罪、认知、指导、治疗、改变等方面的意义和作用。但是这一中介状态或过程从根本上而言还意味着对前中介状态社会结构的诸多特性的否定，同时也是对另一种秩序的事物和关系的肯定"[3]，处于阈限状态的人，他们的身份状态就是危险的、模糊的、过渡性和过程性的，或者具有创造性和改良意识，或者热衷于批判、反抗和抵抗，他们脱离了正常身份，行为乖张。

江苏省常熟市尚湖、福建莆田举行的"斋天狗"仪式属于阈限阶段的仪式展演。为了防止天狗损吃新生儿，江苏常熟要举行"香山完愿"或"斋天狗"

---

[1] "挪得"为Nod的音译，可理解为"地球上永不停息的徘徊者"，参见《旧约·创世记》第4章第16节。另，冯象译注的《摩西五经》中将Nod译为"流荡"，意为"流浪汉（nad）该隐之乡"，参见冯象译注：《摩西五经：希伯来法文化经典之一》，生活·读书·新知三联书店，2013年，第10页。
[2] 王潞伟、王姝：《山西襄汾赵雄"花腔鼓"调查报告》，载《中华戏曲》2009年第2期。
[3] [美]维克多·特纳：《戏剧、场景及隐喻：人类社会的象征性行为》，刘珩、石毅译，民族出版社，2007年，第234页。

仪式并宣讲《目莲宝卷》《狐仙宝卷》。① 福建莆田要举行红头法事"驱邪押煞"。在法事仪式中,保护怀孕妇女的临水夫人陈靖姑装扮法官,红布缠头,召集五方兵马降妖伏魔,"跟盗潜入花园盗取鲜花的天狗等战斗"②。在这个民俗的法事仪式中,处于社会反结构中的陈靖姑所扮演的"法官",充当的是这场仪式中的阈限人角色。

克利福德·格尔茨(Clifford Geertz)的"仪式窗户论"将仪式视为了解世界的窗口,透过仪式去认识世界、理解文化。仪式作为一种承载族群记忆或历史记忆的活动,仪式操演者的身份常在阈限时间实现置换变形。对此,人类学家华德英(Barbara E. Ward)就曾有过论述:"很多仪式操演者在中国传统的仪式性戏剧展演中都同时具有'演员'和'祭师'的双重身份。"③ 当然,在整个人类的民俗仪式活动中,这种仪式操演者的身份转换具有普遍性,而且在民俗仪式活动展演过程中,除了仪式操演者的身份转换后成为阈限人的情况外,还存在物的身份转换后成为阈限物的情况。

以新加坡的福建莆田人祈求子嗣及还愿谢神的仪式剧——北斗戏为例,虽然它在本质上属于木偶戏,但也需要依凭仪式展演来呈现它所包含的故事、音乐、舞台等戏剧元素。"北斗戏的故事发展至太子长大登基后,为酬谢当年扶佑的各方神祇,特设'百花桥大会'"④。具体而言,"当演出到了百花桥大会,戏台上所上演的已经不单只是木偶戏,实际上是借木偶戏的形式来进行'请神'、'除煞'和'送子'的宗教仪式,戏剧演出和宗教仪式成为一体的两面,不能分割。在进行'过桥'的仪式时,戏台的身份已变为祭台,成为为过桥者消灾祛煞的场所。在演出百花桥大会时,演员都用诵经的节奏来吟诵三十六宫婆神的名字,在过桥时演员的念白方式也具有念经念咒的色彩"⑤。不仅有"闹""请神""除煞""送子"的主题,又有"物"的身份转换写照。"戏台"作为一种物在"过桥"仪式展演过程中对演员(角色扮演者)给予身份转换,成了即时

---

① Sun Xiaosu, "Liu Qingti's Canine Rebirth and Her Ritual Career as the Heavenly Dog: Recasting Mulian's Mother in Baojuan (Precious Scrolls) Recitation", *Journal of Chinese Oral and Performing Literature*, 2016, 35 (1): 28 - 55.

② [日] 田仲一成:《中国戏剧在道教、佛教仪式的基础上产生的途径》,见香港浸会大学《人文中国学报》编辑委员会编:《人文中国学报》(第14期),上海古籍出版社,2008年,第3页。

③ Barbara E. Ward, "Not Merely Players: Drama, Art and Ritual in Traditional China", *Man*, 1979, 14 (1): 32 - 33.

④ 容世诚:《戏曲人类学初探:仪式、剧场与社群》,广西师范大学出版社,2003年,第72页。

⑤ 容世诚:《戏曲人类学初探:仪式、剧场与社群》,广西师范大学出版社,2003年,第55页。

性的阈限物。这种物与人的身份转换属于阈限书写的一体两面。

概而言之，在民俗仪式的展演中所产生的阈限人或阈限物具有转换身份时的双重属性。阈限人要么拥有自己的本来的身份，要么拥有沟通神灵的联络员或代行神圣权力的执法者身份；而阈限物要么拥有原有功能的物质身份，要么拥有添加特异功能后的神圣物身份。但无论如何，阈限人和阈限物进行即时身份转换所要达成的目的趋于一致，它们都是为了规避危险。这种规避危险的机理是：首先，以甲事物与乙事物濒临处的"含混不清"之态向外界做出风险提示；其次，甲事物跨越甲乙边界逃离原有风险区域，以同属于乙事物的新身份进入安全地带。

（三）族群认同中的边界效应

阈限书写是族群认同的必要前提，其背后含有一个促生新的族群认同的目的。阈限思维拥有"临界点"身份，其边界效应的发挥路径就是阈限与汇通。在人类社会发展中，阈限思维对于人类族群认同中的边界效应也发挥着潜移默化的作用，因为"族群认同的形成贯穿于吸纳和排斥的关系过程中"[1]，而且"族群是由它本身成员认定的范畴，形成族群最主要的是它的边界，而不是语言、文化、血统等内涵。一个族群的边界，不一定指的是地理的边界，而是其社会的边界"[2]。关于这一点，文学人类学研究中所含纳的阈限书写在学理上与之互通并能互释。在文学人类学研究的诸多对象中，身份认同、混杂书写、文化认同、边界厘定占据很多内容。

《山海经》作为中国的第一部神话地理著作，其中就含有以山作为人神之间区隔，族群身份认定中的疆域-边界阈限书写的内容。《山海经·海内北经》记载："玉山，是西王母所居也。西王母其状如人，豹尾虎齿而善啸，蓬发戴胜，是司天之厉及五残。"[3]《尔雅译注》中则将西王母列为"四荒"[4]之一。西王母

---

[1] 马成俊：《弗雷德里克·巴斯与族群边界理论（代译序）》，见[挪威]弗雷德里克·巴斯主编：《族群与边界：文化差异下的社会组织》，李丽琴、马成俊译，商务印书馆，2014年，第10页。
[2] 马成俊：《弗雷德里克·巴斯与族群边界理论（代译序）》，见[挪威]弗雷德里克·巴斯主编：《族群与边界：文化差异下的社会组织》，李丽琴、马成俊译，商务印书馆，2014年，第11页。
[3] 袁珂：《山海经校注》，上海古籍出版社，1980年，第306页。
[4] 觚竹、北户、西王母、日下，谓之四荒。[注释]觚竹、北户、西王母、日下是上古时期的国家名。郭注："觚竹在北，北户在南，西王母在西，日下在东，皆四方昏荒之国。"四荒指四方荒远之地。[今译]觚竹、北户、西王母、日下等四个边远的国家，称为四荒。参见胡奇光、方环海：《尔雅译注》，上海古籍出版社，2004年，第259页。

虽然"其状如人",但居于"玉山",就是人神区隔的书写。与之形成互文关系的是《红楼梦》开篇提及的大荒山无稽崖意象。大荒意象借助《山海经》中大荒山,实现了对圣俗两个世界族群区隔的言说。美籍华人作家白先勇认为一部《红楼梦》最好处是贾宝玉俗缘已尽,与浊世父亲贾政的圣俗揖别的仪式——打问讯,这个画龙点睛式的结尾,意境高远,属于中国抒情文学的"极品"。① 不同群体的身份揖别是通过"打问讯"这样一个身体仪式书写厘定的。

除此之外,在中国民间神话中,山、城、水泊等自然物象有时扮演不同族群所属疆域的地理区隔物,对它们的书写也属于阈限书写。比如,"在汉族主流文化当中,阴间的重要地点由'山'换成了'城'(唯一的例外是坟丘);同样,自然也逐渐被人工场所和建筑物所取代。'城'字的含义为'夯土之墙',它被用来指代许多建筑物,从防卫性的城墙、宫殿(比如明清统治者的皇城,即所谓紫禁城),到普通的行政中心不等"②。另外,"不同的世界在自然屏障之处相互交叉,比如沙漠、沼泽、河流、大海和湖泊、山脉,等等。一个人出生和死亡的时候都要逾越这些屏障,但一生中也可能有若干次机会穿越它们"③。在《水浒传》中,水浒英雄正生活在这样的有意味的空间——"水泊梁山",死在了"蓼儿洼"。卷首提及的禳灾太尉洪信,他的姓"洪"与创世神话中的洪水相谐音。"伏魔殿"因只能"遇洪而开",只有洪信有揭开层层封皮,打开"伏魔殿"之门的身份资质,因此他鬼使神差地揭开了"天罡地煞闹东京"的惊天秘闻的序幕。由上可知,山、城、水泊等自然屏障都是人与神、蛮荒与文明、生与熟、民间与官府、生与死之间的边缘地带或过渡带。

在阈限思维的指引下,人类生活中未曾标明且处于阈限地带的交通地理坐标其实也是族群-边界的分割线。它们虽然在历史的横轴上不断模糊着人类不同族群的身份,但是却为人类新的族群认同提供了标识。这个标识就是那个在事实上让圆形看起来像个圆形的"边缘"。④

族群正是由族群边界的想象、书写、言说、游动来维持的。具体而言,以

---

① "那人已拜了四拜,站起来打了个问讯",接着是和尚、道士与宝玉三人作歌:"我所居兮,青埂之峰;我所游兮,鸿蒙太空。谁与我游兮,吾谁与从。渺渺茫茫兮,归彼大荒。"参见〔清〕曹雪芹、〔清〕高鹗:《红楼梦》,人民文学出版社,1990年,第961页。
② [荷]田海:《天地会的仪式与神话:创造认同》,李恭忠译,商务印书馆,2018年,第78页。
③ [荷]田海:《天地会的仪式与神话:创造认同》,李恭忠译,商务印书馆,2018年,第81页。
④ 王明珂在《华夏边缘:历史记忆与族群认同》一书中曾有过非常形象的比喻:"当我们在一张纸上画一个圆形时,事实上是它的'边缘'让它看来像个圆形。"参见王明珂:《华夏边缘:历史记忆与族群认同》,上海人民出版社,2020年,第28页。

~10~

中国古长城为例，它的作用不仅仅是为了巩固边防的安全，而且具有划分族群的功能。比如，"东周时代北方长城地带人群构成复杂，既有当地土著，又有南下之'胡'，虽然在正宗的秦人眼里他们依然是'戎'，可是这些人群既然生活在秦境内，就只能也属'秦人'"①。由此可知，从某种意义上讲，中国的古长城也是一个过渡带，在族群认同中，它是阈限书写的标志物。从某种程度上讲，长城以其边界身份在族群认同和疆域分割中发挥出显著的历史功用。

阈限也可理解为族群集体记忆的媒介，如实物、图像、文献、博物馆、纪念碑、通道或走廊、民俗仪式等文化标记。从这个意义上讲，"一带一路"是一条不同文明交往的大通道。由此反观近代以来的邻国关系及世界秩序，不难得出："一带一路"倡议对阈限地带的关注，重新唤起了前现代东西不同文明交往的历史记忆，纠正了西方常居世界历史舞台中央的认知偏差，发挥着催生新国际秩序的作用——一种关于全球史视野下"世界秩序与文明等级"的新边界和新通道正在孕育着新的历史心性。"'全球区域关系史'视域有助于将'丝绸之路'的历史叙述与世界史关联起来。由此，这种空间关联要以世界眼光，更要以本地眼光观察自身文明，以免陷入'海洋—内陆''我族中心''中心—边缘'的格局当中。"②

总之，阈限思维是一种关联性思维，它超越了二元对立的逻辑思维，潜在地指向族群认同中的边界效应。因此，人类族群认定中的阈限书写心性的形态是由人的阈限思维决定的。在人类族群认定中，由人的阈限思维催生出的阈限书写最终外化为以阈限和交融为表征的观念类型。

二、文学人类学研究中的阈限书写的价值遵循

文学人类学研究中的阈限书写，其价值遵循源自其独特的书写形态所携带的阈限性。阈限性是人们超越二元思维，认识事物的抓手。阈限书写意味着对人与物维持各自独立性的阈值的规定，蕴含着事实与逻辑的交叉。

1. 阈限书写为人类认知领域发掘出以往被历史遮蔽的对象，并由此增加新的信息传播源。

人类关于外星人、异邦人、UFO造访，人类或者某个国家被外星高级文明控制的书写不绝于耳，要破解这一现象，很重要的是借重新知识、新事件、新

---

① 史党社：《从考古新发现谈前丝路的一些问题》，载《秦始皇帝陵博物院》2014年年刊。
② 李永平：《丝绸之路与文明交往》，陕西师范大学出版总社，2017年，第4页。

信息获得打破熵增原理，实现系统演化中的减熵演化（entropy reduction evolution）。人类学家马歇尔·萨林斯（Marshall Sahlins）考察南太平洋诸岛的土著文化，同样发现许多地方统治权力源于域外陌生人的神话传说。人类的隐蔽秩序中，有陌生人－圣王/魔鬼（Stranger-King/Devil）的法则[①]。王制需要用陌生的、异质的因素来自我神秘化，通过对未知异域的书写来表达权力版图，巩固自身统治。作为系统的文学研究，同样需要研究边缘、突破边缘，或者增熵铁律。

现代人文学科中的很多新知都是从"模棱两可"的、"未定的"边缘地带重新发现并得以书写和传播的。当文学人类学的研究方法和体系逐渐成熟起来的时候，作为神话叙事、民俗仪式、族群身份认同的书写对象不可能固化在一个封闭的静止的自说自话的话语世界中，它还有可能被遮蔽在人文历史的边缘地带或非物质文化遗产之中并时刻等待着被重新发现或再次改写。

神话阈限书写中的阈限性指涉着人类文化活动中带有"模棱两可"属性的通道地带。这个地带粘连着许多二元对立的事物。文学人类学引导着的阈限书写，发掘禁忌、危险、疯子、魔鬼与应允、审判、交往通道（关煞）、置换变形、永恒回归、角色扮演、替罪羊机制、救劫神话、朝圣、庆典、礼物交换的叙事知识，正是人类文化活动中常常忽视的地方，而且它们正面临着被利奥塔言明的科学知识予以"消灭"的危险。即便如此，神话中的这种阈限书写给现代文化传媒带来了新的刺激，使得电影艺术在素材加工和卖座率上发生了持续向好的应激效应。比如电影《阿凡达》中那位克隆纳威人（Na'vi），他由人类DNA和纳威人的DNA结合而成。他是人类在潘多拉星球自由活动的代言人，既拥有人类的意识又具有纳威族的特征。所以，关于克隆纳威人的电影《阿凡达》就是阈限书写。另外，《功夫熊猫》中将阿宝的父亲设定为一个鸭子，而《怪物史莱克》《暮光之城》《精灵旅馆》等影片中竟然上演了动物与动物、人与吸血鬼之间的生死之恋。电影《心灵奇旅》对生死两界之桥——"灵魂"世界的言说，以传统时间的莫比乌斯带直击现代性线性时间之价值迷思。电影《阿丽塔：战斗天使》中阿丽塔试图贯通神－人疆界跃升为神，这和今天的科学与幻想联袂一样，在两个异质属性的世界之间搭建桥梁，寻找界面或触点，这种书写注定聚焦形成新的视域。

以神话电影制作与大卖的文化文本旅行为例，可以说明人类文化活动秩序

[①] [美] 马歇尔·萨林斯：《历史之岛》，蓝达居、张宏明、黄向春等译，刘永华、赵丙祥校，上海人民出版社，2003年，第105—107页。

中所存留的一些矛盾或者遗憾，可以通过文学、电影、音乐、舞蹈等文化文本旅行的方式实现某种阈限节点（thresholds）跨越而达成一种新的文化身份替换。当然，这意味着新事物与旧事物在阈限阶段挣脱彼此面临的文明冲突，并改写各自旧有的生命密码。鉴于此，文学人类学正在以它特有的文化文本理论开启大数据背景下的书写新时代，既包容阈限又跨越阈限书写的各种文化样态，并从神话历史的夹缝处走进了大众文化的视野。

2. 阈限书写在文学人类学研究中促成了人类学、民俗学、历史学、文学等多个学科间的跨学科视域的形成，这是一种新的视界融合，与当下教育界提出的"新文科"在内涵上相通。

文学人类学是文学和人类学两个学科交叉而成，"从20世纪80年代由神话研究发轫，从活态文学、文明起源、仪式叙事、族群关系等方面研究神话，如今又站在世界性的'新神话主义'文化资本发掘这一新的历史起点上，进入'神话中国'的学术范式转型的新阶段"[①]。显然，文学人类学已经超越了欧美新批评的理论范畴和研究对象。这促使神话研究也不再总是把研究目光聚焦在欧美新批评派所言的由语词所构成的话语世界里。更为重要的是，文学人类学所倡导的"文化文本"、阈限书写观念，对社会生活史、文化记忆史等史学研究开展反思。

阈限书写与新文科建设之跨学科研究相表里。新文科最大的特点是文理交叉，其"新"在于"论域拓展""价值重塑""话语主导""交叉融合""研究范式"[②]。从阈限书写进入，就是从板块交界处、裂隙处迂回进入，容易跨越学科分割的意识障碍，通过学科交叉推动了问题向纵深发展，形成了神话考古、神话与古史、认知神话学、文化文本、图像学、故事人类学、文化禳灾、医疗社会史等研究领域。

3. 文学人类学经由神话叙事、民俗仪式和族群认同中的阈限性书写所取得的研究新成果"引介"到以文学民族志重写文学史的过程中，意味着中国文学研究在理论范畴和方法层面上的更新与丰富。

近些年来，文学人类学研究正是充分以互信、互释、互证原理为实践的。只不过文学人类学在研究对象所处时段，除文字文本之外，更关注前文字时代

---

① 李永平：《媒介接引对文学人类学学科发展的贡献》，见徐新建主编：《文学人类学研究》（第2辑），社会科学文献出版社，2018年，第37页。
② 徐飞：《新文科建设："新"从何来，通往何方》，载《光明日报》2021年3月20日。

的文化文本，通过文化文本之"田野"背后的生活实践本源，获得认知体验与知识考掘，实现大小传统互训、互释、互证，文化文本的跨时代对话。这种对话场域象征着古今中外不同群体的意义、价值交换。非裔美国作家切斯纳特的短篇小说集《女巫》中门的意象，深层揭示了在种族隔离政治背景下，非裔美国人在文化和政治方面的境地。门（门廊）因其作为阈限空间所具有的转化和生成特征成为作者挑战颠覆白人意识形态的隐喻空间。巫师以恶作剧为调节手段，以喻指为修辞策略来弥合神界和现实世界之间的关系。这样的恶作剧者"往往居于十字路口，开放的公共场所（尤其是市场）门口和门槛。他们总是以各种方式处于社会和另一个世界之间"[①]。其所在的这样一些阈限性的空间体现了特纳所指的阈限状态。"在阈限状态，我们看到的是赤裸裸的，不稳定的人，他们的非逻辑性格表现在他们的不同行为模式：破坏性抑或创造性的，总是捉摸不定的，……恶作剧者显然是阈限性人物"[②]。在过渡礼仪当中，空白、模糊、无序的阈限状态需要某个局外人来引导人物走出这种状态。恶作剧者正是这样的引导者，而阈限性环境正是恶作剧者实施颠倒、对抗和逆转进而改变世界的沃土。

时间是由文化事件的书写强度决定的，阈限阶段是最具有书写价值的时间。从"替罪羊"的"替罪之阈"、苏美尔"伊南娜的身份之谜"，到中国的"玄鸟生商"创世神话、传国玉玺的政治神学、"荧惑守心"天文神话等，这些阈限书写进入"问题丛""风暴眼"。从作为文学书写的技术核心——"媒介"入手，反思文化文本的存在，我们发现阈限人、阈限物、阈限时空等阈限性书写才是真正的抓手。因此，当神话史、民俗史、族群史因为其中的阈限书写而重写的时候，与之密切相关的文学史重写也应得到重视。

近年来，经由阈限书写所发掘出的圣人神话原型、玄玉时代、熊图腾、乞巧民俗、玉礼器文本、良渚神徽、华为手机"鸿蒙"系统的"黎明创世鸟"原型、好莱坞电影中的"圣杯"神话、网络游戏中的"王者荣耀"，皆可看作文化文本中的阈限书写。

三、文学人类学研究之阈限学的出场

从人类文化活动赓续过程中的间隙处、未定处、边缘地带探究神话叙事、

[①] Barbara Babcock-Abrahams, "'A Tolerated Margin of Mess': The Trickster and His Tales Reconsidered", *Journal of the Folklore Institute*, 1975, 11 (3): 159.

[②] Victor W. Turner, "Myth and Symbol", in *International Encyclopedia of the Social Science*, Vol. 10, New York: Macmillan, 1968, p. 580.

民俗仪式、族群认同的研究活动及其相关成果，我们发现，阈限书写是文学人类学研究的新范式。与此同时，神话叙事、民俗仪式、族群认同中阈限书写的出场能够形成人们从文学人类学角度关注人类历史生活中"模棱两可"地带的学问——阈限学。

阈限来自人类学，又在文学人类学中得以发展，它包蕴着一种既守持自我本色又链接不同知识领域和学科的原动力。阈限书写会产生接受者阐释时的不确定性。以神话、戏剧、诗歌中的阈限书写为例，神话中的阈限书写多表现为原型母题，戏剧中的阈限书写多表现为角色扮演，抒情文学的阈限书写多表现为原型意象，它们分别传达了跨界思想，引发了问题丛和意义链。与之相关的多种仪式展演中的母题有宇宙起源、人类起源类神话、神与文化英雄，意象有英雄、上帝、人神、鬼怪精灵、自然风物等。这些母题衍生出不同种类的神话，拥有不同的阈限物和阈限期，它们反映着诸种神话所依托的不同国族的文化传统与精神诉求。阈限学的核心是阈限性书写，由此所取得的研究新成果被引介到文学人类学的研究过程意味着对阈限书写者历史心性[①]的澄明以及对人文社科知识体系的更新。

正像两个板块衔接处是地球新大陆的生产地带一样，我们认为，文学人类学研究长期聚焦神话、民俗仪式、族群认同、物叙述等未分蘖的文化大传统。在此基础上，借用人类学"阈限阶段"的阈限学的出场，意义非同寻常。它们大致体现在四个方面：一是为人们认识文化文本即"作为文本的文化"[②]（culture as text）提示了一种新的认知范式；二是感知不同事物之间的边界可能孕育着彼此链接的"秘密通道"；三是助力人们在事物"模棱两可"的过渡、转换的界面中获得无惧亦无忧的自我澄明之境，追求澄明之境的"和"与"和解""融会贯通"，而非唯我独尊的"同"；四是有利于人们在观照他者文明时摒弃"中心-边缘"范式，从西方佛卢瑟、德勒兹、加塔利、海德格尔以及朱利安的

[①] 历史心性，指称人们从社会中得到的一种有关历史与时间的文化概念。在此文化概念下，人们循一固定模式去回忆与建构"历史"。参见王明珂：《历史事实、历史记忆与历史心性》，载《历史研究》2001年第5期，第136—147页。

[②] 我们在此对这个术语做出必要的三层界定：文化文本，指由特定文化所支配的符号系统及其意义生成规则；文化文本，不等于"文化的文本"（cultural text），而等于"作为文本的文化"（culture as text）；文化文本，是大于"文字文本"或"语言文本"的概念，它将语言文字符号和非语言文字符号统统包括在内。参见叶舒宪：《文化文本：一场认知革命》，见李继凯、叶舒宪主编：《文化文本》（第1辑），商务印书馆，2021年，第8页。

"间性"视角重新认识世界。① 文学人类学语境中的阈限学链接着福柯所言的"间断性"②"异托邦",但又尝试着进入"间断性"内部,与朱利安关注"间距"一样,"引起一种脱离效果,触及未思的新途径"③,进入激发活力、促进反思、开拓创造性的新领域。只有我们"离开常道"独立思考"未知之处"④,我们才能避免把差异本质化并释放多种可能。所以,阈限学的提出对作为文化的文本进行全息考察,提供了新的理论支撑和路径指示。

余论　从阈限书写进入:文学人类学之"大文学"的出场

在文化批评领域,后殖民主义理论家霍米·巴巴针对被主流文化边缘化的流散族裔,提出了第三空间即阈限空间理论,这是"具有临界性和阈限性特质的、包容张力和外延的新的思维模式和理论范式。这种阈限空间是力图摆脱二元对立并寻求确立新的身份构建与话语权力的临界的他者空间,这一他者是囿于本民族内的'他者',亦是他民族内的'他者',被双方双向视为'异类'",在这种"独特的介于民族内与他民族之间的双重他者抵制策略"指引下,流散族裔虽然处在一个矛盾的、不确定的和混杂性空间,但是他们既可以缓解二元结构的冲突,又可离开原有的结构,寻找和建立多元的权力话语和身份。⑤

文学人类学诞生于新理论、新信息不断引进的时代,近年来从"文化文本""大小传统""四重证据""N级编码""隐蔽秩序"等角度,不断创新。如果从能量、信息的演化的秩序来看,世界的形式结构最终必然会因为熵增而趋于瓦解。熵主宰着漫无边际的无序和混沌。"熵的存在使整个宇宙呈现出由秩序走向混乱的趋势。"熵的自然演化也非常危险,而且最终会让所有人失落且无力反

---

① 比较文学是研究"间性"问题的,文学人类学亦如此,具体包括主体间性、文学间性、文化间性和语言间性。安乐哲、朱利安对此有深刻的见解。
② 福柯在《词与物》中发掘历史的间断性的可能性,就是为了抑制主体的先验构造和奠基作用,表明知识史和思想史的展开是无先验主体的,是匿名的,是无身份的。间断性是指这样一个事实,即"有时候,在几年之内,一种文化不再像它以前所想的那样思考了,而开始思考其他事物,并且以不同的方式思考"。参见 Michel Foucault, *Les Mots et les choses*, Paris: Éditions Gallimard, 1966, p. 64. 转引自莫伟民:《译者的话:19世纪——"人"的世纪》,见[法]米歇尔·福柯:《词与物——人文科学的考古学》,莫伟民译,上海三联书店,2016年,第20页。
③ [法]朱利安:《从存在到生活:欧洲思想与中国思想的间距》,卓立译,东方出版中心,2018年,第287页。
④ [法]朱利安:《从存在到生活:欧洲思想与中国思想的间距》,卓立译,东方出版中心,2018年,第288页。
⑤ 王微:《霍米·巴巴阈限空间思想刍议》,载《当代外国文学》2016年第2期。

抗。熵会消融全部的结构和格局，毁掉所有的星体、星系和生物细胞。"我们所知的整个世界……最终只有一个结局：死亡、瓦解、四分五裂。我们曾经那样热爱过的一切秩序，在历经磨难后也将灰飞烟灭"[①]。

从熵在系统演化的榫卯处征缴高昂的"税金"的铁律来看，要让文化升级为更高的复杂结构，逃脱被增熵俘获的命运，就要直奔文化演化之鹄的——演化的阈限节点。对自然科学来说，跨越生命节点，是从能量、质子、原子等无机世界向着细胞、生命、遗传基因等有机世界的跨越，是从复杂物理系统向着复杂适应系统（complex adaptive systems）的跨越。关注阈限，就相当于关注文化文本的层层迭代（iteration）转变的复杂节点。

如何在演化的阈限阶段实现"负熵"？笔者认为，问题的出路是为文字书写的文学引入变量——口头的文学、图文结合的文学，让文学回流到田野，进行文学的民族志反思，从文化整体和动态演化中把握文学人类学之"文化文本"。这正按下了文学人类学之"大文学"出场的按钮。

（原载《中国比较文学》2022 年第 1 期，
收入本书时标题和内容均有改动）

[①] 转引自［美］大卫·克里斯蒂安：《起源：万物大历史》，孙岳译，中信出版社，2019 年，第 24 页。

前言与致谢

本书源于 1983 年由弗吉尼亚大学的 J. 克里斯托弗·克罗克教授主持的 NEH 象征人类学夏季研讨会。我们不仅阅读了维克多·特纳最重要的作品，而且特纳夫妇与我们的研讨会小组一起讨论以色列之行，度过了一个难忘的下午。

那年冬天维克多·特纳去世后，我组织了一次 MLA 特别会议来讨论他的作品对文学研究的影响。本书的核心由该会议的论文组成。在为本书寻找其他论文的过程中，我要特别感谢向我推荐撰稿人的托马斯·帕维尔（Thomas Pavel）教授。

夏蒙·托纳（Sharmon Toner）和约翰尼特·伦迪（Johnette Lundy）花了很多时间准备稿件，他们在这一过程中始终保持着高效的工作状态，是在重压之下努力工作的好同事。在院长哈塔拉、雷诺和戴维斯的领导下，南缅因大学艺术与科学学院院长办公室给我们提供了资金支持，并开通哈佛借阅特权来支持我们进行原始研究。我对此万分感激。最后，没有任何言语可以表达我对杰克为我提供的多种支持的感激之情，他见证了我在这个项目上付出的一切。

弗兰克·E. 曼宁（Frank E. Manning）的综述论文《维克多·特纳的学术生涯和出版成果》最初以"维克多·特纳：一份敬礼"为标题出现在《符号学研究》（*Recherches Sémiotiques/Semiotic Inquiry*）1984 年第 4 卷第 2 期第 195—201 页中，经许可被重印。

米克·巴尔（Mieke Bal）的文章《体验谋杀——对古代文本的仪式解读》，最初在《符号学研究》1987 年第 7 卷第 2 期第 127—151 页中以《演说、谋杀、诡计、性别：士师记 4 和 5》为题发表，后经许可被转载。

简　介

凯瑟琳·M. 阿什利（Kathleen M. Ashley）

跨学科的话语

当前将文学重新定义为社会"人工制品"或社会"话语"并将文学研究置于文化批评的尝试中，以社会和文化为主要研究对象的社会学家和人类学家发挥了不可或缺的作用。

文化人类学家克利福德·格尔茨（Clifford Geertz）近期发现了一种新的发展方向，"模糊类型"（blurred genres）——社会科学和人文学科之间传统的界限出现了动摇。人类学家从人文学科借用了类比和意象，这让格尔茨对此既感兴趣又警觉。他认为，"随着社会理论从推动性的隐喻（活塞的语言）转向嬉戏的隐喻（消遣的语言），人文学科不再是充满怀疑的旁观者，而是作为社会科学理论意象的来源，参与到社会科学论证的过程中去，这体现了人文学科与社会学科的一种同谋关系"（1980：171）。与此同时，在摇摇欲坠的墙的另一边，文学研究直在采用社会学和人类学的关注点及策略。正如理查德·麦克西（Richard Macksey）所指出的那样，"最近，与文学批评家从其他学科中寻找模式和方法来研究文本，甚至绑架文本的这一贪婪欲望相比，像格尔茨这样的社会科学家的跨学科互动的观点看起来简直算是贞洁"（312）。

致力于某种形式的文化批评的期刊数量的激增只是将文学置于更大的社会话语中的一个标志。在这些期刊中，研究者们探索社会科学和文学研究之间的跨学科领域。例如，1988年春季的一期《批判性探究》（Critical Inquiry），探讨了如何在当代理论术语中重新定义文学社会学（它源于19世纪的现实主义和马克思主义的文学观念，即文学是社会的"镜子"）。在另一部合集《写文化：民族志的诗学与政治学》中，作者从文本批评和话语理论出发，研究后现代文化表征过程的适当方法。詹姆斯·克利福德（James Clifford）在引言中认为，这些文章将民族志视为小说和文化批评模式的构想是"后人类学"和"后文学"的。

基于以上背景，本书《文学与人类学之间：维克多·特纳的文化批评建构》首先呼应了当下跨学科研究的热潮，并为此做出了贡献。跨学科研究在重塑社会思想的同时，也使得文学活动与文化相呼应。本书中大多数文章虽然都集中探讨了如何将维克多·特纳的思想运用到文学批评和文学史研究的实践中，但也有一些文章向读者揭示了特纳的文学研究兴趣。伊迪丝·特纳（Edith Turner）在文章《维克多·特纳人类学理论的文学根源》中详述了特纳的文学研究历程，如特纳早期对古典文学和英国文学的研究，他采用戏剧的隐喻来描述社会行为，他对冰岛萨迦和日本《源氏物语》（*Tale of Genji*）等叙事类型的兴趣，等等。特纳的研究体现了人类学研究与文学研究之间的双向互动，并在这种互动中产生了丰硕的成果。

其次，本书在跨学科对话的框架内，对特纳理论的主要概念进行了分析，希望能够对那些正在建构文化研究新形式的人们有所启发。这些文章通过分析象征行为和文化表演为"人类作为意义的集体创造者"这一观点提供了证据。尽管途径大相径庭，但所有作者都在寻求为形式主义文学分析方法提供替代方案。例如，大卫·雷宾（David Raybin）在对中世纪传奇文学的讨论中，将该流派的发展与12世纪法国有闲阶级（leisure class）的发展联系起来，对有闲阶级来说，浪漫主义发挥着意识形态上的重要作用。托马斯·帕维尔（Thomas Pavel）通过展示特纳的社会戏剧阶段如何提供某些叙事类别的参照核心来挑战纯粹的形式主义叙事学。同样，C. 克利福德·弗拉尼根（C. Clifford Flanigan）指出，"必须打破过去的形式主义和美学模式"，将中世纪戏剧置于文化和历史背景中来分析。

文化理论与变革问题

为了清晰地定位特纳对文化批评做出的贡献，我将在引言中集中讨论任何历史理论中反复出现的棘手问题，包括对文学史理解的变化。传统的观念将历史变革描述为一系列戏剧性的"（由战争、革命、杰出人物产生的）非连续性"（Said，222）。当代文化分析主要来自马克思主义、结构主义和后结构主义理论的各种变体。经典马克思主义史学假设是辩证力量来推动变革，变革是社会结构内部不可避免的矛盾的结果。因此，基于结构包括其自身解构的种子这样的"历史"（马克思主义）分析的假设，马克思主义者批评年鉴学派的结构主义者关于社会结构如果任其发展将保持不变的观点[1]。法国两个历史学派之间的争论在于，年鉴学派的结构主义者更喜欢延续传统、重复拉朗杜格雷模式（la longue durée，长期持续的社会经济模式），而马克思主义者则谈论矛盾、斗争和历史的不连续性。[2]从更广泛的角度来看，共时历史分析可以与假定"发展"和"进步"的线性的、历时的分析区分开来。正如莫里斯·曼德尔鲍姆（Maurice Mandelbaum）所指出的，结构主义的方法较少关注前因与后因的关系，而更关注阐明部分与整体之间的关系，或者说部分与部分之间的关系。如果结构主义学派倾向于将制度系统视为没有历史的，那么马克思主义就因其关于阶级冲突必然导致有序变化的论点及其乌托邦式的目的论而受到攻击。基于此，文化理论在寻求阐释社会和文化变革的过程中，一方面面临着理论缺失，无法充分阐释变革的过程的困难，另一方面面临着过于强调决定性变化而忽视其他因素对变革过程产生影响的困难。文化理论就在这进退两难中，令人不安地前进着。

文化变革是如何发生的也是一直争论不休的话题。对于经典马克思主义来说，物质/经济生活的生产方式决定了上层建筑（社会、政治、文化过程）的特征。卢卡奇（Lukacs）和戈德曼（Goldmann）等文学理论家已经进一步探讨了文学作为一种社会附带现象的含义，这样一来，文学比它所反映的社会经济基础更不真实，并且随着经济基础的变化而变化。但是，仅仅将文学活动视为外在的社会经济"现实"的纯粹反映、类比的观念具有明显缺陷。其他马克思主义批评家，如皮埃尔·马切里（Pierre Machery）、特里·伊格尔顿（Terry Eagleton）和弗雷德里克·詹姆逊（Fredric Jameson）等尝试通过阐述文本和社会系统之间的各种中介形式来对文学与社会历史之间的关系提供更为复杂的解释。[3]

中介是"半透明又变形的现实，由介于社会参照物和文本之间以及作品和读者之间的文学规范、制度和领域所形成"（Viala，563）。正如多米尼克·拉卡普拉（Dominick LaCapra）所说，文本位于网络中，并且对网络的探索可以"避免只强调艺术的特征和典型本质（甚至卢卡奇和卢西恩·戈德曼也是如此，对他们来说，艺术只是作为一种拥有更强大力量的批判性表达）。或者，'伟大的'艺术本身就是一种促使建设性变革的非凡又关键的力量（那些法兰克福学派的人倾向于这一观点）这样的片面分析"（1982：64—65）。文学创作现在是一个过程，文本既是"被生产的对象"又是"生产活动"，是"一种有独特意义的，与非话语真理无关而与其他意义相关的实践"（Frow，21）。它的真实性不依赖于历史之外的话语领域。然而，正如弗罗（Frow）所指出的，与后结构主义者不同，伊格尔顿、马切里和詹姆逊都坚信文本之外还存在着历史。

此外，詹姆逊信仰马克思主义乌托邦式的目的论，即"人类由最初的统一，到随之而来的异化,再到革命的救赎以及最终在共产主义王国来达到自我恢复的世界历史进程"。詹姆逊承认,他的分析始于"一种特定的社会形态存在于各种不同的共时系统或生产方式的共存中,每一种系统或生产方式都有自己的动力或时间方案,即一种元共时性"。在此基础上,他进一步转向"用体现系统变革的历时的语言来描述文化革命"(1981:97)。他解释了结构主义和马克思主义系统变革模型之间的区别:

> 因此,一种新的主导制度获得优势的胜利时刻,不过表现了它为了永远保持主导地位并实现再生产而进行的不间断的斗争,在其存续期间,这场斗争必须持续下去,并在所有时刻都伴随着那些拒绝同化、寻求支持的旧的或新的生产方式的系统的或结构上的对抗。……如此认知的文化革命可以说是超越了历时和共时的对立。[①] (97)

如此,即使是最老练的马克思主义批评家也对革命的存在和必然性有强烈的信心。

文化评论家对形式主义的文学演变的理论有着浓厚的兴趣,因为这一理论为文学系统如何通过生产和转化的普遍规律发生变化,提供了一种强有力的机械性解释。根据俄国形式主义者的说法,每时每刻,文学场域都有一种主导的文学模式,通过材料"陌生化"的过程被新的主导者"自动"取代。正如弗罗所指出的,"文本的历史维度不仅涉及它的过去(它所反映的规范),还包括它的未来(文本打破旧有规范转变为新的规范)"(85)。形式主义者专注于文学性的因素,将文学视为"一种受其自身规律性的支配,或多或少独立于相邻的文化领域的自主的现实"(Steiner,245)[4]。

在对这一理论的批判中,姚斯(Jauss)认为俄罗斯形式主义:

> 将文学体裁和形式的演变考虑和描述为一个限制性的单线过程。它无视文学体裁在日常历史中的作用,将它们在当代和后来的观众中的接受和影响斥为纯粹的社会学和心理学问题。尽管如此,文学的历史性并没有被吸收到审美形式系统的继承和流派的不断变化的等级制度中……既然文学体裁有它们的"生活轨迹",也有它们的社会功能,那么文学演变也必须超越其自身的共时性和历时性关系,通过其在历史总进程中的社会功能来确定。(107)

---

① 此处采用王逢振、陈永国两位学者的译著《政治无意识》中的译文。[美]弗雷德里克·詹姆逊:《政治无意识》,王逢振、陈永国译,中国人民大学出版社,2018年,第74页。——译者

皮埃尔·布尔迪厄（Pierre Bourdieu）同样指出结构主义将外部因果关系从"至关重要的可能性领域"中分离出来：

> 我们不可能将文化秩序视为一个完全独立于将其付诸实践并使其存在的行为者和机构的（作家和社会）系统：如果只是因为似乎没有任何方法可以解释这个任意孤立和存在的变化，从而使其去历史化，除非我们赋予它内在的自动转换倾向。……同样的批评也可以针对俄国形式主义者，像福柯一样，他们利用相同的资源，只考虑文本系统、文本之间的关系网络、它们的"互文性"。因此，又再次像福柯一样，他们不得不在文本系统中找到这个系统的动态原则（543）。

福柯的工作预设了历史在认识论或话语形式中的转变。然而，他的兴趣不在于历史变迁理论，而是同一时期文本结构之间的相关性。认识论的断裂性变化被明确指出，但变化过程本身从未被分析过。福柯说他并不否认历史，而是"暂时搁置对普遍的、空洞的变化范畴的探讨，转而揭示不同层次的转变"（200）。他的主要贡献是制定了一种能够让特定时期的话语之间的隐含同构可以在任意时期被理解的规范。[5]

就福柯的话语权力模型从某种程度上包含个人行为者和意图而言，很难将对抵制和颠覆文化规范的行为理论化。斯蒂芬·格林布拉特（Stephen Greenblatt）在他著名的福柯式的后记中承认："据我所知，没有纯粹的、不受约束的主观性的时刻；事实上，人类主体本身从一开始就显得非常不自由，它是特定社会中权力关系的意识形态产物……如果还留有自由选择的痕迹，那么选择就是在被现行社会和意识形态制度严格划定的可能性这一范围之中"（256）。芭芭拉·利业·哈蒙（Barbara Leah Harmon）在她对格林布拉特的《文艺复兴时期的自我塑造》（*Renaissance Self-Fashioning*）的长篇评论中评论道："放弃人文主义阵营并进入后结构主义阵营，［格林布拉特］需要保护自己不被指责为一个以反动立场无法适应或抵抗社会变革的决定论者"（63）。正如哈蒙所指出的，格林布拉特对社会秩序的反抗取决于自我观念和文学话语特殊地位的恢复——这二者都被后结构主义文化批评质疑。

福柯的"权力-知识"结构形成的巨大的整体力量可能会使人们忽视失败的可能性或历史变革本身。因此，爱德华·萨义德批评福柯的权力理论，"它们甚至没有为新兴运动提供名义上的许可，更不用说考虑到革命、反霸权或历史障碍。在人类历史中，总有一些东西超出了支配系统的范围，这些深入社会却超出社会的东西显然是使变革成为可能的原因，它限制了福柯对权力的理解，

并阻碍了他的权力理论"。(246—247)[6]

女性主义批评者也反对后结构主义的"新决定论"。琳达·阿尔科夫（Linda Alcoff）在近期的文章《文化女性主义与后结构主义》（Cultural Feminism versus Post-structuralism）中总结了德里达和福柯的观点，即"我们是被建构的——也就是说，我们主观性的体验是一种由超越（远远超出）个人控制的社会话语调节或基于社会话语所建构的。正如福柯所说：'我们的身体完全被历史所烙印'"（Alcoff，416）。她从文化和女性主义的角度，反对后结构主义倾向于"在社会话语或一系列制度中，消除个体行为因素的观念"（417）。朱迪思·牛顿（Judith Newton）也在文章《历史如常？女性主义和新历史主义》（History as Usual? Feminism and the New Historicism）中，提出了相似的论点，即"女性主义和唯物主义文学/历史实践倾向于以一种让我们更好地解释社会变革和人类能动性的方式产生'历史'"（117）。

许多文化批评家在面对马克思主义、结构主义和后结构主义理论家时，需要关注历史变革和人类能动性问题。20世纪90年代的议程似乎是对这两个问题的进一步的理论探索，并超越了过去三十年的基本见解。马克思主义理论家从事这个研究已经好几年了，亚历克斯·卡里尼科斯（Alex Callinicos）的《创造历史：社会理论的能动性、结构和变化》（*Making History: Agency, Structure, and Change in Social Theory*，1988）特别清楚地描述了过去的僵局，并提出了如何通过协商来保持社会结构的力量和人类能动性的可能性。亚兰·杜罕（Alain Touraine）的《行动者的回归》（*Return of the Actor*，1988）中，提供了一个类似的社会学批评理论，即他所谓的"行动社会学"，旨在重新将社会变革的能力理论化。在捕捉到逐渐兴起的强调动态变化，反对静态结构方法的跨学科趋势后，新杂志《文化动态》（*Cultural Dynamics*）也承诺将会成为"讨论理论的模拟变化和转型过程的论坛"（1）。

在更接近文学研究的领域，大卫·辛普森（David Simpson）在最近一期《批评探究》（*Critical Inquiry*）中，发表了文章《文学批评和回归"历史"》（Literary Criticism and the Return to History，1988）。尽管他的文章仅限于对过去批评的回顾和对未来如何进行唯物主义历史批评的警告上[7]，但辛普森也表明，如果我们用"亚文化"代替"文化"这个词的所有用法，那么，将会出现这样一种结果：

> 一个规范性的、全面统治的历史范式的巨石立即消失了，我们期待一个由复杂的利益和派别组成的世界，每个派别都在努力成为一种

文化（也可能不是）。在文学批评经常满足于形象千篇一律的地方，差异将被重新铭刻。这并不意味着没有主导结构，恰恰相反它可以帮助我们维持一种模式，一种有明显决定性选择的模式，以及产生这种决定性选择的关键性的冲突和联盟。这不是为了将多元化或多样性视为一种信仰问题，而是要认识到物质不平等在社会意识的形成和解决社会冲突中的地位。文化是亚文化竞争或合作的结果。（744）

同样，辛普森呼吁"由特异性和主体间性组成"的主体性概念。正如他所指出的，德里达和福柯：

> 无论是在语言还是话语中都多次主张主体间性的首要地位；阿尔都塞对意识形态的力量也提出了类似的主张。这些极端的论点无疑是人文主义者传统的治疗替代品，但在我看来，它们似乎不能满足详细分析方法的需要。主体性（subjectivity）必须被想象为确定的（如果不是总是可见的）力量的场所，使我们倾向于在相对不受约束和被高度约束之间作出决定。单独来看，无论是自由意志还是历史自动主义（historical automatism），都不能充分地解释特定的行为（尤其是语言行为）。（745）

文化批评处在一个新的、尚未确定的、蓄势待发的阶段，我们可能会发现其他文化理论家已经探索过的概念的用途。因此，我的引言的第二部分将重点介绍人类学家维克多·特纳在其三十年的职业生涯中的关键思想。本书中的文章以各种方式运用这些思想，我将追溯其中几个开创性概念与文化变革理论化问题之间的相关性。

社会戏剧（Social Dramas）

大多数文化理论家都假设了历史变革的功能性或进化性概念（如果他们有的话）。结构主义者倾向于将系统，无论是社会系统还是文学系统，视为自我调节机制。马克思主义者将平衡和不平衡状态视为交替的过程，在这些过程中发生了不可避免的历史转变序列[8]。从他的职业生涯开始，特纳就全神贯注于正统人类学中没有的变革理论：

> 我是在各种新的文化理想的发展过程中以及如何使其成为现实的各种尝试中寻找证据。此外，有一些形形色色的社会行为模式并不具备有组织的社会群体的结构性特点，因此也值得我们关注。我在艺术、

文学、哲学、政治及法律思想、历史、比较宗教以及一些相关的文献中获得了有关社会本质的更有启发性的观点，这远比我的同行们在当时十分盛行的结构功能主义的范式指导下对"规范的社会科学"所进行的研究更具有启示作用。①（1976：46）

特纳最早的民族志研究《一个非洲社会的分裂与连续》（*Schism and Continuity in an African Society*, 1957），体现了英国社会人类学主导模式中的功能主义，但与曼彻斯特学派其他人使用机械语言不同，特纳为恩登布的"社会戏剧"选择了一个顽皮的比喻。此外，在他的模型中，动态的、冲突的元素在结构主义－功能主义分析中发挥了比平常更大的作用。克利福德·格尔茨评论道：

在应对社会变革时，功能方法已经不再起效。……对平衡系统、社会稳态和永恒的结构图景的强调导致倾向于支持处于稳定平衡中的"良好整合"的社会，并倾向于强调一个人的社会习惯和习俗的功能方面，而不是其功能失调的影响。（1973：143）

社会戏剧通过违规/危机/矫正/重新整合或分裂阶段的"过程形式"，强调的是历时性，而不是社会内部的静态平衡。特纳在其论文集《论叙事》（*On Narrative*）中，详尽地描述了"社会戏剧"的概念与文学形式的关系。特纳认为，社会戏剧是普遍的政治行动和社会转型的形式。因此，它既可以作为社会基础，也可以作为一种叙事结构。它是"许多文化表演类型的经验母体，包括一开始的矫正仪式和司法程序，最终包括口头和文学叙事"（154）。[9]

托马斯·帕维尔的文章《欲望和仪式的叙事》（Narratives of Ritual and Desire），采用了特纳的社会戏剧范式并探讨了他的见解，即"叙事语法的类别与社会戏剧的各个阶段相吻合"。帕维尔总结说："旧的结构主义叙事学经常提出静态模型，但对具体类别的反应是不充分的，因此需要一种更具动态的情节理论，它不仅可以解释情节的架构，还可以解释情节的运动原理。"他指出了特纳的社会戏剧模式与那些仍然以仪式行为为模式的社会所产生的叙事，特别是对于外部冲突的叙事具有强烈的相关性。

大卫·雷宾在《美学、浪漫传奇和维克多·特纳》（Aesthetics, Romance, Turner）中将社会戏剧的"矫正"阶段与"符号、创新形式和新秩序"的生产

---

① 此处采用刘珩、石毅两位学者的译著《戏剧、场景及隐喻：人类社会的象征性行为》中的译文。[美]维克多·特纳：《戏剧、场景及隐喻：人类社会的象征性行为》，刘珩、石毅译，民族出版社，2007年，第39—40页。——译者

——象征性行为和艺术的领域——联系起来。他分析了 12 世纪法国兴起的骑士浪漫传奇，并以此为例，说明"艺术的象征性或者说实际上是一个仪式性的角色如何成为一个明确的、有自我意识的社会单位秩序的中心"。

特瑞莎·德·劳雷蒂斯（Teresa de Lauretis）认为，"尽管他在顺序问题上与结构主义争论不休（他坚持认为，社会戏剧的阶段是不可逆转的，仪式的运动是变革性的），但特纳的模型在很大程度上也是一个综合模型"（127）。诚然，特纳的社会戏剧概念是他最实用的概念，但德·劳雷蒂斯尽可能地降低了特纳一直坚持的，即使是最结构化的系统也有可能发生变化的这一不确定因素。特纳指出，"即使在指令规则和习俗得到强烈认可的情况下，也可能会在相对确定的元素的范围内产生不确定性和模糊性。……不确定性不应被视为社会存在的缺失。……相反，它是潜力、是未来的可能性"（1981：154）。芭芭拉·巴布科克（Barbara Babcock）的文章《泥土、镜子、化妆——〈幕间〉中的阈限性和自反性》（Mud, Mirrors, and Making Up: Liminality and Reflexivity in Between the Acts），从女性主义的角度探讨了不确定性、自反性和颠覆性之间的相互关系。

仪式（Ritual）

恩登布的田野调查使特纳重新审视了仪式，并在此基础上进一步超越了功能主义。芭芭拉·巴布科克和约翰·麦卡隆（John MacAloon）将这一转变描述为"符号学意义的"："仪式和所有文化表演的单位或'分子'是编织成复杂的象征织锦的符号。社会关系与物质结构一样具有意义，象征过程和形式不仅在工具或中介机制中发挥作用，而且是最完整意义上的政治'行为者'"（1987：8—9）。在 20 世纪 60 年代后期出版的《象征之林——恩登布人仪式散论》（The Forest of Symbols: Aspects of Ndembu Ritual，1967，以下正文中简称《象征之林》）、《苦难的鼓声：赞比亚恩登布宗教过程研究》（The Drums of Affliction: A Study of Religius Processes Among the Ndembu of Zambia，1968，以下正文中简称《苦难的鼓声》）和《仪式过程：结构与反结构》（The Ritual Process: Structure and Anti-Structure，1969，以下正文中简称《仪式过程》）三本书中，特纳对仪式作为社会过程和理论结构进行了最全面的分析论述。

罗纳德·格莱姆斯（Ronald Grimes）在《维克多·特纳的仪式相关理论》（Victor Turner's Definition, Theory, and Sense of Ritual）一义中指出，特纳在使用该术语时存在许多矛盾之处。但他承认特纳对仪式理论的贡献：

特纳的仪式理论打破了仪式研究领域中保守主义的束缚。关于仪式的传统的绝大多数概念和理论都是功能主义的，强调仪式会在多大程度上服务于现状并抵制变革。仪式被描绘成最落后、最拖后腿的文化形式。它几乎无法作用于社会，仅仅是社会的"存储库"或"反映"。它总是被动的、惰性的。特纳为我们描绘了另一幅场景，那就是仪式其实是一个文化代理中介，它精力充沛具有颠覆性、创造性和社会批判性。

格莱姆斯认为，特纳的仪式研究涉及的区域范围很广："大脑生理学、戏剧、宗教、社会进程、艺术、文学、政治和许多其他领域。"米克·巴尔（Mieke Bal）在文章《体验谋杀——对古代文本的仪式解读》（Experiencing Murder: Ritualistic Interpretation of Ancient Texts）中扩展研究了特纳的仪式概念对符号学和女性主义研究的作用与启发。通过特纳认为的仪式的基本单位——文本的主要象征符号，巴尔开始理解在（男性）史诗和（女性）抒情诗不同版本中，《士师记》第四和第五章节西西拉（Sisera）被谋杀这一故事情节隐含的社会仪式和意识形态立场。

特纳认为一个仪式中的中心象征符号（如恩登布人齐海姆巴仪式中的卡武拉）不仅是模棱两可的和多义的，而且是生成性的，是"一个取之不尽的概念母体，一个定义的源泉"（1975：180）。他明确地阐述了他的象征符号理论的主旨："我认为包括仪式符号在内的文化符号源自社会关系的时间性变化的过程之中并且维持着这些变化过程，文化符号因此并不是不受时间限制的实体。正因如此，我才认为仪式符号所具有的那些重要特性同样参与到了这些动态的发展过程之中。符号促成了社会行为。"①（1974：55）对于特纳来说，社会变革是通过隐喻方程、象征载体和仪式行为发生的。

斯蒂芬·福斯特（Stephen Foster）在他的文章《象征意义和后现代表征问题》（Symbolism and the Problematics of Postmodern Representation）中，对象征人类学进行了当代批判，运用后现代话语中意义的不确定性，质疑了非反思性的象征解释（unreflexive symbolic interpretations）："我的论点是，象征符号本身并不伴随着意义；意义是在特定的场合、特定的政治和历史环境下被赋予的"。福

---

① 此处采用刘珩、石毅两位学者的译著《戏剧、场景及隐喻：人类社会的象征性行为》中的译文。[美]维克多·特纳：《戏剧、场景及隐喻：人类社会的象征性行为》，刘珩、石毅译，民族出版社，2007年，第50页。——译者

斯特承认，特纳"通过强调语境的重要性，认识到了这个问题，将（解释/意义）视为机械编码过程之外的其他东西"。

阈限（Liminality）

特纳对暂时性时间过程的兴趣使他通过两个理论概念——阈限和社会反结构（1974：45）来修改静态比较形态分析方法。阈限的概念来自范热内普（van Gennep）的通过仪式，其中新旧状态之间的间隙阶段被称为边缘或阈限。特纳强调了这种阈限状态的重要性，这种阈限状态处于固定的两个点（或结构体系）之间，因此具有模糊性，甚至是悖论的特点。在《仪式过程》（1969）和后来的作品中，他将阈限性从部落社会中的成年仪式推广到更复杂的文化，最终追踪西欧社会中的"类阈限"现象。特纳将注意力放到了"复杂工业社会中的休闲艺术和娱乐类型与古老部落和早期农业文化的仪式和神话之间的相似之处"（1977：43）。

也许对我们的主题来说最重要的是，阈限被描述为"可能性领域"，可以用来检验新的文化给定的组合。因此，阈限语境和状态是"义化创造力的温床"，催生了新思想和新范式。作为乌托邦而非确定性转变的空间，阈限与巴赫金的"狂欢"概念密切相关。正如多米尼克·拉卡普拉指出的那样，巴赫金的狂欢节现象具有矛盾的功能，"通过节日的笑声检验和挑战社会和文化的各个方面：那些有问题的可能会准备好改变，那些被认为合法的可能会得到加强"（1983：306）。对于拉卡普拉来说，巴赫金作为文化理论家的价值在于这种乌托邦维度的愿景，即一种探索历史转变可能性的"实验性幻想"。然而，正如约翰·弗罗所说，在后期研究中，巴赫金"早期著作中的批判马克思主义越来越多地被一种民粹主义用词所取代，继而关注的是永久性的或反复出现的对抗结构，而不是变化的差异结构"（98）。

C. 克利福德·弗拉尼根在《阈限、狂欢节和社会结构——以中世纪晚期圣经剧为例》（Liminality, Carnival, and Social Structure: The Case of Late Medieval Biblical Drama）一文中分析了特纳和巴赫金的"他者性话语"，并指出，对特纳和巴赫金来说，对反结构、狂欢甚至颠覆性现象的兴趣占据了主导地位。尽管从符号学上讲，反结构需要结构，但特纳和巴赫金倾向以消极的方式将社会结构和官方文化视为要被来自节日阈限与共同体中的创造力超越的东西。

弗雷德里克·特纳（Frederick Turner）在《"从天神到丑怪"——维克多·

特纳思想的反结构和批判性》("Huperion to a Satyr": Criticism and Anti-structure in the Work of Victor Turner)中详细阐述了这一见解:"对他来说,文化现实起源于'介于'稳定和稳固的社会常规状态之间的阈限状态。这个富有创造力的温床将免受任何亵渎性的指控,因为这个空间中所有行动都是'唯一的'虚拟语气①,可以这么说,都只是不确定的问号。"弗雷德里克·特纳探讨了维克多·特纳的"虚拟语气"对学院、学科、教学法以及文学批评的影响,他认为,一旦传统的学科界限被抹去,文学将成为"一系列仪式和人类活动的一部分"。

自反性(Reflexivity)

对于后现代批评来说,最重要的也许是特纳关于仪式、阈限、虚拟语气和游戏等概念都深深地体现了自反性的洞见。现代文化批评家[阿多诺(Adorno)是一个特别明显的例子]经常否认除了最精英和深奥的艺术形式之外的艺术形式具有自反性和颠覆性的潜力。特纳反对这一看法。在元模式(meta mode)中发挥作用的能力不仅是老练的知识分子所拥有的:"从来没有任何无辜的无意识的野蛮人,生活在一种不反思和本能的和谐状态中。我们人类都是复杂老练的、有意识的,能够在我们自己的社会中大笑,我们在继续前进的过程中集体创造我们的生活,通过玩游戏,展演我们自己的存在。"

罗伯特·戴利(Robert Daly)在《库柏、霍桑、凯瑟和菲茨杰拉德小说中的阈限性》(Liminality and Fiction in Cooper, Hawthorne, Cather, and Fitzgerald)一文中分析了阈限在美国小说中的作用。他认为,许多美国作家准确地描绘了时间上和历史上的临界情况,以便能够想象和检验我们的文化选择。

在特纳最后十年的著作中,他不断地对自反性进行研究。芭芭拉·巴布科克关于"叙事自反性"的著作为他提供了仪式和文学形式相比较的基础:"仪式和文学以不同的方式……为社会性讨论提供'元语言'……[他们]就是社会自我表达的方式"(1976:51)。特纳利用"文化展演"[来自辛格(Singer)等人]和"元传播"[来自贝特森(Bateson)]的概念,进一步发展了他关于阈限或虚拟语气诸如节日、其他表演和叙事体裁的多重自反功能的概念。[10]他将早期

---

① 特纳借用语法术语来说明阈限与日常空间的不同,日常结构里的活动类似陈述语气(indicative mood),阈限空间中的活动则类似于虚拟语气(subjunctive mood)。阈限中充满实验与游戏,关于想象、文字、象征符号、隐喻的游戏。——译者

对传统仪式和社会戏剧的见解扩展到了现代西方社会，但需要注意的是，在复杂的现代社会中，社会展演通常是可选择的，而不是强制性的。在下文，芭芭拉·巴布科克使用自反性的镜像来解读弗吉尼亚·伍尔夫（Virginia Woolf）的小说《幕间》。这部小说反映了多种不同层次的表演，是对"创造力的趣味和严肃两方面"的反思。这种创造力似乎最常出现在戏剧空白和沉默之间，出现在阈限过渡和自反时刻中。

在文化批评中，维克多·特纳的文化理论在讨论社会系统和个体作品之间的关系、评估社会结构和人类能动性的相对权重，以及理解系统或社会如何变化的过程中，提供了一套有用的方案。他关于社会戏剧、象征、仪式、阈限、自反性和展演类型的关键概念提供了一种将社会经济和政治结构与其个体行为者结合在一起的手段（有时通过广泛的建构，有时通过细微的分析）。它们使我们能够将个体转变的过程，以及文化成员选择社会想象的过程概念化。也许最重要的是，特纳从根本上提供了对文化创造、交流和展演意义的符号学解释。

注解

[1] 参见 Albert Soboul, "Description et mesure en histoire sociale"。

[2] 参见 Ferdinand Braudel, "Histoire et sciences sociales: *La longue durée*"。

[3] 参见雷蒙德·威廉斯（Raymond Williams）在《物质主义和文化问题》（*Problems in Materialism and Culture*）中对文学作为"超结构"的批判；亦可参见约翰·弗罗在《马克思主义与文学史》（*Marxism and Structuralism*）一书第18—50页所撰写的"马克思主义和结构主义"一章。

[4] 关于对形式主义者的讨论，也可参见 Fredric Jameson, *The Prison-house of Language*。

[5] 在这里特别推荐阅读 Alan Sheridan, *Michel Foucault: The Will to Truth*, pp. 89 - 110。

[6] 他在这里引用了雷蒙德·威廉斯在《政治与文学》中对卢卡奇和戈德曼的批评。"无论一种社会制度如何占据主导地位，其主导的真正含义都涉及对其所覆盖的活动的一种限制或选择，所以从定义上讲，它不能穷尽所有的社会经验，因此这些社会经验总是潜在地包含了尚未被清楚地表达为某种社会制度甚至社会方案的替代行动和目标的空间"（Said, p. 240）。也可参见达纳·波兰（Dana Polan）在文章《越界的寓言：福柯话语中的政治阅读

与阅读政治》（Fables of Transgression：The Reading of Politics and the Politics of Reading in Foucauldian Discourse）中关于福柯对权力/知识理论的叙述。

[7] 斯坦利·费希（Stanley Fish）和安娜贝尔·帕特森（Annabel Patterson）也对这个问题发表了看法。请参阅他们在《南大西洋季刊》（*South Atlantic Quarterly*，1987）上发表的关于"变革"和"秩序与混乱的理论"的文章。

[8] 请参阅皮埃尔·L. 范登伯格（Pierre L. van den Berghe）在德梅拉特（Demerrath）和彼得森（Peterson）合著的《系统、变革与冲突》一书中的论文《辩证法和功能主义》（Dialectic and Functionalism）。功能主义和辩证法这两种理论都认同社会变革是一个进化的过程，皮埃尔在文中对二者进行了比较分析。

[9] 参见《戏剧、场景及隐喻：人类社会的象征性行为》（*Dramas, Fields, and Metaphors：Symbolic Action in Human Society*）中对社会戏剧的详细分析。

[10] 如"Liminality and Performative Genres", in John J. MacAloon, *Rite, Drama, Festival, Spectacle*, pp. 19 – 41。

参考文献①

Adorno, Theodor. *Aesthetic Theory*. Trans. C. Lenhardt. Ed. Gretel Adorno and Rolf Tiedmann. London and New York：Routledge and Kegan Paul, 1984.

Alcoff, Linda. "Cultural Feminism versus Post-structuralism：The Identity Crisis in Feminist Theory." *Signs* 13(1988), 405 – 436.

Babcock, Barbara, and John MacAloon. "Commemorative Essay." *Semiotica* 65(1987), 1 – 27.

Bourdieu, Pierre. "Flaubert's Point of View." *Critical Inquiry* Special Issue on the Sociology of Literature. Ed. Priscilla Ferguson, Philippe Desan, and Wendy Griswold. 14(1988), 539 – 562.

Braudel, Ferdinand. "Histoire et sciences sociales：*La longue durée*." *Annales ESC* XIII(1958), 725 – 753. (Trans, in *Economy and Society in Early Modern Europe：Essays from "Annales."* Ed. Peter Burke. London：Routledge and Kegan Paul, 1972, pp. 11 – 42.)

---

① 本书参考文献均保留原书格式。

Callinicos, Alex. *Making History: Agency, Structure, and Change in Social Theory*. Ithaca: Cornell University Press, 1988.

Clifford, James, and George Marcus, eds. *Writing Culture: The Poetics and Politics of Ethnography*. Berkeley: University of California Press, 1986.

De Lauretis, Teresa. *Alice Doesn't: Feminism, Semiotics, Cinema*. Bloomington: Indiana University Press, 1984.

Fish, Stanley. "Change." *South Atlantic Quarterly* 86(1987), 423–444.

Foucault, Michel. *The Archaeology of Knowledge*. New York: Pantheon, 1973.

Frow, John. *Marxism and Literary History*. Cambridge: Harvard University Press, 1986.

Geertz, Clifford. "Blurred Genres: The Refiguration of Social Thought." *American Scholar* 49(1980), 165–179.

————. "Ritual and Social Change." In *The Interpretation of Cultures*. New York: Basic Books, 1973, pp. 142–169.

Harmon, Barbara Leah. "Refashioning the Renaissance." *Diacritics* 14(1984), 52–65.

Jameson, Fredric. *The Political Unconscious: Narrative as a Socially Symbolic Act*. Ithaca: Cornell University Press, 1981.

————. *The Prison-House of Language: A Critical Account of Structuralism and Russian Formalism*. Princeton: Princeton University Press, 1972.

Jauss, Hans Robert. *Towards an Aesthetic of Reception*. Trans. Timothy Bahti. Minneapolis: University of Minnesota Press, 1982.

LaCapra, Dominick. "Bakhtin, Marxism, and the Carnivalesque." In *Rethinking Intellectual History: Texts, Contexts, Language*. Ithaca: Cornell University Press, 1983.

LaCapra, Dominick, and Steven L. Kaplan, eds. *Modern European Intellectual History: Reappraisals and New Perspectives*. Ithaca: Cornell University Press, 1982.

Macksey, Richard. "Introduction: 'A New Text of the World.'" *Genre* XVI (1983), 307–316.

Mandelbaum, Maurice. "A Note on History as Narrative." *History and Theory* VI, 413–419.

Newton, Judith. "History as Usual? Feminism and the 'New Historicism.'" *Cultural Critique* 9(1988), 87–121.

Patterson, Annabel. "Theories of Order and Disorder." *South Atlantic Quarterly* 86(1987), 519–543.

Pinxten, R., et al. "Cultural Dynamics: A Vision and a Perspective." *Cultural Dynamics: An International Journal for the Study of Processes and Temporality of Culture* 1(1988), 1–28.

Polan, Dana. "Fables of Transgression: The Reading of Politics and the Politics of Reading in Foucauldian Discourse." *Boundary* 2(1982).

Said, Edward. *The World, the Text, and the Critic*. Cambridge: Harvard University Press, 1983.

Sheridan, Alan. *Michel Foucault: The Will To Truth*. London: Tavistock Publications, 1980.

Simpson, David. "Literary Criticism and the Return to 'History.'" *Critical Inquiry* 14(1988), 721–747.

Soboul, Albert. "Description et mesure en histoire sociale." In *L'Histoire sociale: sources et méthodes*. Ed. Ernest Labrousse. Paris: Presses Universitaires de France, 1967.

Steiner, Peter. *Russian Formalism: A Metapoetics*. Ithaca: Cornell University Press, 1984.

Touraine, Alain. *Return of the Actor: Social Theory in Postindustrial Society*. Trans. Myrna Godzich. Minneapolis: University of Minnesota Press, 1988.

Turner, Victor. "African Ritual and Literary Mode: Is a Comparative Symbology Possible?" In *The Literature of Fact*. Ed. Angus Fletcher. New York: Columbia University Press, 1976, pp. 45–81.

―――――. *Dramas, Fields, and Metaphors*. Ithaca: Cornell University Press, 1974.

―――――. *The Drums of Affliction*. Oxford: Clarendon Press, 1968.

―――――. *The Forest of Symbols: Aspects of Ndembu Ritual*. Ithaca: Cornell University Press, 1967.

―――――. "Liminality and the Performative Genres." In *Rite, Drama, Festival, Spectacle: Rehearsals Toward a Theory of Cultural Performance*. Ed. John J. Mac Aloon. Philadelphia: ISHI, 1984, pp. 19–41.

―――――. *Revelation and Divination in Ndembu Ritual*. Ithaca: Cornell University Press, 1975.

―――――. *The Ritual Process: Structure and Anti-structure*. Chicago: Aldine, 1969.

_____. *Schism and Continuity in an African Society*. Manchester: Manchester University Press, 1957.

_____. "Social Dramas and Stories about Them." In *On Narrative*. Ed. W. J. T. Mitchell. Chicago: University of Chicago Press, 1981, pp. 137 – 164.

_____. "Variations on the Theme of Liminality." In *Secular Ritual*. Ed. Sally Moore and Barbara Myerhoff. Assen: Van Gorcum, 1977, pp. 36 – 52.

Van den Berghe, Pierre L. "Dialectic and Functionalism." In *System, Change, and Conflict*. Ed. N. J. Demerath III and Richard A. Peterson. New York: The Free Press, 1967, pp. 293 – 306.

Viala, Alain. "Prismatic Effects." *Critical Inquiry Special Issue on the Sociology of Literature*. Ed. Priscilla Ferguson, Philippe Desan, and Wendy Griswold. 14 (1988), 563 – 573.

Williams, Raymond. *Problems in Materialism and Culture*. London: New Left (Verso), 1980.

目 录

第一部分　文化理论与文学研究

体验谋杀
　　——对古代文本的仪式解读
　　　米克·巴尔（Mieke Bal）／002

美学、浪漫传奇和维克多·特纳
　　　大卫·雷宾（David Raybin）／020

阈限、狂欢节和社会结构
　　——以中世纪晚期圣经剧为例
　　　C. 克利福德·弗拉尼根（C. Clifford Flanigan）／044

欲望和仪式的叙事
　　　托马斯·帕维尔（Thomas Pavel）／066

库柏、霍桑、凯瑟和菲茨杰拉德小说中的阈限性
　　　罗伯特·戴利（Robert Daly）／072

泥土、镜子、化妆
　　——《幕间》中的阈限性和自反性
　　　芭芭拉·A. 巴布科克（Barbara A. Babcock）／090

象征意义和后现代表征问题
　　　斯蒂芬·威廉·福斯特（Stephen William Foster）／131

1

第二部分　特纳的理论和实践

维克多·特纳的仪式相关理论
　　罗纳德·L. 格莱姆斯（Ronald L. Grimes）/ 156

"从天神到丑怪"
　　——维克多·特纳思想的反结构和批判性
　　弗雷德里克·特纳（Frederick Turner）/ 163

维克多·特纳人类学理论的文学根源
　　伊迪丝·特纳（Edith Turner）/ 180

维克多·特纳的学术生涯和出版成果
　　弗兰克·E. 曼宁（Frank E. Manning）/ 188

索引 / 199

第一部分

文化理论与文学研究

体验谋杀

——对古代文本的仪式解读

米克·巴尔（Mieke Bal）

米克·巴尔，罗切斯特大学比较文学教授、苏珊妮·B. 安东尼女性研究教授，荷兰乌得勒支国立大学符号学特聘教授，著有《致命的爱》（*Lethal Love*）、《谋杀与差异》（*Murder and Difference*）和《死亡与不对称》（*Death and Dissymmetry*）等十五本著作。她近期正在完成的成果是《阅读"伦勃朗"：超越文字与图像的对立》（*Reading "Rembrandt": Beyond the Word-Image Opposition*）。

在这篇文章中，我将探索用仪式概念来阐释古代文本的可能性。为了尽可能具体，并且根据将一个学科的概念从一个学科转换到另一个学科的需要，我将在一定程度上深入讨论学者们发现的难以解释的单个文本案例，即《士师记》中西西拉（Sisera）被雅亿（Yael）谋杀的故事。我将尝试论证，仪式的概念被用作"远程经验"（Geertz）概念来允许解释者弥合他或她的框架与文本语境之间的差距，以避免种族中心主义和性别歧视的解释以及将文本完全看作符号学的解释对象。因此，它既可以用于（在哈贝马斯意义上的）批判性分析，也可以用于细微的文学分析，同时可以有效地被整合到女性研究的研究方法中。我主要借鉴了特纳（1967）的一篇论文，特纳在这篇文章中，精心定义了"仪式"这个概念，避免轻易转向不同的学科，还明确讨论了象征人类学和其他学科、相关领域之间的关系。虽然没有讨论意识形态问题，但我认为正是对跨学科关系的明确讨论，使我们能够将特纳的思想，特别是仪式的概念整合到意识形态批评中。

案例

雅亿谋杀西西拉是释经史上一个最令人困惑的案例。在《士师记》中，谋杀事件频频发生，有时是在军事行动中，有时是与强奸结合在一起，有时是在人与人之间。在所有这些暴力事件中，有三起女性谋杀男性的案件。参孙和黛利拉的故事是委婉间接的，尽管在大部分版本中他们的故事被扭曲了，但它是如此富有想象力，以至于它已成为《圣经》中最著名的故事之一。暴君亚比米勒被一个匿名的女人压碎了大脑，但他在最后一刻将谋杀变成了自杀，他给他的仆人金钱让仆人迅速杀了他，以避免被一个不知名的女人杀死的耻辱。该案在《撒母耳记》（下）第 11 章第 21 节中以一种颠倒的方式被提及（Bal, 1987）。（还有三起男性谋杀妇女的事件：第 11 章耶弗他的女儿，第 14 章参孙的第一任妻子，以及第 19 章利未人的妻子。参见 Bal, 1988, *Death and Dissymmetry*）。我们正在分析的案件是本系列的第三篇。这个故事几乎和第 19 章中男人强奸和谋杀一个女人一样不常被大家讨论。这个案例有三个值得研究的原因，第一，雅亿的行为令人不安。一方面，被杀害者是人民的敌人，所以这个女人的做法很正确。但另一方面，她是一个女人，却杀了一个男人。显然，此案引发了对文本进行评论的大量男性读者之间的冲突（有关评论的详细说明，参见 Bal, *Murder and Difference*）。第二，这个案件令人不安。因为文本展现了一种残酷，可怕的、违反禁忌的耻辱不仅降临在受害者身上，在这个故事的其中一个版本中，耻辱也会降临在失败的刽子手——领导巴拉（Barak）身上。

第三个原因是最有趣的一个，这也是我写这篇文章的目的。事实上，在《士师记》的第 4 章和第 5 章，这个故事被叙述了两次。第一个版本是史诗传统的部分，通常被认为是一位男性诗人所作；第二个版本是著名的底波拉之歌（Song of Deborah）的一部分，通常被认为是女性所作（尽管这种说法远不如前者那样普遍）。史诗版本被认为是较新的版本，抒情版本被视为《希伯来圣经》中最古老的文本之一（不一定是现在的形式；参见 van Dijk-Hemmes, 1988）。因此，性别和日期、类型等问题似乎是相关的。

对古代文本的解读需要整合历史因素，不仅要考虑它们在创作时的历史背景，还要考虑它们在之后的传播和接受历史。正是通过后来的阅读传统，这些文本才传递到我们手中，因此，它们的接受历史不能被忽视；同时，了解这些文本如何在历史上被阅读和解释对于我们今天的理解仍然是至关重要的。在解读古代文本时，需要特别关注并解释这些文本在历史上被阅读和解释的过程中，一些具有重要意义的关键时刻。通过解释这些阅读传统中的关键时刻，可以更好地理解这些文本在不同历史时期的意义和用途。文本在其历史背景和功能与当今使用之间存在难以弥合的差距，如果不对这些因素加以考量，我们很难准确理解它们的真正意义。因此，针对雅亿的案例，我提出了以下需要解释的问题：

（1）两个版本有什么区别？

（2）为什么一共有两个版本，为什么它们都被整合进了正典？

（3）为什么批评家对这起谋杀案的反应如此情绪化，比其他类似案件的反应更强烈？

（4）为什么批评家倾向于忽略或消除这两种说法之间的差异，而是将它们混为一谈？

（5）为什么很少认真地讨论不同版本的诗人的性别问题？

（6）在这些反应中，种族中心主义和性别歧视之间的关系是什么，文本以什么方式激起了种族中心主义和性别歧视？

这些问题可以通过特纳关于仪式的讨论所提供的实质性帮助来解决。但是为什么以及如何使用这些概念呢？

仪式和文本

特纳在他的一篇论文中，定义了仪式这个概念："我所说的'仪式'是指人们在求助于其所信仰的神秘物质或神秘力量时，在非常规场合进行的规定性正式行为"（1967：19）。乍一看，这一定义使得将仪式概念运用到脱离语境的书面文本上变得非常困难，存在很大的问题。然而，仪式符号与社会价值之间的关系帮助我们解决了这个问题："支配性象征符号不仅被视为实现某个特定仪式所指向目标的手段，更重要的是，这些支配性象征符号代表着价值，而这些价值本身又被认为是仪式的目标，即支配性象征符号代表着仪式本身的价值"（20）。这种对仪式基本单位的重视，使特纳得以发展他关于仪式在社会中的位置、功能和重要性的思想。在我看来，这构成了他的主要贡献之一。这一思想允许文本评论家从另一端开始，从符号开始，也就是说用颠倒论证来提出这样的假设：如果一个给定的单元，一个符号被认为是仪式的一部分，则可以更好地理解其所产生的社会影响。

《士师记》包含的故事中首先明确提到了仪式的元素（对耶弗他女儿的哀悼，上一章中俘虏新娘场景之前的舞蹈，第19章中被谋杀的女人的尸体被切成十二块）。如果不做假设，涉及仪式的部分就无法理解，也无法理解它们为何被纳入正典。因此，关于这部分文本部分源自仪式传统的假设是有道理的。其次，就雅亿而言，故事中的一个元素通常被认为是仪式性的：雅亿向逃离战场的、疲倦的西西拉发出邀请，这被认为是古代地中海地区款待仪式的一部分。再次，我们通过固定的、刻板的语言可以发现款待仪式。仪式的口头元素与非语言符号具有浓缩性、各个所指的统一体、意义的两极性以及不同层次社会秩序含义的属性（Turner，1967：28）。我会论证只有通过这样的假设，这一邀请场景（Judges，4：18）才可以被解释。

支持仪式解释的第四个论点只能在本文的分析过程中论证。许多通常被认为是引人注目的，或有问题的细节，被视为仪式符号时，却会获得一个完整的意义。这种一致性论点得到了文本的支持。第五个论证可以用作大的背景。文学就其语言和文化性质而言，在个人动机和社会动机之间具有中介作用。根据特纳（37）的说法，仪式符号也具有这种中介功能。在理想情况下，人们可以通过语言来实现社会规范和个人欲望的整合，因为用语言表达幻想在文化上是有效的，并且允许其他不被接受的思想摆脱压制。语言本身作为一种工具，表达了个人和社会的整合，尽可能地弥合了两者之间的差距。

文学，或一般意义上的艺术，被认为是一种仪式形式。这种普遍的观念具有深远的影响。哈丁反对这种概括，首先它混淆了不同的概念，其次它忽略了仪式和表征之间的基本区别，如发生的事情和发生的事情表征之间的区别。然而，表征的中介功能允许用这两种并不完全相同但却在一定程度上和仪式相关的方式来构思艺术。一方面，仪式可以被表征出来，就像第4章西西拉和雅亿间对话的情况一样。另一方面，在特定情况下，表征实践是一种仪式实践，如口头、公共表演等。这些仪式和文学事件之间是有共同点的，例如使用象征符号、重复的元素，依赖社区的参与互动等，使文学和仪式形成了一种关系，即，我们不能将两者等同起来，而是可以通过洞察一个来更好地理解另一个。

然而，正如我所论证的那样，这带来了一个悖论。语境的丢失使得我们必须使用仪式来对其进行解释，这使得为其提供证据变得极其困难。因此，一个仪式性的解释永远无法被检验。为了弥补这一点，我将尝试展示一些案例，用来说明文本问题的阐释需要运用到仪式的概念。如果文学作为一种过程可以被视为仪式，那么这种一般性的主张就没有意义了。因此，我不会展开分析这种主张，而是尝试区分仪式概念在不同层级的用处，并界定它不够具体的地方。

早些时候我将这个概念称为"远程经验"，从这个意义上说，它有助于特纳在意义层面上的区分具有可操作性。后者认为（1967：48—58）解释或者说本土解释有时会关闭解释过程本身，而格尔茨（Geertz）会以不同的方式表述同样的问题，解释过程关闭是由我们无法理解接近经验的概念造成的。这种区别不仅是我作为一个相对的局外人处理《圣经》内容时受欢迎的理由，而且有助于划定这些概念的应用领域。特纳的第二个层次，即操作层，表明了符号在给定仪式中的作用。操作意义这个层级可以被认为是两组概念之间的桥梁。位置意义指符号在给定情况下在其语义领域内的含义；这使我能够在文本中区分不同语义场的存在，同时导致了事件中两个角色之间的误解，从而引发了事件。

这些初步论证旨在证明和展示，仪式概念在西西拉谋杀案的两个描述版本的差异。我在《谋杀与差异》（*Murder and Difference*）中详细介绍过这些文本的接受史，本文中不再赘述。下面我将从第一个分析开始论述。

差异

谋杀现场的两个片段都发生在各自章节的结尾，两者之后都有一个收尾情节。凶杀现场如下：

《士师记》 第 5 章第 24—27 节

24. 愿基尼人希百的妻子雅亿比众妇人多得福气，比住帐篷的妇人更蒙福祉。

25. 西西拉求水，雅亿给他奶子（牛奶），用宝贵的盘子给他奶油。

26. 雅亿左手拿着帐篷的橛子，右手拿着匠人的锤子，击打西西拉，打伤他的头，把他的鬓角打破穿透。

27. 西西拉在她脚前屈身扑倒，在她脚前屈身倒卧。在那里屈身，就在那里死亡。

《士师记》 第 4 章第 17—21 节

17. 西西拉飞奔逃到基尼人希百的妻子雅亿的帐篷里，因为夏琐王耶宾和基尼人希百家和好。

18. 雅亿出来迎接西西拉，对他说："请进来，我的主人，不要害怕。"西西拉就进了她的帐篷，雅亿用被子将他遮盖。

19. 西西拉对雅亿说："我渴了，求你给我一点水喝。"雅亿就打开皮袋给他奶子（牛奶）喝，仍旧把他遮盖。

20. 西西拉又对雅亿说："请你站在帐篷门口。若有人来问你说：'有人在这里没有？'你就说：'没有'。"

21. 西西拉疲乏沉睡。希百的妻子雅亿取了帐篷的橛子，手里拿着锤子，轻悄悄地到他旁边，将橛子从他鬓边钉进去，钉入地里。西西拉就死了。

由于抒情诗版本通常被认为是历史上的第一个版本，所以我把它放在了第一位进行阅读。我假设排列顺序确实对这两段的阅读有一些影响。规范阅读顺序并非不可能，但将文本与传统阅读顺序分开似乎很有用。

抒情诗版本用四节经文来讲述谋杀案。一节描述对雅亿的赞美，一节描述谋杀前的仪式，一节描述谋杀行为本身，一节描述西西拉的痛苦。史诗版本有三节经文描述了西西拉与雅亿相遇的仪式，一节是关于西西拉的主动对话，一节描述了谋杀的行为和西西拉的死亡。

首先通过两个版本的比较可以表明，抒情版本对杀戮和痛苦的描述更为详尽，而史诗版本则更细致地描述了这一遭遇的过程，并缩短了对谋杀和死亡的描述。我分析的起点，就是这种具有显著差异的主题分布。让我先直接揭示从语境中提炼出的一个准则。在较为新的史诗版本中，诗人引用底波拉威胁她的搭档巴拉，后者在没有底波拉帮助的情况下不敢参加战斗。这一威胁手段包括这起谋杀的预言：如果巴拉需要底波拉的帮助，那么敌人就会落入一个女人的手中。这种对底波拉的看法归因于将荣誉/耻辱与两性之间的荣誉/耻辱对立联系起来的意识形态（ideological unit，见 Jameson），在抒情版本中则完全没有这种对立，这在很大程度上是因为男性是史诗版本的创作主体。特定的男性发声版本（史诗版）是一个巧妙的投射例子：女性在某种情况下代表着耻辱以及与耻辱相关的社会规范。可以用下页的图来表示。

谋杀场景代表着这种幻想的想象性实现。在史诗版本中，荣辱问题贯穿整个故事。有评论指出以色列军队的领袖巴拉是真正的受害者。他的耻辱被当作焦点（关于这个概念，见 Bal，1986）；他听到底波拉发出的威胁，当他在雅亿的帐篷里与西西拉的尸体面对面时，他就看到了后果。西西拉的毁灭实际上是巴拉的毁灭。这种叙事结构反映了投射假设：聚焦者，即拥有幻想的人，使他幻想中的女性成为主要角色、行动者，并执行这一幻想。

这需要对主体的类别范畴进行微妙的分析处理。男性的声音是史诗版本的主要主体，却将意识形态的表达任务委托给女性的声音，但后者只存在于男性声音中；行动的主体，活跃的女凶手，以及活跃的先知和第二军事领袖，只是在做男性幻想假设她做的事情。或许正因如此，这种完全被动的女性主体成为这个作品中最具特色的主体。

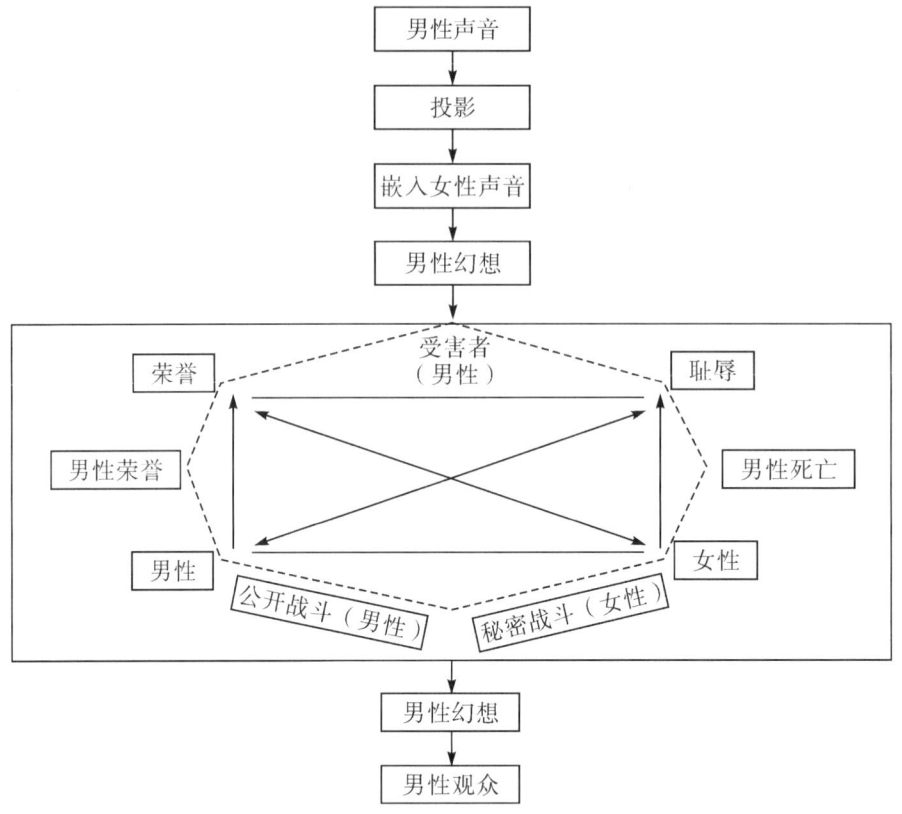

在此不对这些叙事学范畴进行赘述。但有一点需要强调的是，在一个给定的文本中，谁可以被认为是一个给定的叙事行为的主体？这个问题不仅与叙事分析本身有关，还与决定仪式的概念是否适用于叙事，以及在多大程度上适用有关。对一个主体起到仪式符号功能的东西可能对另一个主体没有这样的功能。语言的仪式功能和直接实用功能之间的差异，造成了史诗版本中雅亿和西西拉的误解，以及两个版本整体上的深刻差异。

仪式语言

由此产生的问题是，为什么这种荣誉/耻辱的对立如此重要，为什么它应该与两性之间的对立有关？换句话说，这种区分史诗版本和抒情诗版本的特殊意识形态是如何产生的？正是在这里，仪式的概念在几个方面将有助于我们理解文本，通过这种理解，它将有助于削弱具有普遍性的性别的本质主义观点和永恒的历史观。换句话说，它将服务于文本分析和女性主义批评。

领袖西西拉的优势在于他拥有以色列人没有的铁制战车，当他退出军队、离开他的战车时，他不再作为一个强大的社会主体存在。从他放弃社会地位到巴拉看到他尸体的那一刻，西西拉的世界变得越来越小。在到达雅亿的帐篷前，他被困在两支军队之间，处于一个模棱两可的、中立的领域，西西拉迷失了自己。

我们可以用更远程经验的语言来表述这一点。西西拉已与他的社区分离，进入一个忠诚度不明、地位边缘化、只能处于过渡状态的领域，他似乎正在经历一个过渡仪式（van Gennep）。如果是这样，下一步应该是融入成人世界。我将很快证明，这确实是西西拉试图完成但未能成功做到的事情，原因在于他未能理解过渡的性质，未能通过过渡仪式。

如何证实这一说法？首先，我们必须再次检查由男性声音发出且投射出来的雅亿的话。事实上，如果评论家对这个场景中涉及的热情好客的禁忌如此敏感，那是因为"请进来，我的主人"这句话具有仪式意义。在整个《希伯来圣经》中，它被用于邀请、款待，这代表着安全。这是一个固定的短语，它具有公式性的特征，无论何时在类似的语境中使用都始终具有相同的形式。正是这种背景赋予了这句话代表安全的含义。对于疲惫的旅行者，尤其是他们正在逃离重大危险时，这句短语是绝对安全的保证，以至于下一个短语"不要害怕"作为其中的一部分，则有些多余。在对安全性的坚持上，代表负面表述的第二个短语，造成了误解和滥用的可能性。

事实上，"不要害怕"同样是一个仪式象征性的表达，但是不与"请进来，我的主人"在同一个仪式中运用。与之相反，"不要害怕"是战斗中敦促、劝诫的一部分。正是在这种背景下，"不要害怕"被用于整个《圣经》的战争专题。对于一个有经验的军人来说，这句话应该敲响了警钟；对于西西拉这种处于过渡状态的新人来说，他未能理解这一陈述的矛盾特征。雅亿提议的目的是邀请他在通常作为安全场所的家中进行战斗。这两种意义之间的对立是由第三种可能的仪式意义所导致的：性仪式。只有当我们假设，雅亿家中场景是由两种众所周知的仪式混合形成的，我们才能注意到这两种仪式在帐篷内重复发生，女人盖住男人并给男人喂食，然后杀死他。当我们暂时将这种仪式假设最大化时，才能敏锐地感知到这种重复结构。

那么，在这一点上如何将"性"这一领域进行整合？我们知道，《圣经》中还有另一种仪式，那就是选择性伴侣。《创世记》第24章给出了最有力的证据，整个过程被叙述了四次。它包括祈求水，进而得到比水更多的生存物资；女人给出的盈余的物资则表明她是被选中的。雅亿因此被假设为性伴侣（Zakovitch）。同时，她提供的盈余物资能够与作为生命最低条件的、能够恢复生命的水分开来，在这种情况下，牛奶、奶油等乳白色的液体象征生命的初始阶段。

正如范热内普已经研究过且特纳进一步分析的那样（van Gennep, Turner, 1969），如果这里暗示了这个性仪式，那么就很有必要将其整合进过渡仪式中。在过渡仪式中，社会角色被颠倒了；在这里，前领导人处于一种绝对依赖的状态，他与世界隔绝，回归到生命的最初阶段。这种仪式引起了强烈的焦虑，事实上，经历这种焦虑是入门者所经历的原始考验。致命的是，西西拉没有意识到这个仪式，因此也没有认识到他需要尊重和接受这种仪式。他缺乏洞察力，才会试图通过发出一个与他不匹配的命令来逃避他此时的处境。

这确实是他的致命错误：西西拉试图重建与外部世界的联系的举动将撤销正在进行的仪式。他显然在试图确保内部和外部之间边界的安全可靠，同时他向拥有母亲对婴儿般绝对权力的雅亿发出命令。具有讽刺意味的是，诗人利用希伯来语中固定表达的多义性，无意中确认西西拉失去了权力。西西拉让雅亿假设被问到"有人在这里没有？"时，回答"没有"，这可能暗示他在这个特定的情境中已经失去了他的地位或权力。

帐篷内的场景，实际上是一种邀请场景的重复。首先，雅亿拥有主动权。其次，关照和战争混合在一起。再次，这两个角色说着不同仪式中的语言，雅亿的语言表达的是过渡仪式，西西拉只承认好客的仪式。两个角色之间的对话仅代表一个层次的意义。在叙述的层面上，其他因素对发生的事情也发挥着作用。作为（仪式）死亡的地点，帐篷本身代表了通过仪式的地点。在帐篷的空间内，西西拉从他的军队中逃走，他到达敌方领土内友好营地的中间地带，这也反映了一种分离状态。这里使用了一个词 hapax，被学者们煞费苦心地翻译。这个词表示雅亿用来掩盖西西拉的物体。这个词是偶然出现的，人们只能猜测它的意思。学者博林（Boling）认为这个词代表毯子或飞网，与一个覆盖行为有关；另一个说法认为与人种学背景（气候）有关，这个词可能代表了窗帘。扎科维奇（Zakovitch）坚持认为这一物体确实起到毯子的作用，并从该功能中衍生出事件的性内涵。窗帘也暗示着有床的场景，因为在炎热气候下的床可以有窗帘，在我看来这是最刺激的翻译，因为它同样意味着分离：床周围的窗帘起到了门的作用，所以窗帘在古代文学中常常被用作边界，是从一种状态过渡到另一种状态的场所。窗帘在镜像的室内场景中暗示了剧情中门口和营地的中立领域。

我很难去责怪觉得这种仪式主义的观点有些多余的读者。确实，涉及的仪式数量多得令人眼花缭乱，而重复的整套仪式又构成了另一个仪式的某些方面。稍后我将尝试证明仪式这个概念的使用是合理的。这里值得注意的是，西西拉本人已经被这个复杂的仪式语言和行为纠缠。正如博林所说，西西拉被同一行为欺骗，令他感到迷醉。据说他要水时提供给他的山羊奶有轻微的催眠作用。有的人，如扎科维奇认为这里的牛奶是酒的委婉说法，在谋杀之前，这对夫妇曾举行了一个欢乐的派对。这对夫妇在提供了虚假的款待和安全感、食物、休息及关爱后，又通过酒来令西西拉迷醉，强化了欺骗行为。评论家特别热衷于强调故事的这些方面。他们对其的敏感性表明我们应该考虑这个方面。那么这又该如何解释呢？

这个史诗版本中谋杀现场最引人注目的特征应该是它的辩护性。故事中这一节是对西西拉之死做辩解。这将仪式分析与荣誉/耻辱问题联系起来。即使是人民的敌人，被女人杀死也需要借口，而这些借口与荣誉和性别相关的因素有关，如社会关系（奸客）、军事勇气（战斗的呼吁）、性伴侣的选择、母性的关怀，并且所有这些都融入了使西西拉失去男子气概的成年仪式中，直到他通过逃避的行为表明他无法面对这一切所代表的焦虑。西西拉选择成为非男性，就无法在仪式中幸存下来。作为一个非男性，他的命运会是被硬物刺穿。到目前为止，我感兴趣的是过渡仪式中男性将会面临的危险性因素，更具体地说，是通过女人的帐篷，换句话说，则是女性领域。这种半游牧文化，不仅要展现男性在仪式中面临的危险，还要对男性的命运进行辩护与解释。从荣誉/耻辱对立的角度来看，人们需要为西西拉的不幸命运寻找借口，以维护他的荣誉。

抒情诗版本并非像史诗版本那样，为西西拉的命运寻找借口。如果史诗版本出版时间晚于抒情诗版本，我们可以考虑将这些具体的分析作为补充；无论如何，我认为这些荣誉/耻辱和性别之间的关系是男性声音所特有的。另一方面，如果我们把这部史诗作为对抒情诗的回应，就很容易理解为什么细节再次被压制了。这里最显著的区别是，与抒情诗版本中对西西拉的痛苦进行细致的描述相比，史诗版本对西西拉之死的叙述很简短。我们只发现动词"死了"，这里仅仅是对前面的一个解释。现代翻译用因果关系的连词代替了一般的希伯来语连词，翻译为：他沉睡了，因为疲倦，因此他死了。他之所以死是因为他睡着了，他睡着了是因为他疲倦了。这一幻想充满了因果逻辑，这也许是它最典型的特征。（这也可能与口语识字问题有关，因为口语的一个特征是并置的风格，参见 Ong；Lemaire。）

13

雅亿的工作

为了理解这种简短的对死亡的描述究竟隐藏了什么，我们必须仔细看看女性声音——底波拉对相同事件的描述。第一个显著的区别是介绍谋杀案的那句话"愿基尼人希百的妻雅亿比众妇人多得福气"，并重复加上"比住帐篷的妇人更蒙福祉"[Fokkelien van Dijk-Hemmes 在评估《士师记》第 4 章和第 5 章之间的关系时，对这句话进行了广泛研究，并假设抒情诗版本是史诗版本的米德拉什（Midrash①）]。抒情诗版本中，有对雅亿的祝福，而史诗版本中却没有，这显然是一个与女性相关的问题。我认为，在史诗版本中，底波拉对雅亿的赞美被压制了，这一差异困扰着许多评论家，他们将对妇女的祝福，作为这部早期文本具有原始甚至野蛮精神的证据。很明显，这样的判断基于隐含的性别歧视、种族中心主义和通常支持这两者的极端进化论。此外，这种草率、毫无根据且无关紧要的评估忽略了类型的差异。底波拉之歌的抒情流派特征使其拥有很多积极的评价，这些评价中，没有像评论家那样，认为底波拉之歌具有"原始色彩"。这里的问题显然是前面提到的忠诚冲突。雅亿不是因为杀人而被指责，而是因为她是一个女人而杀死了一个男人，从而给她的受害者带去了耻辱被指责。因此，任何认同受害者遭受到耻辱的人，都不能接受底波拉对她的赞美。

在后来的史诗版本中消失的第二个细节是一只装着奶油的宝贵的盘子。宝贵的盘子与工人的锤子形成对比，奶油是三段式抒情诗中很常见的第三个元素。最后，对西西拉的痛苦和死亡的重复描述，许多评论家形容其体现了"野蛮的喜悦"和"对可怕的细节幸灾乐祸般的保留"，并加以指责。

史诗版以圆形结构呈现了一系列男性角色——耶宾王、首领巴拉、敌方首领西西拉，然后回到巴拉，以耶宾收尾。在史诗版本中，西西拉是该结构的中心、相关各方之间的调解人以及主体。底波拉之歌中只有一个主体性角色——女人雅亿。在对雅亿这个角色的介绍中，明确了她的性别和她的位置。"住帐篷的妇人"这句话让我们想起了萨拉，她唯一的颠覆性行动——站在她的帐篷里，她笑了——扰乱了其他角色（领主的使者）和评论家，让我们想起了半游牧社会中的劳动分工和空间划分。这个细节具有重要的结构功能。雅亿作为主角，

---

① 希伯来语为מדרש，通常译作米德拉什、米德拉西或密德拉西，是犹太教对律法和伦理进行通俗阐述的宗教文献，是对《犹太圣经》的诠释。文中语句的意思是，将抒情诗版本假设为对史诗版本的阐释。——译者

她的名字被提及，而西西拉的名字被代词取代。在语法上，雅亿是所有动词的主语，除了动词 asked（暗示对受话者的依赖）和第 27 节中表达西西拉受苦难的动词。西西拉只有在他被毁灭的那一刻才成为一个主体，成为主动动词的主语。

第 25 节具有三个平行结构，即经典的三联句。在史诗版本中，水—牛奶—奶油的层次已经被没有营养的水和营养的牛奶之间的简单二元对立取代。此外，抒情版本中没有热情好客的仪式框架。如果我们也考虑到"宝贵的盘子"，就会考虑到一个渐变的等级，从满足生存需要而供应的水，到有营养的牛奶，再到丰盛的款待。等级的变化指向对西西拉的光荣接待。宝贵的盘子象征着被允许进入女性领域的男性获得的荣耀。但这个姿势也有仪式的一面，即伴随死亡而来的荣誉。最引人注目的是，抒情诗版本赋予了这一荣誉超越荣誉/耻辱对立之外的意义。西西拉受到的尊贵接待只是由于访问了雅亿的领域。

宝贵的盘子也与劳动者的锤子形成鲜明对比。尊贵的客人不仅被视为尊贵的人，而且出于同样的原因，也被视为非劳动者、无用的社会成员。相比之下，工人的锤子是工作、日常生活和行动的工具，在半游牧部落，搭建、整理帐篷是妇女的工作，锤子是女性活动的工具。拿着匠人的锤子，雅亿将入侵者视为陌生人，入侵者一方面超越了工作世界和社会等级世界之间的界限，另一方面超越了女性世界和男性世界之间的界限。

如此，经文中对雅亿的工作描述也就不足为奇了。实际上，通过操纵社会赋予她作为女性的劳动工具，雅亿完成了代表她工作的动作。与此同时，她作为一个更大的团体中的一员，在这个团体中，通过摧毁她所属的人民的敌人，整合了女性团体。这节经文需要两个代码的组合才能被理解：一个是政治代码，它强调半游牧部落生活中发生的事情的整合；一个是特定的性别代码，强调发生的事情与性别的关系。如此，作品的主题就被增强了，可以被描述为不同世界之间超越界限的仪式性中止。

现实主义与表征

此外，批评家提出了一个问题：雅亿怎么可能杀死在史诗版本中应该是站着或坐着而不是睡着的西西拉？这个问题与现实主义表征有关，与幻想的表达不一定相关。如果我们比较两个版本，我们可以假设史诗版本的作者考虑到了同一个问题，并通过辩护性的借口来回答这个问题，正如我们所看到的。一些评论家，包括犹太法典评论员（被扎科维奇引用）走得更远。如果史诗作者指出西西拉是因为睡着而被杀，而他是因为疲倦而睡着，那么他们会遵循这个轨迹并假设他疲倦是因为他喝醉了（据一些人说，雅亿给了他酒而不是牛奶），或因喝了掺杂了东西的牛奶，或因性行为而筋疲力尽。这样一来逻辑链条已经闭合，他之所以会被杀是因为雅亿欺骗了他。这种情况表明现实主义与性别歧视有关，即为了真实，为了逻辑动机，叙述者必须责怪女性。

从现实角度讲，发生在西西拉清醒状态下的谋杀行为确实很难实现。因为从以色列人在军事上的劣势来看，他们没有铁矿。所以我们可以假设，帐篷橛子是木头做的。雅亿在她自己的领域用她自己的武器击败了敌人。想象一下，这个动作是要在一个男人清醒的状态下打击他的太阳穴，根据诗句的诗意韵律，我们不禁怀疑：他真的站着吗？在敲击的节奏中，坚硬的物体穿透柔软的肉体，这一场景，无疑是许多人认为的性解释的细节之一。在这样的解释中，雅亿以她给予他的光荣招待来向西西拉求爱，并且根据性伴侣的仪式选择，她有资格成为他未来的妻子。她的慷慨变得略带讽刺意味：仪式规定她给予的要比西西拉要求的水多；通过给予更多，她正在推动这种仪式。但她对西西拉发出的攻击指向了性角色的逆转。

这一问题的关键涉及文学在表征方面的地位，并需要将其与仪式区分开来。哈丁（Hardin）提出，文学和仪式在这一点上是不相容的。由于仪式涉及社区团体的参与并为之服务，过于强调对现实的表征、再现会破坏其本身的效果。这个问题是有争议的，因为表征本身就是一个模棱两可的概念，但它必须得到回答，以便明确仪式概念在文学研究中的地位。为了提出一个令人信服的论点，我首先要进一步探讨这个案例所存在的问题。这个问题是：西西拉真的是站着吗？换句话说，他的位置问题是不是根本没有被考虑到，或被认为是无关紧要的？这是不可能的，因为在下一节经文中指明他跌倒了。

那么，我对这一现实问题的回答是，女性诗人无视现实主义的标准把他描绘成站立的，是因为他不得不跌倒。跌倒不仅表明了从站立到躺下的过程，也表明了从尊贵的领袖地位到被歼灭者地位的转变，是从生到死的过渡；并且，根据那些以性别研究方法阅读文本的人，跌倒也是从性紧张到放松的过渡。那么，仅后期史诗版本才是与现实合理性的问题相关的。就目前而言，抒情版本具有很强的内在逻辑，即其他事件导致的重大事件决定了受害者的位置与状态。

还有另一个原因使他不得不倒下。只有他倒下才能激活隐藏在牛奶中的主线。根据雅尔·扎科维奇的说法，他在请求对这两个版本进行性解读时总结了犹太法师的评论："曲身在她的双脚之间"这句话是进行这种性解读的最有力证据。这句话重复又具体地强调了身体，但是我怀疑这里的性象征的观点，因为我认为这种简化的精神分析观点，将身体与性行为混为一谈的说法是一种谬论。正如最近的女性主义研究指出的那样，母子之间的关系也是一种身体关系（如Gallop；Hirsch）。有趣的是，"他屈身伏在她的双脚之间"这句话直接来自《申命记》。《申命记》第28章第57节对胎盘进行了描述。扎科维奇的论证不能令人信服，他的逻辑在于在描述胎盘的话语中发现性快感主题。如果仔细看看《申命记》中的这段话，我们会发现这句话代表了最大的痛苦：胎衣被生产它的女人吃掉，这幅画确实描绘了不顺从的人将要遭受苦难的场景。如果母亲的形象是牛奶主题所固有的，那么它具有讽刺意味地反对这种与母亲相关的、消极的、绝对的象征。被喂奶的婴儿变成了一个失败的婴儿，甚至那个象征生命开始存在的胎盘也会被母亲吃掉。

如何解释这种令人不安的画面？西西拉的毁灭在这里并没有被描述为羞耻的幻想、与社会荣誉的对立、男人与非男人的对立。在女性的地位如此受限制的社会背景下，西西拉的死亡过程分为三个阶段，这些阶段使用了女性可以支配的幻想资源。他跌倒、他死亡、他回到生命开始的阶段，如流产一样回到错误的开始。换句话说，这里的语言试图表达他从未存在过。基于女性作为潜在母亲赋予或拒绝生命的潜在权力为前提，史诗中这种以贬低女性为前提的男人与女人的对立，其实是人与非人对立的变体。

就目前的文本水平而言，抒情版本中的语言与史诗版本中的公式化短语有着基本上的不同。如果后者是一种片段化的仪式语言，供作为口述表演的人使用、参与这些文本，那么抒情诗中对西西拉之死的描述与这种固定的语言无关。这并非说明了抒情版本中缺乏仪式，而是就其传唱度而言，也许抒情版本在纪念战斗的节日中才具有仪式的地位。底波拉作为领袖、女诗人和先知的力量使她成为理想的仪式表演者（Bal, *Murder and Difference*）。但有一个问题是，她的歌曲片段恰恰是其中没有单独仪式功能的叙事部分。如果介绍性短语"祝福雅亿……"暗示了观众进行参与，除了宣泄观众的情绪之外没有其他目的，那么将这种叙述称为仪式叙述将毫无意义。

由于特定的历史环境和民族环境的影响，抒情版本中不同于史诗版本中特定的为男性辩护的风格，被后世误解。在一个女性"在帐篷里"的社会中，她们的地位受到严格分工的限制，她们能对男性拥有权力的时刻很可能是有限的，并且是特定于性别角色的。一个女人与她的民族的敌人的对抗释放了对权力位置逆转的想象。当女人对男人拥有权力时是怎样的？这里出现的意象虽然摆脱了史诗传统的束缚，但转喻式地受到了这个女人可以想象的权力体验的启发：杀戮，同居，生育。杀戮的形式是性交的逆转，女人穿透男人；母亲吃掉孩子是生育的逆转。在分配给女性的非常有限的空间——帐篷内，雅亿体会到了权力的快乐，这种权力的快乐是角色颠覆的快乐，就像处于一个狂欢节中（Bakhtin；Morson and Emerson）。这种快感让雅亿"比帐篷里的女人更有福"。

这是否意味着，一旦女性有了幻想的自由，她们就会变成残忍的怪物，滥用她们对生命的权力？换句话说，史诗版本中幻想的男性角色是否应该感到他害怕女性是正确的，并且感到与她们有关是一种羞耻？从这一角度出发，我使用的仪式概念可以帮助避免种族中心主义和性别歧视。

仪式之林

"我逐渐开始将仪式表演看作社会过程中特别的阶段，借此团体得以调整以适应内部的变化和外部的环境。从这个观点来看，仪式象征符号成了社会行动的一个因素，行动领域的一股积极力量"[1]（Turner，1967：20）。特纳主张仪式基本上是一种社会过程，同时仪式与个人的精神生活有关。这种社会与个人相结合的方法理念产生了深远的影响，它要求我们区分符号在不同文本语境中的含义。这对于解释西西拉谋杀案至关重要。虽然事件肯定是一样的，但在两个版本的记载中，西西拉谋杀案这个事件背后的含义却没有任何相似之处。在两个版本的叙述对参与观众产生的宣泄、疗愈效果的层面上，这种效果的产生可能与叙述中的仪式有关。但是，不具有仪式特征的，或者说不是具体的仪式，不会产生这种疗愈效果。这里两个版本最显著的区别，在于对西西拉与雅亿两个相对立角色的功能的处理，而不在于对西西拉受难部分的描写。在抒情诗版本中，西西拉与雅亿的角色是对立又平等的；而在女性是危险的及其带来的耻辱的史诗版本中，雅亿是一个极其重要的角色，甚至比西西拉这一角色更重要。因为这里分配给女性的功能是替罪羊（Girard）的功能，雅亿就是替罪羊，是最重要的角色。

在这种重构中，文学过程具有仪式所具有的驱邪效果。虽然在某些方面，二者的功能是一体的。这并不是说文本是一种仪式。这是仪式解释的第一层含

---

[1] 此处采用赵玉燕、欧阳敏、徐洪峰三位学者的译著《象征之林——恩登布人仪式散论》中的译文。［英］维克多·特纳：《象征之林——恩登布人仪式散论》，赵玉燕、欧阳敏、徐洪峰译，商务印书馆，2006年，第19—20页。——译者

义。正如卡勒（Culler）所言，语境而不是文本，更具体一些指文本框架对文本内容的束缚，观众而不是作者，情绪而不是认知，这三个方面决定了这两个过程的关联方式。当替罪羊被驱逐时，史诗文本通过其救济效果来加强社区共同体。这是仪式临时性的、保守的革命效果：在这种男权社会秩序中，西西拉的阈限地位唤起了大众对像他这样的领导者拥有建构群体权力的社会秩序的接受。用接近经验的语言来重新表述，这相当于以下讽刺性的想法：让女性拥有片刻的权力，感受这种情况引发的焦虑，就永远不会让女性再次拥有权力。

当一个人声称给定的文本是关于仪式的，文本中有仪式时，仪式解释的第二个层次就处于危险之中。史诗版本可能是这样的。如果批评者对违反好客礼仪的行为做出情绪化的反应，那是因为他们已经意识到这样的礼仪是被告知的。将规则视为对权力的信念，违反/冒犯规则必然会危及社会秩序，这与将规则视为为社区而自愿服从的行为模式的观点不同，让人感觉好客的承诺需要让人感到安全。西西拉在帐篷里因为好客仪式带来的神秘的确定性，使他错误地重新占有指挥官的位置。

仪式解释的第三个层次，在抒情文本中没有，或无法追溯，而在史诗中强烈存在的，就是仪式的共生采用。在对话中插入仪式语言的部分并不是主题意义上的再现。这里的文本不是"关于"仪式，而是将仪式插入文本并整合它。文本的片段可以接收一种仪式性的语境，同时使它们在文本中保持其语义功能。这些关系在下图中以图形方式表示，其中方块是文本的一部分和仪式的一部分。这样提供的双重语境使得这样一个片段具有特纳意义上的"象征性"：浓缩、矛盾、多层次。由于在不同的层次上涉及不同的仪式，因此每个公式对不同的角色都有不同的含义。"不要害怕"对于西西拉来说意味着"安全"，对于雅亿来说则意味着"你在战争中"。在一个语境中，答案"没有人"意味着"隐藏"，因此是"安全"的；而在另一个语境中，"没有人"意味着"不存在"即"死亡"。这两个词具有不同的释经意义，因此，它们的语义场是不相容的。

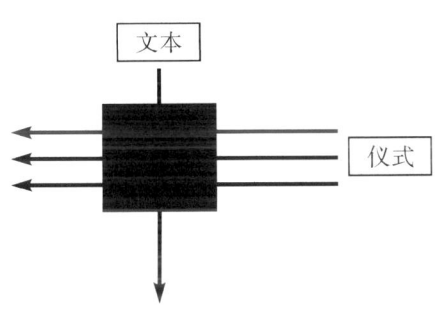

如果这样解释，文本就不需要被常识或道德标准束缚，文本中的残酷性也不需要通过蔑视性的种族中心主义进行"辩解"。此外，这两种说法之间并不是对立的，而体现了一种深刻的、不可磨灭的差异。所涉及的经验最终是针对特定性别的。所使用的语言通常是特定的，并且可以认为两者是相关的。什么是原始的、古老的，大约会变成针对整个过程的问题。也许较早的抒情诗文本如此引人注目，甚至被认为是原始的，是因为它完全关注女性的想象，而无视了男性的焦虑。尽管仪式的概念已被证明适用于如此多的层面和如此多的方式，但它也具有歧视性。与实践性的驱魔仪式相比，非实践性的咒语仪式带有的歧视色彩是隐藏的，虽然不那么现实，但更具象征性。

哈丁认为仪式的概念有变得过于笼统的危险，我并不赞同哈丁的说法。我认为，只要我们将仪式的概念区分开，思考仪式在语义层面（如何相关）、结构层面（如何插入结构）和语用层面（如何产生情感影响）产生的不同的含义，就可以在许多不同的研究方法中，卓有成效地运用仪式这一概念。这些方法都丰富了文学批评，并且每一种研究方法都会帮助我们理解为什么古代文本持久地吸引着人们的目光。

参考文献

Bakhtin, Mikhail. *The Dialogic Imagination*. Ed. Michael Holquist. Trans. Caryl Emerson and Michael Holquist. Austin：The University of Texas Press，1981.

Bal, Mieke. *Femmes imaginaires：L'ancien testament au risque d'une narratologie critique*. Utrecht, HES/Montreal, HMH/Paris：Nizet, 1986. （Shorter version：*Lethal Love：Reading Biblical Love-Stories，Differently*. Bloomington：Indiana University Press，1987.）

————. *Narratology：Introduction to the Theory of Narrative*. Trans. Christine van Boheemen. Toronto：The University of Toronto Press，1985.

————. *Murder and Difference：Gender，Genre，and Scholarship on the Murder of Sisera*. Bloomington：Indiana University Press，1988.

————. *Death and Dissymmetry：The Politics of Coherence in the Book of Judges*. Chicago：The University of Chicago Press，1988.

Boling, Robert G. *Judges：A New Translation and Commentary*. Garden City，N. Y.：Doubleday and Co.，1975.

Culler, Jonathan. *Framing the Sign: Criticism and Its Institutions*. Norman and London: The University of Oklahoma Press, 1988.

Dijk-Hemmes, Fokkelien van. "Interpretaties van de relatie tussen Richteren 4 en 5." *Proeven van Vrouwenstudies Theologie* I, 149–217. Leiden/Utrecht: IMO Research Pamphlets, 1988.

Gallop, Jane. *Thinking Through the Body*. Bloomington: Indiana University Press, 1988.

Geertz, Clifford (1974). "'From the Native's Point of View': On the Nature of Anthropological Understanding." Ed. Morris Freilich. In *The Pleasures of Anthropology*. New York: New American Library, 1983.

Gennep, Arnold van (1907). *The Rites of Passage*. Chicago: The University of Chicago Press, 1960.

Girard, Rene (1972). *Violence and the Sacred*. Baltimore: Johns Hopkins University Press, 1977.

Habermas, Jurgen. *Knowledge and Human Interest*. London: Heinemann, 1972.

Hardin, Richard F. "'Ritual' in Recent Criticism: The Elusive Sense of Community." *PMLA* 98 (1983), 846–861.

Hirsch, Marianne. *The Mother-Daughter Plot*. Bloomington: Indiana University Press, 1989.

Jameson, Fredric. *The Political Unconscious: Narrative as a Socially Symbolic Act*. London: Methuen, 1981.

Lemaire, Ria. *Passions et Positions: Pour une sémiotique du sujet dans le Poésie lyrique médiéval en langues romanes*. Amsterdam: Rodopi, 1988.

Morson, Gary Saul, and Caryl Emerson, eds. *Rethinking Bakhtin: Extensions and Challenges*. Evanston, Ill.: Northwestern University Press, 1989.

Ong, Walter. *Interfaces of the Word: Studies in the Evolution of Consciousness and Culture*. Ithaca, N. Y.: Cornell University Press, 1977.

Turner, Victor. *The Forest of Symbols: Aspects of Ndembu Ritual*. Ithaca, N. Y.: Cornell University Presss, 1967.

―――. *The Ritual Process: Structure and Anti-structure*. Chicago: Aldine, 1969.

Zakovitch, Yair. "Siseras Tod." *Zeitschrifi für die Alttestament liehe Wissenschaft* 93(1982), 364–374.

美学、浪漫传奇和维克多·特纳

大卫·雷宾（David Raybin）

> 大卫·雷宾，东伊利诺伊大学英语副教授，曾在《中世纪和文艺复兴研究》和《工作与时日》发表过关于 12 世纪法国文学的文章，他还积极参与乔叟研究，目前正在完成一本关于中世纪法国文学的书。

一

大多数时候，我们只是假设、幻想文学在文化意义上的存在。我们能想象没有狄更斯、巴尔扎克和陀思妥耶夫斯基的 19 世纪，没有塞万提斯、弥尔顿和莫里哀的 17 世纪，没有但丁、彼特拉克和乔叟的 14 世纪吗？这些经典作家和他们的文化似乎密不可分。

然而，对于中世纪学者来说，幸存文学材料范围和种类的局限性，迫使他们对中世纪文学的存在进行调查。从 11 世纪的法国开始，幸存的白话语料库包括《圣·亚力克斯行传》（*Vie de Saint Alexis*，法国中世纪宗教叙事诗），这是一首押韵的、分节的、带有悲伤色彩的描述圣人生活的叙事诗。大约在 1100 年，法国这个主要的文学中心出现了我们现存最早的现代语言诗［武功歌（chansons de geste）］，1130 年左右出现了最早的抒情诗，1150 年出现了最早的浪漫诗，1165 年出现了最早的骑士浪漫传奇，1175 年出现了野兽诗和小故事诗（fabliaux），直到 1200 年才出现了我们现存最古老的散文作品和大部分世俗戏剧作品。总而言之，12 世纪的法国只有大约一百种白话叙事作品幸存下来。文学视野一开始就如此贫瘠，又如此缓慢地进行发展，这是导致人们质疑文学（实际上是一般艺术）的原因。人们为什么要创作、阅读、聆听和保存富有想象力的文本？一件艺术作品与它原有的文化环境有何关联？我们能观察到文学扮演着特殊的社会角色吗？我相信，这些回答不仅对那些研究中世纪文学的人很重要，而且对有兴趣观察和理解任何类型的社会或艺术的人都很重要。

维克多·特纳的思想为回答我提出的许多问题提供了方向。在这篇文章中，我谈到了文学文本、观众、美学和一般的文化批评，它们对于我们理解艺术在文化中的作用都很重要。我借鉴特纳的人类学理念开展我的研究。特纳的人类学是一种象征性的人类学，它提供了一种方法论和一个框架，来解释社会习俗、社会文化与它们所产生的社会之间的关系。当我探索跨学科研究的迷宫时，我发现自己回到了特纳的研究中，找到了其中一些关键的东西，使我能够理解这一谜题：我们对艺术的需求是什么，我们从艺术中得到了什么？

本文的第二部分和第三部分从理论层面思考了艺术在社会中的作用。首先，从广义上讲，我着眼于艺术是什么，以及文化如何利用艺术。艺术生产和接受从本质上看是意识形态的，在社会紧张时期，艺术能够反映社会争论，我采用特纳的社会戏剧模型作为一种结构来展示艺术活动如何能够为个人或人民提供（重新）评估甚至（重新）构建社会秩序的可控手段。接下来，借鉴特纳的阈限和共同体概念，我认为艺术在社会演变中扮演着独特的、可定义的、反结构的角色。艺术就像是各种激进的、保守的，以及一切介于两者之间的思想的交换所。艺术家们在一个无固定社会秩序、断裂、混乱的领域工作，帮助我们创造有序的体系和领域。

在第四部分，文章从理论走向实践。我研究了 12 世纪法国北部的骑士浪漫传奇的发展变化，以表明社会戏剧理论如何帮助我们理解特定历史时刻和文学形式的性质与发展。我认为，浪漫传奇以一种意识形态上复杂，但结构上可界定的（如果是多方面和双向的）方式与它创造的世界相关联。我希望这个复杂的例子能够展示特纳告诉我们的，关于艺术的本质和人类在社会中的行为是如何使我们能够学习许多重要的关于文学与其文化的关系，实际上是关于艺术的性质和功能的知识。

二

我关于艺术的意识形态作用的观点，能够通过雪莱（Shelly）的话得到佐证。

> 诗歌是伟大民族觉醒以改变观点或制度的最坚定不移的先驱、伙伴和追随者……诗人是未被理解的灵感的传教士，是未来投向现在的巨大阴影的镜子；诗人表达他们不理解的词，表达为战斗而歌唱的号角，却感受不到它们所鼓舞的影响。诗人是世界上未被承认的立法者。

雪莱在另一篇文章中，认为诗人"以全面透彻的精神来衡量人性的周长和深度，他们自己也许是对精神的最真诚的惊叹；因为这不是他们的精神，而是时代的精神"。

时代精神，人们在大约150年的时间里都认同这个说法，但时代精神具体意味着什么呢？为了理解这个说法，我认为需要用一个相对简单的模式来对社会中的基本类型进行区分。皮埃尔·布尔迪厄（Pierre Bourdieu）区分了社会信念（doxa）、异端和正统。他认为，异端和正统共同构成了一种文化的"可能话语的宇宙"，即人们能够对哪些事物持有一致或不一致的观点，并展开讨论。例如，食物、运动、衣服、政治，我们通常讨论和考虑的一切都构成了我们的讨论范围。另一方面，信念指的是"被视为理所当然的一类"，即那些在正常情况下"毋庸置疑的，并且每个行动者仅仅通过按照社会惯例行事就默认接受的基本原则"（169）。我认为，当雪莱谈到一种迄今为止未被认识的时代精神时，他指的是从诗人的声音中涌现出的一种类似信念的精神。诗人通过挖掘、探索那些深层次影响社会运行的理念，创作出具有革命性的作品，从而在作品中向世人传递时代精神。

我在第四部分的基本主张是，各种艺术形式为意识形态的社会表达提供了重要的媒介。人们期望艺术作品能够为一个民族或群体提供一种潜在的精神，至少不是以有意识的方式，向人们提供在普通情况下不会谈论的意识形态。请允许我强调"有意识的"，因为意识形态本身以及随之而来的对意识形态的讨论从未真正缺席。从广义上看，意识形态，这个词不仅包括在艺术中发挥特殊作用的人民的信念，还包括人们的"话语世界"（universe of discourse）、正统和异端，它们始终存在于意识形态中并且可供人们讨论。然而，人们期待艺术表达其他东西，表达未被群体触及的精神，从艺术子宫中诞生的信念，只有在极少数情况下才会被大众普遍考虑。我在本文的第四部分又回到了一开始的主题。

我在这里想要谈论的首先是这种由艺术孕育的精神，即信念浮出水面的情境，其次是意识形态的浮现与社会结构相适应的方式，即意识形态是如何融入社会结构的。雪莱说的是一个特殊的案例，那是一个革命性的案例，诗人的声音不仅向一个未知的世界表达了信念，也许还表达了一个未知的自我，进而引导他的同时代人去思考、去质疑，甚至去理解。这在以前是难以想象的，是什么导致这种情况发生？进一步说，为什么人们应该求助于诗人来获得这种启蒙？

人类学家通常将意识形态的动荡，视为大规模社会压力引发的后果。例如，克利福德·格尔茨（Clifford Geertz）认为，意识形态作为一种批判性概念，能够在社会压力时期发挥最大功用,此时的意识形态作为一种推动力开始发挥作用。[1]布尔迪厄坚持认为压力与不可讨论的事物的出现之间存在联系:"将未经讨论的事物带入讨论。……未经讨论的事物可能出现的条件是客观的危机,它打破了主观结构与客观结构之间的直接契合,实际上破坏了自明性,并引发人们讨论被视为理所当然的社会事实,到底是自然存在的还是由社会约定形成的问题"(168—169)。换句话说,危机导致人们对意识形态进行有意识地、自觉性地思索。

上述这些论点为我所研究的问题提供了一个基本的框架与逻辑。我的文章关注艺术意识形态活动的原因和方式,这些都依赖于人类学的研究,人类学的研究更准确地分析了社会中意识形态活动是如何运作的。这一领域的关键研究是维克多·特纳对社会戏剧四个阶段的分析。

特纳的主要实地考察地是在赞比亚的恩登布。正如他意识到的那样,他通过考察恩登布得出的结论,同样适用于其他许多文化,无论这些文化是先进的还是原始的。特纳似乎从与我刚刚指出的相同的人类学立场开始,他写道:"冲突似乎通常被社会习俗和日常交往习惯掩盖,但它往往会将社会的基本方面突出出来,使人心生畏惧"(1974:35)。然而,在观察恩登布时,特纳更进一步认识到,恩登布人对压力的反应并非随机。"在由二十几个亲属组成的村庄社区中,冲突非常普遍。这些冲突在公共场合中,以紧张爆发的事件形式展现出来,我将这种展现称作'社会戏剧'"(1974:33)。这些事件是高度结构化的,遵循典型的四阶段发展模式。在违反"常规的、受规则控制的社会关系"(1974:38)之后,将接着出现"危机加剧的阶段",再之后是尝试"矫正行为阶段"(有时会回归危机,并进一步进行矫正尝试),最后,"被扰乱的社会群体重新整合为一个整体,或者,在无法修复的分裂状态下,承认群体间的分裂以及使分裂后的群体合法化"(1974:38—41)。此外,特纳假设,无论社会环境如何,这种处理危机的过程模式在跨文化中都是常见的。不管特定冲突的结果如何,只要社会戏剧展开,受其影响的社会的基本结构就会被揭示出来,并可能发生变化。更仔细地观察其中一些阶段,我们可以看到艺术及其意识形态功能在何处、如何发挥作用以及为什么适合这个过程。

第一阶段相对简单。违反"常规的、受规则控制的社会关系"可能有多种情况和形式,但它们的重要性主要在于它们的公共性与实质性,并引发实质性危机。第二阶段更为重要。"在恩登布社会中",特纳指出:

> 危机阶段揭示了一个相关的社会群体内的派系之间要么公开要么

秘密进行的阴谋诡计，……在危机之下，我们能够发现的是恩登布人村落中那些并不特别多变并且更为持久的基本的社会结构。然而需要说明的是，这种社会结构仍然处于逐渐的变化过程中，它由那些具有高度持久性和连续性的关系组成。这些关系依靠规范的模式来维系，而这些模式则位于更深层次的训练以及社会经验的规律性过程之中。① (1974：38—39)

重要的是暴露潜在的社会结构。因为在这里我们需要重新考虑布尔迪厄对信念和"话语世界"的区分。危机使得信念，即社会上层建筑潜在的、通常不受质疑的，甚至未被认识到的原则，暴露出来供人们讨论和评估。当这些原则变得可以讨论时，它们同时变得容易改变、接受意识形态的检验和攻击。从坚实的基础结构转向流动的反结构，在特纳所说的不受约束的可能性的阈限阶段，反叛的、革命性的、全新的一套看似合理的秩序原则在"危机中摆出威胁的姿态，向那些代表着秩序的机制发出挑战与其搏斗"（1974：39）。我认为，在这种情况下，艺术确实被期待于提供象征符号、创新的形式和秩序，使社会回归稳定。

发生在第三阶段的矫正行为才真正转向了艺术。特纳指出："为了控制危机的蔓延，受到扰乱的社会体系的领袖人物或者代表秩序的成员会迅速采用特定的调整和矫正'机制'……，这些机制可能是正式的也可能是非正式的，可能是制度性的也可能是临时性的"②（1974：39）。换句话说，受威胁的社会会寻求任何可用的防御手段和程序保护自己。特纳提出了多种这样的机制，其中大多数形式具有合法性，"公共仪式的展演"也是其中一种矫正行为。在看似是附在重要理论声明末尾的随意短语中，特纳提到了在我看来理解艺术在危机中如何运作的关键：

不论这种变迁在何种社会形态之下，你都必须仔细研究第三个阶段，即社会戏剧中可能被矫正的这一阶段。这一矫正机制似乎能控制危机以便或多或少地恢复到原来的状态，或者至少使对立群体间的纷

---

① 此处采用刘珩、石毅两位学者的译著《戏剧、场景及隐喻：人类社会的象征性行为》中的译文。[美] 维克多·特纳：《戏剧、场景及隐喻：人类社会的象征性行为》，刘珩、石毅译，民族出版社，2007年，第30—31页。——译者

② 此处采用刘珩、石毅两位学者的译著《戏剧、场景及隐喻：人类社会的象征性行为》中的译文。[美] 维克多·特纳：《戏剧、场景及隐喻：人类社会的象征性行为》，刘珩、石毅译，民族出版社，2007年，第31页。——译者

争平息下来。此外，我们还应注意的是，这一机制是如何准确地运作以达到这一目的的？如果它无法解决争端，那又是为什么？只有在矫正这一阶段内，所有实用性的手段策略以及象征行为才会淋漓尽致地将自身充分展示出来。① （1974：40—41）

这里的关键词是"象征行为"。当原有的结构模式失灵时，人们就会转向特纳所说的阈限反结构领域。当普通的、直接的话语无效时，人们转向间接的、象征性的话语，转向象征符号、新形式和新秩序，转向艺术领域。

当然，艺术并不是唯一的象征表达的舞台。正如格尔茨所指出的那样，意识形态通常呈现出"高度具象的性质"（highly figurative nature），为那些采用它们的人提供了"新颖的象征框架以匹配无数由社会变革而产生的'陌生事物'"（220）。正如苏珊·朗格（Suzanne Langer）所说，艺术提供了一种不同寻常且重要的象征性存在。通常"语义学家……认为符号本质上是一种用来再现，并在话语中代替一种事物的记号"，然而，这种观点使得语义学家忽视了符号的原始功能，"符号的原始功能，是在最初就具有的，将经验构造成某种形象性的东西的功用"。

> 符号的最主要功能，亦即将经验形式化并通过这种形式将经验客观地呈现出来以供人们观照、逻辑直觉、认识和理解的重大功能……这种功能也可称为接合功能或逻辑表现功能，也是每一件优秀的艺术品都应具备的功能……主观世界呈现出来的无数形式以及那无限多变的感性生活，都是无法用语言符号加以描写或论述的，然而它们却可以在一件优秀的艺术品中呈现出来……② （132—133）

与政治宣言不同，艺术作品通常不会过多地打扰它的观众。一般情况下，艺术作品以符号和特定的形式进行表达，因此话语谨慎，通常不具威胁性，往往隐藏了其信息的含义和力量。它可能会提供一些明显的表面信息，但这些信息往往对长期的文化影响不大。更常见的是，艺术作品根本不做任何公开的政治声明。更进一步说，艺术作品表达直觉、倾向和感情，在一些更为出色的优秀作品中，会以一种相对完整和统一的方式将直觉、倾向和感情结合起来，以

---

① 此处采用刘珩、石毅两位学者的译著《戏剧、场景及隐喻：人类社会的象征性行为》中的译文。[美] 维克多·特纳：《戏剧、场景及隐喻：人类社会的象征性行为》，刘珩、石毅译，民族出版社，2007年，第33页。——译者

② 此处采用滕守尧先生的译著《艺术问题》中的译文。[美] 苏珊·朗格：《艺术问题》，滕守尧译，南京出版社，2006年，第147页。——译者

此来观察和反映世界。通过隐喻，艺术将不同的概念或想法浓缩为"一个复杂的生命和情感的象征"（Langer，68）。如果观察者接受这些优秀的艺术作品，则可以对世界的事物产生新的认知和更全面的理解。那些敞开心扉接受这些优秀艺术作品的观察者，无论对艺术作品中观点的看法是认可、存疑或是反驳、否认，其认知与经验都会受到这些作品的影响。

那么，当一个群体在社会紧张时期转向艺术创作会产生什么结果呢？从广义上讲，朗格认为"在人类理解力发展的过程中，隐喻表达的原则起着大多数人未曾意识到的巨大作用"（104）。她提醒我们，艺术往往"容易成为文化进步的先锋"（69）。格尔茨通过将艺术——美学——纳入他的"程序"列表来组织人类经验并试图对此做出解释："文化模式——宗教的、哲学的、美学的、科学的、意识形态的——都是'程序'；它们为社会和心理过程的组织提供了模板或蓝图"（216）。当我们回忆起艺术本质上是意识形态时，格尔茨的观点获得了更多的认可："无论意识形态是什么——未被承认的恐惧的投射，隐藏动机的伪装，群体团结的假意表达——它们最明显的是社会现实问题的地图和*创造集体良知的母体*"（Geertz，220——斜体字为原文所示）。

当一个社会群体的结构、规模或重要性发生变化时，或者当一个新的社会群体在既定的社会环境中发展起来时，该群体的成员就会有意或无意地寻找某种群体手段来获得定向自我认同。艺术作品提供了这样一种手段。回到特纳的理论中去，当危机已经发展到推翻既定的结构并且群体已经转向阈限模式时，当传统的法律或仪式策略等矫正行动模式失效时，群体将转向象征行动，通过调整以适应在反结构艺术框架中构建的模型，从而摆脱困境。在对仪式中符号有效性的简要但重要的分析中——仪式与艺术一样，是符号和象征活动的基本场域——特纳指出了仪式如何凝聚和引导群体意识。用"艺术符号"代替"仪式符号"，我们可以从这次讨论中强烈感知到，艺术的象征性或者说仪式性，使它成为一个建立有秩序的、有自我认同的社会群体的中心：

> 我认为包括仪式符号在内的文化符号源自社会关系的时间性变化的过程之中并且维持着这些变化过程，文化符号因此并不是不受时间限制的实体。……符号促成了社会行为。……仪式符号将很多所指意义压缩在一起，在一个简单的认知和情感的领域内将它们联系在一起。……［符号］会强化参与者的情感愿望，使他们更愿意遵从道德戒律、遵守协定、偿还债务、履行义务、避免恶行。通过这些方式防止或者避免了社会失范或道德沦丧，在这样一个环境中，作为个体存在的社

会成员和社会之间不会发生重大的冲突和对立。个体和社会之间的一种共生的和相互渗透的关系植根于人们的观念之中。①（1974：55—56）

艺术不需要以任何直接的形式声明或指定"世界该有的模样"。但艺术确实为人们的行为和思想提供了模型，在这一过程中，艺术这一符号系统允许个人直观地感受到他或她在不断发展的社会框架中的位置，并根据这种直观感觉采取行动。这样一来，就会形成群体意识、群体觉悟甚至群体心态。如此，我们创造了一个世界，在这个世界里，人们知道他们是谁，他们与谁不同，他们应该如何行动，以及如何团结在一起。

三

我们已经探讨了艺术是什么、艺术如何运作、艺术何时运作以及艺术在哪里运作的问题。在转向 12 世纪浪漫文学的典型案例之前，还有待讨论的是社会如何利用艺术家及其作品——艺术家及其作品如何在非危机状态下的社会结构中发挥作用？艺术在长期社会进化中所扮演的角色——艺术在任何道德意义或进步意义上对社会有用吗？我使用维克多·特纳的共同体和反结构阈限的概念，作为处理这些问题的关键批判工具。

我的论点是，我们在社会紧张时期求助于我们的艺术家，向他们寻求意识形态的答案，因为他们工作的象征模式特别适合提供创造性的解决方案，来解决结构性补救措施无法解决的问题。艺术家——在一个层面上，甚至是"当权派"艺术家——存在于普通结构之外，作为局外人和边缘人存在于为他们设立的阈限的、反结构的领域。针对这一类人群，特纳谈到了局外感："局外感是指被永久地或者按照某种归属法则被置于某一社会体系结构之外，或者根据情况暂时被隔离，或是自愿将自身从该系统中分离出来，以摆脱先前社会地位和社会角色的状态。在不同的文化中，这些局外者可能包括萨满、先知、灵媒、教士、修道院中的修士、嬉皮士、流浪汉以及吉卜赛人等"。②他将这些与他所称的"'边缘群体'区分开来，后者指同时具有两种或多种群体身份的人（因分类

---

① 此处采用刘珩、石毅两位学者的译著《戏剧、场景及隐喻：人类社会的象征性行为》中的译文。[美] 维克多·特纳：《戏剧、场景及隐喻：人类社会的象征性行为》，刘珩、石毅译，民族出版社，2007年，第50—51页。——译者

② 此处采用刘珩、石毅两位学者的译著《戏剧、场景及隐喻：人类社会的象征性行为》中的译文。[美] 维克多·特纳：《戏剧、场景及隐喻：人类社会的象征性行为》，刘珩、石毅译，民族出版社，2007年，第280页。——译者

体系、自主选择、自我定位或者是个人的成就等因素而获得某种身份),其所属群体所信奉的社会规范和文化价值常常大相径庭甚至截然对立"①(1974:233)。

对特纳的观点稍作修改,我认为我们可以将这两个领域都视为艺术家的典型发展场所。一方面,像"巫师、占卜师、通灵师、祭司"一样,艺术家往往"处于暂时隔离的情境中",或"自愿"被隔离。例如,大多数城市和大学,尤其是较大的城市和大学,都有自己的艺术亚文化群。在其他结构化的环境中,我们发现了一些艺术家群体——画家、演员、舞蹈家、雕塑家、作家等,虽然他们以共同的生活方式团结在一起,但都在积极寻找独特的环境和独特的生活方式。他们认为自己,也被其他人认为与生活在他们周围的其他人有着本质的不同。

另一方面,如果我们将对艺术世界的理解扩展为对一个独特世界的理解,我们可能会注意到,像"边缘人"一样,艺术家确实属于两个截然不同且常常是对立的世界——他们来自的结构世界,通常是他们赚取收入的现实世界以及他们在其中构思、创造并传播他们艺术的反结构的世界。凯内尔姆·布里奇(Kenelm Burridge)曾描述过先知的形象,特纳似乎将先知归类为"局外人",因为他们是"混淆了思想和情感的人,他们同时存在于结构世界与反结构世界中"(160)。这似乎是一个对艺术家的恰当定义,突出了他们独特视野的主要来源。艺术家在两个世界之间的位置,在阈限位置,建立其他人无法想象的联系。

最后一点,在艺术家使用符号、创造新的形式和秩序(或重申旧秩序)时,他们的行为非常像先知,更不用说萨满了。所有这些人都被期望以隐喻的方式说话,正如朗格所说,隐喻是"人类迄今为止所拥有的最高级的理性能力——抽象思维——所赖以进行的天然手段"(104),隐喻能够使人类重构普通概念经验并开发新的模式和价值观。对局外人和边缘人这两个群体来说,重要的似乎是他们在与普通社会结构本质上分离的领域中运作,因此,他们从外部观察结构化的世界。在这方面,艺术家似乎都是典型的局外人和边缘人。

更具体地说,艺术家的反结构世界与充满日常经验的结构世界之间的关系是什么呢?在《戏剧、场景及隐喻:人类社会的象征性行为》(以下正文中简称《戏剧、场景及隐喻》)中,特纳提出:

> 在部落社会中,人们平日里很少有时间来思考一些原哲学或者神

---

① 此处采用刘珩、石毅两位学者的译著《戏剧、场景及隐喻:人类社会的象征性行为》中的译文。[美]维克多·特纳:《戏剧、场景及隐喻:人类社会的象征性行为》,刘珩、石毅译,民族出版社,2007年,第280页。——译者

学方面的东西,但是在每个人都必须经历的漫长的仪式过程中,他们得力于其他部落成员的支持成为一个特权阶层,因而有足够的机会和时间来获取并思索那些关于本部落的"终极问题"——当然,获取这样的机会也要付出代价,因此他们还必须经历各种磨难,以使其意志得到锻炼。①(259)

从恩登布和许多其他文化中汲取的大量例子足以支持特纳在《戏剧、场景及隐喻》中的这一断言。特纳认为这种使用反结构但有计划的阈限作为训练场的做法并不仅限于部落社会。在先进和文明的西方世界,我们的大学——所有学生都知道,大学并不是一个人毕业后进入的"现实世界"的一部分——我们的集会,它们为知识服务、产出了许多优秀的知识成果,并普遍支持我们的权力结构,但很少增加我们国家餐桌上的面包供应。举一些当代的例子来说,无论有没有宗教背景,一些研讨会、工作坊、静修室等场所都越来越受到欢迎,这些场所为新想法的产生提供了空间。

更重要的是,我们还使用阈限作为训练诗人的基础。正如特纳所说,边缘人从我们社会秩序的缝隙和边缘说出他们的预言,"他们的队伍中产生了大量作家、艺术家和哲学家"(1974:233)。事实上,这是边缘性的一个特别重要的文化功能:我们边缘化我们的艺术家,并支持他们——即便只是最低限度的支持;这是边缘策略的一部分——正是为了让他们可以"学习和推测"我们的"终极事物"。正是这些终极事物,亦即日常时期的正统和异端的基础,社会紧张时期的潜在信念,始终以一种或另一种形式存在的意识形态,成为我们的艺术家绘画、雕塑、绘图、作曲、演奏、舞蹈和写作的主题。艺术家不一定,也不需要选择成为发展意识形态或创造象征形式的载体;这是我们强加给他们的内在职责。如果艺术家的作品不履行上述功能,就不会是优秀的,也就是说,不会取得社会意义上的成功。

艺术家们总是在思考和创作,不仅仅是在周二和周四,或者在革命高涨的时刻。然而,最特别的是在社会紧张时期,人们会有意识地转向艺术家,向我们的画家和诗人寻求意识形态的答案。我们可能不常关注意识形态,但当我们关注的时候,我们的理由是严肃的,我们的担忧是实实在在的。正如特纳在

---

① 此处采用刘珩、石毅两位学者的译著《戏剧、场景及隐喻:人类社会的象征性行为》中的译文。[美]维克多·特纳:《戏剧、场景及隐喻:人类社会的象征性行为》,刘珩、石毅译,民族出版社,2007年,第312页。——译者

《仪式过程》中所暗示的那样，人类和社会都有一种基本的需要，那就是逃离构成我们社会秩序的结构。尽管我们作为社会生物需要文化和社会强加的"约束和界限以防止混乱"。特纳继续指出："人类不得不通过一种结构化的方式——在时间和空间中创造一种秩序……［和］文化周期……但是这种时间与空间秩序无法完全捕捉到人们日常生活中的、常规化的所有活动和经验。这些时间和空间的阈限区域——仪式、狂欢节、戏剧及后来出现的电影——都是开放的，允许思想、情感和意志的自由发挥。"（1977：vii）。这些阈限空间是艺术家的空间，正如特纳所说："在阈限空间中产生了新的模型，这些模型通常是奇妙的，其中一些可能具有足够的力量和合理性，最终取代持续社会生活中以武力为中心的政治和法律模型。"特纳聪明地将阈限空间称为社会过程的"虚拟语气"，正是在这个反结构的阈限领域，"幻想、欲望、假设、可能性等等都变得合法了"（1977：vii）。

特纳认为艺术活动的力量有助于塑造一个更美好、更具人文情怀的世界。因为艺术符合特纳的结构，是文化发展中一种积极的、必不可少的力量，特别是艺术与他所称的"共同体"的密切相关："共同体是群体和不同个体之间自发产生的一种平等关系，这些群体或个体的结构性特征已经丧失殆尽。"对特纳来说，共同体至关重要，"共同体其实是所有结构的根源，它同时对结构进行评判"。共同体为人类主导的创新与发展提供了舞台，这是因为"共同体对所有社会性的结构规则提出质疑并且设想出新的可能性"。最重要的是，"共同体趋向于普遍性和开放性"。在共同体中，"结构如同大多数物种一样各自具有明显的特性，而共同体则如同人及其处于不同演化进程中的先辈一样彼此间一直在进行着公开的交流，从而不存在特别显著的差异性。共同体是纯粹的可能性的源泉，同时还使人们暂时脱离所有日常的结构性的要求和义务的束缚"[1]（1974：202）。将结构与共同体典型的阈限阶段进行比较，特纳认为：

> 法律和政治结构是很容易发掘并且是有意识的，如今那些深陷于其中的人们已经无法对各种思想的组合与对立进行认真的思索和冥想了，因为他们已经陷入社会、政治结构与分层的组合和对立之中无法自拔……所有这些都会使人产生焦虑、嫉妒、害怕、狂喜、富有攻击

---

[1] 此处采用刘珩、石毅两位学者的译著《戏剧、场景及隐喻：人类社会的象征性行为》中的译文。［美］维克多·特纳：《戏剧、场景及隐喻：人类社会的象征性行为》，刘珩、石毅译，民族出版社，2007年，第240—241页。——译者

性等情感,总之,所有这些一瞬间涌起的情感都不利于个体进行理性的、明智的思考……[或者,在]像某些重要的通过仪式一样的中介情境中,"仪式通过者"和"主持者"在仪式的紧要关头完全能够放松心境,对全人类所面对的各种神秘力量、对本民族所要解决的特殊问题、他们自己的个人问题以及他们最为贤明的祖先们如何安排、解释、消除、遮掩或者掩盖所有这些神秘力量和种种困难进行片刻的冥想。中介阶段不仅孕育着宗教中的苦行禁欲、教规戒律以及神秘主义的成分,同时也蕴含着哲学以及纯科学。[①](1974:241—242)

从结构的法庭中产生了维持社会秩序完整的规则;从阈限和共同体的思辨中——更重要的是,从艺术中——促成了我们的社会进步的形式。

这种对艺术力量的看法与传统的马克思主义文化理论所暗示的"经济基础和上层建筑"的功能主义观点大不相同。正如雷蒙德·威廉斯(Raymond Williams)解释的那样,"在一个给定社会或时期的基本'事实'或'结构'逐渐确立的趋势下,它们会或多或少地被'反映'在实际作品中。因此,18 世纪新现实主义小说的内容和形式都取决于商业资产阶级日益增加的社会重要性这一已知事实"(24)。社会经济基础是第一位的,审美上层建筑机械地与之相适应。在特纳的观点中,将艺术视为共同体的产物和载体,为未来文化的发展提供了广阔愿景,而功能主义的观点则认为个人从艺术作品中发现了对当下自身的解读。艺术被简单地视为文化发展的产物,而不是一种引起文化发展的原因。

进一步与马克思主义进行比较,特纳的概念似乎也与弗雷德里克·詹姆逊这样的理论家的表述不一致。詹姆逊认为:

> 每一种生产方式都必然会产生一种特殊的现实和一个确定的生活世界,产生一个其主体必须生活在其中的独特时空,这个时空环境限制了主体的活动并赋予他们独特的内容。因此,每一种连续的生产方式,当它逐渐或突然猛烈地取代以前的生产方式时,都必须伴随着以后可以称为文化革命的东西,文化革命重新训练和引导人们,使人们生活在那个变革后的特定的生活世界……(4)

詹姆逊的观点并没有否认艺术家创造新形式和思想的意识形态力量——

---

① 此处采用刘珩、石毅两位学者的译著《戏剧、场景及隐喻:人类社会的象征性行为》中的译文。[美]维克多·特纳:《戏剧、场景及隐喻:人类社会的象征性行为》,刘珩、石毅译,民族出版社,2007年,第290—291页。——译者

"我们可以走得更远，"他说，"尽管是在一种想象的模式中，但新文化的生产者的象征行为，实际上创造了一个新的生活世界"（5）——然而，就像传统的马克思主义者所支持的观点一样，艺术家的创作也确实受到了生产方式的限制。从这个角度来看，艺术可以帮助人们适应社会生产方式的变化，艺术可以参与进空想社会主义世界的长期运动中，但它本身并不会导致大规模的社会变革。

特纳的理论构想帮助我们得出一个与马克思主义文学理论家不同的结论。即通过让我们将艺术视为阈限的，将艺术视为结构化的时间和空间之外的存在，赋予了艺术家一种公共权力，那就是艺术家不仅可以暗示人类的现在，而且可以暗示我们未来的方向与进程。艺术表达，实际上表达了所有人共有的、永恒的、普遍的品质，艺术表达以一种平等的方式参与到共同体的平等模式中，并推动我们实现它。艺术以其多种多样的形式最终表达了一个高度进步的、鲜明的人类目标：创造和维护一个更人文、更人性化的世界。

当然，并非所有艺术都能直接做到这一点。在特定的历史时刻，某些形式的艺术可能比其他形式更具吸引力，能够激发创新性的象征行为。随着更多有意识形态意识的观众和艺术家将他们的注意力和创造力集中在激进的领域中时，他们的同伴和同事却愈发保守。此外，艺术的力量，在于观众的接受或拒绝以及艺术家自己的理念或成就，即使艺术家是反结构的实体，但结构化的方式也使得部分艺术家倾向于保守的领域。正如特纳在《戏剧、场景及隐喻》中总结的那样："人既是结构实体，又是反结构实体，在反结构中成长，在结构中生存"（298）。尽管激进与保守的态度都是必要的，但中介性的艺术，即富有想象力和创新性的艺术，为我们提供了共同体的愿景。特纳引用布莱克的话证明这一观点："有时艺术对制度化结构进行模仿和表现，其目的无非有两种，要么是促使其合法化，要么是对其进行批判。艺术确实将文化中的不同因素以崭新的，甚至是前所未有的方式组合在一起——比如立体主义和抽象艺术。那些稀奇古怪、自相矛盾、不合逻辑的，甚至是看似变态的艺术作品向观众提出了诸般问题，因此能够激发人们进行思考。'它为人类打开洞察力的大门清除了障碍'……"①（255—256）

总而言之，我引用了听起来像雪莱但实际上来自《仪式过程》的内容：

---

① 此处采用刘珩、石毅两位学者的译著《戏剧、场景及隐喻：人类社会的象征性行为》中的译文。[美]维克多·特纳：《戏剧、场景及隐喻：人类社会的象征性行为》，刘珩、石毅译，民族出版社，2007年，第307页。——译者

先知和艺术家都有着成为阈限人、边缘人，或是"临界人"（edgemen）的倾向。这些人满怀热诚与激情，要努力将那些与"占有地位"和"扮演角色"联系在一起的陈词滥调从他们的生活之中除掉，以此来进到充满活力的、与其他人所构成的关系之中去，无论这种关系是真实存在的还是想象出来的。在他们的作品中，我们可以对人类尚未使用的、不断进化的潜能略见一斑，而这种潜能还没有被外在化，没有在结构之中固定下来。[①]（128）

特纳是在说，诗人是"未被承认的人类立法者"吗？就我个人而言，我不会对这一推论提出异议。对特纳来说：

我认为对主要的概念性原型或者根本性隐喻中包含的关键词语和表述方式进行研究是一件十分有趣的工作，这一研究还要考察这些关键性词语第一次在其自身的社会和文化背景下出现的情况，以及随后在不断变化的社会关系领域中的延伸和修正的过程。我认为尤其是那些具有中介潜质的思想者（liminal thinkers）——诸如诗人、作家、宗教预言家这类"尚未被承认的人类立法者们"——的作品中会出现这类词语，他们在重大的社会变革所引发的危机来临之前便有所预感，这些酷似巫师的人物对于变化有着超越于公众的感悟能力。[②]（1974：28）

四

在本文的最后一部分，我将运用特纳的理论与研究方法，对骑士浪漫传奇展开详细的论述。我的基本论点是，早期的骑士浪漫传奇的发展部分是为了回应，部分是为了满足一个处于阈限地位的社会群体——一个新形成的、尚未完全确立或觉醒的贵族——为自己定义一个身份的需要：它的载体是以艺术为基础的符号系统的发明，即骑士浪漫传奇的出现。骑士浪漫传奇的发展最令人好奇的是，这与特纳的假设非常一致，即早期作家创造的形式，以及其背后的隐喻和原型，反映了贵族本身的情况，从而形成了群体意识。早期浪漫传奇的中

[①] 此处采用黄剑波、柳博赟两位学者的译著《仪式过程：结构与反结构》中的译文。［美］维克多·特纳：《仪式过程：结构与反结构》，黄剑波、柳博赟译，中国人民大学出版社，2006年，第129页。——译者

[②] 此处采用刘珩、石毅两位学者的译著《戏剧、场景及隐喻：人类社会的象征性行为》中的译文。［美］维克多·特纳：《戏剧、场景及隐喻：人类社会的象征性行为》，刘珩、石毅译，民族出版社，2007年，第18—19页。——译者

心隐喻，即占主导地位的原型主题，是个体进入以赤裸、无知或象征性死亡为标志的阈限状态，在阈限状态停留的期间，他获得了对基本人性（共同体）的感知与理解，以及个人需要通过各种冒险发展出新的身份，并以新身份确定、发展自己的行为模式。在论述中，我主要参考了法国最重要的浪漫主义者克雷蒂安·德·特鲁瓦（Crestiens de Troies）的作品，我也会分析贝鲁尔（Beroul）的《特里斯坦》（Tristan），以及与骑士浪漫传奇相关的两部作品——《皮拉莫斯和提斯柏》（Piramus et Tisbe）以及玛丽·德·法兰西（Marie de France）的《籁歌》。

大约在1075年，法国约有1000个封建领主（aristocracy）①，总人数约为法国总人口的0.15%。[2]到1175年，法国大约有24000个贵族（nobility），大约占总人口的1.25%。[3]11世纪晚期的封建领主，其祖先可以追溯到9世纪末和10世纪初，他们的地位和权力主要基于他们地主的身份，地主是当时社会经济秩序的结构中心，这在数百年来基本没有改变。封建领主的规模随着时间的推移保持着相对稳定的数量。另外，12世纪后期的贵族是一个宗谱上的混合群体，其成员包括封建领主家族外围分支的后裔，从未取得实质性土地所有权的骑士家族的后裔，以及获得成功的农奴、奴隶和农民，他们既成功地攫取了恩宠或权力，又隐瞒了自己或祖先最初的卑微地位。他们的祖先很少能追溯到两三代以上。这些贵族的权力建立在对禁令的控制之上，这是一种通常不掌管土地所有权，从税收中获利的新型政治领主。在11世纪末12世纪初，也就是我们最早出现史诗的时期，贵族的影响力（如其规模一般）通常是微不足道的。到12世纪下半叶，当骑士浪漫传奇出现时，贵族的数量和影响力已经增加到足以令他们成为统治阶级，实现政治统治。[4]

我们可以在这里感受到当时摇摇欲坠的等级制度。当时的社会也是如此。在文中无法向人们传递百年间欧洲西北部发生的巨大变化的意义，也无法让人了解生活在新奇而又陌生的社会秩序中意味着什么；工业产品和进口商品为人们提供了一系列在几年前无法想象的供应和选择；政府集中化和联邦化，人们不得不以全新的方式与政府打交道；与过去的许多世纪相比，饥荒的发生率已经降到了历史最低点；当时的生活水平、预期寿命和人口规模可能比欧洲西北

---

① aristocracy与nobility词义相近，都可被译为"贵族"。但aristocracy更加强调统治阶级的身份，突出政治意义上的统治地位。因此，结合法国中世纪的历史背景，译者在本书中将aristocracy译为封建领主。——译者

部所记载的要高。尽管如此，只要给出一个类似这样的大背景，我们也可以想象这样一个世界中的贵族精英如何成为一场宏大的社会戏剧中的演员。贵族的崛起既是对既定秩序的攻击，也是对既定规则和习俗的破坏。危机不可避免地蔓延：谁在危机中掌握着权力？在某些方面，封建领主保留了他们的权力：封建领主当然不会放弃他们的财富和地位。但人口、财富，或许最重要的是，机会的增长意味着更多的人——尤其是那些我们称之为贵族的人——也提出了他们的要求。社会变化是渐进的，至少在一段时间，这些社会变化内部会存在不确定性、混乱以及共同体的反结构的阈限性。这就需要矫正机制，但传统的法律和行政程序已不合时宜。人们很难意识到他们生活在一个混乱的世界中，贵族（甚至可能也有封建领主）在寻找一些新的答案。

在上述情况下，贵族的异质性很重要。与知道他们是谁、他们如何相互联系以及他们拥有什么权力的封建领主不同，贵族将来自不同背景、拥有不同权力的人聚集在一起，并没有形成真正的群体认同感。他们可能知道自己想要什么财富、声望和权力，以及所有的相关的附属品——封建领主的衡量标准——但这些是成为封建领主群体的目标，而不是贵族群体内部的。为了实现不是作为个人，而是作为一个社会群体的目标，贵族们需要一个符号系统来为他们提供形成阶级意识的材料。他们找到了他们所需要的意识形态，这种意识形态是一种矫正机制，可以为社会结构提供一种可行且易于理解的表现形式，这种意识形态的表现形式是一种新的文学形式——骑士浪漫传奇。

为什么需要一种新的形式？之前存在一种更古老的文学类型——武功歌，从12世纪开始，就有大约30首这样的诗歌流传下来。这些武功歌一般以基督教/异教冲突的战争为背景，处理诸如战士和国王之间的相互义务以及人与神权之间的复杂关系等核心且重要的社会问题。武功歌是伪历史的，用卡洛林时期的背景来呈现角色，这些角色既是真实人物，又是当前封建领主的祖先，这些人物远离普通的生活，是超越生活的英雄。我们更多地将他们视为社会类型的代表，而不是独立的、有自我意识的个体。通过这些角色，武功歌告诉他们的听众，封建领主（这些诗歌中几乎所有的人物都是封建领主）应该如何与他们的国王和神进行交往。

骑士浪漫传奇与武功歌大相径庭。骑士浪漫传奇通常设定在神秘的、奇幻的亚瑟王背景中，将其呈现的焦点从外部社会秩序转移到主要的诗歌行动者的内心和思想中。爱情、婚姻、行动和表达的自由，个人价值的实现——这些社会存在的代表性行为——占据了中心舞台。骑士浪漫传奇为人们提供的任何范式的重点都在于英雄的思想，而不是英雄取得的特定成就。骑士浪漫传奇的重点是向精英观众传达正确行事的感觉和法则，而不是像武功歌那样，指出正确的行动是什么。在骑士浪漫传奇中，角色的风格，即角色的行为方式而不是角色的语言，被视为塑造角色性格的关键因素。借用埃里希·奥尔巴赫（Erich Auerbach）的话来说，"高尚的品德和优雅的举止"（139）成了贵族的象征，一个人如果行为举止高尚、优雅，意味着他是贵族。

典型的骑士浪漫传奇一般是这样展开的，主人公一个人离开宫廷踏上冒险的旅途，用他的智慧完成这场冒险，如果一切顺利，最终主人公会与一个陌生人坠入爱河。同以往的故事传统一样，英雄和心爱的人结婚，然后隐居。我们会看到，他们会在社会地位提升的情况下重新融入社会。[当主角不离家，或者当主角的爱人不是陌生人时，他们的爱情要么是无法实现的，要么是付出了巨大的代价或者远离社会才实现的。如《皮拉莫斯和提斯柏》、《特里斯坦》、克雷蒂安的《克利杰斯》（*Cliges*）和《朗塞洛，或坐囚车的骑士》（*Le Chevalier de la Charette*）以及玛丽·德·法兰西的《籁歌》（*lais*）中，就体现了上述情节。]骑士浪漫传奇的核心术语是：冒险[5]，这体现了主人公在面对未知和意外的情况下想要证明自己的欲望；智谋[6]，这能够使主人公在惊险的环境中，有效发挥想象力、创造力以解决问题；爱，这是一种强烈的、令人期待的个人奖励，它驱使着主人公去冒险然后获得这种奖励；礼仪（corteisie），这是一种行为模式，如果主人公想要融入这个世界就必须实践的行为模式。这些术语的共同点在于，它们强调个人需要追求自己的价值，而不仅仅是遵守亚瑟王社会中的普遍的行为规范。[7]主人公，就像那些从骑士浪漫传奇中寻找行为模式，塑造阶级身份象征的贵族一样，同时被呈现为两个世界的成员，一个是构筑浪漫故事的宫廷世界，另一个是冒险发生的荒野世界（荒野世界也有自身的文明空间）。因此，根据特纳的定义，主人公是一个边缘人，他体验并会让观众体验到共同体的反结构。

主人公的边缘位置与其对体现人性（共同体的核心特征元素）的象征表达需求之间的契合，是浪漫传奇中引人注目的原型特征：主角进入一个赤裸、无知或最常见的象征性死亡状态。例如：埃雷克（Erec）和爱妮德（Enide）进入象征死亡（limors，即死亡）的土地，在那里，昏迷不醒的埃雷克被认为已经死亡很长时间了；克利杰斯（Cliges）的挚爱菲尼斯（Fenice）假装死亡，实际上被埋葬了；囚车骑士朗塞洛（Lancelot）在穿越剑桥（象征死亡）进入洛格瑞斯（也象征死亡）领域时受了重伤；伊万（Yvain）失去了理智，撕掉了他的衣服，在荒野中赤身裸体地生活了几个星期；珀尔瓦西（Perceval）是一个对一切都一无所知的小男孩；特里斯坦（Tristan）和伊瑟（Yseut）住在莫罗斯（Morrois）森林的凉亭（象征着自然状态和贫困，也许也象征着死亡，都是典型的反结构栖息地）[8]中；贝鲁尔反复告诉我们，在那里，他笔下的主人公们遭受了任何人都无法承受的痛苦。皮拉莫斯（Piramus）和提斯柏（Tisbe）双双自杀（很显然，这不是一个幸福的结局）。玛丽·德·法兰西的《狼人》（*Bisclavret*）中的阈限性主角被困在狼人的形态中，度过了很长一段时间。玛丽·德·法兰西《籁歌》中主人公都经历过贫困或被遗弃，在他们的故事中，往往会出现主人公的恋人死亡，或主人公假死，或主人公过河（象征死亡），或主人公自尽等情节。

事实上，与阈限时刻一样重要的是，尽管主人公们经历了痛苦和挑战，但他们从中走出来，变得更聪明、更强大、更成熟，并能够更好地应对他们世界的问题。例如，埃雷克、克利杰斯和伊万通过采取浪漫传奇中强调的得体的、正确的行为，完成冒险任务，来给他们的冒险故事画上完满的句号。然后，像玛丽笔下的一些主角（其中一些人在经历困难后也取得了胜利，这个胜利象征着他们对自己和世界有了新的理解与认知），他们成了受人尊敬的国王，他们必须最有效地处理整个社会的问题。特里斯坦开始理解他对伊瑟的爱，并有意识地接受它。特里斯坦的爱情被人们视为理想的爱情的象征。珀尔瓦西从最初的无知状态，转变为当代读者所认为的类似圣人的状态。

上述角色的状态转变，体现了特纳提倡的共同体的教育功能。特纳指出，在部落社会中，仪式主体往往通过仪式进入阈限状态：

> 至少我们从原则上讲也有可能获得一个从整体上观察社会生活的视角，而非片面的观察。在彻底经历过常常以坟墓同时也是子宫形象出现在仪式和神话中的中介仪式之后，在经历了无数屈辱、做出了无数忍让之后，仪式主体最终获得了更高的政治地位，或者至少在社会结构的某个专门机构中获得了更高的职位。除此之外，中介经验也使他们变得更为开明，虽然他们仍旧忠实于自己的社会群体，但他们再也不会像以前那样目光狭隘、小肚鸡肠了。①（1974：259—260）

浪漫传奇的主角在经历了阈限阶段后，变得更具典型性，更能成为人们应

---

① 此处采用刘珩、石毅两位学者的译著《戏剧、场景及隐喻：人类社会的象征性行为》中的译文。[美] 维克多·特纳：《戏剧、场景及隐喻：人类社会的象征性行为》，刘珩、石毅译，民族出版社，2007年，第312页。——译者

该如何行动的榜样。读者或听众随主角一起经历反结构并回归结构的过程，共享他们的阈限状态，体验共同体，并从中获得新的人类共识。正如奥尔巴赫所指出的，那些看似魔幻、不真实的、表现上看肤浅的浪漫故事，这种明显的人为编造的故事模式，包含并发展了"一种阶级伦理道德，这种阶级伦理道德声称其在这个现实世界中发挥着作用，并且也确实起到了这种作用"向"那些服从它的人提供了一种感觉，这种感觉使他们觉得自己属于一个被选中的特殊群体，……属于一个与平民群体区分开来的共同体"（136—137）。由此，对艺术形式的接受导致了阶级意识的建立。

事实上，我们可以从多方面观察到骑士浪漫传奇兴起带来的社会影响。在一个已经在经济和法律上有所区别的群体中形成阶级意识本身就是一个重大的影响，但这并不完全是实际发生的情况。如果有一种不同的伦理观，一种不同的艺术形式，那么12世纪可能会看到贵族作为一个完全独立的群体的发展，例如形成一种等级制度，其成员在贵族和资产阶级之间占据一个独特的等级层次。然而，实际上，也许部分受到浪漫主义符号系统的影响，也许是由于骑士行为模式与环境适配度的因素，在12世纪发展出了一个与之前区别并不那么明显的社会制度。值得注意的是，随着12世纪的衰落和13世纪的到来，武功歌这种文学流派，其内容演变为包括最核心的浪漫技巧、符号和价值观，甚至强调它之前所没有的冒险、智谋、爱和礼仪。国王的女婿不会将他的地位与一个贫穷骑士的第三个儿子混淆。实际上，整个等级制度中的微妙区别将会非常清晰，但这种微妙本身就强调了一个关键的事实，即更广泛地区分封建领主和贵族，已经失去了一些特殊的意义。贵族的概念扩展到所有的精英阶层，包括统治阶层。封建领主是统治阶层，但所有的精英，无论他们的地位如何，都被视为贵族。[9]

这种超越特定阶级界限的骑士理想，产生了深远的社会影响。在最初的几年里，它将其影响力扩展到了最高阶层，随着时间的推移，这种理想开始吸引那些在等级上较为低下的人。正如奥尔巴赫所说："封建伦理道德，完美骑士的理想观念。……产生了非常可观和非常持久的影响。与之相关的概念——勇气、荣誉、忠诚、相互尊重、优雅的举止、为女性服务——继续在文化完全改变了的时期的同时代人身上施展魔力"（137）。在13世纪，如同在19世纪和20世纪一样，大量的个体出现了，首先是资产阶级，然后是劳动者，他们通常完全没有意识到他们的行为会造成的历史影响，他们只知道社会的视线是向上的，他们通常需要转向骑士模式，寻求如何正确行事。

人们很可能会坚决地争辩说，12世纪在法国建立的骑士象征符号，从未在西方思想中消失过。人们可能会看到，随着工业化和经济增长、教育的普及、社会和政治解放以及向资本主义甚至超越资本主义的过渡，这一象征符号已经扩散并代表了西方文化的一些基本价值。我们在以资本主义、现实主义、极其物质主义为特征的20世纪的西方社会中，似乎对未知非常热爱、尊重，并为之奋斗，甚至主动寻求未知，并用我们的智慧去征服它，以一种与12世纪的贵族提倡的骑士浪漫传奇相似的抒情和浪漫的方式面对世界。

我的最后一个问题是为什么？奥尔巴赫给出了一个答案，这是一个与浪漫主义所特有的梦幻般的象征性质密切相关的解释："正是因为它远离现实，因此，只要有任何统治阶层存在，它可以，作为一种理想，适用于任何社会地位的人"（139）。这当然有一定的道理，但我认为更有力的解释与个体形式的联系较少，也较少依赖于精英主导的社会结构的偶然性。在某一点上，特纳将他的"趋向于普遍性和开放性"的共同体概念与"涂尔干的'机械团结'进行了比较。机械团结的力量，依赖于内群体/外群体的对抗"（202）。奥尔巴赫坚持的统治阶层的持续存在是浪漫理想延续所必需的条件，这种观点似乎更接近于涂尔干。如果浪漫模式只是另一种符号系统，那么它确实可能受限于特定类型的社会秩序。

但是，如果正相反，这种浪漫主义在反结构的阈限状态中被构想出来，为了寻找自我而存在，它以某种方式触及了共同体的标志——普遍性和人性，那么它也许提供了一个不那么受社会秩序束缚的模型。也许冒险、智谋、爱和礼仪暗示了我们所有人的基本品质。也许这些是浪漫主义流派生存的力量，以及其持续的精神活力，是人性深处的某些标志。我们在这里是否见证了文明道路上的一大步？允许我们迈出这样的步伐是否是艺术在社会中的最终功能，是艺术总是如此运作的关键吗？骑士浪漫传奇的兴起，实际上是任何重要艺术形式的发展都会告诉我们的一些核心和本质的东西，即人类的本质是什么。

注解

［1］格尔茨使用这个词来表达更自觉的政治意识，他似乎将意识形态定义为对压力的反应，其中包括了社会压力、心理压力以及文化的压力。正是失去方向最直接地导致意识形态活动，由于缺乏可用的模式，个人无法理解自己所处的公民权利和责任的范围。……正是因为这种社会心理压力的交互影响，及

缺乏说明这种压力的意义的文化资源，使得二者互相加剧，最终导致系统（政治、道德或经济）意识形态的出现。（219—220）

［2］参见菲利普·康塔米纳（Philip Contamine）的著作《中世纪的贵族》，第23页。关于封建领主规模更加详细研究，参见雷宾的著作《12世纪北法和英格兰有闲阶层的发展：以文学和社会研究中的思想变化为中心》，第214—221页。

［3］参见康塔米纳的著作《中世纪的贵族》，第31页。关于贵族规模更加详细研究，参见雷宾的著作《12世纪北法和英格兰有闲阶层的发展：以文学和社会研究中的思想变化为中心》，第221—230页。

［4］关于12世纪北法社会历史的综合研究，参见雷宾《12世纪北法和英格兰有闲阶层的发展：以文学和社会研究中的思想变化为中心》，特别是第25—237页。关于封建领主和贵族阶层的一些有用的资料，可参考 P. Bonenfant and F. Despy, "La Noblesse en Brabant aux Xlle et XHIe siècles"; Eric Bournazel, *Le Gouvernement Capetien*; Jacques Chedeville, *Chartres et ses campagnes*; Georges Duby, *Guerriers et Paysans* and *Hommes et Structures du Moyen Age*; Theodore Evergates, *Feudal Society in the Bailliage of Troyes*; Robert Fossier, *La Terre et les Hommes en Picardie*; Leopold Genicot, *Les hommes—La noblesse*; Jean-François Lemarignier, *Le Gouvernement Royal aux Premiers Temps Capetiens*; Edmund Perroy, "Social Mobility among the French Noblesse in the Later Middle Ages"; and Timothy Reuter, ed., *The Medieval Nobility*。

［5］关于"冒险"（avanture）的研究，参见奥尔巴赫的《模仿论》，特别是书中第134页及之后的内容。

［6］关于"智谋"（engin）的研究，参见罗伯特·W. 汉宁（Robert W. Hanning）的文章《12世纪浪漫传奇中的"智谋"：〈埃涅阿斯传奇〉与休·德·罗特兰德的〈伊波墨冬〉研究》。

［7］文学从强调群体结构到个人角色的转变非常符合特纳提出的一般模式："随着社会逐渐分为经济的和社会的，地方性以及亲属所具有的诸多错综复杂的社会关系逐渐被分散在更为广泛的地理区域内、具有不同的功能性群体中的成员之间的单一利益关系取代，个人的自主抉择和自愿性是以牺牲各种预先设定好的协作性义务为代价的。即便是义务也要经过选择，义务产生于一种双方相互约定并达成协议的关系中。个体取代了群体而成为至关重要的伦理单位。"（1974：200）（此处采用刘珩、石毅两位学者的译著《戏剧、场景及隐喻：人类

社会的象征性行为》中的译文。[美]维克多·特纳:《戏剧、场景及隐喻:人类社会的象征性行为》,刘珩、石毅译,民族出版社,2007年,第238页。——译者)

[8] 参见特纳(1974:243—244,265—267)。

[9] 有关表示贵族的不同词语的使用变化的资料,参见雷宾《12世纪北法和英格兰有闲阶层的发展:以文学和社会研究中的思想变化为中心》,第196—200页。博内凡特(Bonefant)、迪斯皮(Despy)、布纳泽尔(Bournazel)、切德维尔(Chedeville)、杜比(Duby)(男性)、埃弗盖特(Evergates)、福西尔(Fossier)也研究了贵族词汇的使用情况。

参考文献

编著

Beroul. *Le Roman de Tristan*. Ed. Ernest Muret. 4th ed. Paris: Librairie Honore Champion, 1974.

Crestiens de Troies. *Le Chevalier au Lion*. Ed. Mario Roques. Paris: Librairie Honore Champion, 1975.

―――. *Le Chevalier de la Charette*. Ed. Mario Roques. Paris: Librairie Honore Champion, 1972.

―――. *Cliges*. Ed. Alexandre Micha. Paris: Librairie Honore Champion, 1970.

―――. *Erec et Enide*. Ed. Mario Roques. Paris: Librairie Honore Champion, 1970.

―――. *Perceval*. Ed. William Roach. 2nd ed. Geneva: Librairie Droz, 1959.

Marie de France. *Les Lais*. Ed. Jean Rychner. Paris: Librairie Honore Champion, 1971.

Piramus et Tisbe. Ed. C. de Boer. Paris: Librairie Ancienne Honore Champion, 1921.

引用作品

Auerbach, Erich. *Mimesis*. Trans. Willard R. Trask. Princeton: Princeton University Press, 1953.

Bonenfant, P. and Despy, F. "La Noblesse en Brabant aux XIIe et XIIIe siècles." *Le Moyen Âge* 64 (1958), 27 – 66.

Bourdieu, Pierre. *Outline of a Theory of Practice*. Trans. Richard Nice. Cambridge: Cambridge University Press, 1977.

Bournazel, Eric. *Le Gourvemment Capétien au XXIIe Siècle, 1108 – 1180*. Paris: Presses Universitaires de France, 1975.

Burridge, Kenelm. *New Heaven, New Earth*. New York: Schocken Books, 1969.

Chedeville, Jacques. *Chartres et ses campagnes, XIe-XIIe siècles*. Paris: Klincksieck, 1973.

Contamine, Philip. *La Noblesse au Moyen Âge*. Paris: Presses Universitaires de France, 1976.

Duby, Georges. *Guerriers et Paysans*. Paris: Gallimard, 1973.

―――. *Hommes et Structures du Moyen Âge*. Paris: Mouton, 1973.

Evergates, Theodore. *Feudal Society in the Bailliage of Troyes under the Counts of Champagne, 1152 – 1284*. Baltimore: Johns Hopkins University Press, 1975.

Fossier, Robert. *La Terre et les Hommes en Picardie*. 2 vols. Paris: Beatrice-Nauwelaerts, 1968.

Geertz, Clifford. *The Interpretation of Cultures*. New York: Basic Books, 1973.

Genicot, Leopold. *Les hommes—La noblesse*. Vol. II of *L'Economie rurale namuroise au bas Moyen Âge*. Louvain: n. p., 1960.

Gombrich, E. H. *Art and Illusion*. 2nd ed., rev. Bollingen Series XXXV. 5. Princeton: Princeton University Press, 1969.

Hanning, Robert W. "*Engin* in Twelfth Century Romance: An Examination of the *Roman d'Eneas* and Hue de Rotelande's *Ipomedon*." *Yale French Studies* 51 (Approaches to Medieval Romance), 133 – 146.

Jameson, Fredric. "The Ideological Analysis of Space." *Critical Exchange* 14 (1983), 1 – 15.

Langer, Suzanne K. *Problems of Art*. New York: Scribner's, 1957.

Lemarignier, Jean-Francois. *Le Gouvernement Royal aux Premiers Temps Capetiens, 987 – 1108*. Paris: Picard, 1965.

Perroy, Edmund. "Social Mobility among the French *Noblesse* in the Later Middle Ages." *Past and Present* 23 (April 1962), 25 – 38.

Raybin, David. *The Development of a Leisured Class in Twelfth-Century Northern France and England: Mental Changes as Indicated Through the Patterned Examination of Literature and Society*. Diss. Columbia University, 1981. Ann Arbor: UMI, 1981. 8113547.

Reuter, Timothy, ed. *The Medieval Nobility*. Amsterdam: North Holland Publishing Company, 1978.

Shelley, Percy Bysshe. "A Defence of Poetry." In *Selected Poetry and Prose of Shelley*. Ed. Carlos Baker. New York: Modern Library, 1951, pp. 494–522.

Turner, Victor. *Dramas, Fields, and Metaphors*. Ithaca: Cornell University Press, 1974.

————. *The Ritual Process*. (1969) Ithaca: Cornell University Press, 1977.

Williams, Raymond. *The Sociology of Culture*. New York: Schocken, 1981.

阈限、狂欢节和社会结构
——以中世纪晚期圣经剧为例

C. 克利福德·弗拉尼根（C. Clifford Flanigan）

C. 克利福德·弗拉尼根，印第安纳大学比较文学教授，发表了多篇关于中世纪拉丁语和白话戏剧的论文，其中一篇获得美国中世纪学会的艾略特奖。他的主要研究兴趣在于中世纪文化、圣经文学以及当代文学和社会理论。他与托马斯·宾克利（Thomas Binkley）一起为现代观众重新展演了几部中世纪戏剧和祭典，其中包括1981年在纽约市修道院博物馆上演的《布兰诗歌》（*Carmina Burana*）手稿中的《伟大的受难剧》（*Greater Passion Play*）。

20世纪后期社会理论和文化史最重要的发展之一是异质性的发现，即对各种形式的社会和文化生产中的不同和反结构元素的认识。显然，最重要的他者和对所有事物的差异性的倡导者是那些解构主义思想家，他们认为所有语言都不可避免地交织在一个无法克服的差异和对立的系统中，因此每一个意义的形式只能延后，永远无法达到它似乎要寻找的明确的对象。

尽管这种话语形式在今天的哲学和文学研究中最为突出，但重要的是回顾其人类学根源。通常被认为是解构主义哲学最杰出的倡导者的雅克·德里达（Jacques Derrida）以一篇非常重要的文章对克劳德·列维-施特劳斯（Claude Lévi-Strauss）的结构人类学体系进行了彻底的批判，从而在美国崭露头角。在德里达看来，结构人类学这一体系很容易让人确定一种文化的统一中心。对于德里达来说，对文化的任何细心阅读都可以轻松识别出结构性和反结构性元素。因此，对社会行为的阅读，就像对文本的解读一样，总是会解构自己。因为当我们解读社会制度如何解释社会生活时，这种解读也将指出这些建设性元素如何颠覆它们提出的每一个意义。对于德里达来说，结构总是意味着反结构，每一个结构在肯定的行为中都会削弱自身。尽管早期就有学者使用解构话语来解决人类学研究中提出的问题，但这种主张在社会科学话语中依然很少见。即使那些对当前大陆思想流派有同情心的社会历史学家和理论家也对这样的断言感到有些不安。即使在我们熟悉的后结构主义术语中差异性没有被普遍重视，但是，作为文化语言系统和口头语言系统特征的差异性的发现并没有被人遗忘。

在这篇文章中，我将分析米哈伊尔·巴赫金（Mikhail Bakhtin）和维克多·特纳所阐述的社会中关于他者性的话语。特纳的研究领域和他从功能主义人类学家到社会理论家的转变是众所周知的，他的反结构理论受到了极大的关注，但令人惊讶的是，特纳的反结构理论并没有与他者性的话语产生关系。近十年来，巴赫金的研究逐渐崭露头角，可能比特纳的研究更出名，这与20世纪30年代和20世纪40年代他及其他理论家被淹没在黑暗中形成了鲜明对比。像解构话语一样，巴赫金的理论大多被文学研究挪用，但它对人类学研究的影响也不容忽视。事实上，正如巴赫金的所有研究所证明的那样，他对文本的关注并不集中在它们的内部语法上，而是集中在它们与社会的关系和它们的文化功能上。为了清楚地说明特纳和巴赫金所阐述的他者性理论的差异，并指出他们各自的一些优势与不足之处，我想通过一个共同的主题来研究它们，令人惊讶的是，鉴于他们的研究兴趣，二者都没有考虑过这个主题：中世纪晚期的圣经戏剧。在这个过程中，我希望我们能从作为本次探究的对象的两位理论家身上学到一些东西，也能从他者性和差异性理论的角度阅读中世纪的戏剧文本。

一

首先我们需要梳理这些中世纪晚期的圣经戏剧在19世纪下半叶重新出现在学术界以来，各位学者已经用到的各种批评方法，这将会是非常有用的。关于这一研究情况，我已经在其他文章中进行了综述。对于这些文本的最早研究人员来说，实际上，对于在20世纪40年代英美形式主义兴起之前考虑过这些文本的大多数读者来说，这些戏剧似乎是最幼稚的民间制作戏剧的范例。由于O. B. 哈迪森（O. B. Hardison）在他的《中世纪的基督教仪式和基督教戏剧》（*Christian Rite and Christian Drama in the Middle Ages*）中最有说服力和最长的章节中所描绘的意识形态原因，构成这一传统大部分内容的圣经叙事的演绎在二战前的学术界被认为是不值一提的主题。因此，第一波中世纪戏剧研究者将注意力转向了非圣经元素，尤其是喜剧情节和似乎源自流行文学，甚至可以追溯到异教传统的情节。然而，由于这些戏剧似乎完全是为了将圣经故事作为真理和教条来教导大众，这一代学者只能认为它们是可笑的和不统一的，而不会停下来反思这种不统一现象。

值得称赞的是，20世纪早期的批评家比后来的形式主义者更清楚地看到，这些戏剧充满了前后矛盾和空白。然而，这些早期评论家只能将这种不统一性视为一种负面的特征，这种判断使他们能够在不认真考虑当时戏剧研究的理念（戏剧总是被视为文学，几乎没有人将它们视为表演）的情况下，或不考虑中世纪晚期圣经剧产生的背景下，轻易地对它进行评判。这种阅读方式的典型代表是霍默·A. 瓦特（Homer A. Watt）于1940年发表并于1965年重印的文章《〈第二牧羊人〉中的戏剧统一性》（The Dramatic Unity of the *Secunda Pastorum*）开头部分的一段话：

> 以一种戏剧形式要追求戏剧效果的观念来看，我们必须承认，许多英国圣经戏剧是非常令人遗憾的。事实上，他们几乎不可能是其他戏剧形式。他们的基本故事是由圣经材料决定的，这些材料并不总是提供戏剧性的冲突。在将这些材料从《圣经》转移到戏剧中时，匿名作者主要关注的是将简短的情节转化为对话形式，而不是发展行动、冲突和角色。当他们试图用当代元素来为圣经剧做调味时，他们发现自己必须严格遵守《圣经》的情节。因此，这些圣经剧中往往缺乏统一性和精简性，而添加的当代现实主义的元素与剧中故事和剧中氛围格格不入。简而言之，整个效果是黏合性的，就好像作者既要负责复制《圣经》原作，又希望通过角色之间的争吵、独白表演和偶尔的插入剧中以提供娱乐但与主要的圣经行动完全无关的滑稽情节来吸引观众，戏剧中的统一性就被割裂了。因此，该隐的儿子在汤内利的戏剧《杀死亚伯》中是一个明显的、突兀的闯入者，同样，第一部牧羊人戏剧中的伊克·加西奥也是如此。(270—271)

因此，瓦特和他那一代的评论家认为这些戏剧缺乏统一性，并认为它们是劣质的艺术。然而，就在瓦特发表研究成果的同时，英美文学研究正在发生一场重大的范式变革，尽管这种变革来得晚，但最终还是将这些圣经剧文本视为艺术作品。为了做到这一点，这种批判性探究的模式试图否认瓦特和其他像他一样的人在文本中发现的粗略的不一致性。事实上，50年代末和整个60年代的研究英语圣经戏剧的学者们（大陆戏剧几乎从未接受过这种分析）反复证明这些文本是高度统一的。他们通过将它们置于那个时期拉丁语教育和白话宗教文学的背景中来做到这一点。上一辈学者发现的不一致现在被证明是非常微妙的产物。对这些新一代的评论家而言，圣经剧中的喜剧元素具有宗教意义，因为它们是用来强调或衬托主要故事中的严肃主题的，共同服务于严肃的教育目的。新一代的评论家们认为，这些戏剧中明显的差异性实际上起到了讽刺的作用——这一代学者认为这种讽刺是文学性和艺术成就的试金石——尽管这种讽刺在剧本中充满了张力，但最终得到了解决，这种剧本结构像精心制作的瓮一样，远非是令人遗憾的剧本。韦克菲尔德（Wakefield）的《第二个牧羊人》（Second Shepherds' Play）现在被认为是所有美学创作特征统一性的典型示范。在以新的批判模式重新审视圣经剧的过程中，学者们不得不修正他们对圣经剧产生背景的看法。这些戏剧现在被认为是由神职人员制作的，他们是中世纪晚期英格兰上流文化的代表，圣经剧不再被视为民间群众的作品。作为教会授权的代言人，这些戏剧被认为没有表现出任何文化或意识形态上的紧张。

以下是两个来自被广泛引用的英国戏剧研究的简短引语，它们清晰地印证了这种戏剧研究方法。哈丁·克雷格（Hardin Craig）在1955年结束了作为中世纪戏剧研究者的漫长而杰出的职业生涯，他将这种对戏剧的看法与否认戏剧具有任何文学意义的旧观点结合在一起：

> 宗教剧没有戏剧技巧或戏剧目的，也没有艺术自觉。宗教是它的生命血液，宗教剧的成功取决于唤醒和释放一种被压抑的宗教知识和情感……这种戏剧没有理论，也没有有意识地追求戏剧效果，当它成功时，它的成功来自它的信息的重要性或者它所要讲述的某个特定故事的感人品质。(23)

在更典型的新的批评话语模式中，V. A. 科尔维（V. A. Kolve）在他的《基督圣体节戏剧》（The Play Called Corpus Christiy）中，坚持认为中世纪英语圣经戏剧具有很高的艺术价值，这是由于这种戏剧"必须将注意力集中在主要行动上"，因此"无论是在单个情节还是整个神秘剧中，几乎没有离题的余地"。对于科尔维来说：

> 这些剧本呈现了如此广泛的动作范围，具有如此多样的节奏和质感，以至于即使那些乍一看似乎平淡无奇的安静、正式的情节，在表演中也对整体而言至关重要。……这就需要创作者集中注意力并且仔细挑选，需要使每一行都适合人类的语言并且或多或少地符合人类事件的自然规律，需要找到能够在许多时间段内吸引观众注意力的节奏和模式。这样就使得圣经剧摆脱了与它同时代的大多数宗教写作的特征缺陷。它简洁、健壮、富有想象力；这些品质在相关的著作中极为罕见，这正是源于该体裁本身的需求。(267—278)

无论是科尔维还是克雷格的研究，都没有考虑圣经剧产生的社会背景或接受情况，也没有意识到如果用更深入的意识形态分析来解释这些文本可能会出现的困难。从这个角度来看，新的评论家和这些剧本的宗教性的捍卫者至少与上一代文本的实证主义贬低者一样天真。

在最近关于圣经剧的文献中，对于社会背景和意识形态分析缺乏关注的问题开始得到关注，但也仅仅是稍微有所改善。彼得·特拉维斯（Peter Travis）在他的《切斯特神秘剧中的戏剧设计》（Dramatic Design in the Chester Cycle）中，受到近期对中世纪拉丁音乐戏剧的宗教仪式（cultic）性质的研究的启发，思考了切斯特神秘剧①是否或在多大程度上可以被视为一种仪式，一种他宁愿定义为"一种经过规范化的魔法的公共形式"。然而，一提出这个问题，特拉维斯就否定了这种可能性，而且选择证明该剧创造了自己的符号系统：

> 基督圣体节戏剧（Corpus Christi Play）实际上并不是仪式，而是一种严肃的游戏形式，通过刻意模仿某些仪式技巧而变得更加严肃。这部戏有时假装分享仪式的力量来重新实现神圣的现实，而我一直在讨论的幻觉技巧加强了这种对仪式魔力的伪装。但这一切最终都是幻觉，是通过艺术欺骗和观众暂时的相信而实现的。(22)

尽管特拉维斯赞同阿道夫·詹森（Adolph Jensen）对仪式的定义，他将其理解为"一种理想的社会秩序的展示（有时是戏剧性的），表达社区对其在该秩序中的理想位置的认知"，并进一步声称该剧是"为了有益的社会效果"而进行的，但对于循环剧作为一种社会表演的关注从未得到发展。在这方面，最有说服力的是他在书中对维克多·特纳观点的引用：

> 特拉维斯声称，特纳将"旧的"视为"结构化社会"的象征——"社会是一种法律、政治和经济职位，职位、地位和角色的结构，在这种结构中，个人只是模棱两可地被掌握在社会人格之中"。我们称之为社会的这种日常社会秩序，由切斯特剧［耶稣诞生剧］的第四和第五幕中表现出来。……在这里，法律、政治和经济权力是世界的象征（非讽刺的），由奥古斯都的法庭、他的参议员和他的税收所象征。剧中的其余情节和人物代表了特纳所说的共同体的出现——社会是一个无差别的、同质的整体，由"具体的特立独行的个体"组成，这些个体虽然在身体和精神的禀赋有所不同，但他们仍然被视为在共享的人

---

① 切斯特神秘剧是起源于英格兰城市切斯特的剧，包含一系列基于圣经故事创作的剧本。——译者

性方面是平等的。在庆祝从社会到共同体的转变时，切斯特神秘剧中的"耶稣诞生"避免了两个秩序之间的任何对抗，唯一的例外是它的结构基石，在第五幕，约瑟夫遇到了奥古斯都的使者普雷科。(117)

通过以上分析可以看出，特拉维斯接近了关于神秘剧可能的社会功能的重要见解，特别是当他建议将这些观察结果添加到他的基本主张中，即这些戏剧好像是在对一群不信仰宗教的观众进行演讲。然而，特拉维斯强烈地热爱、追求美学，美学的吸引力在今天的文学研究中仍然非常普遍，以至于特纳的社会行为的特征模式被简化为戏剧文本内的对立。真正的意识形态探究的可能性从未被认真考虑过，我们也从未被告知任何关于在中世纪晚期城市中进行戏剧表演的实践的合理性。

上述评论并不是要贬低特拉维斯的研究，特拉维斯的研究是我们拥有的关于个别英国圣经戏剧类型的最好的研究。正是这项研究的高质量分析使得作者对他所研究的戏剧的社会功能的盲目性更加令人沮丧。大卫·米尔斯（David Mills）在中世纪的《英国戏剧史的狂欢》（*The Revels History of Drama in English*）的"宗教戏剧和公民仪式"章中，对切斯特神秘剧进行了更广泛的研究，他的研究观点和方法可能与特拉维斯有相似之处。米尔斯指出：

> 一个城镇的宗教仪式戏剧可以被认为是两种冲动的产物。一方面，中世纪的城镇被认为与村庄不同，需要神话来解释他们社区的起源和目的。另一方面，从 13 世纪开始，教会开始对其神话和仪式进行定义，这些定义将变形了的教义和祭祀团的管理置于其中，并同时发起了一个广泛的神职教育项目，使人们能够更好地理解神话和仪式。(152)

在这里，米尔斯似乎直接涉及了社会功能和意识形态辩证法的问题，这些问题在当代任何神秘剧的阅读中都显而易见。但米尔斯的承诺从未兑现。虽然米尔斯声称他的章节将研究这两种冲动如何促成了新的戏剧形式的创造，但他从未真正涉及这个主题。我认为主要是因为米尔斯拒绝利用社会科学的范式或当代文学理论的范式，并且仍然受制于"艺术自主形式"（artistically autonomous forms）的幻想，这种幻想在过去的几十年里一直主导着文学研究。

二

在关于中世纪圣经剧的以往的学术研究上花费了大量篇幅，我这样做是希望这样的回顾能够打破过去形式主义的和美学至上的范式，并强调将这些戏剧置于他们的社会历史背景中去研究的重要性。在对中世纪圣经剧的研究中，特纳的仪式概念提供了一个极其有用的启发性工具。通过使用特纳的仪式概念，我们能够顺利地对幸存下来的文本背后反映的社会模式进行研究，并对这些文本在中世纪后期城市生活中的功能有所了解。关于中世纪圣经剧的研究，没有必要再重复解释特纳花费了二十年时间来敲定的理论方法。但我想强调的是，虽然特纳确实将他自己和前几代英国社会人类学家之间拉开了很大的距离，他曾经将他们描述为"现在已经过时的人类学和社会学的功能主义学派"的代表，但在更广泛的意义上，特纳继承了许多功能主义的假设。尽管特纳的研究过程使他在仪式研究中将反结构置于结构之上，但他从未完全否认结构这一重要的概念在宗教活动中发挥的作用。特纳从未否认仪式反映、强化并最终重建了产生它们的社会中占主导地位的社会结构。特纳强调他的仪式概念对宗教活动的特殊贡献，一般而言，仪式不仅是社会保守主义的堡垒，仪式符号还凝聚了已经确立好的文化价值。特纳指出，没有结构就不可能有反结构。

为了避免在这个问题上产生任何可能的误解，我想强调的是，在注意特纳继承和修改的许多功能主义主张时，我在这里只关注纯粹的宗教元素，并且只希望进一步研究在社会科学家构建的社会动态模型中，诸如神话和仪式之类的元素具有社会公认的重要功能。这种广义的功能主义的核心可以构建宗教实践和社会结构之间的同源性（我在这里可能没有使用传统功能主义者常用的那些固定术语）。特纳将自己与涂尔干（Durkheim）及其前辈如马林诺夫斯基（Malinowski）和拉德克利夫－布朗（Radcliffe-Browne）区分开来，强调了现在广泛接受的观点，即仪式不仅代表或表达了社会的自我理解（self-understanding），而且实际上创造了这种自我理解。因此，对特纳而言，仪式是表演性的，或者用一个更适合中世纪神学话语的传统的术语来说，仪式具有圣礼的性质，因为人们相信仪式能够实现他们所签署的"现实"。虽然当代人类学的重点已经从单纯的表征转移到表演上，但这种功能主义的主张从一开始就是人类学的基础。涂尔干曾言："仪式不仅仅是一种将信仰向外转化的符号系统，它是定期创造和重新创建信仰的手段的集合。……这些手段无论是物质手段还是心理手段，总是有效的"（417）。

三

即使是非正式的讨论，也会揭示出从仪式角度来研究中世纪圣经剧是多么富有成效。让我引用一部从未被解读为文学艺术作品的戏剧为例，这是一部15世纪的基督圣体节戏剧，它被保存在离符腾堡不远的小镇昆策尔绍（Künzelsau），二十年前由彼得·利贝诺（Peter Liebenow）编辑。几十年前，它的主题与英国圣经神秘剧没有什么不同。从天使的诞生开始，情节从历史上必要的伟大时刻救赎一直延伸到最后的审判。值得注意的是，这部戏剧，缺少那些使英美新批评家将中世纪戏剧视为高雅艺术的所有特征。据我所知，这部戏剧中几乎没有那种使批评家特别赞扬的幽默元素，例如，韦克菲尔德神秘剧中的牧羊人戏剧就缺乏幽默的元素。同样，戏剧中也缺乏新批评家们重视的、可以以审美的方式解读的、为戏剧带来讽刺意义的世俗和神圣元素之间的对比。

然而，与英国圣经戏剧相比，这部基督圣体节戏剧更强烈地体现出了它与昆策尔绍的市民和商业生活的密切联系。这部戏剧在城市广场上演，同时具有英国戏剧的一个特点，即该剧需要主角穿着当代服饰进行演出，这一做法引起了一些批评。批评家们认为这种做法可能会导致艺术上的模糊性，因为它可能会混淆戏剧的历史背景和现实背景。然而，我从文献资料中了解到的是，几乎没有人注意到该剧的德国背景。这与英国的戏剧形成了鲜明的对比，因为在英国的戏剧中，很容易就能够让人看出剧中角色的英国背景。

这部被保存在昆策尔绍的戏剧的一个重要特征在于，戏剧不是由艺人或宗教公会表演的，而是由位于该镇的教区神学院的学生表演的。这种制作条件可能有助于解释这部戏剧最突出的特征之一，即解说者的无所不在，他在每个简短的圣经场景的表演前后都向观众发言，并主要以道德术语对其进行解释。在某种程度上，他谴责了由巴塞尔议会发出的支持公会主义的法令。在戏剧结束时，解说员被一个指定为教皇的角色取代，他以对观众强调神职人员的重要性以及需要始终尊重和服从当地教区牧师的必要性的长篇大论来结束表演。即使是如同科尔维般的天才，也很难对这部戏剧进行形式主义式的解读。值得注意的是，最近对这部戏进行研究的是在南非研究德国文化的学者伊丽莎白·温赖特（Elizabeth Wainwright），她并没有试图将这部戏剧视为艺术。

尽管形式主义文学批评家可能会对这部剧感到困惑，但任何人类学专业的学生都不太可能有这种困惑。一种社会民间表演，它演绎了一种文化中盛行的神话的主要事件，这显然是一种仪式。即使是业余人类学家在遇到这样对古代文化的演绎，也会立即认出这是一种仪式。只有我们西方人对我们的神话的特权，或者文学学生对艺术领域的顽固信念，才能解释为什么不愿意将艺术这一通用名称应用于这个15世纪的民间表演。事实上，无论我们对昆策尔绍戏剧进行何种研究，我们都看到了该剧体现仪式功能的证据。与大多数幸存的英国圣经剧不同，大多数英国圣经剧不是圣体节教会仪式的一部分，有时甚至不在圣体节当天表演，昆策尔绍的戏剧是圣体节教会仪式的一部分，并在游行过程中，将圣餐带到城市内各个游行停靠点进行展示。

在中世纪晚期的基督教中，游行是一种常见且重要的仪式活动形式。无论是在教堂内部还是外部，游行活动在一年中的大部分主要节日期间进行。他们被赋予了许多象征意义，代表着生活从一个阶段过渡到了另一个阶段。作为仪式，它们并不被认为是空洞的符号或手势，因为人们相信它们具有圣事的功能，能够实现它们所指示的事物（Kirchner，25ff）。更令人惊讶的是，游行队伍中携带着保存在地方教会中的圣徒遗物，这使得昆策尔绍游行和表演具有神载的性质。最重要的是，预留的圣餐也被抬着，当游行停下来以便开始表演一个圣经场景时，演员和观众在圣餐前排列站好。游行的领导者（rector processionis）在游行的演讲中多次提到"上帝与我们同在"。因此，这出戏不仅被认为是为了镇上的居民和游客而表演的，而且被认为是为了上帝和他的圣徒上演的，至少部分地针对上帝和他的圣徒进行表演，他们是理想的观众。该镇的居民通过游行和戏剧表现出对基督教神话的忠诚，他们被呼吁要在日常生活中，遵循和实践这些神话中的行为模式。

但是，这些戏剧与教会礼拜仪式的关系不仅仅在于这些戏剧表演的神学功能。昆策尔绍当地神学院的神职人员和学生穿着他们的教会法衣参与游行，并组成了一个合唱团。这个合唱团也是游行的一部分。这些神职人员在游行过程中经常演唱拉丁礼拜仪式的片段。一旁的解说员会一再呼吁听众采取礼拜行动。例如，在戏剧开始时，观众被要求在合唱团唱"啊，真正值得的牺牲（O vere digna hostia）"的赞美诗时跪下祈祷（2）。片刻之后，他们再次被指示跪下并背诵"圣母颂"（Ave Maria）（2）。在复活的那一刻，指示是："然后合唱团和所有的人开始为基督挺身而出（Tunc chorus and totus populus incipiat Christ ist erstanden）"（151）。在戏剧结束时，扮演天使的演员用弥撒结束时使用的拉丁祝福语给予人群祝福，合唱团以每周日在弥撒中常用的音调回应"阿门"（217）。

在所有这些细节中，我们看到昆策尔绍戏剧试图将街头上的生活与被认为决定生活的主导神话范式联系在一起。我并不是在暗示这部剧以某种方式试图使世俗神圣化，因为中世纪晚期社会和所谓的原始社会一样，人们并没有明确区分神圣与世俗。然而，我要重点强调的是，该剧并不存在于"完全他者"的纯粹领域，而与城镇的经济生活紧密相连。由伊丽莎白·温赖特和彼得·利贝诺独立公布的城镇账目为这一联系提供了依据。昆策尔绍小镇一直在努力提升自己的地位与影响力，邻近的英格芬格镇是昆策尔绍最大的竞争对手。这些城镇之间的争端涉及许多问题，但其中最突出的问题是每个城镇被允许拥有的、开放的市场日。与这个问题相关的一个问题是，昆策尔绍或英格芬格中的教区教堂中的神职人员，是否会担任教区的教务长。事实上，当昆策尔绍的神职人员在竞选教务长职位失败时，可能就设立了圣体节戏剧，这一新的做法使昆策尔绍能够以辉煌和庄重的方式展示其神职人员。

这些细节以及其他类似细节表明了这部剧在昆策尔绍市民生活中的地位，以及我们所说的经济和宗教问题如何交织在一起。该剧的许多构成元素既来自世俗的范式，也来自宗教范式。例如我之前提到过游行的礼拜仪式模式。但游行不会是教会的专利。正如格林·威科姆（Glynne Wickham）、艾利·康尼格森（Elie Konigson）和艾伦·奈特（Alan Knight）等研究人员提醒我们的那样，涉及皇室或市政官员的世俗游行是中世纪晚期城市生活的一个常见特征，这些游行通常会在节日或法定假日举行。在中世纪晚期，这样的游行庆祝活动十分频繁。这些游行通常具有明显的戏剧性，它们服务于建立和加强现行政治秩序的仪式性目的。因此，当昆策尔绍的市政官员和神职人员设立圣体节游行时，他们借鉴了在教会和政治领域都有良好先例的模式。这种传统的二元性指向了圣体节游行和戏剧的功能：通过在日常生活和日常业务进行的地方上演文化主导神话的范式事件，使得《圣经》中的历史事件不再被呈现为过去的事件，而是作为指涉15世纪德国人民的现实存在。在同时是城镇街道的演出区域中，观众和演员之间没有明确的界线。所有人都站在基督预留的圣餐面前，所有人都成了在市民眼前神圣地上演的、救赎的伟大戏剧的参与者。因此，神话和当代生活两个截然不同的领域被融合在一起，使得最终的表演清楚地展示了被认定为对这个社区有决定性影响的行动模式。

四

到目前为止，我已经用特纳和他更正统的功能主义前辈们容易达成一致的术语来描述昆策尔绍戏剧。我已经论证过，这些戏剧起到了强化城市的社会、政治和知识等层次结构的结构主义功能。但是，特纳自己对仪式理论的贡献，他对阈限和反结构的强调，又在对昆策尔绍戏剧文本的阅读和解释中起什么作用？

这个问题可能有两个答案。第一，很明显，有些仪式比其他仪式更容易接受特纳的后功能主义解释方式。在那些被英美评论家特别关注的戏剧中，谈论反结构比在像昆策尔绍这样的戏剧中更容易。特别是在他职业生涯的最后阶段，特纳非常重视仪式中的阈限因素。在简化的"仪式象征分析"［这是他与妻子伊迪丝合著的《基督教文化中的图像与朝圣：一种人类学观点》（*Image and Pilgrimage in Christian Culture：Anthropological Perspectives*），以下正文中简称《基督教文化中的图像与朝圣》）附录之一］中，特纳对仪式的描述完全取决于他对反结构的关注。正如我们已经指出的那样，没有结构或社会，就没有反结构或共同体，然而，这些人类学理论更传统的关注点只在诸如以下的句子中被间接提及："由于仪式本身就是一种由许多不同类型的表演的编排，并通过五种感官的方式表达，我们可以假设，任何仪式系统的基础不仅有一个语法和词汇，而且还有几个'生成语法'"。（200）任何一个沿着特纳理论路径的人，都会同意这个结论。但是问题在于，在他的职业生涯末期，阈限的概念在特纳的研究中（显然也在他的生活中）占据了非常重要的位置，以至于阈限状态被认为具有超越的价值，被描述为是最本质的、最真实的，是一种原始的统一。对特纳来说，结构显然变成了被超越的东西。并非所有仪式都适用于这种模式，至少在表面上，像昆策尔绍这样的戏剧似乎展示了比特纳后期著作所允许的更多的结构元素。至少可以说的是，与特纳职业生涯早期对非洲田野工作的描述相比，他后期的研究似乎对仪式的结构或其在肯定文化价值方面失去了兴趣。

第二，正如特纳本人含蓄地教导我们的那样，每件事物都有其对立面。昆策尔绍戏剧至少有一个引人注目的方面比特纳所允许的更反结构，尽管这不是它独有的方面。事实上，无论是英国或欧洲大陆，大多数中世纪圣经戏剧都具有这一特征。晚期的中世纪戏剧常常表现出臭名昭著的反犹太主义，昆策尔绍戏剧也不例外。昆策尔绍戏剧中有一个重要的元素，被指定为"犹太教会"，它代表了当代基督教将犹太人视为杀害耶稣的人的观念。这种反犹太主义是该剧结构元素的一个特征，用来划定基督教社区与被视为外来者或更糟的犹太人的界限。

但需要注意的是，这种结构性的反犹太主义被显著的反基督教的姿态缓和：在中世纪戏剧作品中，那些根据福音书的记载，判处耶稣死刑的犹太教士被描绘得与他们在历史上的形象不同，他们不再被描绘为过去的犹太人，而是被描绘为当代的基督教神职人员。这一时期的许多视觉艺术都描绘了亚那（Annas）

和该亚法（Caiphas）①穿着法衣、头戴冕冠，可以肯定的是，这是他们在昆策尔绍和其他地方的戏剧中的装束。早期对中世纪戏剧进行的研究通常将这种奇怪的情况归因于中世纪人的天真或缺乏历史意识。这种说法有一些有限的真实性（尽管我认为不多）。诚然，这种装束可能具有某种中立性，因为许多15世纪的人没有其他方式想象教会官员的装束。但是，这样的假设并不能减轻昆策尔绍市民看到演员，甚至可能是神职人员或神学院学生，穿着神职人员装扮并被称为"主教"，却判处耶稣死刑这一惊人之景时的震撼。

这种现象很可能被20世纪后期的读者解读为高度反结构，甚至可能被视为颠覆性的，因为它揭示了一种对教会制度的看法，这种观点将其与其假定的创始人的理想背道而驰，从而使其与观众应该同情的人物相对立。在描绘耶稣被捕和审讯的场景中，那些长相和衣着都像经常到访这座城市，并直接控制着城市许多事务的主教的角色，成为反派角色犹太教会的同伙。因此，他们与仪式所服务的社区格格不入。这里有一种特纳似乎没有能力处理的边缘性和他者性，因为它的含义具有如此深刻的颠覆性。特纳在他对反结构的描述中似乎没有包括这样的逆转。对他来说，阈限更加温和，是"流动"的来源，具有"整体性感觉"，以及"自我丧失"的广泛体验，在这种体验中"自我变得无关紧要"（1978：254）。

在这里，我主张中世纪晚期圣经剧中的某些元素可能超越了阈限性，达到了积极的颠覆性。这可能看起来很极端，尤其是对于来自昆策尔绍的戏剧更是如此。但是，如果想了解这些戏剧在产生它们的社会中的运作方式，我们不仅需要研究幸存的文本和可以从它们中推断出来的表演模式，还要研究它们所处的背景。迄今为止，昆策尔绍所有发布的记录都没有提供有关这个话题的信息。"早期英国戏剧史"这一项目虽然远未完成，但已经为我们提供了丰富的关于英国戏剧表演情况的信息，而且，由于我们在这里的关注点不是阅读一部单独的戏剧，甚至不是描述圣经戏剧的国家传统，所以，将这些证据考虑在内似乎是合理的。（Johnston，Rogerson，Clopper）

在戏剧制作期间，通常盛行一种狂欢喧闹的节日气氛。演出的日子通常意味着肆意吃喝。例如，查尔斯·菲提安-亚当斯（Charles Phythian-Adams）对15世纪考文垂社会生活研究发现的一些记录表明，负责该城市戏剧的贸易行会为排练购买大量的啤酒，以至于很难想象它们是如何被消耗掉的。在考文垂的表

---

①《圣经》中的大祭司。——译者

演日当天，有一个严格有序的游行，每个行会成员都要和自己的行会一起游行。然而，演出也为各种混乱的发生提供了机会。对此，市政官员发出了各种各样的警告。事实上，民众骚乱似乎总是在展演时期出现。城镇经常在这些时候采取特殊的预防措施以维持秩序，例如，教会为观众提供赎罪券，条件是接受者不得有任何淫秽或失范的行为。

五

如果这种文化颠覆的可能性似乎超越了特纳所描述的他者性，那么它立即让人想起了米哈伊尔·巴赫金的理论。据我所知，巴赫金在他的著作中只是间接地提到了晚期中世纪的圣经剧，但这些晚期中世纪圣经剧的性质和晚期节日的性质，比如经常围绕这些戏剧表演的中世纪晚期的庆祝活动，始终是巴赫金关注的中心问题。事实上，巴赫金认为："传统的圣体节游行具有明显的狂欢特征，强调了身体的重要性……这个节日在一定程度上是一部讽刺剧，因为它模仿了圣体节的教会仪式"（320）。

尽管巴赫金《拉伯雷和他的世界》（*Rabelais and His World*）中主要关注文艺复兴时期的狂欢节，但他坚持认为，狂欢节源自中世纪晚期官方认可的教会节日举行的流行庆祝活动。对于巴赫金来说，尽管官方文化将这些日子宣传为节日，但以喧闹为标志的庆祝活动与官方纪念的事件几乎没有或根本没有关系。巴赫金声称，这些场合为不属于统治阶级的社会群体成员提供了"表达他们对官方的批评、对官方的深切不信任以及他们反对官方的神学和意识形态的愿望"的机会（269）。在《拉伯雷和他的世界》中，巴赫金在多处声称，中世纪的盛宴有两张面孔：一个是"其官方的、教会的面孔"，它"面向过去并认可现有秩序"；它的另一面是"市集人民的面孔"，是面向未来的。狂欢节的笑声"在对抗官方世界时建立了自己的世界，它的教堂与官方教堂对立，它的国家与官方国家对立"（88）。因此，巴赫金的理念要求我们特别注意、优先考虑那些可以在圣经戏剧和围绕它们的流行庆祝活动中找到的那些颠覆性的元素。用卡特琳娜·克拉克（Katerina Clark）和迈克尔·霍尔奎斯特（Michael Holquist）在他们最近对巴赫金的研究中使用的恰当词组来说，这样的庆祝活动指向了"社会结构中的缺口"。因为"占主导地位的意识形态试图将社会秩序创作为一个统一的、固定的、完整的及永恒的文本"，所以，这样的庆祝活动总是对当下现有的秩序构成威胁（301）。

乍一看，巴赫金的观点似乎超越了特纳的观点，巴赫金指出了他者性的话语似乎被刻在中世纪晚期戏剧中的方式。他让我们意识到，幸存的书面文本和围绕它们的社会行动文本中的不连续性——他确实也这样做了——更指出了我们对这种不连续性的认知的可能性。巴赫金的理念使我们能够谈论戏剧的政治和经济内容，文本的新批评甚至历史主义批评从未关注到这些。然而，我们越是探索巴赫金的理论及其与中世纪戏剧研究的相关性，它似乎就越有问题。巴赫金整个理论的基础是独白和对话之间的区别，即文化现象是严格意识形态的，但还是允许许多声音浮出水面而不试图调和或平衡它们。目前为回应巴赫金的见解而出现的大量批评和理论无疑证明了巴赫金理论的启发性。但至少在《拉伯雷和他的世界》中，巴赫金似乎将这种二元对立简化为一种更简单的划分，一方面是被压迫社会中的以社会、政治、哲学和神学为主的独白和官方话语，另一方面是解放性的对话和大众话语。巴赫金认为流行的大众文化比高雅文化要自由得多。正如克拉克教授和霍尔奎斯特教授指出的那样，巴赫金对狂欢节的分析存在着强烈的理想化色彩，甚至是乌托邦式的愿景。

在中世纪晚期圣经剧的他者性方面，巴赫金和特纳一样是一个很好的向导，虽然一开始可能会让人产生这样的印象，但实际上巴赫金并不比特纳更好。尽管巴赫金的理论对构建解释模式来说是有用的，这一模式将严肃地对待中世纪晚期圣经剧中可以发现的他者性和意识形态的差异性。如果巴赫金的理论使我们能够在可能没有预料到的地方看到流行的大众文化，那么，它也掩盖了反体制与官方及既定体制之间的联系。

还有另一种阅读理解巴赫金的方式，这种阅读方式会强调对话，是他关于小说话语研究的核心。根据这种观点，巴赫金将所有思想和所有社会行动视为一种永无止境的对话。在最早一批对巴赫金理论进行研究的西方批评家中，朱莉娅·克里斯蒂娃（Julia Kristeva）主张以这种对话的方式去分析巴赫金的理论（也参见 DeMan 和 Todorov 的研究）。如果我们听从她的建议，圣经戏剧和围绕它展开的庆祝活动可能会被视为大众文化与既定文化之间的对话。在这里，正如克拉克和霍尔奎斯特所做的那样，我们可以声称"狂欢节实现了官方和非官方意识形态的互文性"（304）。通过进一步扩展（在这里我们可以看到巴赫金和特纳之间的许多相似之处），这样的对话将为社会提供一种方式来寻找新的社会组织形式、新知识，这既是阅读的特点也是社会生活的特点。这种对话性的阅读方式也在《拉伯雷和他的世界》中有所暗示。巴赫金曾断言："流行的大众节日形式着眼于未来。它们展示了未来、黄金时代对过去的胜利。……新事物、伟大的事物和更先进的事物的诞生，就像旧事物的消亡一样不可或缺也不可避免。旧事物转移到新事物，更先进的事物取代了落后的事物"（256）。

上段中的引文虽然似乎支持了克里斯蒂娃将巴赫金视为早期解构主义者的观点，但同时也揭示了巴赫金在《拉伯雷和他的世界》一书中的主要论点存在内在的矛盾和不一致性；很难否认，巴赫金的论断常常以一些不一致甚至相互矛盾的方式提出。这些矛盾时刻清楚地表明，对于巴赫金来说，官方和大众是价值和价值判断的表达方式。巴赫金绝不是对话式的，而是坚持用完全消极的术语来描述官方文化，而狂欢节和节日作为大众心态的表达，却被赋予了完全积极的价值。

然而，必须承认的是，像上面引用的这样的语句中，巴赫金似乎只是大胆地明确了后来特纳关于阈限和共同体概念中所隐含的很多内容。这种相似性直接表明，巴赫金和特纳的理论对于中世纪圣经剧的研究以及除此之外的许多其他研究都具有强大但仅部分有用的作用。尽管巴赫金对他者的感知比特纳的要明显得多，但他也具有后来特纳所特有的短视，而且巴赫金和特纳都没有足够重视官方文化。后来的特纳几乎只谈论反结构，理所当然地认为它颠覆了结构。巴赫金更直接地以消极的方式否定了既定的文化，这与专业中世纪学者的研究和历史经验完全不符。巴赫金对节日的看法使其处于一种激进的视角，以至于他不得不对节日的力量和颠覆性提出一些在历史上无法证明的主张，这在对中世纪晚期圣经剧的研究中表现得更为明显。特纳关于节日以阈限为中心的观念最终以一种超验的、宗教的和矛盾的个人体验的方式得以阐述。即便如此，这两位节日研究大师的共同点也比最初要多。

可以公平地说，后来的特纳痴迷于米哈伊尔·兹克申特米哈伊（Mihaly Csikszentmihalyi）对"心流"（Flow）的研究，这个术语在他的《仪式象征分析》中被定义为："行动和意识的融合，是愉悦的关键的组成部分。当我们全神贯注地行动时，心流是整体感觉……心流中没有二元性。……自我丧失、自我变得无关紧要。心流是一种令人愉悦的内在状态，以至于人们有时会为了它而放弃安逸的生活"（254）。显然，心流在特纳那里表征着阈限状态，它提供了一种超越的体验，一种对存在的原始状态的回归。在阈限状态下，人们"寻求同质性，而不是异质性"。宗教团体的成员觉得自己"被团结渗透"并"从分裂和多样性中净化出来"（255）。因此，心流是一种逃离结构的方式，这种逃离赋予了生命一种崇高和本体论上的——我担心特纳会说神学上——有效的意义。不出所料，巴赫金提出了类似的观点："狂欢是人类文明主要、坚不可摧的成分。……

[它]意味着从一切功利的、实用的事物中解放出来。它是暂时转移到乌托邦世界……狂欢超越了所有限制性因素。"

这些引人瞩目的言论指出了对我来说是巴赫金和特纳在其他方面非常有洞察力的观点中最严重的局限性。巴赫金和特纳都是本质主义者。我们开始这项研究，是为了探讨如何使用他们的理论来理解中世纪圣经戏剧。现在我们得出的结论是，两者与中世纪的共同之处比他们或我们预期的要多。巴赫金和特纳最终都没有将自己的研究定义为理论构建，因为它提供了对异质性的另一种洞察，即经验的异质性以及我们试图理解它的矛盾性。两者都以一种宗教般的热情将自己的观点视为真理，作为存在的描述而不是启发性的工具。正是这种本体论谬误导致他们自己的对话和辩证见解被反对派成员以赋予最终价值的方式颠覆。巧合的是，特纳和巴赫金都高度重视反结构，其中存在着一些讽刺意味。尽管这种关系很复杂，但特纳对阈限的支持似乎与他的罗马天主教信仰有关。事实上，特纳在后期的著作中对宗教的忠诚度似乎越来越高。1976 年发表在天主教半通俗的礼拜仪式杂志上的一篇鲜为人知的文章中，特纳甚至用阈限为梵蒂冈二世之前的拉丁礼拜仪式辩护：

> 经过多个时代的努力，天主教会成功地建立了一种"部落"社区，以抵消日益增长的劳动分工、政治民族主义以及阶级冲突所带来的疏离感。建立一体化的仪式体系一直是形成其在全世界范围内的纽带的最佳方式之一，即使在超越部落社会的情况下，这些纽带仍然存在。这个仪式如果被"肢解"，意味着仁爱事业的失败，剥夺了社会进程中的宗教中心。精神创造力在由历史塑造的富有象征意义的受仪式保护的阈限空间内蓬勃发展；精神创造力没有被扑灭。最后，我要恳求的是，我们不应该轻易放弃传统的罗马仪式中，谨慎保存的精神知识的鲜活传统，这些传统不应轻易地被个人宗教浪漫主义、政治机会主义和集体千禧年主义的力量瓦解与抛弃。我们不能炸毁彼得的礼拜石，我们不能放弃天主教仪式传统。（"Ritual, Tribal and Catholic", 520）

虽然这段引文听起来完全不像是特纳专业著作中的一段话，但与他的人类学和社会规划的联系是明确的。最后，似乎特纳通过参照结构性和等级性的方式来捍卫反结构，因为它创造了体验反结构性的机会。甚至从这一方面讲，特纳的主张可能与巴赫金的生活和工作有相似之处，因为克拉克和霍尔奎斯特认为，巴赫金的所有断言都只是他从俄罗斯东正教信仰中推导出来的，但在苏联，他无法直接对此进行说明。如果接受了这一说法，那么巴赫金和特纳对他者性和对话性的认可都可以被视为是由结构性和独白性的承诺所驱动的。中世纪戏剧的学生是否愿意在这方面效仿特纳和巴赫金,将取决于他的哲学理念或宗教信仰。但重要的是,从这个角度阅读中世纪的文本将会是灾难性的,因为这将会使我们偏重某一方面,而忽视了敏锐细致地阅读所能发现的一连串的对立和矛盾。

六

我在这篇文章的开头指出,将中世纪晚期的圣经剧作为一种社会行动形式,而不是文学文本来研究有很大的优势。然而,我对维克多·特纳和米哈伊尔·巴赫金的理论方法提前进行了探索,发现他们的方法存在一些问题,我认为他们的动机是单一的,并且他们倾向于从一种固定的意识形态角度来解读现象,忽视系统中的对立与不和谐因素。如果采用其他阅读方式,这些对立和不和谐因素可能会更加清晰和富有成效地展现出来。但这个批评绝不是要贬低他们的理论方法,如果将其作为方法而不是启示,它们则非常具有实用性。我认为在这种情况下,特别是如果它们与影响我们对中世纪文化认知的新的社会历史见解相结合,那么,我们从这些异质性的捍卫者那里获得的见解,可以帮助我们对那些结构性元素似乎占主导地位的戏剧(如昆策尔绍)以及那些在某种程度上倾向于反结构性的戏剧 [如韦克菲尔德神秘剧(Wakefield 或 Towneley Mystery Plays)① 经常收入选集的作品] 进行新的令人信服的阅读与研究。我无法在这里提供这样的阅读分析,但我将以韦克菲尔德神秘剧中的"天使报喜"(Annunciation,收录在 Bevington,356—367)为例,总结分析一些戏剧中可能包含巴赫金和特纳二分法的元素。

在第一部分中,上帝有一段漫长的、富含神学内涵的开场独白。在这段独白中,上帝以一种概括理论② (a theory of recapitulation) 的视角重新叙述了救赎史(salvation history)中的许多重要事件,使得这些事件被重新审视与解释:在伊甸园的原罪故事里,亚当和夏娃因为吃了禁果(来自树上的果实)而犯下罪,导致了人类的堕落。这个事件涉及一名男子(亚当)、一名女子(夏娃)和一棵

---

① 韦克菲尔德神秘剧是基于《圣经》的三十二部剧,最有可能从中世纪晚期直到 1576 年在英格兰韦克菲尔德镇的科珀斯克里斯蒂盛宴期间上演。——译者

② 概括理论是一种神学观点,认为历史中的某些关键事件和人物通过新的事件和人物得到重新体现和补救。例如,伊甸园的失落(由亚当、夏娃和善恶树引起的堕落)在耶稣、玛利亚和十字架的故事中得到回应和补救。——译者

树（善恶树）。现在，上帝计划通过另一个类似的组合来补救这一失落，也就是说，通过另一名男子（通常指耶稣）、另一名女子（通常指玛利亚）和另一棵树（象征耶稣受难的十字架）来实现救赎，从而扭转和补救原罪带来的堕落。第二部分包括天使报喜，这是根据《路加福音》第一章中唯一的圣经记载进行的戏剧化。第三部分，也是最长的部分，以大卫·贝文顿（David Bevington）所说的"约瑟夫对通奸的担忧和虚构的故事"为中心，这些故事既基于《雅各福音书》，又基于一种类似寓言的叙述，"其欢乐的氛围是以永远无能的老丈夫和富有魅力的妻子为代价的"（355）。贝文顿教授在其他方面没有提到的是，这些故事还有第四个来源，那就是 15 世纪英国城镇的婚姻习俗以及关于这种习俗的流行话语。玛丽亚和约瑟夫——当然我在这里没有提出新的主张——被描绘成一对 15 世纪的夫妇，在剧中，约瑟夫先是疏远了在他离家九个月后却怀孕的妻子，然后对此感到困惑，最后只有通过神的干预才与妻子和解。

显然，这里有很多内容是源自中世纪晚期的官方文化。上帝在该剧开始时的教义宣告在整个神秘剧中几乎是独一无二的，通常来说，只有在《创世记》的剧中才有类似的情节。对道成肉身的传统理解、耶稣神圣本性的教义以及玛利亚在神圣体系中的独特地位的教义，都以高雅而崇高的语言清晰地表达出来且与随后的日常对话形成鲜明对比。除了这些特定的教义关切之外，这部戏还展示了道成肉身教义和象征关系的普遍性，它完全涵盖了被演绎的虚构世界和中世纪晚期英格兰的日常世界，这两者都存在于剧的虚构框架内外。再次引用贝文顿教授的话，这位剧作家"将道成肉身的时刻置于一个典型且可信的人类背景中，以适应他的中世纪观众"（355）；由此，他强化了基督教神话中最基本的主张，即人们能够在日常物质世界遇见神，这一主张对于 15 世纪英国人构建和感知他们居住的世界具有重要意义。

到目前为止，我已经提到了这部剧的神学和宗教问题，实际上，这些问题一直是撰写该剧的几篇论文的主要关注点。然而，该剧的目的不仅仅是在一种具体而狭隘的宗教方面来建立和强化传统文化。这部剧中一个主要关注点无疑是关于配偶在彼此关系中应该扮演的适当角色。玛丽亚的角色并没有什么问题，她是好妻子，是女性观众的楷模。约瑟夫这一角色则要复杂得多，我们可以暂时说，在戏剧结束时，他代表了丈夫们的模范榜样，或者至少是想象中最好的丈夫。关键在于，这部戏剧就像英国神秘剧中的许多其他剧作一样，为理想和理想化的夫妻关系提供了范例，这些范例是由流行的社会实践、授权的虚构作品以及民法和教会法所规定的。这些大众接受的行为模式在表演过程中被投射到已经固定的基督教神话中，得到进一步验证从而合法化。尽管这些范例在剧中被投射成永恒有效的样式，但如果仔细审视它们，我们会发现它们处处带有 15 世纪的痕迹。

社会历史学家查尔斯·菲提安-亚当斯认为，英国的天使报喜剧本暗示了中世纪晚期对跨越年龄障碍的婚姻的禁忌。这一观点为我们提供了对戏剧中"约瑟夫与玛丽亚的问题"这部分剧本的功能的深刻洞察。

关于为什么在天使报喜故事本身的呈现中包含这些明显无关的材料的解释因所用的理论方法而异。在 20 世纪上半叶，评论家认为像这样的情节是剧作家为了吸引无知观众的注意力，而随意添加的粗俗的不恰当的幽默。在过去的三十年里，新的批评方法对这些内容做了新的解释，该方法将文学文本视为不可避免的包含张力和讽刺的容器，这些张力和讽刺被认为以某种方式通过艺术作品的统一性得到解决。因此，贝文顿声称"约瑟夫表达了怀疑，以便像他一样的观众可以通过怀疑转变为持久的信任"。这样的解释至少考虑到了观众反应。虽然我肯定不会认为它是"错误的"，但我认为它具有这种新的批评方法所寻求的效果——掩盖了本来可以在文本中发现的差异和矛盾。

进一步反思可得，实际上，这部戏剧并没有像人们经常声称的那样拥有统一且令人满意的结局。尤其是在考虑到当代英国社会实践时，无论各种理论家和具有神学信仰的批评家多么努力地试图将它们解释为神圣的和谐，剧中的不协调和不一致仍然顽固地存在。从这一观察中，我们可以看到，反结构的方式成为一种有利于其作为高雅文化的强化剂的角色，被刻在我们迄今为止阅读的文本中。

如果该剧暗示了对跨越年龄障碍的婚姻的禁忌，正如我所认为的那样，它似乎也矛盾地授权了这种被禁止的婚姻安排，使其成为神圣体系的一部分。如果所谓的典型的夫妻行为模式涉及这样的婚姻，为什么它应该是禁忌的呢？看到这一点，也会看到关于玛丽亚在剧中被视为妻子的榜样，后来又成为母亲的榜样的说法存在问题。因为观众都很清楚，玛丽亚在婚姻中的角色不同于其他妻子，在很多方面她都违反了教会和民法中规定的已婚妇女的规则，当然也违反了社会实践中的规则。性对玛丽亚来说不是问题，而对于该剧原始观众中的大多数女性来说并非如此。在该剧中，玛丽亚与她的丈夫约瑟夫之间存在一个问题：约瑟夫阳痿且多疑。然而，根据神话的说法，这个问题被以一种独特的方式解决，因此无法提供一个普遍有效的例子。同样，"约瑟夫的问题"的解决方案是独一无二的，就像我们对这个非常令人惊讶的台词的解释一样。约瑟夫问:"这个孩子是谁的?"玛丽亚回答:"先生,是的,是上帝。"似乎合理的结论是,虽然该剧确实将玛丽亚和约瑟夫作为夫妻行为的典范,从而有助于加强现有的社会结构,但这些模式所基于的普遍性主张在某种程度上被削弱了,而这些恰恰使玛丽亚和约瑟夫能够成为榜样。因此,该剧既肯定又削弱了继承下来的社会和神学秩序。

韦克菲尔德神秘剧中的天使报喜只是整体连环剧中的一出戏剧,结构性和反结构性的对立在剧中反复上演,不断修正、限制和削弱了先前表演中提供的观点。因此,它所有肯定事物等级秩序的尝试都被反结构的阅读挫败了。尽管神秘剧制作的条件很可能为神秘剧的原始观众提供了一种阈限或接近阈限的体验,但这种体验是喜庆的、暂时的,于节日前后,受一种由继承了社会习俗并由市政和教会官员执行的生活秩序的限制。

这篇文章开头明确提出的目标,是探讨维克多·特纳和米哈伊尔·巴赫金的关于社会表演的理论如何增强我们对中世纪圣经戏剧的理解。在处理这个问题的过程中,有必要对巴赫金和特纳进行批评,因为他们可能犯下了本质主义和单一主义意想不到的错误,无论如何,以每个人的标准来看,这都不是罪过。如果这篇文章的中间部分是批评性的,那么最后一部分必然是赞美的。无论他的理论有多大局限性,维克多·特纳肯定是我们这个时代最具挑战性的——从这个词的各个意义上来说——思想家之一。他的著作令人兴奋不已,每次重读都会有新的见解。我的例子取自中世纪晚期的圣经戏剧,但很明显,我的最终主题是特纳的思想对各种类型的文本以及所有的人文科学的影响。在这个广阔的领域内,特纳对超越结构的强调已经对许多人(包括我在内)产生了创造共同体的效果,这是对我们各种学科的继承原则进行颠覆性审查的起点。鉴于其巨大的生命力,特纳的社会观以及维持和改造社会的机制,很可能在未来很长一段时间内继续发挥这种阈限作用。

参考文献

Bakhtin, Mikhail. *Rabelais and His World*. Trans. Helene Iswolsky. Cambridge, Mass.: Massachusetts Institute of Technology, 1968.

Bevington, David, ed. *Medieval Drama*. Boston: Houghton Mifflin, 1975.

Clark, Katerina, and Michael Holquist. *Mikhail Bakhtin*. Cambridge, Mass.: Harvard University Press, 1984.

Clopper, Lawrence, ed. *Records of Early English Drama: Chester*. Toronto: University of Toronto Press, 1979.

Craig, Hardin. *English Religious Drama of the Middle Ages*. London: Oxford University Press, 1955.

Csikszentmihalyi, Mihaly. *Beyond Boredom and Anxiety: The Experience of Play in Work and Games*. San Francisco: Jossey-Bass, 1975.

DeMan, Paul. "Dialogue and Dialogism." *Poetics Today* 4 (1983), 99 – 107.

Derrida, Jacques. "Structure, Sign, and Play in the Discourse of the Human Sciences." In *The Structuralist Controversy: The Languages of Criticism and the Sciences of Man*. Ed. Richard Macksey and Eugenio Donato. Baltimore: Johns Hopkins University Press, 1970, pp. 242 – 272.

Durkheim, Emile. *The Elementary Forms of the Religious Life*. Trans. Joseph Ward Swain. London: George Allen and Unwin Ltd, 1915. Reprint. New York: The Free Press, 1965.

Flanigan, C. Clifford. "Comparative Literature and the Study of Medieval Drama." *Yearbook of Comparative and General Literature* 35 (1986), 56 – 104.

Hardison, O. B. *Christian Rite and Christian Drama in the Middle Ages: Essays on the Origin and Early History of Modem Drama*. Baltimore: Johns Hopkins University Press, 1965.

Jensen, Adolph E. *Myth and Cult among Primitive Peoples*. Trans. Marianna Tax Choldin and Wolfgang Weissleer. Chicago: University of Chicago Press, 1963.

Johnston, Alexandra, and Margaret [Dorrell] Rogerson, eds. *Records of Early English Drama: York*. Toronto: University of Toronto Press, 1979.

Kirchner, Thomas. *Raumerfahrung im geistlichen Spiel des Mittelalters*. Europäische Hochschulschriften. Reihe XXX: Theater-, Film-, und Fernschewissenschaften 20. Frankfurt am Main: Peter Lang, 1985.

Knight, Alan E. *Aspects of Genre in Late Medieval Drama*. Manchester: Manchester University Press, 1983.

Kolve, V. *The Play Called Corpus Christi*. Stanford: Stanford University Press, 1966.

Konigson, Elie. *L'espace théâtral médiéval*. Paris: Centre National de la Recherche Scientifique, 1975.

Kristeva, Julia. "Word, Dialogue, and the Novel." In *Desire in Language: A*

Semiotic Approach to Literature and Art. Ed. Leon S. Roudiez. Trans. Thomas Gora, Alice Jardine, and Leon S. Roudiez. New York: Columbia University Press, 1980, pp. 65 – 91.

Liebenow, Peter, ed. *Das Künzelsauer Fronleichnamspiel*. Ausgaben deutscher Literatur des XV. bis XVIII. Jahrhunderts. Reihe Drama II. Berlin: Walter de Gruyter, 1969.

Mills, David. "Religious Drama and Civic Ceremonial." In *The Revels History of Drama in English*. Vol. I: *Medieval Drama*. Ed. A. Cawley, Marion James, Peter F. McDonald, and David Mills. New York: Methuen, 1983, pp. 152 – 209.

Phythian-Adams, Charles. *Desolation of a City: Coventry and the Urban Crisis of the Late Middle Ages*. Past and Present Publications. Cambridge: Cambridge University Press, 1979.

Todorov, Tzvetan. *Mikhail Bakhtin: The Dialogical Principle*. Trans. Wlad Godzich. Theory and History of Literature 13. Minneapolis: University of Minnesota Press, 1984.

Travis, Peter. *Dramatic Design in the Chester Cycle*. Chicago: University of Chicago Press, 1982.

Turner, Victor, and Edith Turner. *Image and Pilgrimage in Christian Culture: Anthropological Perspectives*. New York: Columbia University Press, 1978.

————. "Ritual, Tribal and Catholic." *Worship* 50 (1976), 504 – 524.

Wainwright, Elizabeth. *Studien zum deutschen Prozessionsspiel*. Münchener Beiträge Zur Mediävistik un Renaissance-Forschung 16. München: Beck, 1974.

Watt, Homer A. "The Dramatic Unity of the *Secunda Pastorum*." In *Essays and Studies in Honor of Carleton Brown*. New York: New York University Press, 1940. Reprinted in *Middle English Survey: Critical Essays*. Ed. Edward Vastas. Notre Dame, Ind.: University of Notre Dame Press, 1965, pp. 271 – 282.

Wickham, Glynne. *Early English Stages, 1200 – 1600*. 3 vols. New York: Columbia University Press, 1958 – 1981.

欲望和仪式的叙事

托马斯·帕维尔（Thomas Pavel）

> 托马斯·帕维尔，加利福尼亚大学圣克鲁斯分校文学教授，普林斯顿大学法语教授和比较文学客座教授，著有《语言的宿怨：结构主义批判史》（*The Feud of Language：A Critical History of Structuralism*）、《虚构的世界》（*Fictional Worlds*）、《情节诗学：英国文艺复兴时期戏剧案例》（*The Poetics of Plot：The Case of English Renaissance Drama*）。

叙事学研究和今天我们称之为结构主义的大量研究开始于一个严肃的语法项目，旨在发现文学行为的规律性。在大多数情况下，发现的规律在抽象的天堂里并没有达到预期效果。语法是混合性质的，普罗普（Propp）将其分为缺席（Absence）、缺乏（Lack）、违规（Violation）、标记（Mark）、斗争（Fight）等，这被列维-施特劳斯（Lévi-Strauss）攻击为过于抽象，而格雷马斯（Greimas）则认为普罗普的分类过于具体。他们依据的理由是，叙事学相比语言学而言过于年轻，是一门新兴学科，它积极地效仿了语言学，仅仅是将其一小部分精力用于概念化其分类工具。但类别模糊或空洞的语法无法产生有趣的叙事。

上述问题是非常重要的，但是对这一问题的忽视严重阻碍了叙事学的进步。尤其对于可能进行超叙事解释的类别，或对于叙事组织的更大单位的反思与分析来说，对上述问题的思考是必不可少的。普罗普模型中的单位纯粹表达叙事元素，因为像缺席或缺乏这样的类别指的是故事的元素，即父母的缺席或食物的缺乏。在民间故事中，权威人物的缺席属于该故事所描绘的虚构世界。这里有趣的问题是虚构世界及其类别如何与经验世界相关。因为，如果能在虚构叙事的单位和叙事外的世界之间建立重要的关系，叙事学家将拥有一个强大的文本解释工具。

维克多·特纳的人类学理论为解决这一难题提供了非常合适的解决方案。它避免了超现实主义谬误，该谬误在于将叙事类别和原始事实紧密匹配，并相信前者描述了后者。例如，故事中的冲突必然指的是真实的冲突。特纳没有受到自我指涉谬误的诱惑，该谬误假设由于叙事构成了一个自我封闭的世界，它们的类别形成了一种代数结构，与实际世界没有任何联系。对特纳来说，因为社会生活本身就是根据文化类别来组织的，所以故事有效地表征了真实的社会生活。这些文化类别是沿着与叙事类别相同的线索建立的。

在一篇重要的论文（1981）中，特纳展示了叙事语法的某些类别如何与社会戏剧的阶段相吻合。这些被认为是社会过程的自发单位，发生在"拥有共同价值观和利益，并有或声称拥有共同历史的人群中"（69），由四个阶段组成，"违规、危机、矫正和重新整合或承认分裂"（69）。社会戏剧提供了叙事类别的参照核心，如违规、缺乏和缺乏得到满足等。社会学解释尤其对外部冲突的叙述具有启发性，其中违背禁令是指对社会秩序的破坏，而缺乏则是违反社会秩序所产生的影响。例如，俄狄浦斯故事的底比斯部分围绕着导致严重缺失（瘟疫）的违规（杀父和乱伦）展开。用特纳的话来说，违规会导致危机。另一种类型的外部冲突起源于社会群体基本需求的缺乏，并不是由于任何先前的违规行为引起的。在这种情况下，需要通过英雄的努力来弥补。例如，屠杀地下怪物，包括斯芬克斯，可能就是这种类型的冲突的一个例子。尽管它像任何社会戏剧一样，必须采取行动来试图纠正社会平衡，但这里的危机并非源于违规。

在以内部冲突为导向的叙事中，主要类别如缺乏和违规获得了不同的参照基础。例如，缺乏通常与精神分析中欲望的概念有关（Bersani; Kristeva）。彼得·布鲁克斯（Peter Brooks）在他最近出版的《为情节而读》（*Reading for the Plot*）一书中，提供了一种新颖的方法来处理欲望与叙事发展之间的关系，他借鉴了弗洛伊德的死亡本能理论和拉康的欲望理论，来解释情节如何被推向其无法避免的终点，以及人们为何有强烈的冲动去叙述这个过程。情节（欲望的叙事）和叙事的行为（叙事的欲望）来自一个共同的起源。

该论证以19世纪半现实主义、半奇幻小说巴尔扎克的《驴皮记》为例，小说内容如下：野心，这个在19世纪社会晋升故事中占有特权的叙事驱动力，可以被描述为一种不断产生欲望的机制。主人公在"欲望机器"的驱动下，寻求"权力和价值意义"的提升，这种叙事可以与基于"能量和消耗"情节的现代叙事文本的动力进行比较。魔法驴皮满足了主人的每一个愿望，但随着每一个愿望的实现，驴皮将会缩小，主人公距离死亡越来越近。对彼得·布鲁克斯来说，这个寓言预示着弗洛伊德的超越快乐原则。一个矛盾的点在于，欲望的隐藏面是死亡本能。叙事也是由欲望推动的，因为"意义的最终决定因素在于结尾，而叙事欲望最终也是对结尾的渴望"。此外，正如情节起源于弗洛伊德式的欲望和死亡的混合体一样，叙事行为体现了拉康式的欲望，体现了与幻影（phantasm）之间的不可还原的关系，它让人隐约感知到其所表达的内容与其想要表达的有所不同。"因此，叙事被迫说出它本意之外的东西，叙事发展或进程将慢慢向其终点推进。"叙事欲望是一种主要的人类驱动力，是一种永远无法满足但始终坚持的努力，能够为人们的潜意识欲望提供一个场景，在那里人们可以探索和表达他们的潜意识欲望。

彼得·布鲁克的概念分析引出了一个更进一步的问题：作为情节起源的欲望是否是一种足以区分各种可能的叙事表达的力量吗？如果承认这种多样性，那么应如何看待《驴皮记》中大范围的重复情节？并且，与这个问题密切相关的是，维克多·特纳的批判理论与情节类型学有何关联？

英雄永远被无穷无尽的欲望能量推动，如《驴皮记》中的拉法埃尔、马洛悲剧中的帖木儿（Tamburlaine）和堂吉诃德，表明了欲望的满足意味着创造一个新的宇宙，并将这种新的模型强加于现实世界（Pavel）。这些英雄，我在别处称之为"本体论创始人"，代表了一种由欲望动力反复驱动的人物。与之相似的还有一些人物：永远面临被处决威胁的山鲁佐德（Scheherazade），需要金钱和住所的拉萨里洛·德·托尔梅斯（Lazarillo de Tormes），寻找死去农奴的乞乞科夫（Chichikhov），范妮·希尔（Fanny Hill）和她无数的情人，不断试图接近城堡的K。但需要注意的是，关于此类英雄的小说或戏剧并不具有通常意义上冲突连贯的完整情节。因为欲望本身无法阐明情节。不灭的欲望通常会出现在片段式的文本、流浪汉小说和反复的悲剧中。这样的文本不能以亚里士多德式的情节意义结束。它们往往被作者留存为未完成的状态，或者最后一集——成功或死亡——被随意插入，作为一种超叙事设计来打断这种无限的欲望。如，拉萨里洛的婚姻或帖木儿的死亡，都打断了一系列可能永无止境的情节。欲望本身无法构建一个情节。

除了留下开放式结局的困难外，上述的叙事和戏剧通常没有明确的原因来解释无尽欲望的诞生。作家都没有为这些角色塑造合理的叙事动机，帖木儿想要一个世俗的王冠，仅仅是因为文艺复兴时期悲剧中的角色都会这样做；同样，拉萨里洛的生存斗争和范妮·希尔身边源源不断的情人都被归因于一种无须叙事动机的冲动。

对于那些不完全区分情节的故事或叙事结构，我们可以通过两种重要的方式来将它们的开头或结尾与整个叙事融合在一起。我将以西西弗斯（Sisyphus）和浮士德（Faust）两例神话为例，来说明这两种方案。在西西弗斯类型中，重复的结构会有一个明确的动机：它源于早期的违规行为，这或许与主人公不服从死亡法则有关。在他的众多错误行为中，西西弗斯两次通过巧妙地给哈迪斯戴上手铐避免了死亡，后来又通过对珀耳塞福涅施展精心设计的诡计来逃脱死亡。这些不断的努力表明了主人公不愿面对死亡的现实。堂吉诃德的困境与西西弗斯的故事有相似之处：堂吉诃德不服从现实原则从而造成了他受的苦难，这是对他沉溺于幻想世界的惩罚。

与之相反的是浮士德式的故事，浮士德式的故事虽然在叙事中没有明确解释欲望，但却为一系列的情节设定了终点（terminus ad quem）。马洛的《浮士德博士》和歌德的《浮士德》都表现出这种结构上的困难。由于死亡和永恒的诅咒是严肃的问题，而且在浮士德式的情节中，死亡与永恒的诅咒在结尾处的存在从一开始就是由契约决定的，因此中间的任何欲望都会显得轻浮。也许是为了避免轻浮的感觉，歌德将《浮士德》的第一部分限制在一个单一的情节中，淡化了浮士德欲望的重复性。尽管缺之推动原则，但马洛和歌德的悲剧原则都可以在结局之前容纳无限多的情节。

《驴皮记》属于浮士德式情节的作品，展示出一份欲望与死亡契约，其中的特殊之处在于，每个实现的欲望都会明显缩短主人公的寿命。这意味着，虽然马洛的《浮士德博士》原则上可以累积任意数量的情节，但英雄的死亡依然取决于路西法的不可预测的决定；而在巴尔扎克的小说中，死亡这种不可避免的结局似乎被置于英雄本人之手。

这种类型的情节结构与更加连贯的外部冲突情节形成强烈对比，后者的组成部分被维克多·特纳描述为既包含明确的危机，又包含解决危机的尝试。在特纳看来，在社会戏剧的阶段，冲突的解决通常包含一种仪式元素。这种仪式元素被特纳（1969）描述为社会的反结构元素，它消除了对立和等级，消除了性别区别，将社会降低到共同体的层面，从而可以实施新的结构配置，并能够有效地解决危机。民间故事，如屠龙者（Aarne-Thompson type 300），代表了这种情节组织的虚构对应物，民俗学家和宗教历史学家早已知道它们与仪式实践有关。

米尔恰·伊利亚德（Mircea Eliade）在一篇经典论文中展示了像《小拇指》（*Le Petit Poucet*）或《蓝胡子》（*Barbe-Bleue*）等民间故事如何起源于启蒙场景的："小拇指和他的兄弟迷失在灌木丛，在许多原始社会中，灌木丛象征着启蒙的开始，男孩们会被带去灌木丛开始他们的启蒙之路（象征性地被杀死和复活）"(7)。更令人意外的是，弗拉基米尔·普罗普在他的第二本鲜为人知的《神奇故事的历史根源》（*The Historical Roots of the Fairy Tale*）一书中得出的结论是，屠龙者（屠龙故事）综合了君主继位仪式、启蒙仪式和关于冥界的仪式故事。可以称之为普罗普 - 伊利亚德 - 特纳假设，这些组织严密、情节丰富的民间故事必须与仪式的存在紧密结合。这类故事既是具有未知结局的冒险欲望故事，也是必然导致主人公进入新阶段的测试仪式。因此，这类民间故事似乎是人类叙事能力的一个特别美好的结晶。它们将动态的情节和静态的反结构元素、时间的流动和超时空意义、活动和反思、欲望和仪式融合在一起。

但是，一旦仪式失去了与社区习俗的密切关系，其他叙事形式就准备好取而代之。当社会认可的启蒙仪式松开了它们强大的控制力量，个人或多或少地独自面对他们不断增长的欲望。也许，这就是为什么在历史上如此晚才出现无穷无尽的欲望情节的真正原因。随着时间的推移，人们对人类命运的看法发生了转变，传统的仪式不再像以前那样严格约束着个体的发展。这种变化也导致了叙事中的约束条件逐渐减弱。这个转折点出现在 19 世纪上半叶，以前为帖木儿和浮士德等杰出人物保留的无限欲望，成为民主时代的普遍体验。正如托克维尔（Tocqueville）在《论美国的民主》（*Democracy in America*）第二卷中所指出的那样，这个时代的人"紧紧抓住这个世界的财富，好像他肯定永远不会死一样；他如此匆忙地抓住一切触手可及的东西，以至于人们会认为他一直害怕活不够而无法享受它们。他虽然抓住了一切，但他什么都不抓紧，很快就会松开手去追求新的满足感"（144）。

值得一提的是，在《驴皮记》首次发表的 1831 年，托克维尔开始了他的美国之旅。用更理论化的语言来说，托克维尔这段引文相当于《驴皮记》中的拉法埃尔将遵循耗散系统，直到自我毁灭。这样的耗散系统将命运设想为欲望的熵运动，仅受到遥远的、隐藏的死亡的限制。从某种意义上说，弗洛伊德的超越快乐原则，尽管其意图具有普遍性，但可以被视为对该系统的解读，并且可能与巴尔扎克的小说或托克维尔的言论中所描述的行为类似。欲望的加剧及其与死亡本能的直接关系是个体心理的一个特征，在那些缺乏社会机制来对抗熵欲望的时期，这种特征就会危险地发展起来。根据特纳关于仪式过程的理论，我们可以看到，当个人的成长不再由严格分隔的过渡仪式阶段有序地维持时，命运就会变成一个无限的狂热状态。换句话说，个体在面对无尽的欲望时，现实世界对个体的约束可能会失去作用，导致危险的后果。

总而言之，老一代的结构主义叙事学往往提出静态模型，对其类别的反思不够充分，因此需要一种更具动态性的情节理论，不仅要解释情节的结构，还要解释情节发展的原理。这种情节理论可能需要考虑到弗洛伊德和拉康的欲望理论。但是，这样的情节理论也必须利用社会戏剧和仪式等丰富的人类学概念，并学会将形式化的文学结构与使它们成为可能的文化结构联系起来。维克多·特纳的研究无疑将为这种理论提供动力支持。

参考文献

Balzac, Honoré de. (1831) *La Peau de chagrin*. In *La Comédie humaine*, Vol. IX. Bibliothèque de la Pléiade, Paris：Gallimard, 1950.

Bersani, Leo. "Le réalisme et la peur du désir." In R. Barthes et al., *Littérature et réalité*. Paris：Seuil, 1982, pp. 47 – 80.

Brooks, Peter. *Reading for the Plot*. New York：Knopf, 1984.

Eliade, Mircea. "Littérature orale." In *Histoire des littératures*, Vol. I. Paris：Gallimard, 1955, pp. 3 – 26.

Freud, Sigmund. (1914) *Beyond the Pleasure Principle*. In *The Standard Edition*, Vol. 13. London：Hogarth, 1955.

Greimas, A. J. *Sémantique Structurale*. Paris：Larousse, 1966.

Kristeva, Julia. *Desire in Language*. New York：Columbia University Press, 1980.

Lacan, Jacques. *Ecrits*. Paris：Seuil, 1966.

Lévi-Strauss, Claude. "L'Analyse morphologique des contes russes." *International Journal of Slavic Linguistics and Poetics* 3 (1960), 122 – 149.

Pavel, Thomas G. "Incomplete Worlds, Ritual Emotions." *Philosophy and Literature* 7 (1983), 48 – 58.

Propp, Vladimir. (1928) *Morphology of the Folktale*. Bloomington：Indiana Research Center in Anthropology, 1958.

―――――. (1946) *Les Racines historiques du conte merveilleux*. Paris：Gallimard, 1983.

Tocqueville, Alexis de. (1840) *Democracy in America*, Vol. 2. Trans. Henry Reeve and Francis Bowen. New York：Vintage Books, 1945.

Turner, Victor. *The Ritual Process: Structure and Anti-structure*. Ithaca, N. Y.：Cornell University Press, 1969; 1977.

―――――. "Social Dramas and Stories about Them." In *On Narrative*, ed. W. J. T. Mitchell. Chicago：University of Chicago Press, 1981, pp. 137 – 164.

库柏、霍桑、凯瑟和菲茨杰拉德小说中的阈限性

罗伯特·戴利（Robert Daly）

> 罗伯特·戴利，纽约州立大学布法罗分校英语教授，莱弗休姆（Leverhulme）和古根海姆（Guggenheim）奖学金获得者。著有《上帝的祭坛：清教徒诗歌中的身体与世界》（*God's Altar: The World and the Flesh in Puritan Poetry*）。他还发表了十几篇关于文学、文学理论、文化的论文，以及杂诗和评论。他正在撰写的是《美国愿景史：文学创作中的过去》（*American Visionary History: The Literary Greation of a Usable Past*）。

尽管维克多·特纳的田野研究主要关注非洲文化，特别是赞比亚的恩登布（Ndembu），但他的阈限、共同体和朝圣的理论，为我们当前对美国文学和文化批评的研究做出了重大贡献。事实上，这些理论的共鸣非常强烈，他的理论非常适合美国文学与文化批评研究，以至于从威廉·布拉德福德（William Bradford）到安德鲁·德尔班科（Andrew Delbanco）等美国作家似乎经常讨论特纳的社会过程理论。

正如伊迪丝·特纳（Edith Turner）最近所观察到的，维克多·特纳第一部关于阈限的著作，就写于他们自己生活的阈限时期。当时他们为了特纳能够到康奈尔大学任职，卖掉了在曼彻斯特的房子，搬到黑斯廷斯等待签证："我们当时处于一种悬而未决的状态。我们在海边等待，这大致是征服者威廉第一次入侵不列颠的地方——这是英国人所熟知的历史转折点；而黑斯廷斯本身被认为是一个门槛，一个门户。"在这段时期，他们阅读阿诺尔德·范热内普（Arnold van Gennep）的《过渡礼仪》（*Rites of Passage*），并从中"认识到了通过仪式的阈限、边缘、内在阶段的重要性"（7）。

在等待穿越英吉利海峡的那段时间里，特纳夫妇既不是英国人，也不是美国人，他们能够与其他特纳后来所称的"阈限人"产生一些共鸣。我们能够比较容易地识别出这种状态，但很难对它进行界定。特纳在《仪式过程》中暗示

了这个类别的丰富性:

> 阈限或阈限人("门槛之处的人")的特征不可能是清晰的,因为这种情况和这些人员会从类别(即正常情况下,在文化空间里为状况和位置进行定位的类别)的网状结构中躲避或逃逸出去。阈限的实体既不在这里,也不在那里;他们在法律、习俗、传统和典礼所指定和安排的那些位置之间的地方。作为这样的一种存在,他们不清晰、不确定的特点被多种多样的象征手段在众多的社会之中表现了出来。[①](95)

尽管与阈限状态相关的仪式保守地发挥着维护或恢复秩序的作用,但这种状态本身可能是一个自由领域。在这个领域中。弗雷德里克·杰克逊·特纳(Frederick Jackson Turner)所说的"过去的束缚"被打破,或看起来被打破了。在《戏剧、场景及隐喻》中,维克多·特纳指出,"处于规范有序的世界之间的间隙位置中,几乎任何事情都可能发生。在这个短暂的'阈限'过渡时期,存在着参与者不仅可以脱离自身的社会地位,还可以脱离所有社会地位,并制定一系列潜在的、不受限制的、可供选择的社会安排的可能性"(13—14)。处于阈限阶段的青少年——不再是孩子,但还不是成年人——可以自由地思考多种可能的成年人状态。事实上,伴随这种情况的焦虑常常被它提供的自由所带来的兴奋平衡。

正如特纳在《在丛林的边缘:作为经验的人类学》(*On the Edge of the Bush: Anthropology as Experience*)中明确指出的那样,这种自由适用于个人和更大的群体:"'阈限人'……可能是从一种社会文化状态和地位过渡到另一种社会文化状态和地位的入门者或新手,甚至是社会中整个群体正在经历转变……"(159)这种对自由作为阈限性在再生和更新中所起作用的强调,突显了特纳是如何将阈限这一概念的发展超越了阿诺尔德·范热内普和亨利·朱诺等前辈的观念的。特纳承认他继承了两位学者的观点,但特纳认为范热内普"从未追踪他发现的阈限性的含义,除了提到当个人或团体处于悬浮的阈限状态,即与之前的状态分离,并且尚未融入他们的新阶段时,他们对自己和整个群体构成威胁,他们被要求遵守仪式禁令且与日常生活隔离"。特纳并不反对范热内普的观点,只是特纳的观点思考得更为深远。阈限阶段确实会引发危险和恐惧,但它也能带来

[①] 此处采用黄剑波、柳博赟两位学者的译著《仪式过程:结构与反结构》中的译文。[美]维克多·特纳:《仪式过程:结构与反结构》,黄剑波、柳博赟译,中国人民大学出版社,2006年,第95页。——译者

更多的选择和多样性。在界定他自己的观点时，特纳认为："对我来说，阈限的本质在于它从正常的约束中释放出来，使得对'无趣'的常识结构的解构成为可能。……进入文化单位，然后可以以新颖的方式重构"。虽然它不是"完全不受约束的"，也不是完全原始的——它"必须带有它的先行和后续阶段的一些痕迹"——阈限性"是'有趣'或'不寻常'的领域"（1985：159—160）。

阈限性提供了一种逃离当前社会结构，或者至少是从其中旧有的位置逃离的机会。它促成了一个平等的社区和团体的发展，特纳称之为共同体，"一种由谦逊和同志情谊混合组成的阈限现象"（1985：173）。尽管在那些社会转型仪式化的社会中，阈限性和共同体是常见的，但在没有仪式化的社会中，特纳指出，要在朝圣和艺术中寻找它们。

"朝圣是'功能等价物'……在被主要历史宗教主导的复杂文化中有朝圣行为，在小规模的、非文字的社会中，部分朝圣行为是过渡仪式"（1974：65）。在如此庞大而复杂的社会中，"艺术，包括文学"中可能会存在或运用阈限性，通过这种方式，"一个共享思想和习俗传统的人类社区可能会通过反思自身，并审视其现存状况，不仅仅是从认知方面，而且还通过比喻、隐喻、转喻和象征手法理解其存在现状……"（1985：124）

因此，在这种情况下，我们现在称为美国文学的最早的实践者中，有一些自称为朝圣者，这些朝圣者的领袖注意到了他们抵达时的状况。在他们面前，"整个国家，到处都是树林和灌木丛，呈现出一种狂野和野蛮的色彩。如果他们向后望去，那就是他们已经穿越过的、现在作为一个主要的障碍和海湾将他们与世界所有文明部分分隔开的大海"（Bradford，62）。搁浅在那条海岸线上，不再是英国人，还未成为美国人，我们的朝圣者祖先显然处于阈限状态，威廉·布拉德福德知道这一点。尽管安德鲁·德尔班科没有使用这个词，但他最近辩称，从那时起我们就间接性地处于阈限状态，美国的"思想和感情的变化过程"只能与我们作为一个国家的初期时的事实一起理解，"我们作为一个国家的开端是从一个大陆到另一个大陆的迁移"，"从一种文化到另一种文化的旅程（无论是身体上的、政治上的、还是想象中的）"，这定义了清教徒和所有后来的美国移民浪潮。在德尔班科令人信服的叙述中，我们都是移民，仍然坚信"我们的生活随着我们的朝圣彻底更新"（250—251）。有许多作家，这些作家中包括早期的美国历史学家和当代美国学者，用小说来再现阈限性并对它进行回应。理解维克多·特纳的影响并充分利用他的理论的一种方法是注意到美国历史和文学中反复出现的阈限性，并探索小说如何描述与回应阈限。

事实上，詹姆斯·费尼莫尔·库柏（James Fenimore Cooper）来得太晚了。当他第一次听说美国的边疆时，边疆已在他身后，向着西方迁移。库珀认为，尽管边疆的故事仍然留在年轻时就知道它的猎人和印第安人的记忆中，但早期美国丰富多样的文化已被库柏认为狭隘和贫瘠的文化取代，即他在作品《萨坦斯托》（Satanstoe）中以角色杰森·纽康来讽刺的新英格兰文化。杰森·纽康认为康涅狄格社区的习俗是唯一值得保留的文化，其他一切都是野蛮和无关紧要的，希望改革他同时代人丰富多样的语言，使其更加简洁和统一，并期待有一天，整个国家都将整齐地融入他的小镇所界定的文化界限。

早在库柏写下《家乡面貌》（Home as Found）之前，他就对美国文化的现状非常不满。在他看来，新来者们已经获胜。在过去，印度、法国、荷兰、非洲、英国及其他国家的文化、语言和货币曾在美国相互交融和混合，但如今已被一种单一的文化形式取代，这种文化在库柏看来是狭隘的。毫无疑问，这个国家已经成长起来了，但成长的过程很糟糕。

在小说中，库柏可以描述美国边疆的情况和社会状况，以及发生在七年战争（又称最后一场法印战争）之前和期间的一些历史事件或背景。无论实际边疆的历史性存在多大问题，对它的回顾性视角为库柏和后来的弗雷德里克·杰克逊·特纳提供了一个充满自由和文化可能性的边疆形象。弗雷德里克·杰克逊·特纳认为："在边疆，习俗的束缚被打破了，人们享受无拘无束的自由。尽管那里并非一片空白，有着严峻的美国环境，也有着人们继承下来的做事方式，但是，每个边疆都为人们提供了一个新的机会领域，一个摆脱过去束缚的大门。"库柏将这种从历史决定论中解放出来的自由定位在边疆和海洋上，特纳紧随其后，认识到两者之间的相似性："地中海对希腊人来说是什么，是打破习俗的束缚，提供新的体验，呼唤新的规则和活动的地方，甚至，对于美国人来说，不断向西扩展的边疆也提供了同样的机会。这种机会不仅对美国自身有影响，也对欧洲的国家产生了间接的影响。"（57—58）[1] 边疆和海洋被描述为边界线、分割线，而不是固定的界线。

库柏将《最后的莫希干人》（The Last of the Mohicans）的故事背景设定在一个特定的时刻，即最后一次法国和印度战争的时期。在那场战争之后，根据《巴黎条约》，法国将其在圣劳伦斯山谷的殖民帝国及其在密西西比河以西的所有土地割让给了英国。美国的语言逐渐变成英语，其货币和文化更加统一。但在那场战争之前和战争期间，也就是库柏创作他最伟大作品的时期，这个国家站在一个门槛上。这个国家不再是野蛮的，但还没有达到文明，不再是荒芜的，但还没有形成一种安稳的定居状态。库柏在《萨坦斯托》中写道："一个国家历史上的这个时期，是国家的青春期，可以比作我们自己蹒跚学步的时期，我们失去了童年的天真，但还没有达到成年的完整形态"（368）。

因此，从空间和时间上来看，库柏通过将他的小说设定在国家青少年时期的边疆，把他的角色置于一个阈限状态。美国的阈限时期可能以荒野为象征，但库柏坚持认为，它不再是原始荒野，而是介于原始荒野和文明之间的某个地方："当然，整个开放的空地或多或少被树桩、枯死的树木、烧焦的树桩、原木堆、灌木丛以及新定居点存在的最初八年或十年内所有不雅的东西破坏了"（1962：368）。与特纳一样，库柏强调阈限状态的中介性质并探讨其与小说的关系。

正如沃尔夫冈·伊瑟尔（Wolfgang Iser）论证的那样，小说并不是与事实相对立的一种简单的辩证法；它是一个介于事实和想象之间的第三个中介项，赋予事实以人类的意义（使它对我们有意义），并赋予想象一个可识别和可表达的形式（使它对我们有意义）。小说既不是事实的子集，也不是想象的子集：

> 这种小说创作行为无法从重复的现实中推导出来，因此显然引入了一种与文本中再现的现实相联系的想象特质。因此，小说创作行为将再现的现实转化为一个赋予想象有表达力的整体形态的符号。……小说创作行为与想象的这种多变的潜力不同，因为它是一种引导行为，充满了方向感，目标明确，反过来又赋予想象有表达力的整体形态——这种整体形态与通常给予想象直接进入我们经验的幻想、投射、白日梦和其他幻觉大不相同。（205）

正如伊瑟尔明确指出的那样，小说本身就介于两者之间。

因此，库柏转向小说，以展现美国历史上的一个临界期。在这个临界期，美国人和美国都能自由做出选择。然而，库柏确信美国在单一且狭隘的新英格兰文化霸权中做出了一个糟糕的选择。库柏相信，"从过去的残骸中肯定有值得拯救的东西"（1962：419）。因此，库柏选择拯救他所称的"惯例"——各种习俗和惯例，以及他那个时代的美国所失去并从历史书籍中遗漏的关于文化的精妙理解。库柏在小说中展现了一个文化多样性的美国，他强调通过掌握多种文化而不是一种单一文化来获得个人身份认同。这种多样性在他的作品中得到了体现，展现了不同文化之间的交融和竞争。

例如，在《最后的莫希干人》中，邓肯·海沃德少校经常因为坚持欧洲骑士精神的准则而显得幼稚。尽管这些准则不适用于美国的情况，但是在一个关键场景中，他对法语和法国文化的了解对于团队的安全至关重要，这表明在库柏笔下的美国生存下来，需要学习一些印第安文化，同时不忘记自己的欧洲文化。

当他认为可能是鬼魂的法国哨兵挑战鹰眼时，鹰眼完全不知所措：

"是谁？"像是从那片寂静而庄严的地方传出来的一道严厉而急促的声音，那声音真像是来自异世界的声音。

"它说什么？"侦察兵低声说，"这既不是印第安语也不是英语！"

考虑到鹰眼的语言限制，一个法国哨兵无异于一个幽灵，一个消失和被遗忘的时代的复活者。正如鹰眼对非人称代词（它）的使用所暗示的那样，对鹰眼来说，哨兵是如此异乎寻常，以至于他几乎不像人类。尽管库柏在他的小说中充满了解释性的脚注，但他并没有试图翻译海沃德和哨兵的法语对话。如果我们不能理解它，我们的困惑就成为我们失去了过去的文化的又一证据，以及我们也无法理解库柏的小说如何从过去的废墟中为我们保存下来过去的文化。

海沃德并不和鹰眼一样感到困惑。他回答哨兵，与他交谈，并说服他，海沃德是人，是法国人，是一个社会地位和权威超过哨兵的人。当哨兵问："你是五军的军官吗？"海沃德回答说："毫无疑问，我的伙伴；你难道把我当作地方雇佣兵了吗！我是步兵团的上尉（海沃德很清楚对方是主力部队的一个士兵）"（1983：137）。皮埃尔·布尔迪厄（Pierre Bourdieu）在他关于社会阶级的研究中指出，任何社会规范——语言、饮料、汽车、度假胜地、服装——"都提供了少量的显著特征，这些特征作为一个差异系统，使得最根本的社会差异几乎可以通过最复杂和最精致的表达系统在合法艺术中完全表达出来"（226）。海沃德不仅精通法语，还精通法语所涉及的阶级结构和社会规范。海沃德明白，不需要告诉哨兵军官胜过哨兵，巴黎胜过行省，骑兵胜过步兵。这场谈话证实了布尔迪厄的论点，即社会的"分类系统不仅仅是知识的手段，更是权力的手段，它被用于社会功能，公开或隐蔽地旨在满足一个群体的利益"（477）。对法国语言和文化的了解使海沃德能够令哨兵敬畏，以至于当一个公认的英国敌人，科拉，也用法语和他说话时，他并没有推断出一个人可以会说法语却不是法国人，以及海沃德可能不是他所代表势力的成员。这位法国哨兵被语言和他自己的单语主义引诱，相信海沃德是法国人，相信他在自己熟悉的世界里和朋友在一起。他漫不经心地走开，唱着法国的歌，最终被钦加哥杀死。

语言在建立社会和塑造共同人性方面的力量是如此强大，以至于华盛顿·欧文（Washington Irving）改变了亨利·哈德森的国籍和语言。事实上，哈德森是为一家荷兰公司航行的英国人。在欧文的小说《瑞普·范·温克尔》（*Rip Van Winkle*）中，欧文将他变成了荷兰人亨德里克·哈德森，这样他就无法说英语，这使其在英属美洲成为一个"外星人"，而不是与英属美洲的那些人相同的人类。在失去了过去的所有语言和习俗之后，库柏时代的美国冒着丧失文化认同和一些重要的人类价值理念的风险。在小说中，库柏可以将小说设置在美国边疆的空间阈限和国家青春期的时间阈限，以便在这些地方找到、恢复和重建比他自己那个时代更丰富的美国文化的基础。库柏可以把他的读者带回去，不仅仅是为了逃离成年，而是为了做出不同的选择，再次成长，这一次是为了更好地成长。在这个重新成长的过程中，阈限性和小说是核心。

霍桑（Hawthorne）比库柏更进一步深刻认识到边疆"并非一片空白"的状态：没有历史的田园牧歌，没有早期小说的常规模式，没有早期遗留下来的、特有的感知和话语模式。在霍桑的边疆上，人物试图重演《圣经》和骑士浪漫传奇的范例，掩盖自己的行为和动机，破坏他们的生活。正如维克多·特纳所说的，阈限并不能保证什么。它只是提供了想象替代方案的自由；它并不强迫人们行使这种自由，人们可以选择是否利用这种自由去想象和探索。尽管霍桑最早的故事集中在青春期与边界上，但霍桑是一位出色的历史学家，以至于他无法接受丹尼斯·多诺霍称之为"美国研究中最有影响力的想法"，即"美国的经验是独特的，甚至可能是独一无二的……最好将其理解为人与自然的共谋，以规避历史、政治和经济所强加的结构"。1975 年 4 月，列奥·马克思（Leo Marx）在一封致萨尔茨堡举行的美国研究会议的公开信中质疑了这一想法。尽管马克思在《花园里的机器》（*The Machine in the Garden*）中辩称"美国写作的特殊特征必须能追溯到环境的特殊性"（343），他敦促会议上的欧洲学者"彻底地揭露美国例外论观念的所有变体中固有的危险"，并写道：他们"完全有资格帮助纠正记录，并证明美国社会，无论好坏，在很大程度上主要被理解为英国、欧洲历史的发展"[2]。1832 年，霍桑在《罗杰·马尔文的葬礼》（*Roger Malvin's Burial*）中开始质疑这个观念。

霍桑像伊瑟尔一样将小说视为一种不同于事实或想象的形式，但却融合了二者。他自己的小说是一座有许多习俗的房子，我们只有进去后才能发现，"我们熟悉的房间的地板已经变成了一个中立的领域，介于现实世界和童话之间，现实和想象可能会在这里相遇，并且相互融合"（1962：36）。在美国，现实和想象显然都供不应求，霍桑在塞勒姆曼宁家中阅读的十二年证明，他需要"历史、传说、符号、绘画、雕塑、纪念碑、神社、圣日、民谣、爱国歌曲、英雄和……恶棍"这些亨利·斯蒂尔·康马杰（Henry Steele Commager）认为的"可用的过去"(13)。

弗朗西斯·格伦德（Francis Grund）在19世纪30年代曾辩称，美国人可以没有这些"过去的东西"，因为"他的国家就在他的理解之内；无论他走到哪里，无论他是移民到太平洋沿岸还是墨西哥湾，他都随身携带它；他的家就是他认为与自己的思想相契合的地方"[3]。但直到1854年10月，霍桑仍然可以写信给朗费罗（Longfellow）说，美国人做不到将美国铭记于心："英国人非常爱国：他们的岛屿并不太大，可以融入他们每个人的心中；而我们必须稀释和削弱我们的爱国主义，直到它变得几乎没有。我们有太多的民族，以至于我们实际上没有一个国家；我每天都感到缺少一个国家身份或文化。"[4]克服或至少平衡多样性离心力的一种方法是通过一种全国性的而不是地方性的文化。事实上，可以从马吕斯·比利（Marius Bewley）所说的话中找到英国人对国家文化的认识的一个来源，"没有莎士比亚、弥尔顿、简·奥斯汀和狄更斯，很难想象英国人会如何像英国人一样思考和行动"（Miller, 280）。在《寻找可用的过去》(The Search for a Usable Past) 中，亨利·斯蒂尔·康马杰表示，美国正在建立类似的民族文化："美国民族主义情感，在很大程度上是一种文学创作，并且……国家记忆是文学的，从某种意义上说，国家记忆是人为的记忆"(25)。

然而，霍桑发现他同时代人的国家记忆过于修饰与虚伪。在1846年5月2日的《塞勒姆广告商》（Salem Advertiser）中，他提到威廉·吉尔摩·西姆斯（William Gilmore Simms）的"一系列关于'适合艺术目的的美国历史'的生动且精美的讲座"。他说："它们充满了精彩的段落，似乎通过巧妙地涂上一层光泽，展现了我们历史表面上的所有光影；然而，我们不禁感到他的主题的真正宝藏消失了。从他的角度来看，他提出的主题只会产生用这三十年来一直使用的破旧模具铸造的历史小说，现在是时候打破和抛弃它了[5]。"霍桑主张探索美国历史的深处，而不是用光泽去掩盖它。

如此，霍桑既不能写历史，也不能写那种简单地将边疆赞美为美国人可以逃离历史，进入自然的、前罪恶世界的地方，在那里，自然会以华兹华斯的方式代替文化，塑造个人和国家的身份。然而，他可以讽刺地向这两种形式示意，然后继续写一些完全不同的东西，这些东西会给他的读者提供更多的看待历史的替代方式，而不是替代历史。霍桑为读者提供了看待历史的方式。

在对《罗杰·马尔文的葬礼》的历史介绍中，他声称自己只是在记录"众所周知的'洛夫威尔之战'"(337)。在同时代人正在庆祝的这个事件的百年纪念时,他开始了这一故事创作。然而,对洛夫威尔之战的调查揭示了霍桑的讽刺意味。即使是霍桑时代严肃的历史学家也同意洛夫威尔之战体现了白人与印第安人激烈的交锋。在洛夫威尔之战中,印第安人设下埋伏,最终击败了白人。霍桑的同时代人夸大了这场战争的历史重要性,将其描绘成早期美国骑士英雄主义的一个例子,并相应地伪造了他们的叙述。通过将他们的祖先变成纸上英雄,他们冒着将后代与民族文化和身份所依赖的连续历史感切断的风险,伪造他们与过去的关系。霍桑的同时代人否认他们祖先的谦逊和阈限性,将他们从边疆的农民转变为高雅的贵族;霍桑的同时代人否认了特纳所说的共同体,即应该从阈限状态中产生的平等的伙伴情感,这也是自我与共同文化认同的来源(1969:45—165;1974:274)。因此,霍桑在创作中不得不以某种方式来反驳这些严重的历史和文化错误。

但霍桑并没有简单地照他所知道的那样书写正确的历史,记录历史事实。相反,他创作了一部关于一个处于边缘地位的少年鲁本·伯恩(Reuben Bourne)的小说,他对自己与恋人的父亲罗杰·马尔文(Roger Malvin)的经历撒了谎,所以他被孤立了,成为边缘人。霍桑没有重点描述洛夫威尔之战的战斗场面,而将他的故事集中在战斗结束后的情况,以及鲁本撒谎的后果上。鲁本·伯恩回到家后,受到了骑士英雄般的欢迎:"所有人都承认,他有资格向这位美丽的少女求婚,因为他对她的父亲'忠于至死'"(348)。一个缺乏自知之明和性格不成熟的年轻人,他被崇拜者的期望驱使,在罗杰·马尔文的死亡和安葬等事情上撒了谎。这些谎言使市民相信马尔文已被妥善埋葬,而鲁本无法像承诺的那样返回并埋葬马尔文。在公众面前,鲁本被视为骑士般的英雄,但在私下里,他把自己视为懦夫和骗子,这种公众形象和私人自我感知之间的差距使他疲惫不堪。

然而,自我牺牲的、侠义的英雄主义并不是唯一的英雄主义。霍桑在他小说创作中以主人公"白日梦"的形式,为大众提出了一个替代方案,旨在探讨对他同时代人所颂扬的不可能的纸上英雄,对鲁本这类英雄和这类庆祝活动的信念所造成的悲剧。伯恩是新英格兰历史上最著名的名字之一,这个名字与殖民征服无关,而与殖民地的建立和建设有关。霍桑在撰写故事时曾两次从塞勒姆雅典娜图书馆借阅托马斯·哈钦森(Thomas Hutchinson)的《马萨诸塞湾殖民地和省份的历史》(*History of the Colony and Province of Massachusetts Bay*)。在此书中,理查德·伯恩(Richard Bourne)和他的后代被视为创始人:"我不是在忘记那些主要功绩是推翻城市、省制和帝国的英雄的名字,而是在记住一个繁荣的城镇和非英国殖民地的创始人的名字。"[6]这样的英雄不是侠义的骑士。他们是开国元勋,是那些建立和奠定美国基础的人,而鲁本很可能是他们中的一员,为美国的繁荣和发展做出了重要贡献。

霍桑以一种"白日梦"的形式探讨美国梦,意识到其中的自我反思性:

啊!在白日梦中,谁不曾希望自己胳膊上挽着一位温柔美妙的人儿,漫步在夏日原野广阔的天地里呢?在青春年少时,迈着自由而欢快的步子,只有波涛滚滚的大海和白雪皑皑的高山,才能够阻挡他的脚步;到了较为冷静的成年时期,他会在某个清澈见底的溪流峡谷中,选择一个家园,在那里,大自然撒下了成倍的财富;在清静生活中度过漫长岁月后,到了白发苍苍的年龄,会发现他不仅是一族之长,还是一位人民的领导者,甚至还可能是未来的一个强大国家的创建者。
("Roger Malvin's Burial", 352)

当然,这是一种虚构。鲁本的后代对鲁本这位前辈的看法只是另一个故事,是一个"白日梦",并且这种"白日梦"被设定在一个夏日荒野的世界中,这可能会让了解新英格兰的人感到有趣。虽然不太明显,但同样令人信服的是迈克尔·科拉库西奥(Michael Colacurcio)的观点,即"叙述者在叙述过程中过度使用或过分依赖修辞手法——会使得其原本的意图或信息在这些修辞手法中消失,并非所有的叙述者都会如此狂热地使用修辞手法"(122)。

尽管如此,这种想象作为一种鲁本骑士精神的替代品,比将处于边疆阈限状态的美国人看成被错误放置的、在我们东部的森林中穿着盔甲、为了上帝的荣耀而屠杀印第安人的骑士的概念更有利于一种文化的建立和维护。就像库柏《最后的莫希干人》中开头年轻的邓肯·海沃德一样,鲁本·伯恩相信了一种错误的想象。鲁本没有像理查德·伯恩那样成为"一族之长",而是滥用了他的阈限期,失去了他继承的土地,杀死了他唯一的儿子,最终陷入了他已经安抚了嗜血的上帝,终于可以祈祷了的幻觉。至此,鲁本与自己的历史和文化完全隔绝了。霍桑的同时代人冒着脱离历史的风险,把他们的祖先塑造成骑士英雄。鲁本·伯恩的故事是一个寓言警告,霍桑不是反对虚构创作,而是反对这种特定的、脱离历史的虚构创作,反对将隐喻和虚构的图像具象化成事实的字面主义倾向。他的同时代人否认阈限,并断言从欧洲的文化到美国开拓时期的文化是不间断的、连续性的。霍桑把他的读者带回到边疆,通过戏剧化的手法,展示了处于阈限期的鲁本·伯恩面临的选择,及其做出错误决定后造成的后果。霍桑试图以此提供一种更健康、更积极的文化观念,以替代那些可能导致文化衰败的错误观念。[7]

霍桑将阈限性作为小说的主题,以及将小说作为对阈限性的适当回应,这一点清晰体现在他一篇名为《大街》("Main-Street")的小说中。在这篇小说中,霍桑描述了新英格兰的过去,通过小说完善了历史。一个巡回表演者出现在塞勒姆,并宣布:"我打算通过某种有点像木偶戏的画面展览来展示塞勒姆的历史,我计划在观众面前召唤出塞勒姆的过去,并在一系列历史事件中向观众展示他们祖先的形象,而这种展览只需要转动操作杆就能实现"(49)。

对于小镇的孩子们来说,这种对历史的艺术再现显然是必要的,因为他们自己向成年的过渡并不顺利。"他们的父亲和祖父告诉他们"的标准的神话故事,已经成了"虚幻的传说!这些虚幻的传说不符合小镇的孩子们真正的认知"。尽管"孩子们在听……但除了他们自己的经历,没有什么能打动他们"。这种包含祖先崇拜的"虚幻的传说"带来的风险在于,它们将早期美国描述为一个像田园诗般的闲适地方或堕落前的伊甸园或产生完美骑士的英雄时代,现在的孩子们将无法在他们和他们祖先之间的巨大差异中建立联系。孩子们被困在与他们从故事传奇中了解到的过去完全不同的当下,他们会将过去视为"虚幻的传说",只会被"他们自己的经历"打动,以至于他们对历史的理解会产生偏差,他们的想象力也会变得薄弱。就像新英格兰人在他们的历史以人形出现在他们面前时,无法认出"苍发勇士"一样,这些孩子需要一个对他们来说"真实的、符合他们认知的"可用的过去(71—72)。

随着表演者对历史的再现,存在于"可用的过去"中的历史人物的形象开始变得清晰起来。这些历史人物都是普通人,他们有着人性的弱点,会在1692年春夏期间塞勒姆村的巫师审判中背离自己的信仰与家人。在塞勒姆审巫事件中,无论原因是什么——真正的巫师、土地抢夺、性压抑、麦角菌中毒、心理投射以及清教主义和人性的阴暗面,这些都已经被合理地作为可能的原因列出来了——一个明显而可怕的后果是,家庭、朋友、邻居和人类同胞之间的信任破裂了:"在人群中,弥漫着恐怖的氛围,人们只能感受到恐惧,并且变得不相信他人。朋友怀疑朋友,丈夫怀疑妻子,妻子怀疑丈夫,甚至母亲也怀疑她的小孩。好像上帝创造的每一个生物,他们都怀疑是巫师,或害怕自己成为被指控的对象"(77—78)[8]。正如古德曼·布朗、理查德·迪格比、帕森·胡珀、乔瓦尼·瓜斯康蒂、海丝特·白兰、迈尔斯·科弗代尔和霍桑其他角色一样,我们永远无法真正知道我们的丈夫、妻子、孩子和邻居是巫师、魔鬼、外星人、幽灵,还是普通人。我们无法洞察他们的真正身份,但当我们处于共同体时,我们会选择相信他们。当这种信任破裂时，家庭、友谊、城镇和国家就注定要破灭。在处理信任这个主题时，霍桑从不含糊其词，他的立场是非常明确和坚定的。对于霍桑的同时代人来说，如果他们只是为了再次发现这个关于信任的真理而放弃他们的生活，那么这种做法将会是多余的。因为这个真理已经被霍桑清楚地表达出来了，他们没有必要通过放弃自己的生活来体验这个真理。霍桑通过小说《大街》，展示了人类是如何通过信任、想象，以及对我们无法知道的事物的假设来生活的。

在小说中，霍桑对表演者的展示能否成功并不持一种乐观的态度。小说中，表演者刚开始进行表演，就有两位观众认为表演者没有还原塞勒姆审巫事件。两位观众以自己的方式重演他们不了解的历史。一位认为所呈现的场景在细节上不够真实，另一位认为家谱不准确。就像塞勒姆的那些可怜的法官通过一个又一个的测试来确定他们邻居的精神状态一样，这两个人完全没有认识到问题的关键所在。

表演者并没有试图满足他们过于简单的标准，而是回答说"我们必须时不时地从观众的想象力中寻求一点帮助"，并敦促他的批评者不要"打破场景的幻觉"，并建议"我恳求你换个角度看，再坐得远一点，坐在那位年轻女士旁边，我在她的脸上看到了每一个变化的场景的影子；只要你愿意坐在那里，并且，相信我的话，那些硬纸板和涂满颜料的画布都会变得生动起来，会反映出我们这场表演的全部内容"（52，63）。霍桑的叙述中最具反思性的是，小说中表演者的观众拒绝向表演者给予虚构所依赖的信任，他们不愿意相信或接受表演者的虚构创作，这是不祥之兆。这些观众坚持将现实主义和家谱的准确性作为唯一可靠的真理指标。也许是因为美国的神话历史有丰富的家谱和细节，所以只需要把名字弄对，并提供大量细节就能让人们相信谎言。霍桑避开了现实主义与家谱传统，在《罗杰·马尔文的葬礼》中，他邀请读者注意到他"为真实参与过战斗的人物替换虚构的名字"（337）。在浪漫小说创作过程中，霍桑声称对特定细节的合理性有相当大的自由度。在《大街》中，霍桑通过其笔下的角色，体现了小说背后的作者意图。霍桑试图向读者传达一些关于美国历史的真相，让他们换一种观点去看待他们的历史与文化，然而，因为读者们更习惯于传统的、神话化的历史叙述阅读视角，而不是霍桑提供的新的视角，最终，霍桑失败了。

霍桑暗示我们，历史不是将我们束缚在过去的尸体上的一条完整的链条，它是一种创造性想象的行为，无论历史是否独立存在，它都显然没有独立的可理解性。一种粗糙的字面主义——在《大街》中表现为细节与真相的混杂，在《罗杰·马尔文的葬礼》中表现为坚持骑士神话是事实——这种观点可能会摧毁历史，可能会进入"使时间的进程突然停止"（"Main-Street"，50）。为了使他们的历史"真实地符合他们的认知"，美国人必须用一种复杂的历史主义代替他们的简化观点，使他们能够认识、理解他们的历史。在这样的历史观中，事实被视为隐喻的，早期的历史记载从一开始就是故事，历史和故事总是被重复讲述。尽管在许多方面有所不同，但霍桑就像库柏一样，将他的读者带回美国历史的阈限时期，向他们展示了曾经做出的错误的关键选择，并用虚构的小说创作为美国人提供理解和修复错误选择的机会，而不仅仅是无意识地重复过去的错误。

斯蒂芬·多纳迪奥（Stephen Donadio）认为，后来的美国作家把他们的国家看作"一个永远正在形成的社会"（84），我们可以用特纳的理论来阐释几位后来的美国作家，如薇拉·凯瑟（Willa Cather）和弗朗西斯·斯科特·菲茨杰拉德（F. Scott Fitzgerald）的小说。在《我的安东尼娅》（*My Antonia*）中，薇拉·凯瑟将她的故事置于内布拉斯加州人迹罕至的大草原上，该地区被称为中间边界或大分水岭，因为它似乎根本不是一个地方，而是东西两部分之间的一个巨大的边界或分界线。她笔下的主人公认为这片临界土地"根本不是一个国家，而是构成一个国家的要素"（7）。

此外，凯瑟认为，这片土地非常适合讲述关于文化奠基的史诗。她的故事充满了对《奥德赛》的间接引用，以及对维吉尔希望他能够使自己熟悉的土地——他父亲在曼图亚郊外明乔河岸上的农场——成为诗歌的合适场所的明确引用。她让主人公研究维吉尔的《农事诗》（*Georgies*）第三本书中的一段话，"primus ego in patrium mecum, modo vita supersit, /Aonio rediens deducam vertice Musas"（264），可翻译为"如果我还活着，我将成为第一个把奥尼亚峰的缪斯女神带回我自己的国家的人"。这些台词暗示了凯瑟的创作目的。凯瑟笔下的史诗般的女英雄安东尼娅·希默达（Antonia Shimerda），通过讲述故事来创建和维持一种文化。安东尼娅建立并保护她自己的花园；生育、抚养孩子，她给他们起名字，教他们说话，告诉他们祖先的故事并在草原上创造出一种文化。与之相比，吉姆·伯登（Jim Burden）发现黑鹰镇的文化空虚得令人失望。在故事的结尾，她与荷马和维吉尔的英雄站在一起："她就像早期种族的创始人一样，是生命的丰富矿藏"（353）。对凯瑟来说，大分水岭的阈限性再次提供了想象英雄可能性的自由，除此之外，成为一部小说的创作者也是成为英雄的一种方式。

在《了不起的盖茨比》(*The Great Gatsby*)中,当"中西部不再是世界的温暖中心,而看起来像是宇宙的荒凉的边缘"(3)时,尼克·卡罗威(Nick Carraway)变成了阈限的状态。在这种状态下,他还不能认同自己的国家,也无法运用本书结尾时他掌握的华丽语言。本书开篇时,他的语言是生硬的、线性的、空洞的,他对卡罗威家族的描述就像盖茨比最初对自己高贵祖先的描述一样陈旧荒谬。但是西卵区有点像一个边疆,尼克可以自觉地呼应库柏的感觉,"我是一个向导,一个探路者,一个原始的定居者"(4)。

在讲述这个故事的过程中,卡罗威逐渐意识到,他认为个性不过是"一连串成功的姿态"这一观点的不足,以及他在本书开篇所用的语言也过于生硬与空洞。在第六章的结尾,尼克仿照柏拉图的《会饮篇》中的语言,从盖茨比的角度出发,描述了盖茨比对黛西的爱。在这之后,尼克经历了一段类似回忆的体验,他几乎恢复了过去的记忆:

> 他的这番话,甚至他难堪的感伤,使我回想起一点什么……我很久以前在什么地方听过的一个迷离恍惚的节奏,几句零落的歌词。一会儿的工夫,有一句话快到了嘴边,我的两片嘴唇像哑巴一样张开,仿佛除了一丝受惊的空气之外还有别的什么在上面挣扎着要出来。但是嘴唇发不出声音,因此我几乎想起的东西就永远无法表达了。[①](112)

但也不完全是永远无法表达。西卵区和盖茨比的边缘性让尼克通过讲故事来回忆起他自己的青春和这个国家的青春。一旦他超越了他早期的信念,即"毕竟,从单一窗口看生活要成功得多"(4),他发现他可以回忆起在青少年时期,他和他的同伴们"意识到对这个国家有一种难以言表的血脉相连的情怀"(177)。只有以另一种观点与盖茨比有了共同体体验之后,尼克才能站在现代的长岛上,找到一种语言来回忆起"这里是曾经让那些荷兰水手惊叹的那座古老的海岛——新世界的一片清新、翠绿的滋养之地"(182)。只有到那时,他才能"回家"(178),那里仍然存在盖茨比英雄梦想的可能性,"合众国黑色的田野在夜色下起伏着向前延伸"(182)。

在他的初稿中,菲茨杰拉德将上述这些文字放在了第一章结尾。但到了最终稿时,他将这段文字放在了小说结尾。他已经让尼克通过讲故事完成从阈限到共同体的转变,并成为这本书的中心主题。通过讲述故事,特别是通过创作

---

① 此处采用巫坤宁先生的译著《了不起的盖茨比》中的译文。[美]弗·司各特·菲茨杰拉德:《了不起的盖茨比》,巫坤宁译,译林出版社,2007年,第227页。——译者

小说的实际过程，可以恢复史诗般的语言和视觉艺术。同时，小说可以通过讲述故事，恢复和重现过去的可能性。

这些例子可以表明，许多美国作家都关注阈限状态，他们尽管出于不同的原因和以不同的方式试图在小说中表达并超越这种状态，这些小说可以较少地将感知和话语根植于孤立的个人，而更多地根植于共同体，他们的小说既体现了这样的共同体，又促进了这样的共同体的形成。维克多·特纳提出的阈限性、共同体和朝圣的概念使我们能够认识到这些小说的艺术选择和更重要的文化意义，并能够理解这些作家如何通过在美国这一巨大的"涂改本"上进行写作和改写，来创造和维护文化。

注解

［1］参见 Frederick Jackson Turner, *The Significance of the Frontier in American History*, pp. 57 – 58。在本次讨论中，我使用克利福德·格尔茨（Clifford Geertz）所定义的文化："文化是从历史中传承下来的、通过符号来表达意义的模式，这些符号形式表达的前后相袭的概念系统，使人们能够通过它们来交流、保存和发展他们对生活的理解和态度。"（*The Interpretation of Cultures*, p. 89.）安东尼·F. C. 华莱士（Anthony F. C. Wallace）在对《文化理论》（*Cultural Theory*）的评论中，阐述了将文化理解为符号和意义系统的一些含义："文化是指关于世界的本质以及人们在其中应该如何行事的观念体系，由社区成员以独特的方式所共享。该体系由儿童学习，并形成了一个模板，这个体系指导自我、社会和人性的基本概念，并指导着社区中的所有行为。因为这些观念被编码在文学文本、艺术、舞蹈、戏剧和宗教仪式等公共符号中，所以它们可用于人类学观察和探究。"(p. 36)

［2］Donoghue, *Times Literary Supplement*, p. 658. 列奥·马克思的信引自第 658 页。

［3］Grund, *The Americans*, p. 149. 也可参见 Grund, *Aristocracy in America*。

［4］纳撒尼尔·霍桑在 1854 年 10 月 24 日写给他的朋友、诗人亨利·沃兹沃斯·朗费罗的信（手稿）。我在文中对手稿的引用得到了哈佛大学霍顿图书馆的许可。对此，我向手稿馆馆长罗德尼·G. 丹尼斯（Rodney G. Dennis）表示感谢。

［5］引自 Pearce, *Historicism Once More*, p. 165。

［6］哈钦森：《马萨诸塞湾殖民地和省份的历史》，第353页。霍桑从塞勒姆雅典图书馆借阅此书的版本是1795年在波士顿出版的第三版，分为两卷。在这个版本中，对理查德·伯恩的描述出现在第二卷的第412页。有关霍桑从塞勒姆雅典图书馆借阅情况的信息，参见M. L. Kesselring, "Hawthorne's Reading, 1828-1850"。

［7］有关《罗杰·马尔文的葬礼》小说中历史与骑士神话的关系研究，参见戴利（Daly）的文章《〈罗杰·马尔文的葬礼〉中的历史与骑士神话》，第99—115页。关于洛夫威尔之战的历史意义的学术研究，参见大卫·莱文（David Levin）的文章《霍桑和帕克曼对种族帝国主义的现代误判》。从历史主义视角研究霍桑的小说，参见科拉库尔奇奥（Colacurcio）的著作《虔诚之州：霍桑早期故事中的道德史》，第107—130页。

［8］对霍桑作品中体现的认识论进行的详细分析，参见科拉库尔奇奥的著作《虔诚之州：霍桑早期故事中的道德史》，第283—313、439、519页。

参考文献

Bourdieu, Pierre. *Distinction: A Social Critique of the Judgement of Taste*. Trans. Richard Nice. Cambridge: Harvard University Press, 1984.

Bradford, William. *Of Plymouth Plantation, 1620-1647*. Ed. Samuel Eliot Morison. New York: Alfred Knopf, 1975.

Cather, Willa. *My Antonia*. Boston: Houghton, Mifflin, 1954.

Colacurcio, Michael J. *The Province of Piety: Moral History in Hawthorne's Early Tales*. Cambridge: Harvard University Press, 1984.

Commager, Henry Steele. *The Search for a Usable Past and Other Essays in Historiography*. New York: Alfred Knopf, 1967.

Cooper, James Fenimore. *The Last of the Mohicans: A Narrative of 1757*. Ed. James Franklin Beard et al. Albany: State University of New York Press, 1983.

————. *Satanstoe; or The Littlepage Manuscripts: A Tale of the Colony*. Ed. Robert L. Hough. Lincoln: University of Nebraska Press, 1962.

Daly, Robert. "History and Chivalric Myth in 'Roger Malvin's Burial.'" *Essex Institute Historical Collections* 109 (1973), 99-115.

Delbanco, Andrew. *The Puritan Ordeal*. Cambridge: Harvard University Press, 1989.

Donadio, Stephen. *Nietzsche, Henry Jamesf and the Artistic Will*. New York: Oxford University Press, 1978.

Donoghue, Denis. "Thoughts after Salzburg." *Times Literary Supplement*, 13 June 1975, p. 658.

Fitzgerald, F. Scott. *The Great Gatsby*. New York: Charles Scribner's Sons, 1953.

Geertz, Clifford. *The Interpretation of Cultures*. New York: Basic Books, 1973.

Grund, Francis J. *The Americans in Their Moral, Social, and Political Relations*. New York, 1837. Reprint. New York: Johnson Reprint Corp., 1968.

————. *Aristocracy in America: From the Sketch-book of a German Nobleman*. London, 1839; New York: Harper, 1959.

Hawthorne, Nathaniel. "Main-Street." *The Snow Image*, in *The Centenary Edition of the Works of Nathaniel Hawthorne*. Ed. Roy Harvey Pearce et al. Vol. XI. Columbus: Ohio State University Press, 1974.

————. "Roger Malvin's Burial." *Mosses from an Old Manse*, in *The Centenary Edition of the Works of Nathaniel Hawthorne*. Ed. Roy Harvey Pearce et al. Vol. X. Columbus: Ohio State University Press, 1974.

————. *The Scarlet Letter*. In *The Centenary Edition of the Works of Nathaniel Hawthorne*. Ed. Roy Harvey Pearce et al. Vol. I. Columbus: Ohio State University Press, 1962.

Hutchinson, Thomas. *The History of the Colony and Province of Massachusetts Bay*. Ed. Lawrence Shaw Mayo. Vol. II. Cambridge: Harvard University Press, 1936.

Iser, Wolfgang. "Feigning in Fiction." In *Identity of the Literary Text*. Ed. Mario J. Valdes and Owen Miller. Toronto: University of Toronto Press, 1985.

Kesselring, M. L. "Hawthorne's Reading, 1828 – 1850." *Bulletin of the New York Public Library* 53 (Feb., Mar., Apr. 1949), 55 – 71, 121 – 138, 173 – 194.

Levin, David. "Modern Misjudgement of Racial Imperialism in Hawthorne and Parkman." *Yearbook of English Studies* 13 (1983), 145 – 158.

Marx, Leo. *The Machine in the Garden: Technology and the Pastoral Ideal in America*. New York: Oxford University Press, 1964.

Miller, Perry, ed. *Major Writers of America*. New York: Harcourt, Brace and World, 1962.

Pearce, Roy Harvey. *Historicism Once More: Problems and Occasions for the*

American Scholar. Princeton: Princeton University Press, 1969.

Turner, Edith L. B. "From the Ndembu to Broadway." Prologue to Victor Turner, *On the Edge of the Bush: Anthropology as Experience*. Ed. Edith L. B. Turner. Tucson: University of Arizona Press, 1985.

Turner, Frederick Jackson. *The Significance of the Frontier in American History*. Ed. Harold P. Simonson, New York: Frederick Ungar, 1963.

Turner, Victor. *Dramas, Fields, and Metaphors: Symbolic Action in Human Society*. Ithaca: Cornell University Press, 1974.

————. *On the Edge of the Bush: Anthropology as Experience*. Ed. Edith L. B. Turner. Tucson: University of Arizona Press, 1985.

————. *The Ritual Process: Structure and Anti-structure*. New York: Aldine, 1969.

Wallace, Anthony F. C. Review of *Culture Theory*. Ed. Richard A. Schweder and Robert A. LeVine. In *The New York Times Book Review* 10 (Mar. 1985), 36.

泥土、镜子、化妆
——《幕间》中的阈限性和自反性

芭芭拉·A. 巴布科克（Barbara A. Babcock）

芭芭拉·A. 巴布科克，亚利桑那大学英语教授。她的教学和研究方向结合了象征人类学、民俗学和女权主义理论。作为维克多·特纳的学生，她出版了《可逆世界：符号的倒置》（*The Reversible World: Essays in Symbolic Inversion*）、《关于符号的符号：自我指涉的符号学》（*The Semiotics of Self-Reference: The Pueblo Storyteller*）、《普韦布洛讲故事的人：陶器形象的发展》（*The Pueblo Storyteller: Development of a Figurative Ceramic Tradition*）和《沙漠的女儿：女性人类学家和美洲西南部原住民》（*Daughters of the Desert: Women Anthropologists and the Native American Southwest*）等作品。

这些生活中奇特的间隙——我经历过很多——在艺术上是最富有成效的——一个人会在这些间隙中迸发灵感……

——弗吉尼亚·伍尔夫（Virginia Woolf），
《日记》（*Diary*），1929 年 9 月 16 日

镜子本身就是一种普遍的魔法工具，它能把事物变成景象，把景象变成事物，把我自己变成另一个人，把另一个人变成我自己。艺术家们常常对镜沉思，因为在这种"机械把戏"之下，他们认识到，这就像他们在透视技巧的把戏中所做的那样，看与被看的变形，这既定义了我们的肉体，也定义了画家的使命。

——莫里斯·梅洛-庞蒂（Maurice Merleau-Ponty），
《知觉现象学》（*The Primacy of Perception*）

那就承认写作仅仅是用墨水（在墨水中）工作吧，追问不论对男性还是女性写作都不可或缺的写作过程本身吧，推翻死人的工作成果吧。首先要有一对，其次两者构成缺一不可的整体，双方中不论哪方

都不能永远滞留于接连不断的斗争或排挤活动，要不然另一个就会死，两个不同的主体，必须在彼此不息的交流活动中获得无穷活力，只有从对方活生生那头才能认识自己，才能重新开始：这是多重而永不枯竭的进程，在彼此之内与之间，有着千百次碰撞与转化，就这样，女性成形了（男人也从中成形，不过那就是他自己的历史了）。①

——埃莱娜·西苏（Hélène Cixous），
《美杜莎的笑声》（*The Laugh of the Medusa*）

前言

这篇文章最初的标题是《制造奇观：〈幕间〉中的"化妆镜"》。这篇文章是 1974 年夏天，我为了参加在加州大学圣克鲁斯分校举行的弗吉尼亚·伍尔夫研讨会而写的。因被该研讨会拒绝，我将文章修改之后，于 1975 年 3 月在得克萨斯州奥斯汀的得克萨斯大学举行的表演美学：纪念约瑟夫·道赫提研讨会上宣读了这篇文章，当时最终定稿的题目是《镜子、面具和元小说：叙事自反性研究》，是我 1975 年完成的芝加哥大学博士论文的关键章节。因为我在芝加哥大学完成比较文学课程后，又跟随维克多·特纳从事人类学研究，所以我的研究范围远远超出了小说创作这一自成一体的世界，延伸到了自反性在所有人类交流和符号系统中的重要作用。尽管特纳从未将伍尔夫列为他最喜欢的作家之一，但鉴于他对阈限性的研究，特纳对我研究伍尔夫的间隙美学以及阈限性和自反性之间的联系这一命题特别感兴趣。[1] 在他生命的最后十年里，当他将注意力从部落仪式的阈限转向后工业社会的"类阈限"（liminoid）时，特纳在他的文章《文化框架和反思：仪式戏剧和景观》（1977）以及其他著作、讲座和研讨会中，都提到了人的镜式本质。[2]

与此同时，我从图书馆与文学转向了尘土飞扬的普韦布洛广场，对小丑表演、自反性和文化批判进行研究。对我而言，这种人类学转向的一个结果是，我当时完成的人类学论文和伍尔夫研究论文都没有发表。这些论文并没有正式出版，但是在被多家出版社和期刊进行审阅的过程中，它们以手稿的形式被广泛传播。在这些论文完成五年后，印第安纳大学出版社最终同意出版我的论文，而我因为忙于对普韦布洛的研究，没有时间去修改它们。由于我的论文被长期

---

① 此处采用米兰女士的译著《美杜莎的笑声》中的译文。［法］埃莱娜·西苏：《美杜莎的笑声》，米兰译，上海人民出版社，2023 年，第 24 页。——译者

而广泛地"非正式"出版，我的观点和论述在多个场合被其他人无偿使用，这让我感到很不愉快。从伍尔夫关于作者身份和匿名性以及"共同思考"（ROO，68）的角度来看，这本不算什么大事。在伍尔夫的时代，学术竞争还未如此激烈。然而在当下，学术界的竞争日益激烈，学术界对作者原创性的高度重视，这一境况导致了原作者在使用自己未经发表的材料时，也会被判定为挪用——这种弊端尤其对有创造力的女性造成了伤害。这让我处于尴尬境地，我必须在这篇文章中说明"这是在1974年写的，之前……"，以免我被指责"挪用"。

事实上，这篇论文的大部分内容是在1974—1975年写成的。然而，鉴于我自己的研究兴趣和伍尔夫学术研究在过去十五年中的变化——这些变化主要是由女权主义理论和实践带来的，我在论文中做了一些重要的增补和修订。学者们用女权主义理论阐释伍尔夫自传和大量的手稿材料，重塑了对伍尔夫的学术研究，并导致了对伍尔夫一次又一次的重读。……当在阅读、教授《幕间》及整理相关评论文章时，我积累了丰富的材料，决定重写论文。

我关注伍尔夫文本中的不确定性、互文性、对话性和自反性，但没有强调这种写作实践的政治性。她的间隙美学深深吸引着我，但我当时没有意识到这一间隙美学中的女权主义含义。直到我阅读了上面引用的西苏（Cixous）的论述，以及伊丽格瑞（Irigaray）的研究，正如伊丽格瑞对男性书写文本的评价那样，"女性必须被解读为互斥：在符号之内或它们之间，在已实现的意义之间，在字里行间……"（*Speculum*，22），我才理解伍尔夫试图做什么，我要描述什么，以及为什么这件事对我们俩都如此重要。"探索空隙和打断看似连续性的话语是伍尔夫最喜欢的策略之一：女性在那些角落里对父权中心论提出质疑"（Bowlby，165）。犹豫、中断和阈限中的反结构的世界，尤其是对于女作家来说，是一个反抗和修正的世界。"中断总是存在"（ROO，81），其原因不仅在于女性的生活本质，还在于"'中断'——'介于两者之间'——被反复地作为一种女权主义质疑当下结构的形式进行实践"（Bowlby，165）。[3]

除了结合最近阅读《幕间》的见解之外，我修订后的论文重新审视了阈限性和自反性以及两者之间的空间，并明确表达了其中一些女权主义的含义。自从写作这篇论文以来，我也发表了许多关于叙事自反性和不确定性的论文，收到了很多读者阅读后的评论意见。因为时间和论文篇幅有限，且没有读到一些有建设性的反馈意见，我没有再修订这篇论文，也没有在论文中对《幕间》的阐释史进行批判性回顾。

这最后一部"未完成"的小说被描述为"弗吉尼亚·伍尔夫所有作品中最

具象征意义的作品"（Daiches，124）和"对文学和历史叙事形式的无情的质疑与破坏"（Bowlby，147）。正如它的标题所暗示的那样，《幕间》无疑是她最具解构性的作品，其解构性体现在非本质主义的语言游戏、多声部性和伍尔夫对身份和统一自我概念的拒绝，以及对二元对立的分解和对空隙的坚持——"不完全在这里，也不完全在那里"（BTA，149）[4]。她的小说预见了德里达对不可确定物的关注，德里达在论文《柏拉图的药》（Pharmakon）中指出，"不可确定物虽然不符合传统哲学（二元）对立的分类方式，它仍然存在于其中，抵制和瓦解二元对立，但从未构成第三个术语，也从未引发推测性辩证法形式的解决方案"（Derrida，36）。

因此，《幕间》毫不意外地引起了非常多的对小说动作的构成及其含义的讨论。许多评论家坚持伍尔夫是唯美主义者这一刻板印象，不断将艺术与政治割裂开来，将这部小说解读为战争前夕她的审美愿景的胜利或失败——这些评论家在阅读小说时，会选择站在小说所质疑的统一和分离对立的一方或另一方。特兰斯（Transue）和茨沃德林（Zwerdling）最近的研究体现了这些极端的看法。伍尔夫本人会告诫大家不要说"他们是这个或那个"（MD，10），就像她同时代的女权主义评论家坚持认为的那样，不可以将伍尔夫的政治视野与她对小说的实验设计分割开来，伍尔夫写作的政治性恰恰体现在她的文本实践中（Johnstone，1987；Marcus，1987、1988；Moi，1985）。

正文

在小说《幕间》中，弗吉尼亚·伍尔夫对镜子进行思考，将镜子和一些能够反射物体的表面看作象征物，并将小说本身变成了反映创作过程的镜子。和华莱士·史蒂文斯（Wallace Stevens）一样，伍尔夫认为诗人的职责是研究和理解虚构世界。当她不创作虚构作品时，她会在日记、信件和评论性文章中写作关于虚构作品的内容——写她自己的和他人的作品。她的最后一部小说是"创作中的创作"，将创作与创作中的写作过程相结合，并使批评成为创作过程中不可或缺的一部分。[5]虽然《幕间》不像委拉斯开兹（Velasquez）的《宫娥》（画家展示绘画过程的名画）或纪德（Gide）的《伪币制造者》（经典的元小说）那样具有明确意义上的自反性，但它在描绘虚景的创造过程，考察艺术与生活，演员与观众，看与被看，过去、现在和未来，以及男性与女性的相互关系方面，仍然具有隐含的自反性。如同雷切尔·鲍尔比（Rachel Bowlby）和其他学者所指出的，文学表达、历史叙事和性别差异问题在伍尔夫的作品中是密不可分的（15）。[6]

弗吉尼亚·伍尔夫的所有小说都可以被视为"主要面向想象的镜子"。因为这些小说体现了感知过程和创作的过程，包括小说中出现的艺术家角色和小说中对艺术的讨论，并展现出明显的艺术自觉性（Hartman，1961：20），正如她在《达洛维夫人》中写的，"人们创造出生活中更美好的部分"（MD，61）。《幕间》是这种自反传统的巅峰之作。文字、书籍、镜子以及艺术的创造和再创造都被移到了舞台的中心。作者成为演员，书成为一座剧院，"戏剧即是本质"。[7]这种差异从标题本身就可见一斑，与她的其他小说标题不同，"幕间"是一个艺术术语。小说的"行动"发生在乡村露天历史剧演出之前、之间和之后；小说中的拉特鲁布女士创作的露天历史剧，其本身就包括对英国文学和英帝国历史的戏谑性模仿；整个小说很可能是对《仲夏夜之梦》的再创作，《仲夏夜之梦》也可能是莎士比亚以民间露天历史剧演出为镜的再创作。这种季节性的戏剧和节日反过来又是对古老的生育仪式的再创造或延续。[8]

《幕间》中的文字、书籍、历史剧、幻想（及失败的幻想）、女作家拉特鲁布小姐、她的观众以及写作的语言构成了伍尔夫对自己艺术的颠覆性推测。在这最后一部小说中，伍尔夫"直面她对认识世界过程的理解——如果不是循环论证，那么这正是对过程的意识"（Summerhayes，336—337）。这种无限回归的自我意识——这种对自我反思的认识——是对她自己的审美和审美补偿的局限性的一种隐含的批判。正如玛丽亚·迪巴蒂斯塔（Maria DiBattista）所指出的："《幕间》是一本最引人入胜、最具探索性的战争小说，这本小说以历史为主题，在一个战争的背景中，质疑艺术的有效性、书籍作为'心灵之镜'的局限性和幻想的力量"（1980：195）。

然而，评论家们过度关注伍尔夫小说中展现的第二次世界大战带来的破坏性后果、自我意识的消沉和自恋带来的负面后果，使得他们往往忘记了"尽管创作是一项严肃的事业，但创作总会有一些滑稽的地方。并且写作也有一种与之相匹配的滑稽精神……"（Bruner，1973：17）。这点在对弗吉尼亚·伍尔夫的批评中体现得尤为明显。在《罗杰·弗莱传》中，伍尔夫喜欢"与词语嬉戏"和"在间隙时刻'化妆'"，她知道如何玩弄镜子。[9]在我们将她自我意识的技巧视为无关紧要的胡闹之前，我们可能需要考虑，"从一项任务中区分或抽象出自己，转过来看自己的表现，也就是说，看到自己、自己的表现与他人的表现有所不同"，这种能力是"严肃游戏"的一个主要先决条件——创造力的一种状

态。(Bruner，1972：5)

在《幕间》中，弗吉尼亚·伍尔夫提醒人们在战争年代（战争元素被过多关注了）关注思维的奥秘，关注创造力严肃又有趣味的两个方面，关注生育、出生以及死亡和毁灭。小说是对叙事本身的一种有趣的反思，并且这种自反性具有原始性和生成性，小说的开头和结尾都是她对传统叙事框架的模仿。小说的开头：

> 那是一个夏天的夜晚，他们坐在有窗户朝向花园的大房间里，谈论着污水池的事。① (BTA, 9)

小说的结尾：

> 这是世界上还没有修路盖房时的夜晚。这是穴居先民从哪个高地的巨石之中审视世界的夜晚。然后大幕升起来了。他们说话了。② (BTA, 219)

在这种对立叙事和倒置叙事中，这种大房间和污水池的组合，洞穴住所和乡间别墅，过去和现在的结合，以及结束转变为开始，也为这部小说建立了一个阈限框架。[10]

这种阈限框架，不仅出现在伍尔夫的小说中，还出现在我们这个时代一些最有趣的"小说"上。这些"小说"和博尔赫斯（Borges）、巴特（Barth）、科塔扎（Cortazar），以及近期的西苏、伊丽格瑞和威蒂格（Wittig）的作品一样，都揭示了作者本身的创作偏好，这些作者都在玩弄语言的可能性，享受文学模仿的乐趣。创作游戏本身在于表达作者用语言结构对我们与现实之间的干预，与此同时，还为我们提供了现实的新可能性（Levine, 234）。除此以外，正如朱莉娅·克里斯蒂娃（Julia Kristeva）对符号实践的颠覆性研究那样，创作游戏还可能会促进新的批评的产生。在回顾她自己的批评实践时，克里斯蒂娃指出："可能只有女性，才能尝试接受那个巨大的挑战，将理性的追求推向男性主导的符号冒险的极限"（1980：x）。

但是这些镜子、间隙和阈限是如何关联的，它们又是如何与性别有关的呢？首先，《幕间》向人们传达了这样一种认知，即"任何能够反思的人都认识到，在一个人的经历之间存在空虚和孤独的空间，[并且]也许这些空隙是反思的产

---

① 此处采用谷启楠先生的译著《幕间》中的译文。[英]弗吉尼亚·伍尔夫：《幕间》，谷启楠译，人民文学出版社，2022年，第1页。——译者

② 此处采用谷启楠先生的译著《幕间》中的译文。[英]弗吉尼亚·伍尔夫：《幕间》，谷启楠译，人民文学出版社，2022年，第172页。——译者

物，或者至少是反思的结果"（Bruner，1973：60）。其次，这部小说表达了一种信念，即行动之间的空间与行动本身一样重要，也是经验的一部分；"话语必须穿插停顿、沉默，才能被理解"；"最深刻的理解，尤其是人与人之间的理解，往往来自话语之后的沉默"（Ong，187）。正如玛丽·道格拉斯和特纳所证明的那样，介于各种结构系统或分类现实的类别之间的东西，与那些符合我们结构系统或分类的东西一样重要——也许在象征意义上更为重要。从这个角度来看，《幕间》"在某种意义上，在男性创作留下的空间中，发展了一种更具原创性和更具女性特质的创作"（Simmel，76）。

在关于《岁月》（*The Years*）的日记中，弗吉尼亚·伍尔夫写道："我想我知道我该如何引入插曲——我是说沉默的空间"（AWD，252）。三年后，当她开始写作《幕间》时，这个概念设计变得如此精练，以至于沉默似乎意味着"在口头思考的行为之间，真正发生的事情"（Richter，229）。这种沉默和空间的美学在伍尔夫的早期小说中，及她对小说的批判性写作中也显而易见。早在1919 年的《小说解剖学》（*The Anatomy of Fiction*）中，她在谈到简·奥斯汀时指出，在奥斯汀的小说中，"在整个故事之外，在字里行间，某种小巧的形态会自己浮现出来"（GR，54）。1938 年 4 月，在《波因茨宅》（*Pointz Hall*）的手稿中，叙述者观察到：

> 那种感觉在滑过一个词与另一个词之间的空隙，就像两块石头之间的一朵蓝色花朵。
>
> 何等的时光广度，何等的人们的情感之河……在那些言论的岛屿之间流淌；让那个老人孤独地停留在他的岛上；他们停留在他们的岛上。[11]

也许最重要的是，在一篇关于斯特恩（Sterne）的文章中，伍尔夫因为斯特恩"对沉默而不是言语的兴趣"，称赞他为"现代作家的先驱"，伍尔夫为间隙空间和自反性之间建立了联系：斯特恩没有写出的东西，让我们"问问我们自己内心的想法"，并思考斯特恩说了什么，以及我们应该怎样去填补空白（CRII，71）。她在《俄国人的观点》（*The Russian Point of View*）这篇文章中，同样将不可决定性、不确定性、分类混淆和自反性联系起来（CR，177—187）。当奥兰多以男人的身份入睡并以女人的身份醒来时，这种空间是自反性的，因此具有滑稽的颠覆性。他/她的传记作者观察到，"正是他的踌躇破坏了我们的叙述，在这一刻，就像是叛乱分子攻占了堡垒，我们的军队也造反了"（O，80）。用特纳的话来说，这样的阈限人物和空间"打破了惯例习俗，释放了不同的声音"(1967:106)。在玛丽·道格拉斯的观点中,"污垢"即异常、模棱两可,"污垢"邀请我们"转过身去面对那些构建了我们周围整个文化的类别,并认识到它们是虚构的、人造的、专横的创造物"(200)。

镜子在世界各地被用来象征状态之间,个人行为以及社会经验行为之间的过渡时刻。当刘易斯·卡罗尔(Lewis Carroll)让爱丽丝(Alice)通过作为世界之间通道的镜子时,他只是在践行这个被广为接受的——也许不是普遍的——信念,即镜子代表了世界之间的界限。在我们的文化和许多其他文化中,镜子都是一种象征,既代表了世界之间过渡的时刻(因此,当一个人死亡时,要遮住镜子,以保护他的灵魂免受伤害,直到身体被妥善埋葬),又代表了以一种倒置和放纵的方式,实现用一个世界来评论另一个世界的可能性。后者表现为小丑或丑角往往会使用镜子,以及在整个旧世界的节日中,小丑和一些跳舞的角色往往会佩戴小镜子。正如格拉布斯(Grabes)在他对中世纪和文艺复兴时期镜子意象的重要研究中所论述的那样:

> 镜子不仅是表达多种道德和物质感知模式的一种特别强大的载体——更重要的是,作为一种可以明显地"重塑"任何其他对象的物体,镜子是一种诗意创造力的典范,根据焦尔达诺·布鲁诺的说法,这种创造力在不同之处察觉到统一,从而表达了普遍的类比。(255)[12]

伍尔夫在她的《一间自己的屋子》(*A Room of One's Own*)中讽刺性地表达了她对这种镜子力量的认识,这是她对女性自恋的常见观念的颠覆性论述,常常被研究者引用:

> 几千年来妇女都好像用来做镜子的,有那种不可思议、奇妙的力量能把男人的影子反照成原来的两倍大。假使没有这种力量,这世界只怕还全是森林沼泽。……不论它们在文明社会里的用处是什么,对于所有激烈、勇壮的行动镜子总是必需的。……因为她一说实话,镜子里的影子就缩一点,他对人生合格的成分就减少一点。……这镜子的幻影是绝对重要,因为它推动生命力,刺激神经系统。把它取消,男人也许会死,就像把鸦片烟鬼的烟拿走一样。①(35—36)

如果没有这种力量,"地球将遍布沼泽和丛林",这表明自反性对于任何系统的建构都是必不可少的。但是,正如《幕间》所表明的那样,反之亦然。因

---

① 此处采用王还先生的译著《一间自己的屋子》中的译文。[英]弗吉尼亚·伍尔夫:《一间自己的屋子》,王还译,上海人民出版社,2008年,第48—49页。——译者

此，我们不能仅仅将自反性局限在结构的建构中——自反性是解构、批判、重塑和反复重塑的工具，使得人们精心编织的、固定的结构能够从高楼大厦回到沼泽、泥泞的土地，回归到更自然、更原始的状态。历史剧结束后，拉特鲁布小姐饮下了自己的失望，"一些单音节词"沉入泥土，"泥土变得肥沃了"。"她放下酒杯，她听见了第一句台词"①（BTA，212）。

从以上所有方面来看，镜子都与伍尔夫阈限小说的背景和主题相契合。从最宏大的历史背景到最微小的个体经历，每一个叙事语境或叙事层次都是一个间隙空间。例如，第一次世界大战和第二次世界大战之间的时期；十年之间的过渡时刻，1939 年 6 月；仲夏日，夏至或太阳运行的转折点；历史剧演出之间的时刻；口语词汇之间的空间。这些都是伍尔夫作品中的间隙空间。同样，从作者和读者的角度来看，小说创作的环境也可以被描述为间隙空间。如前所述，小说的大部分是她在写作《罗杰·弗莱传》的间隙时刻写成的。而对于读者来说，"整部小说实际上是一场发生在读者阅读之前和之后的，读者阅读行为之间的盛会"（Graham，200）。

这部小说的叙事主题，也具有间隙性或不确定性的特质，如贾尔斯（Giles）和伊莎（Isa）夫妻间爱恨交织的关系，过去、现在和未来的时间混淆，两性冲突以及历史剧角色之间的相互关系，睡梦与清醒、思想与言语、主观（私人）与客观（公共）自我之间的转换，诗歌与散文、抒情的低语与刻板的命令、虚景与实景之间的相互渗透，后台与前台、演员与观众、幻觉与现实、历史与历史反思的混淆。在本文中，我并没有详尽地列出小说叙事中的这些间隙性的元素，还有无数这种被看作标题指代对象的间隙性元素，证明了这部小说在某种程度上，几乎每个方面都是介于固定阶段或类别之间的。伍尔夫设想了一个在行为之间徘徊的艺术世界，这个艺术世界"不完全在这里，也不完全在那里"（BTA，149），身处其中的观众，也会感到"他们既不是这个，也不是那个"②（BTA，178）。[13]

这种不确定性的主题也反映在小说本身的形式和写作语言中。伍尔夫在与自己和他人的对话中"尝试使用新方法"（AWD，359），传达了小说作为互文和间隙过程的概念。当她第一次勾勒出《幕间》时，她对自己做出了以下评论：

---

① 此处采用谷启楠先生的译著《幕间》中的译文。［英］弗吉尼亚·伍尔夫：《幕间》，谷启楠译，人民文学出版社，2022 年，第 167 页。——译者

② 此处采用谷启楠先生的译著《幕间》中的译文。［英］弗吉尼亚·伍尔夫：《幕间》，谷启楠译，人民文学出版社，2022 年，第 139 页。——译者

> 我正在策划一部新作品，只是别再将那巨大的负担强加于我，这是我的恳求。就让它随意些、机动些。……我恳求自己别制定一个计划，招来所有的庞然大物，逼使我那劳累的、没有信心的大脑去囊括另外一个整体——所有部分全集中在一块儿——这样的事一会儿也坚持不了。……但为了使自己开心，还是让我来说一说吧：为什么不把它叫做《波因茨邸宅》（后更名为《幕间》）呢？有一个中心，把所有的文学与真实、琐碎、不和谐生活中的幽默结合在一起来讨论；还有我想到的任何东西；但是要把"我"排除掉，代之以"我们"，最后它是否该向我们"召唤"？"我们"，那个由许多不同因素组成的整体……"我们"是所有生命，所有艺术，所有为社会抛弃的个人——一个闲散的，变幻不定的，然而又是统一的整体——即我的大脑此刻正在考虑的？英国的乡村，景致很好的老房子，女佣走过的梯田——穿行的人们——从强烈的情感到散文、事实——笔记——那永恒的不同与变幻！可不！我必须读罗杰了。[①]（AWD，289—290）

在与史蒂芬·斯宾德（Stephen Spender）的谈话中，伍尔夫认为：

> 我认为小说没有必须遵循的形式。我的想法是利用每一种形式，并将其整合融入特定的小说的统一性。没有理由认为小说不能部分地用散文写成，或者像戏剧一样在其中包含一些场景。我想创作一部融合了诗歌和戏剧的小说。我想尝试每一种形式，并将其纳入小说的范畴。（Spender，154）

除此之外，伍尔夫在发表于1927年的一篇文章《狭窄的艺术之桥》（The Narrow Bridge of Art）中，预言性地描述了她的最后一部小说：

> 那么，如果我们不怕别人奚落嘲笑，大胆地去试图发现我们似乎正在非常迅速地前进的方向，我们不妨推论：我们正在向着散文的方向发展，而且在十年至十五年内，散文将会具有过去从未有过的用途。那饕餮的小说已经吞噬了这么多的文艺形式，到那时，它将吞并更多的东西。我们将会被迫为那些冒用小说名义的不同的作品发明一些新的名称。而且在那些所谓的小说之中，很可能会出现一种我们尚未命名的作品。它将用散文写成，但那是一种具有许多诗歌特征的散文。

[①] 此处采用戴红珍、宋炳辉两位学者的译著《伍尔夫日记选》中的译文。［英］弗吉尼亚·伍尔夫：《伍尔夫日记选》，戴红珍、宋炳辉译，百花文艺出版社，2009年，第215—216页。——译者

> 它将具有诗歌的某种凝练，但更多地接近于散文的平凡。它将带有戏剧性，然而它又不是戏剧。它将被人阅读，而不是被人演出……①
> (GR，18)

这种不确定又包罗万象的美学，以及以"不协调因素的奇怪的混合体"（GR，18）、"饭渣、油渣和碎片"的形式在《幕间》中创造了"始终在变化发展的宇宙"（Stevens，1971，229），暗示了一种现象学的美学和形而上学——一种形式和意识形态的开放性。这是伍尔夫与女权主义者、相对主义者露丝·本尼迪克特（Ruth Benedict）互有交流后独特的写作视野，后者在撰写人类学经典著作《文化模式》（Patterns of Culture，1934）时阅读了《海浪》（The Waves）并对其大加赞赏。[14] 伍尔夫在1940年写作《幕间》时正在阅读《文化模式》："我正在阅读露丝·本尼迪克特的《文化模式》，我从它的内容中得到了太多的启发"（AWD，340）。小说中，历史剧演出结束时，一个响亮的匿名声音问道："再看看那面墙；问问自己，那面墙，那面被我们叫作（也可能失误地叫作）'文明'的墙，怎么由像我们这样的饭渣、油渣和碎片去建设呢？"② （BTA，188）小说中这种叙述，呼应了本尼迪克特关于文化的支离破碎的观念，即文化是一个将不同的元素组合和重组的过程。这种叙述同时表明了伍尔夫对感知过程和创造过程的坚持，以及她对任何限制性、界定性模式的拒绝。

《幕间》中的阈限形式、拼凑和多声部模式似乎是对以"他的"句子开头的各种男性化结构的刻意批判。伍尔夫质疑克莱夫·贝尔（Clive Bell）的"有意味的形式"（significant form）概念，并且质疑贝尔和罗杰·弗莱在1910年至1925年关于艺术的著作中坚持艺术与生活彻底分离的纯粹形式主义和自足美学倾向。她用"我们"来替代"我"，并唤起"在户外唱歌的声音"，这个声音没有主人，时而是男人，时而是女人（Silver，1979：382）。这是伍尔夫对牛津剑桥文化所暗示的男性权威、原创性和阶级特权的批判。[15] 相比之下，伍尔夫呈现了一场由"某某小姐"编剧和导演的，由母牛和滴答声，"那些化妆镜和灌木丛里的说话声"③（BTA，213）填补间隙的业余乡村历史剧表演。用特纳的观点来

---

① 此处采用翟世镜先生的译著《普通读者》中的译文。［英］弗吉尼亚·伍尔夫：《普通读者》，翟世镜译，上海译文出版社，2022年，第288—289页。——译者

② 此处采用谷启楠先生的译著《幕间》中的译文。［英］弗吉尼亚·伍尔夫：《幕间》，谷启楠译，人民文学出版社，2022年，第148页。——译者

③ 此处采用谷启楠先生的译著《幕间》中的译文。［英］弗吉尼亚·伍尔夫：《幕间》，谷启楠译，人民文学出版社，2022年，第168页。——译者

看，结构已经被反结构取代；用克里斯蒂娃的观点来看，这部小说中的象征界（symbolic）秩序被母性/女性符号态（semiotic）破坏和重塑，重新回到了母性空间（chora）。①[16]

这部小说的每个方面，都反映了这种符号/象征互动的表意实践（signifying practice）的特征。在角色和叙事行动层面上的一个例子是"统一主义者"露西·斯威辛（Lucy Swithin）和她的兄弟、"分离主义者"巴塞洛缪·奥利弗（Bartholomew Oliver）之间反复出现且未完成的对话，对话就像留声机的最后一句话一样，结束得不明不白："留声机的声音仍在潺潺流淌：团结——离散。它说：团……离……然后停止了"②（BTA，201）。伍尔夫嘲笑剧作家拉特鲁布（La Trobe）小姐对间离的恐惧、对连接的焦虑，并且嘲讽她"热衷于组织活动"③（BTA，58），因为这些体现了拉特鲁布小姐对象征界的过度认同和对女性的否认。在第一个幕间休息时，伍尔夫描述了拉特鲁布小姐因为观众要求进行下午茶而将演出打断时的气愤心理：

> "见鬼！混蛋！他妈的！"拉特鲁布女士很气愤，她的脚趾碰上了树根。这是她失败的地方，该幕间休息了。当初她在自己的小楼里写下这个冗长而含混的剧本时，曾经同意演到这里中断一下；她简直是观众的奴隶——不得不考虑桑兹太太提的意见——关于下午茶，关于正餐；她已经把这场戏从这里截成了两段。她刚培养起来的感情就得中断了。④（BTA，94）

并且在这一幕间休息结束，演员们没有按时上场，观众开始闲聊时，拉特鲁布小姐更加焦虑：

> 在那边的树后，拉特鲁布女士生气地咬着牙。她把剧本手稿攥成一团。演员们耽误了时间。每一分钟观众们都在挣脱绞索，分裂成碎

---

① 朱莉娅·克里斯蒂娃以拉康提出的"象征界"代表与父权文化相连的理性秩序、历时性的线性时间观念以及同一性；克里斯蒂娃本人提出的"符号态"指与女性、自然密切相关的原始阶段；母性空间则位于符号态和象征界的中间地带，是一种混沌、无界限的空间。——译者
② 此处采用谷启楠先生的译著《幕间》中的译文。[英] 弗吉尼亚·伍尔夫：《幕间》，谷启楠译，人民文学出版社，2022年，第159页。——译者
③ 此处采用谷启楠先生的译著《幕间》中的译文。[英] 弗吉尼亚·伍尔夫：《幕间》，谷启楠译，人民文学出版社，2022年，第45页。——译者
④ 此处采用谷启楠先生的译著《幕间》中的译文。[英] 弗吉尼亚·伍尔夫：《幕间》，谷启楠译，人民文学出版社，2022年，第74页。——译者

片和碎块。①(BTA, 122)

拉特鲁布小姐为了维持她历史剧表演的完整性，就像拉姆齐（Ramsey）夫人的做媒一般，"过度期待事物最终的统一，忽略了事物的独立性"（Hartman 1961：31）。相比之下，伍尔夫的语气以及她对小说中每个间隔的无限扩展和利用，是在警告我们不要——就像许多人所做的那样——将作者的美学与她小说中剧作家的美学等同起来。与拉特鲁布小姐对碎片的恐惧相反，弗吉尼亚·伍尔夫"永远不会失去异想天开的能力和错过发掘危险的魅力的机会"，她面对碎片的诅咒可能会采取这样的态度："我的天哪，是碎片！"[17]此外，正如杰弗里·哈特曼（Geoffrey Hartman）提醒我们的那样："每个艺术家都在抗拒他［她］自己的愿景。然而，这种抵抗只能发生在虚构的空间中，并且需要创造一件艺术作品，这件艺术作品本身就是对艺术家自身的隐含批判。"（1961：231）

《幕间》是弗吉尼亚·伍尔夫对连续性进行质疑的高潮。就好像她一生都在努力克服事物之间的空间，只有在反思时才意识到真相或现实同样存在于中断中，存在于彼此之间的时刻，这些中断和间隙时刻与统一时刻同样重要。与拉特鲁布小姐相反，伍尔夫表达了一种愿意，在不确定中停留的意愿，以及认识到了只有在间隙空间，即"移动和静止/现在和过去之间"（Stevens, 1954：474）和"非理性的永恒空隙"（Borges, 115）中，才能保持想象力的活力。她使用空白空间作为过渡，打断她的每一个序列，形成单词之间的间隙。就像雕刻家亨利·摩尔发现的那样："洞中的孔隙将一侧连接到另一侧，会立即使其变得更加立体"（Bruner, 1973：22）。弗吉尼亚·伍尔夫意识到这个悖论：空白空间、中断和镜子既是维持故事连续性的手段，也是打破故事连续性的手段。

J. 希利斯·米勒（J. Hillis Miller）在评论《幕间》中的话语实践时，质疑间隙是否可能隐藏了一个关于存在的积极的真理，并指出"女性可能特别能够穿透由男性利己主义编织而成的虚假的面纱，去寻找这一真理并表达这一真理，如从泥土中升起的拉特鲁布小姐的新剧"（229）。尽管米勒承认间隙的力量，但米勒并不像女权主义理论家那样，认为女性别无选择，只能居住在这些站不住脚的、不稳定的"空隙"中——对女性来说，坚实的地面并不是她们可用的地面。在《女游击队》（Les Guérrillieres）这部小说中，它明确地揭示了被伍尔夫隐藏在文本深处的暴力（Jardine, 232），莫尼克·威蒂格（Monique

---

① 此处采用谷启楠先生的译著《幕间》中的译文。［英］弗吉尼亚·伍尔夫：《幕间》，谷启楠译，人民文学出版社，2022年，第95页。——译者

Witting)断言,女性的语言"恰好在你们的主人无法用他们的话来填补的间隔中显现出来。可以在间隙中被发现,在所有不是他们话语的延续的地方……"(112—113)。正是女性的句子在男性话语结构中无法被理解或被听到这一事实,"赋予了伍尔夫'中间'的力量和更大的开放性,她在作品中经常使用开放式的结构和未完成的句子,来表达对传统男性主导语言的挑战和颠覆,和对女性语言的肯定和赞美"(Bowlby,170)。

《幕间》与伍尔夫的其他小说在结构上有着明显的不同。在她的其他小说中,故事的各个部分通常通过精心设计的过渡连接在一起,读者可以在这些过渡中慢慢地、自然地从一个场景过渡到另一个场景。正如罗森伯格所说的,"旅行者徘徊在被奇妙地铸造的桥梁上"(Rosenberg,219)。然而,在《幕间》中,这些过渡则被省略了,故事的各个部分(场景)被空白隔开。在小说中,斜体用于区分从历史剧语言到普通语言的突然转变。这两个层次是如此混乱,以至于除了字体不同之外,几乎没有什么可以将它们分开。历史剧场景对主要文本的镜像包括对其漏洞和间隙的强调:在第二幕中,有时时间不够,导演省略了一个场景,"她请求观众们想象,在那段时间里"①(BTA,141)。伍尔夫使用省略号和斜体来强调语言的不连续性和不确定性。当她实际上没有创造一个带有语音标记的空间时,她会在主语和动词或动词和宾语之间插入短语和从句来创造一个空间,如小说的第一句话:"那是一个夏天的夜晚,他们坐在有窗户朝向花园的大房间里,谈论着污水池的事"②(BTA,3)。除了嵌入的句子,对话——无论是对话还是"孤独中的独白"、场景描述以及剧本都是支离破碎的,以至于人们几乎会和拉特鲁布小姐一起咆哮,"哎呀,这些干扰简直太折磨人了!"③(BTA,79)有时,当叙述由与语境分离的短语直接拼凑而成时,这些短语或引语可能来自叙述者自己,也可能来自其他的文学作品,它们之间没有明显的连续性,也就不能被中断。与沃尔特·本杰明(Walter Benjamin)一样,伍尔夫通过将片段从语境中撕下来并重新排列,"掠夺"了历史和文学的权威与传统。"通过引用,她试图颠覆历史对女性的刻板印象与压迫"(Marcus,1988:75)。[18]

---

① 此处采用谷启楠先生的译著《幕间》中的译文。[英]弗吉尼亚·伍尔夫:《幕间》,谷启楠译,人民文学出版社,2022年,第110页。——译者
② 此处采用谷启楠先生的译著《幕间》中的译文。[英]弗吉尼亚·伍尔夫:《幕间》,谷启楠译,人民文学出版社,2022年,第1页。——译者
③ 此处采用谷启楠先生的译著《幕间》中的译文。[英]弗吉尼亚·伍尔夫:《幕间》,谷启楠译,人民文学出版社,2022年,第61页。——译者

西苏曾指出，对于女性来说，写作是一种自由、一种飞翔，也是一种偷窃行为；"女性是鸟和盗贼"（1983：291）。

正如我之前的讨论所暗示的那样，这些空间和中断也起到了镜子一样的作用，因为它们构成了一种叙事的自我评论形式。通过破折号和括号，叙述者不仅打断了句子，她还对她刚刚说过的或报道过的话，以及她继承的男性句子的结构进行了评论。这种与自我和自我文本的对话的作用，是将我们的注意力从被叙述的内容转移到叙述过程本身。另外，对其他作家和典故的引用，构成了与其他文学文本的对话，并在叙事中创造了一个互文空间，既评论原始文本又评论现在的叙事场景。小说中普遍存在的讽刺（包括自我讽刺）是伍尔夫的互文对话的反面表现形式。更严肃的互文——报纸文章、反复提及的普罗克尼（Procne）和菲洛墨拉（Philomela）、无数鸟类图像——就像希腊悲剧中的合唱团一样，讲述了一个关于强奸、沉默、不得不以其他方式写作的故事，以及"这些混声像小鸟在风的间歇中歌唱"（CR，30）的故事。[19]

除了对她使用语言的方式进行的隐含评论之外，伍尔夫还通过对词语的反复评论，明确地描述了她的做法。与她小说中的艺术家角色伊莎·奥利弗和拉特鲁布小姐不同，伍尔夫既没有隐藏她的艺术，也没有隐藏她的存在。元叙事通常体现在对小说人物和历史剧演员的口头和非口头语言进行评论。或者，它可以不考虑任何说话者，以对词语本身的论述的形式出现，来讨论语言的危险性和可能性。伍尔夫一次又一次地评论诗意的或非指涉性的语言的用意，并试图唤起它们的符号学意义。在小说的第一个场景中，词语被描述为一种由于词语本身而被品味的东西："她们一边推车，一边聊天——既不是制造信息弹丸，也不是相互出主意，而是在嘴里搅动词语，就像用舌头搅动糖块；糖块融化成透明状时，发散出粉红色、绿色和甜味"①（BTA，10）。在历史剧开始前的那一刻，我们被警告，"今天下午，词语结束了平躺在句子里的状态。它们站了起来，咄咄逼人，向你挥起了拳头"②（BTA，59）。在历史剧结束时，拉特鲁布小姐哀叹她的"失败"并在喝酒中寻求安慰，我们想起了语言的原始的、创造性的力量："一些单音节词落进泥土里。她昏昏欲睡，她不时点着头。泥土变得肥沃了。词语往上升，升得很高，超越了那几头驮着难忍的负重艰难前行的无言

---

① 此处采用谷启楠先生的译著《幕间》中的译文。［英］弗吉尼亚·伍尔夫：《幕间》，谷启楠译，人民文学出版社，2022年，第6页。——译者

② 此处采用谷启楠先生的译著《幕间》中的译文。［英］弗吉尼亚·伍尔夫：《幕间》，谷启楠译，人民文学出版社，2022年，第46页。——译者

的公牛。没有意义的词语——神奇的词语"①（BTA，212）。

除了打破语法、对话和叙事的顺序之外，伍尔夫还明确批评语言的线性和顺序排列。例如，在露西·斯威辛提到"我刚才一直在谷仓里，往墙上钉布告牌"之后，伍尔夫就在接下来的创作中，直接打破了对话中的重复和固定顺序：

"第一声响过后，你会听见第二响；第二响过后，你会听见第三响。"因此，当伊莎一听见斯威辛太太说"我刚才一直在谷仓里，往墙上钉布告牌"，就知道她下一句该说：

"是演露天历史剧用的。"

而他则会说：

"是今天演吗？见鬼，我都给忘了！"

"如果晴天的话，"斯威辛太太接着说，"他们会在台地上演……"

"如果下雨的话，"巴塞罗缪接着说，"会在谷仓里演。"

"天气会怎么样呢？"斯威辛太太接着说，"是下雨还是晴天？"

［这场讨论天气会下雨还是晴天的谈话，模仿了《到灯塔去》中拉姆齐夫妇在的著名对话。］

一连七个夏天，每到夏天伊莎都会听到这几句话，关于锤子和钉子，关于露天历史剧和天气。每年他们都说，会下雨呢还是会晴天呢；而每年都是——要么下雨要么晴天。同样的钟声接着同样的钟声，不过今年她在钟声下面还听见："那姑娘尖叫起来，并用锤子砸他的脸。"②（BTA，21—22）

［这句打断了可预见的话语的引义，来自前面提到的关于军营强奸案的报纸，在这里是一种互文的手法。］

另一种显性的嵌入式的元叙事，是小说中的人物在小说里历史剧进行中发表的实时评论。最引人注目的是 G．W．斯特里特菲尔德牧师在历史剧结束时的评论。叙述者顽皮地想象了他对历史剧中"信息"令人困惑的"解释"和"总结"，并以祈祷词开头："啊，上帝，保护我们不被污秽的词语亵渎，保护我们免受不纯净的词语污染！我们有什么必要非用词语来提醒自己呢？我就一定是

---

① 此处采用谷启楠先生的译著《幕间》中的译文。［英］弗吉尼亚·伍尔夫：《幕间》，谷启楠译，人民文学出版社，2022 年，第 167 页。——译者
② 此处采用谷启楠先生的译著《幕间》中的译文。［英］弗吉尼亚·伍尔夫：《幕间》，谷启楠译，人民文学出版社，2022 年，第 15—16 页。——译者

托马斯，你就一定是珍妮吗？"①（BTA，190）当他为"解决我们老教堂的照明问题"进行募捐呼吁时，他的话被打断了："这个词被断成了两半。是嗡嗡的声音打断的。十二架飞机排成整齐的阵容，像一队飞翔的野鸭，朝着他们的头顶上方飞来。原来他刚才倾听的音乐就是这声音。观众张大嘴；观众凝望着。嗡嗡声变成了隆隆声。"②（BTA，193）由此，伍尔夫将她对自己创作媒介不足的讽刺性评论，以及她对语言的深深不信任，与对观众的观察以及观众对戏剧及其背景的观察结合起来。用军工复合体的"音乐"打断斯特里特菲尔德的父权陈词滥调，这是一个双重颠覆性的举动。

能够展现显性的嵌入式的元叙事最好的例子之一，体现在伍尔夫对历史剧第二幕以下场景的描述中，我们能够清楚地看到描述中出现了词语之间创建的空间和镜像，语言现实层次的混乱，以及直接和间接的叙事自我评论：

因为舞台上空无一人；必须把刚才煽起来的情感继续下去；而唯一能使其继续的手段就是那支歌，可是歌词却听不见。

"大点声！大点声！"她紧握拳头吓唬他们。

掘地、深挖（他们唱道），栽树篱，开渠，我们往前走。……夏天和冬天，秋天和春天又来临……一切都过去了，可是我们，一切都变了……可是我们永远不变……（微风阵阵，不时打断歌词。）

"大点声！大点声！"拉特鲁布女士着急地喊。

宫殿纷纷倒塌（他们继续唱道），巴比伦、尼尼微、特洛伊……

歌词逐渐消失了。只有几个伟大的名字飘过长空——巴比伦、尼尼微、克吕泰墨斯特拉、阿伽门农、特洛伊。然后风大了，在沙沙的树叶声中，就连这些伟大的名字也听不见了；观众坐在那里睁大眼睛看着唱歌的村民，村民的嘴一张一合，可是没出来声音。

舞台上空无一人。拉特鲁布女士靠在树上，近于瘫痪。她的力气已经消失了。她的前额上突然渗出汗珠。幻想失败了。"这就是死亡，"她念叨着，"死亡。"

然后，就在幻想逐渐消失的时候，那些奶牛突然承担起了重任。其中一头母牛刚失去小牛，它惊诧地睁大月亮般的眼睛，适时地抬起

---

① 此处采用谷启楠先生的译著《幕间》中的译文。[英]弗吉尼亚·伍尔夫：《幕间》，谷启楠译，人民文学出版社，2022 年，第 150 页。——译者
② 此处采用谷启楠先生的译著《幕间》中的译文。[英]弗吉尼亚·伍尔夫：《幕间》，谷启楠译，人民文学出版社，2022 年，第 152 页。——译者

头,高声吼叫。所有的母牛都睁大月亮般的眼睛,向后甩头。它们一头接一头发出了渴望的叫声。全世界都充满了无言的渴望。那是远古的声音,在当前的瞬间听起来格外响亮。然后整个牛群都受到了传染。它们用力摆着像通条那样脏的尾巴,把头甩得很高,扬起后蹄,奔窜吼叫,好像厄洛斯已经把箭埋进它们的腹肋,刺激着它们,让它们发怒。那些母牛消灭了舞台的空白,缩短了距离,填补了空虚,延续了刚才的情感。[①](BTA,139—141)

这种彼此之间缺乏联系的语言,就像台词"饭渣、油渣和碎片"那般,矛盾地成了(也许不是)连接的方式。但如果不是语言之间的连通性,那又是什么呢?大自然既破坏又拯救了这个特定的文化表演,但这比历史剧表演本身更复杂,在文中并非无足轻重。一头母牛因为失去它的小牛而咆哮,填补了戏剧外的情绪上的空白。长角的母牛是作为保护者的伟大母亲最常见的形象,它在希腊神话中以伊娥(Io)的形象出现,在埃及神话中以哈索尔(Hathor)的形象出现,古埃及生育女神伊希斯(Isis)源于哈索尔的形象(Walker,180—182)。在后来的图像学研究中,伊希斯经常被描绘成牛头人身的形象。这个远古的声音也可以理解为德墨忒尔(Demeter)在呼唤她的女儿珀尔塞福涅(Persephone)。事实上,整部小说都是与女神形象相关的神话元素的底本,其中包括阿尔忒弥斯(Artemis)、忒弥斯(Themis)和朱诺(Juno)等。小说中间接出现的典故引发了对母性符号(maternal semiotic)和女性的生育力量的思考,同时,这些间接的典故体现了女作家重新收集父权文化的碎片——将"文本下方的'空隙或歌声'的功能与女性联系在一起"(Kristeva,1986:97)的作用。"她将单词放在一页纸上,释放了丰富的母性"(Marcus,1987:16)。正如伊芙琳·哈勒(Evelyn Haller,114)所观察到的那样,伊希斯是"稳定的、赋予生命的女性因素……而法老们来来去去,她的兄弟和配偶每年都会死去,随着尼罗河的泛滥而重生为荷鲁斯,但伊希斯始终永恒存在,仍然是生命之源"。哈勒还认为,伍尔夫出于个人和政治原因选择了"避开男性主导的思想体系,转而采用最古老、最持久、最连贯的女性神话:伊希斯的神话所启示的思想"(113)。[20]

弗吉尼亚·伍尔夫自反性地使用语言、文学和神话,在微观层面上反映了《幕间》小说中的戏剧:"我们在阅读小说时,就像是在观看一场戏剧,成为这

---

① 此处采用谷启楠先生的译著《幕间》中的译文。[英]弗吉尼亚·伍尔夫:《幕间》,谷启楠译,人民文学出版社,2022年,第108—110页。——译者

场戏剧的观众。而在小说中,小说的角色(观众)也在观看他们自己的戏剧,这个戏剧反映了他们自己。"正如安·威尔金森(Ann Wilkinson)指出的那样,就像"将镜子对着镜子,看到倒影从缩小到无穷大"(152)。这种"内部复制"的最直接形式,即"现实和虚构层面的象征性洗牌"是戏中戏(Livingstone,405)。历史剧、小说、戏剧和仲夏盛会中的季节性生育仪式,这些元素在艺术表现上是无穷无尽的,它们在小说的行动(情节发展)之间交织,形成了一种深度的视觉效果,既是深度视觉的创造,也是对单一现实镜像或再现的批判。正如伍尔夫对拉特鲁布小姐评价的那样,"她总是刚写完一个剧本就计划下一个剧本了"(BTA,63)[1]。在戏中戏的背后,小说中每个镜面对母神崇拜和母系仪式的反映,以及所发起的伊希斯仪式——特别是伊希斯之星升起时庆祝的六月节日——也是对男性视角的批判。当尼罗河的水开始随着这个仪式而上升时,河岸上的游行队伍以伊希斯的名义展示了镜子,这个场景"类似于波因茨宅大厅中镜子舞的场景和精神"(Haller,1983:116—117;BTA,183ff)。

在伍尔夫的仲夏历史剧表演,以及一般的节日表演中,人们"习惯性地通过在艺术与生活之间的过渡,巧妙地在两者之间转换,来凸显艺术与生活之间的差异"(Barber,141)。就像她非常钦佩的伊丽莎白时代的剧作家一样——她在完成《幕间》时指出,"我的'更理想的生活'几乎完全是伊丽莎白时代的戏剧"(AWD,365)——她把历史剧放在舞台上,从艺术与生活之间、真实与虚构之间的不协调中创作出喜剧。就像她小说中间隙的作用一般,这种不协调的历史剧也是一种通向统一和深度的手段,"因此,戏剧不仅成为小说中的统一原则,而且还成为一个图解式,描绘了艺术、生活和历史如何在小说内外被创造出来的统一过程"(Wilkinson,154)。拉特鲁布小姐的历史剧,剧名为《男性视角下的生命观》,是一面多重镜子,其中直接反映了男性和女性关系的问题。构成这部历史剧演出的三场剧目可以被解读为对莎士比亚、康格里夫、吉尔伯特和沙利文的戏仿,本质上都是关于两性之间的爱情的戏剧(Naremore,233)。但更重要的是,在对英国文学的粗略模仿中,这部民间戏剧,如同波顿的戏剧一样,反向反映了作者在典故、引述和戏仿中对过去文学的策略性使用,这是她的小说戏剧中一种普遍存在的创造性或诗意手法。

同样,演员们在"公开攀登审美幻觉之窗"(Barber,151—152)中"不加

---

[1] 此处采用谷启楠先生的译著《幕间》中的译文。[英]弗吉尼亚·伍尔夫:《幕间》,谷启楠译,人民文学出版社,2022年,第49页。——译者

批判的想象力",以及他们在半途中陷入困境,都戏剧化了背景与前景、后台与前台、过去与现在的混淆。这就是《幕间》所产生的对复杂生活进行戏剧化反映的效果。在主题和小说意义的对立解读中,伍尔夫成功地混淆了人物和背景,虽然大多数评论家将历史剧表演之前、之间和之后的情节视为主要内容,但戴奇斯(Daiches)将历史剧表演视为小说中的主要内容。但哪个是现实,哪个是现实的反映?难道我们关注的焦点不是两部剧本身的相互关系,又反过来反映了我们自己与小说之间的关系吗?

这种间隙美学更深刻的含义是一种宇宙构成元素的等价性和可互换性:人与动物、男性与女性、现实与想象、演员与观众、生活与艺术。"所涉及的是……通过使微观世界和宏观世界成为整体现实的相互面,排除相互敌对的对立面,对现实生活进行重新解释"(Livingstone,394)。伍尔夫通过镜子和内部复制,批评了自己小说中的辩证结构,并创造了一种"平衡的不确定性",即她与读者之间无休止的对话。正如她在上一篇文章《读者》(The Reader)中所说的那样,《幕间》是"一个没有结论的世界"(Silver,1979:429)。

然而,与不关注阈限和反结构阴暗面的特纳不同,伍尔夫对这样一个世界中令人恐惧的模糊性和卑贱化(abjection)[①]有着深刻的认识。在半小时茶歇期间,贾尔斯沿着小路去往谷仓,在路上踢着一块锋利的石头:

> 在那边,有个什么东西趴在草丛里,盘成一个橄榄绿色的圆圈,原来是一条蛇。它死了吗?没有,它嘴里叼着一只癞蛤蟆,喘不上来气。蛇无法吞咽,癞蛤蟆也死不了。癞蛤蟆由于剧烈的疼痛而收紧了肋条,鲜血渗了出来。这很像动物生育时的情景,只不过颠倒了——可怕的逆转。于是他抬起脚,朝它们踩下去。那一团东西立时就被踩烂了,滑到了一边。他的网球鞋的帆布面上沾满了黏稠的鲜血。但这是他采取的行动。行动使他感到解脱。他大步走向谷仓,鞋上全是血迹。[②](BTA,99)

[①] abject 在法语中指令人讨厌的、唾弃的、卑贱的,abjection 作为名词,字面意思是卑贱、卑贱化。茱莉娅·克里斯蒂娃在《恐怖的权力:论卑贱》中,将 abjection 描述为一种被抛弃的状态,或者自我和他者、主体和客体之间的界限被打破时的感觉。同时,克里斯蒂娃指出,"使人卑贱的并不是清洁或健康的缺乏,而是那些搅混身份、干扰体系、破坏秩序的东西,是那些不遵守边界、位置和规则的东西,是二者之间、似是而非、混杂不清的东西"。参见〔法〕茱莉亚·克里斯蒂瓦:《恐怖的权力:论卑贱》,张新木译,生活·读书·新知三联书店,2001年,第6页。——译者

[②] 此处采用谷启楠先生的译著《幕间》中的译文。〔英〕弗吉尼亚·伍尔夫:《幕间》,谷启楠译,人民文学出版社,2022年,第77页。——译者

像所有阈限符号一样，这个场景是极其多声和多义的，值得对其本身进行细致的分析。蛇和蟾蜍"天生"是模棱两可的。在埃及神话中，青蛙或蟾蜍是胎儿的象征。蛇则无处不在，被认为是母神的象征，人们普遍认为月经是由与蛇交配引发的（Walker，903—909）。橄榄绿圆环暗示了这是一条衔尾蛇，尤其可能象征着神话中在德尔斐的衔尾蟒蛇。桑德拉·沙特克（Sandra Shattuck）指出："从神话层面解读，贾尔斯暴力行为就像阿波罗杀死德尔斐的蟒蛇，暗示了'从母系秩序到父系秩序过渡'的可能性"（290）。这种可能性也解释了贾尔斯踢石头的行为，如果将这些"史前"石头解读为前希腊女神忒弥斯的象征——她教导洪水后的幸存者通过将"母亲的骨头"（即石头）丢在身后，重新填满大地（Walker，990—991）。如果从朱莉娅·克里斯蒂娃的观点来看，那么可怕的逆转、暴力和血迹斑斑的网球鞋，象征着贾尔斯面对母性时的卑贱化——颠倒的分娩。①"一些扰乱身份、系统、秩序，不尊重边界、位置、规则"的事物反而是生命的保障——用特纳的观点来解释，就是这些打破规则的东西是"所有结构的堡垒和起源"（*Dramas*，*Fields*，*Metaphors*，202）和"文化创新的温床"（"Liminal to Liminoid"，60）——但同样会"导致卑贱"（Kristeva，1982：4）。[21]

伍尔夫创造了一个像拉特鲁布小姐的历史剧那样不确定的世界，为观众或读者创造了一个进入想象和再创造的空间——这个空间也是一个令人不安、令人沮丧的"洞穴"。这种矛盾体现在曼瑞萨夫人身上，她姿态粗俗，但却让人感受到了她神采飞扬的魅力。她违反礼仪的粗俗行为，就像伍尔夫违反当时公认的小说惯例一样，"她的姿态很粗俗，她整个人都很粗俗，外出野餐竟如此风流，如此打扮。然而那是多么令人向往的至少是宝贵的品质啊，因为她一开口说话大家都感觉到了：'她说了，她做了，而我没有'；大家都可以利用她违背礼仪的机会，利用这一股刮进来的新鲜空气去效仿她，像一群跳跃的海豚跟在破冰船的后面"②（BTA，41）。这里体现了《幕间》中的双声话语和女性主义的互文，弗吉尼亚·伍尔夫将她的朋友、作曲家埃塞尔·史密斯（Ethel Smyth）描述为像曼瑞萨夫人一样，"如同一艘铁甲舰……破冰船、枪手一般的'砸窗户的人'"，二者都体现了一种反叛精神，小说中的海豚则被认为是母神忒弥斯的

---

① 从克里斯蒂娃的观点来看，主体为了进入象征界，必须打破母子同一和谐的状态，面对母亲时会转为排斥的心理、会采取排斥行为。这意味着贾尔斯在面对母性时，感到了深深的恐惧和排斥，并且通过暴力行为体现了他的恐惧和排斥心理。——译者

② 此处采用谷启楠先生的译本《幕间》中的译文。［英］弗吉尼亚·伍尔夫：《幕间》，谷启楠译，人民文学出版社，2022年，第31页。——译者

象征（Walker，313—314）。[22]

人们通常认为，读者并不会对具有强烈自反性色彩的艺术作品感兴趣。但伍尔夫却成功吸引到了读者。那么，伍尔夫的艺术创作是如何转向自身的，并且又是如何让读者参与其中的呢？首先，读者与作品本身的自反性"共同玩弄着虚构的现实"（Nelson，175），即读者通过阅读和解读作品，可以参与到艺术的创造过程中。更具体地说，读者参与到艺术作品的阅读和解读过程中，是因为艺术作品的创造过程本身就是对所谓的理所当然的、不容置疑的事实或观念的质疑和挑战（Iser 1974：161）。这种创造游戏，如同镜子一般，否认了任何"可能赋予自我最终确定意义的目的论"，并迫使读者反思他自己的解释过程（Iser，1974：169—170）。克里斯蒂娃在1986年发表的论文中指出，"从这个意义上说，文本体验是主体可以允许自己进行的最大胆的、可以深入理解自我的探索之一"（Kristeva，1986：117）。

叙事自反性创造了不确定性的地方——文本中的空白或漏洞——读者必须用自己的想象力来填补这些空白，这些不确定的地方混淆了演员和观众、作家和读者之间的区别。[23]近期，马舍雷（Macherey）探讨了这种不确定性的地方中的政治含义，他认为文本中的沉默、空白和矛盾揭示了被意识形态禁止言说的东西。伍尔夫间接地指出了这一点，而克里斯蒂娃则直接指出（1977：519），女性是不被表现的、不被言说的，是存在于意识形态之外的。[24]不确定性促使我们去探索、开发和填补一个有意义的空间，从而说出文本中没有体现的东西。但是，一旦读者"进入文本，他［她］就会发现自己越来越被他［她］自己的审美倾向吸引……在这个过程中，这些文本特有的美学价值在于：读者无法完全理解文本内容，文本内容中的不确定性与未知性会引发读者深入思考他［她］自己想法"（Iser，1974：169—170）。一旦读者意识到她自己对文本中不确定性的探索热情，她就会意识到她自己的隐喻能力是无限的，读者阅读过程既对隐喻进行阐释，又产生新的隐喻（Culler，219—229）。

《幕间》中的叙事自反性既关乎作者的创作，也关乎读者在阅读文本过程中的再创作。这最后一部小说是伍尔夫对"创造性读者"（creative reader）这一概念的生动阐述——她相信在艺术交流中，读者或观众是其中必不可少的参与者。[25]这一概念的产生要归功于伊丽莎白时代的戏剧，因为"它不会让自己被动地阅读，它蔑视我们的先入之见，质疑我们习以为常的原则，它带领我们去阅读"（CR，48）。实际上，伍尔夫认为："我感觉伊丽莎白时代戏剧家的一半工作，都是由观众完成的"（CR，52）。正如布伦达·西尔弗（Brenda Silver）

所言，《幕间》这部小说可以看作作者和读者相互依赖的典范，体现了小说所主张的一种共同体模式（1977：291—298）。

正如小说中巴塞洛缪（Bartholomew）在历史剧演出开始之前告诉我们的那样，"我们的角色嘛，是当观众。同样是非常重要的角色"[①]（BTA，58）。在历史剧表演中，拉特鲁布小姐并不希望有观众存在："啊，要是能写一部不给观众看的剧本该多好呢——那才是纯粹的话剧"[②]（BTA，180）。然而就像小说《幕间》本身一样，她的历史剧中的结构，是需要观众存在的，"她让每个人都有事干"[③]（BTA，58）。当拉特鲁布小姐在历史剧的最后一个寓言场景"镜中折射"中，将镜子对向观众时，这部小说 - 戏剧[④]（novel-drama）实现了将艺术作品视作一面镜子，观众/读者作为参与者在其中看到自己（Richter，238—239）的理念，这是一种自反性叙述：

> 看啊！他们从灌木丛那边过来了——什么样的人都有。小孩子？小鬼——小精灵——恶鬼。他们手里拿着什么？罐头盒？卧室的蜡烛台？旧罐子？哎呀，那是牧师宅里的大穿衣镜！还有那个小镜子——我借给她的那个，是我母亲的，上面有裂纹。这是什么意思？一切照得见人的光亮的东西，大概是要反映我们自己吧？

> 许多梳妆镜扫过来，掠过去，一闪而过，与人们嬉戏；它们跳动着，闪烁着，暴露着人们的形象。后排的观众们纷纷站起来看热闹。他们坐下时，也被镜子照到了，也看到了自己的形象……如此被暴露实在太可怕了！[⑤]（BTA，183—184）

将历史剧演出中的镜子转向观众，既不是嘲弄也不是想象力的失败，这是对现实和现实的反映的刻意而又精彩的混淆，或者用戈夫曼的话来说，这打破了完美的美学结构或者说任何封闭系统式的框架。这种无限反射的形式和意识形态的开放性，反对形式的封闭，反对激进的艺术与生活的分离主义，它是反

[①] 此处采用谷启楠先生的译著《幕间》中的译文。[英] 弗吉尼亚·伍尔夫：《幕间》，谷启楠译，人民文学出版社，2022年，第45页。——译者

[②] 此处采用谷启楠先生的译著《幕间》中的译文。[英] 弗吉尼亚·伍尔夫：《幕间》，谷启楠译，人民文学出版社，2022年，第141页。——译者

[③] 此处采用谷启楠先生的译著《幕间》中的译文。[英] 弗吉尼亚·伍尔夫：《幕间》，谷启楠译，人民文学出版社，2022年，第45页。——译者

[④] 伍尔夫在《狭窄的艺术之桥》一文中认为，未来的小说很有可能是带有诗意性和戏剧性的小说，《幕间》就是这样一部实验性作品。——译者

[⑤] 此处采用谷启楠先生的译著《幕间》中的译文。[英] 弗吉尼亚·伍尔夫：《幕间》，谷启楠译，人民文学出版社，2022年，第144—145页。——译者

传统美学的。镜子和间隙是一种间隙美学的标志，它提倡观众在表演中的参与感，将文学空间定义为"一个体现了写作者和阅读者之间的亲密关系的公开空间，写作者的表达能力和读者的理解能力之间的相互斗争揭示出了一个空间"（Blanchot，29）。诸如阈限的反结构方面之类的文本中的不确定性引发了阐释的过程，从而在统一性和差异性之间产生了张力。"阅读行为'创造'了一个世界，即呈现出来的作品，是建立在文本的确定性和读者对文本中不确定性内容的反应之间的"（Macksey，307）。正如约翰·杜威（John Dewey）所观察到的，如果没有这种再创作的行为，文本就不能被视为一件艺术作品。

小说中最能体现观众参与感的是，当其他人转身离开时，曼瑞萨夫人在作为道具的镜子中的"化妆"：

> 大家都在躲避，或者是遮挡自己——除了曼瑞萨太太以外，她正视着镜子里的自己，并利用这面镜子化妆；她拿出小镜子，往自己的鼻子上抹粉，并把被风吹乱的一缕卷发捋回了原来位置。
>
> "太棒了！"老巴塞罗缪喊道。只有她一个人维护了自己的身份，丝毫没有羞怯的表情；她面对着自己，连眼睛都不眨。她平静地往嘴唇上抹口红。① （BTA，186）

这种公开的展示与伊莎在小说第一幕中孤独的自我沉思形成鲜明对比，它暗示了一种与伊莎在账簿中乱写诗句，以避免被人阅读的截然不同的艺术观和语言观。伊莎意识到"正在说话的她进入了一种关系系统，该系统以他［她］的存在为前提，同时使他［她］变得开放和脆弱"（Merleau-Ponty，1971：24）。与曼瑞萨大人和伍尔夫不同，伊莎拒绝承担这个风险，她把她的诗歌限制在她的图书馆、她的账簿和她对自己的喃喃自语中。"照镜子的羞耻感"一直折磨着伍尔夫，让她无法"在公共场合补妆"（MB，68），但她在这些公开性和私人性的极端之间，走上了写作这条中间道路，并且意识到"写作就是向他人提供你的话，以便让他们和作者一起完成它"（Barthes，17）。尽管语言有其不足之处，但通过语言"我们能够重新理解自己、恢复与他人的联系，将我与自己与他人联系在一起"（Merleau-Ponty，1971：23），所以"'我们'取代了作为个体的'我'"（AWD，289）。在描述面对存在的瞬间带来的启示和震撼时，伍尔夫承认：

> 它是或将会变成关于某种秩序的启示；它是隐藏在表面背后的某

---

① 此处采用谷启楠先生的译著《幕间》中的译文。［英］弗吉尼亚·伍尔夫：《幕间》，谷启楠译，人民文学出版社，2022年，第146页。——译者

种真实事物的标志；我用语言把它变为现实。只有将其付诸语言，我才能使它完整；这种完整性意味着它已丧失了伤害我的力量。或许因为我这样做的时候便去除了痛苦，所以将分离的部分组合成整体会给我极大的乐趣。或许这是我所知道的最强烈的快乐。当我写作时获得的正是这种极度的欣喜，我似乎正在发现什么属于什么，正在使一种情景恰如其分，正在使一个人物聚合成形。我从中达到了一种我可以称之为哲学的道理。[①]无论如何，这是我的一个不变的想法；棉团背后隐藏着一个模式；我们——我的意思是所有人——都与此有关；整个世界都是一件艺术品；我们是艺术作品的一部分。（MB，72）

就像存在的瞬间是漫无边际的、反复无常但莫名统一的整体（AWD，290）的一部分一样，历史剧落幕时的镜子揭示了我们既不居住在私人世界，也不居住在公共世界，而是居住在一些模糊的、不断变化的中间地带（Naremore，228）。正如布伦达·西尔弗所指出的那样，伍尔夫在战争前夕迫切需要将创造的本能与自我保护和共同体生存的本能等同起来（1979：381）。最后一个直面自己的"镜中女郎"[26]，展现了在小说、历史剧等"心灵之镜"中创造与再创造之间无休止的戏剧创作，并戏剧化了发生在表演和其观众、小说和其读者之间的文本解释和自我解释的解释循环。[27]特纳将这种循环描述为共同体。在阅读了我在这篇论文的初稿中对作者和读者相互参与的讨论后，特纳提出："也许共同体的社会维度也是一种'反结构'，并存在于'自反性'之中……确切地说，共同体至少在其认知方面，是群体的自反性……每个人都是所有人的真实的镜子，这就是主体间的自反性"（1975年的个人交流，见"后文"）。特纳认为，存在的瞬间这种短暂的、无差别的共同体状态，既是所有结构的起源，也能够对所有结构进行修正，是社会关系的元结构（Turner，1969：131）。但早在伍尔夫或特纳用灌木丛中的镜子、象征之林等解释这种共同体状态之前，简·哈里森（Jane Harrison）就提出了相似的观点：艺术的起源是社会性的，而社会性意味着人类是一个集体。归根结底，道德和社会是统一的。我们已经看到合唱舞蹈产生于人类的集体情感，其本质是道德的；也就是说，它联合了人类的情感与道德，即艺术连接了人类的情感与社会（1913：218）。

因此，当小说的最后一句话落下帷幕时，我们很可能会和拉特鲁布小姐的观众一样发出疑问——"那历史剧到底是什么意思呢？"[28]

[①] 此处采用伍厚恺先生的著作《弗吉尼亚·伍尔夫：存在的瞬间》中的译文。伍厚恺：《弗吉尼亚·伍尔夫：存在的瞬间》，四川人民出版社，1999年，第43页。——译者

后文

五指湖
鹰河镇
威斯康星州
1975 年 8 月 4 日

亲爱的芭芭拉：

在瘦长的桦树和初生的橡树下，面朝淡绿色的湖水，我正在阅读你的论文，这篇论文让我感到惊奇和欣喜。我惊奇于你在许多被"积极"结构主义者麻醉的作品中看到了过程模式，我欣喜于我的"居于中间"观察生活的方式被你运用到对西方经典作品的阐释中。

如果你没有区分自反性和反思性，并指出自反性是一种对我们时代从批判性向后批判性转变的指示。我会批评你甚至是自我批评。回到自反性，自反性必须从原始的创作来源中寻找力量。还有哪里比中间、间隙（在弗吉尼亚·伍尔夫的作品中令人印象深刻地讨论过）更合适呢？这就是更加虔诚的马克思主义者和非现象学的结构主义者感到困惑的地方。因为你确实看到，这不是生活危机模式和狂欢模式之间非此即彼的问题，而是这些系统之间的差距和联合是创造性的，永远无法用语言把握。但对作家来说，总是可以尝试用语言去表达［这正是贝洛描述抵达欧洲时的情景——那么多被分类、被分级和被分层的领域］，在那里——正如埃迪在一首诗中所说——随机事件可能会发生。你让我陷入了一个"双重"的括号！

你对作者和读者（真实的和虚构的）在创作过程中的相互参与的强调（特别是在斯特恩和伍尔夫的作品中），使我认识到，也许我的另一个反结构维度，共同体的社会维度，存在于自反性中——毕竟它们可以涉及群体（他们自我反思）。至少在其认知方面，共同体恰恰是群体的自反性——打破了纳西索斯的圈套，而结构只是互惠、易货、交换、交易，不是自我主动地回归自身。在部落和农业社会的工作经历使我对这种主体间的自反性异常敏感，每个人都是所有人的真实镜子。人们不是二元对立的状态，而是一个集体。

因此，我们将人从机械的规则对其的束缚中解救出来……

最美好的祝福
维克

注解

文中用到的缩写：

AWD = *A Writer's Diary*

BTA = *Between the Acts*

CEII = *Collected Essays*, Volume 2

CR = *The Common Reader*

CRII = *The Second Common Reader*

CSF = *The Complete Shorter Fiction of Virginia Woolf*

GR = *Granite and Rainbow*

MB = *Moments of Being*

MD = *Mrs. Dalloway*

O = *Orlando*

ROO = *A Room of One's Own*

［1］关于对特纳作品中阈限、自反性以及二者相互关系的进一步讨论，参见巴布科克（Babcock）撰写的相关论文，如《自反性：定义与特征》《在空隙中起舞：阈限、自反性与间隙空间》《"艺术与万物共存"：维克多·特纳的文学人类学》，以及巴布科克和麦卡隆在 1987 年发表的论文。

［2］特纳与芭芭拉·迈尔霍夫（Barbara Myerhoff）和芭芭拉·巴布科克共同组织了这次跨学科的人类学会议，并一起关注文化表演的自反性维度。特纳没能看到由约翰·麦卡隆（John MacAloon）编辑的会议论文集《仪式、戏剧、节日、奇观：走向文化表演理论》（1984）的出版。这次会议还在 1976 年和 1978 年促成了两次美国人类学协会关于自反性的专题讨论会，随后会议成果分别由巴布科克和吕比进行了出版。

［3］关于伍尔夫作品中出现的打断、自我打断与女性主体的构成等更多内容，参见卡穆夫（Kamuf）的论文《工作中的佩内洛普：〈一间自己的屋子〉中的打断现象》。

［4］虽然没有具体谈及《幕间》，但陶丽·莫依（Toril Moi）认为"伍尔夫……似乎在实践我们现在称之为'解构'的写作形式"，并指出其中的许多相符合的特征（1985：9ff.）。她还表示，"结合德里达和克里斯蒂娃的理论……在未来似乎可以对伍尔夫进行女权主义式的解读"（15）。

［5］在《身为艺术家的批评家》中，奥斯卡·王尔德（Oscar Wilde）将批评描述为"创造中的创造"（1969：365）。

［6］莫依（1985）和马库斯（Marcus，1987、1988）做出了类似的断言。

［7］在《谚语集》中，华莱士·史蒂文斯（Wallace Stevens）指出"作者是演员，书就是剧院"（1971：157）。这句话的后半部分是对哈姆雷特在他为捉住克劳迪斯而发明的戏中戏的著名引用。

［8］有关季节性生育仪式和喜剧与其关系的更多信息，参见哈里森（1903、1912、1913、1921）、巴伯（Barber，1963）、詹姆斯（1961）和利特尔（Little，1977、1983）。

沙特克（Shattuck）曾言，伍尔夫的作品是对哈里森《行动中的古代艺术与仪式》"不可思议的回响"，"几乎可以说伍尔夫的作品是对哈里森研究的虚构改写。就好像伍尔夫提供了一个剧院，在上演哈里森的作品。在剧院里创造性的学术研究和创造性的写作相结合，努力解决有关艺术、社会、宗教、家庭、历史和战争的问题"（1987：278）。

［9］参见《伍尔夫日记选》："昨晚我又开始构思了：夏夜，一个完整的整体，这就是我的想法"（288）；1938年4月26日，星期二，"我正在这里草拟一本新作品。只是我恳求请不要再把那个巨大的负担强加给我。让它是随机的和试探性的，让我可以在一个早上完成，以便从《罗杰》中解脱出来"（289）；1938年10月6日，星期四，"我正在写《波因茨宅》，但我只能写一个小时。就像《海浪》一样，我非常喜欢它：《罗杰》让我头疼"（304）；1940年11月28日，星期六，在完成表演时，"我几乎每一页都写得很开心。这本书只是（我必须指出）在压力最大的时候，在写《罗杰》这一苦差事期间写的"（359）。

［10］"阈限性"一词表示通过仪式的中间阶段，源自范热内普，维克多·特纳于1964年将其引入美国人类学话语。直到1972年，它已被用来描述如此多的间隙现象，如从部落仪式到后现代戏剧。特纳觉得有必要引入术语"类阈限"（liminoid）来指代复杂工业社会中世俗休闲的类型和可供选择的模式，保留"阈限"（liminal）来描述小规模、稳定社会中神圣的、规定的仪式化过渡。他坚持认为，类阈限与仪式上的阈限相似但不相同。特纳首先在1972年"符号反转的形式"研讨会上发表论文的评论中做出了这种区分［后来发表在巴布科克所编一书中（1978：276—296）］，随后在"从阈限到类阈限"（Liminal to Liminoid）中对其进行了发展概述。这种区别从未真正流行起来——部分原因是"类阈限"这个词非常新；部分原因是特纳本人已经将"阈限"与部落仪式以外的

现象联系起来；在很大程度上是因为无论社会、历史或一般背景如何，各种"相互之间"现象之间的相似性大于它们的差异。出于以上这些原因，我在本文的其余部分使用了术语"阈限"而不是"类阈限"。

［11］ *Pointz Hall Typescript*, pp. 5 and 12. 引自里克特（Richter, 1970：229）。

［12］ 关于镜子的象征意义的研究，参见詹姆斯·弗雷泽（James Frazer）爵士的著作《金枝》（第203—204页）；关于傻瓜使用镜子的研究，参见威廉·威利福德（William Willeford）的著作《傻瓜与他的权杖：小丑及其观众研究》（第33—56页）；关于中世纪和文艺复兴时期镜子意象的研究，参见格拉布斯的著作《易变的镜子：中世纪与英国文艺复兴时期标题和文本中的镜子意象》；关于"从另一面"看镜子的女性主义观点，参见伊丽格瑞的著作《他者女人的窥镜》（1985a）和《此性非一》（1985b）。

［13］ 参见詹姆斯·纳雷莫尔（James Naremore, 234）。玛克辛·查斯坦（Maxine Chastaing）同样指出，在将伍尔夫的角色作为观众而非演员进行讨论时，这些角色都位于"行动之前、行动之中、行动之后"，并评价"伍尔夫的整个语料库都集中在这本《幕间》中"（88）。

［14］ 有关《文化模式》和《海浪》影响的进一步讨论，参见巴布科克的著作（出版中）。正如我的言论所暗示的那样，这两位具有"将生活重新思考成诗歌"的能力的女作家之间的相互影响还有待挖掘（CEII：191）。

［15］ 如上所述，伍尔夫在1938年首次勾勒这部小说时就设想了多声部并拒绝使用"我"，而使用"我们"。在她的《幕间》及未完成的散文《匿名者》和《读者》中，表达了许多关于艺术和创造力的本质是复数的、匿名的、多元的、雌雄同体的观点。这些由布伦达·西尔弗编辑出版（1979）。

［16］ "在任何语言中，"克里斯蒂娃主张，"存在一种先于意义和意指的异质性，……我们将这种性质称为符号态。"她从柏拉图的《蒂迈欧篇》中借用了术语"母性空间"（chora），"表示一种本质上流动的、极其临时的表达……在同时依赖又反抗的母性空间意义上，所有的话语都在母性空间中既对立又统一……符号态中的母性空间不过是主体产生和消亡的地方"（1986：93—95）。遵循柏拉图的用法，她将母性空间描述为"滋养和母体"。符号态既是象征界的先决条件，也能够重塑象征秩序。这种表述与特纳提出的阈限性/反结构/共同体和结构之间的辩证法惊人地相似。伍尔夫在《幕间》中，用诗意话语反复戏剧化地再现了符号态在象征界中的变化，词语不断地在语言的沃土中跳动着生成，

以及再现了象征的符号态和象征界之间界限的镜子的作用。关于镜像阶段和自恋,尤其是这一过程和伍尔夫的实践相关的女性自恋,还有很多值得挖掘的地方。

[17] 关于"日常生活的异想天开和危险的魅力"是弗吉尼亚·伍尔夫自己的说法,她在1918年评论了洛根·皮尔索尔·史密斯的《琐事》。引自哈夫利(Hafley,1954)。

她在给利顿·斯特拉奇(Lytton Strachey)的一封信中就他的《戈登将军的终结》发表了评论。引自迈克尔·霍尔罗伊德(Michael Holroy,1968,11:251)。

[18] 有关五颜六色的服装、拼凑和拼贴作为一种小丑表演和文化批判原则的进一步讨论,请参见巴布科克的文章《将我安排成混乱制造者:关于仪式小丑表演的碎片与反思》。

[19] 关于小说讽刺效果的讨论,涉及"对话主义"和"互文性"概念,参见朱莉娅·克里斯蒂娃的文章《巴赫金,词语,对话和小说》(Bakhtine, le mot, le dialogue et le roman),这篇文章收录在克里斯蒂娃1969年的著作《符号学:符义分析探索集》第143—173页。另参见赫尔曼·迈耶(Herman Meyer)的《欧洲小说中的引语诗学》(1968)了解文学引用的用途和功能,以及阿夫罗姆·弗莱什曼(Avrom Fleishman)在艾伦·弗里德曼(Alan Friedman)编辑的《弗吉尼亚·伍尔夫:传统与现代》(*Virginia Woolf: Tradition and Modernity*,1975)一书中,专门研究伍尔夫对文学引用和典故的运用。正如马库斯在其成果《小说〈幕间〉的创作来源》(1977)、《弗吉尼亚·伍尔夫与父权语言》(1987)、《艺术与愤怒:以女性视角阅读》(1988)中所展示的那样,关于伍尔夫作品中的互文性,以及伍尔夫将互文性运用于政治和美学的用途,还有很多值得探讨的地方。互文性是伊莱恩·肖瓦尔特(Elaine Showalter)所说的"双声话语"的一种模式,被用作一种特殊的女权主义策略,在故事中讲述被遗忘或被禁止的故事。然而,多年来对伍尔夫的误读证明,这种策略有时过于微妙。在这方面,参见马库斯对普罗克尼和菲洛墨拉神话的各种男性误读(1987:73—95),尤其可以参见杰弗里·哈特曼的文章《编织机中的声音》(1970:337—355)。

[20] 除了哈勒尔(Haller)在文章中讨论了伍尔夫对埃及神话的运用外,参见马库斯(1977、1987、1988)、罗森曼(Rosenman,1986)、穆尔(Moore,1984)和沙特克(1987)等人的著作,了解更多关于《幕间》中的神话来源和互文性的研究。

泥土、镜子、化妆——《幕间》中的阈限性和自反性 | 119

［21］正如克里斯蒂娃的"符号学"概念一样，关于与伍尔夫相关的"卑贱"还有很多值得研究的地方。她在《存在的瞬间》（Moments of Being, 1976）中的"过去的素描"，是对卑贱者的力量和恐惧的惊人的自传式描述。我注意到美野真纪子－平克尼（Makiko Minow-Pinkney）用克里斯蒂娃的理论阅读伍尔夫的作品，但我还没能解读她的弗吉尼亚·伍尔夫和主体问题（Brighton：Harvester Press, 1987）。

［22］伍尔夫在《女性的职业》中发表了这些关于埃塞尔·史密斯的言论，并被马库斯（1988：122—154）引用。

［23］"未定点"这个术语和概念首先由现象学评论家罗曼·英加登（Roman Ingarden）提出，参见《文学艺术的认知》（The Cognition of the Literary Work of Art）第50页及后续。英加登的这一概念随后在沃尔夫冈·伊瑟尔（Wolfgang Iser）的文章《小说中的不确定性和读者反应》（Indeterminacy and the Reader's Response in Prose Fiction）（1971：1—45）以及著作《隐含读者》（The Implied Reader, 1974）中得到了进一步的发展和有力的应用。

［24］这大概是平克尼（Pikney）在上述书中的论点。

［25］弗吉尼亚·伍尔夫的所有作品，无论是小说还是评论文章，都暗示了"有创造力的读者"的概念，他们不是微不足道的普通读者，她在《一个人应该如何读书？》（How Should One Read a Book?）中明确地描述了读者阅读这一"困难而复杂的阅读艺术"（CRIL：234—245）。

［26］《镜中的女士：反思》（The Lady in the Looking-Glass：A Reflection）是弗吉尼亚·伍尔夫于1929年在《哈泼杂志》（Harper's Magazine）发表的一篇关于镜子和知觉沉思的文章。

只有在镜子里"'女人自己'才会显露出来……镜子开始向她投射出一道亮光，似乎把她固定住了。这似乎是一种强酸，可以去除不必要的和肤浅的东西，只留下真相。这是一个令人着迷的奇观"。然而，赤裸裸的真相是空洞的和没有吸引力的，伍尔夫指出，"人们不应该把镜子挂在他们的房间里"（CSF, 219）。

［27］有关这种循环性富有启发性的研究，参见保罗·利科（Paul Ricoeur, 1973、1974）。

［28］我要感谢亚利桑那大学的两位参与弗吉尼亚·伍尔夫研讨会的研究生；感谢我的同事苏珊·艾肯（Susan Aiken），她鼓励我用不同的方式去阅读伍尔夫的作品；感谢杰伊·科克斯（Jay Cox）提供的研究方案和技术协助，这对我来说是无价之宝；感谢安妮特·科洛德尼（Annette Kolodny）为我提供的研究

和技术协助,以及她提供的范例,这使我得以继续前进;最重要的是,感谢基特·欣斯利(Kit Hinsley),他对这篇文章提供了很多批评指导。

参考文献

Apter, T. E. *Virginia Woolf: A Study of Her Novels*. New York: New York University Press, 1979.

Babcock, Barbara A. *Mirrors, Masks, and Metafiction: Studies in Narrative Reflexivity*. University of Chicago: Ph. D. Dissertation, 1975.

———. "Why Frogs Are Good to Think and Dirt Is Good to Reflect On." *Soundings* 58 (1975), 167–181.

———. "Reflexivity: Definitions and Discriminations." In Babcock, ed. (1980), pp. 1–14.

———. "'Arrange Me into Disorder': Fragments and Reflections on Ritual Clowning." In MacAloon, ed. (1984), pp. 102–128.

———. "Dancing on the Interstices: Liminality, Reflexivity, and the Spaces In-Between." Paper prepared for *The Work of Victor Turner: Past and into the Future*. American Anthropological Association Meetings, Denver, November 17, 1984.

———. "Reflexivity." In *The Encyclopedia of Religion*. Ed. Mircea Eliade. New York: The Free Press, 1987, pp. 234–238.

———. "'The Arts and All Things Common': Victor Turner's Literary Anthropology." *Comparative Criticism* 9 (1987), 36–46.

———. "'Not in the Absolute Singular': Re-reading Ruth Benedict." In *"Necessary Researches": Women Anthropologists and the Native American Southwest*. Ed. Babcock and Parezo. Albuquerque: University of New Mexico Press (in press).

Babcock, Barbara A., ed. *The Reversible World: Symbolic Inversion in Art and Society*. Ithaca: Cornell University Press, 1978.

———. *Signs About Signs: The Semiotics of Self-Reference*. Semiotica 30 (1980).

Babcock, Barbara A., and John J. MacAloon. "Victor W. Turner (1920–1983): Commemorative Essay." *Semiotica* 65 (1987), 1–27.

Barber, C. L. *Shakespeare's Festival Comedy: A Study of Dramatic Form in Relation to Social Custom. New York: World Publishing Co., 1963.

Barthes, Roland. "Littérature et signification." Tel Quel 16 (1964).

Basham, C. "Between the Acts." Durham University Journal 52 (1959), 87 – 94.

Bazin, Nancy Topping. Virginia Woolf and the Androgynous Vision. New Brunswick: Rutgers University Press, 1973.

Beck, Warren. "For Virginia Woolf." In Forms of Modern Fiction. Ed. William Van O'Connor. Bloomington: Indiana University Press, 1962, pp. 229 – 239.

Benedict, Ruth Fulton. Patterns of Culture. Boston: Houghton Mifflin, 1934.

Bennett, Joan. Virginia Woolf: Her Art as a Novelist. New York: Harcourt, Brace and Co., 1945.

Bersani, Leo. "Proust and the Art of Incompletion." In Aspects of Narrative: Selected Papers from the English Institute. Ed. J. Hillis Miller. New York: Columbia University Press, 1971, pp. 119 – 142.

Blanchot, Maurice. L'Espace littéraire. Paris: Gallimard, 1955.

Borges, Jorge Luis. Other Inquisitions, 1937 – 1952. New York: Simon and Schuster, 1964.

Bowlby, Rachel. Virginia Woolf: Feminist Destinations. Oxford: Basil Blackwell, 1988.

Brace, Marjorie. "Worshipping Solid Objects: The Pagan World of Virginia Woolf." Accent 4 (1944), 246 – 251.

Bruner, Jerome S. "Nature and Uses of Immaturity." American Psychologist 27 (1972), 1 – 22.

————. On Knowing: Essays for the Left Hand. New York: Atheneum, 1973.

Chastaing, Maxime. La philosophie de Virginia Woolf. Paris: Presses Universitaires de France, 1951.

Cixous, Hélène. "The Laugh of the Medusa." In The Signs Reader: Women, Gender, and Scholarship. Ed. Elizabeth Abel and Emily K. Abel. Chicago: University of Chicago Press, 1983, pp. 279 – 297.

Courtney, Richard. "A Dramatic Theory of Imagination." New Literary History 2 (1971), 445 – 460.

Culler, Jonathan. "Commentary." New Literary History ("On Metaphor") 6

(1974), 219-229.

Daiches, Davis. *Virginia Woolf*. Norfolk, Conn.: New Direction Books, 1942.

Derrida, Jacques. "Positions." *Diacritics* 2 (1972), 35-43.

DiBattista, Maria. *Virginia Woolf's Major Novels: The Fables of Anon*. New Haven: Yale University Press, 1980.

Douglas, Mary. *Purity and Danger: An Analysis of Concepts of Pollution and Taboo*. Middlesex: Penguin Books, 1970.

DuPlessis, Rachel Blau. *Writing Beyond the Ending: Narrative Strategies of Twentieth-Century Woman Writers*. Bloomington: Indiana University Press, 1985.

Eisenberg, Nora. "Virginia Woolf's Last Word's on Words: Between the Acts and 'Anon.'" In *New Feminist Essays on Virginia Woolf*. Ed. Jane Marcus. Lincoln: University of Nebraska Press, 1981, pp. 253-266.

Fish, Stanley E. *Self-Consuming Artifacts: The Experience of Seventeenth-Century Literature*. Berkeley: University of California Press, 1972.

Fleishman, Avrom. "Virginia Woolf: Tradition and Modernity." In *Forms of Modern British Fiction*. Ed. Alan Warren Friedman. Austin: University of Texas Press, 1975, pp. 133-164.

————. *Virginia Woolf: A Critical Reading*. Baltimore: Johns Hopkins University Press, 1975.

Fox, Stephen D. "The Fish Pond as Symbolic Center in *Between the Acts*." *Modern Fiction Studies* 18 (1972), 467-473.

Frazer, Sir James. *The New Golden Bough*. Ed. Theodor H. Gaster. New York: The New American Library, 1964.

Freedman, Ralph. *The Lyrical Novel: Studies in Herman Hesse, André Gide, and Virginia Woolf*. Princeton: Princeton University Press, 1963.

Freedman, Ralph, ed. *Virginia Woolf: Revaluation and Continuity*. Berkeley: University of California Press, 1980.

Friedman, Alan. *The Turn of the Novel: The Transition to Modern Fiction*. New York: Oxford University Press, 1966.

Friedman, Alan Waner, ed. *Forms of Modern British Fiction*. Austin: University of Texas Press, 1975.

Fussell, B. H. "Woolf's Peculiar Comic World: *Between the Acts*." In *Virginia*

Woolf: *Revaluation and Continuity*. Ed. Ralph Freedman. Berkeley: University of California Press, 1980.

Gillespie, Diane Filby. "Virginia Woolf's Miss La Trobe: The Artist's Last Struggle against Masculine Values." *Women and Literature* 5 (1977), 38 – 46.

Grabes, Herbert. *The Mutable Glass*: *Mirror-Imagery in Titles and Texts of the Middle Ages and English Renaissance*. Cambridge: Cambridge University Press, 1982.

Graham, John. "Time in the Novels of Virginia Woolf." *University of Toronto Quarterly* 18 (1949), 186 – 201.

Guiguet, Jean. *Virginia Woolf and Her Works*. New York: Harcourt Brace Jovanovich, 1965.

Hafley, James. "A Reading of *Between the Acts*." *Accent* 13 (1953), 178 – 187.

―――. *The Glass Roof*: *Virginia Woolf as Novelist*. Berkeley: University of California Press, 1954.

Haller, Evelyn. "Isis Unveiled: Virginia Woolf's Use of Egyptian Myth." In *Virginia Woolf*: *A Feminist Slant*. Ed. Jane Marcus. Lincoln: University of Nebraska Press, 1983, pp. 109 – 131.

Harrison, Jane Ellen. *Prolegomena to the Study of Greek Religion*. Cambridge: Cambridge University Press, 1903.

―――. *Themis*: *A Study of the Social Origins of Greek Religion*. Cambridge: Cambridge University Press, 1912.

―――. *Ancient Art and Ritual*. London: Henry Holt, 1913.

―――. *Epilegomena to the Study of Greek Religion*. Cambridge: Cambridge University Press, 1921.

Hartman, Geoffrey H. "Virginia's Web." *Chicago Review* 14 (1961), 20 – 32.

―――. *Beyond Formalism*: *Literary Essays, 1958 – 1970*. New Haven: Yale University Press, 1970.

―――. *The Fate of Reading and Other Essays*. Chicago: University of Chicago Press, 1975.

Holroyd, Michael. *Lytton Strachey*: *A Critical Biography*. Vol. II. New York: Holt, Rinehart and Winston, 1968.

Ingarden, Roman. *The Cognition of the Literary Work of Art*. Trans. Ruth Ann Crowley and Kenneth R. Olson. Evanston: Northwestern University Press, 1973.

Irigaray, Luce. *Speculum of the Other Woman*. Ithaca: Cornell University Press, 1985.

————. *This Sex Which Is Not One*. Ithaca: Cornell University Press, 1985.

Iser, Wolfgang. "Indeterminacy and the Reader's Response in Prose Fiction." In *Aspects of Narrative: Selected Papers from the English Institute*. Ed. J. Hillis Miller. New York: Columbia University Press, 1971, pp. 1–45.

————. *The Implied Reader: Patterns of Communication in Prose Fiction from Bunyan to Beckett*. Baltimore: Johns Hopkins University Press, 1974.

James, E. O. *Seasonal Feasts and Festivals*. New York: Barnes and Noble, Inc., 1961.

Jardine, Alice. "Pre-texts for the Transatlantic Feminist." *Yale French Studies* 62 (1981), 220–236.

Johnson, Manly. *Virginia Woolf*. New York: Frederick Ungar Publishing Co., 1973.

Johnstone, J. K. *The Bloomsbury Group: A Study of E. M. Forster, Lytton Strachey, Virginia Woolf, and Their Circle*. New York: The Noonday Press, 1954.

Johnstone, Judith L. "The Remediable Flaw: Revisioning Cultural History in *Between the Acts*." In *Virginia Woolf and Bloomsbury: A Centenary Celebration*. Ed. Jane Marcus. Bloomington: Indiana University Press, 1987, pp. 253–277.

Kamuf, Peggy. "Penelope at Work: Interruptions in *A Room of One's Own*." *Novel* 16(1982), 5–18.

Kelley, Alice van Buren. *The Novels of Virginia Woolf: Fact and Vision*. Chicago: The University of Chicago Press, 1973.

Kristeva, Julia. "Bakhtine, le mot, le dialogue et le roman." In Kristeva, *Semeiotikè: Recherches pour une semanalyse*. Paris: Editions du Seuil, 1969, pp. 143–173.

————. *Polylogue*. Paris: Editions du Seuil, 1977.

————. *Desire in Language*. Ed. Leon S. Roudiez. New York: Columbia University Press, 1980.

————. *Powers of Horror: An Essay on Abjection*. New York: Columbia University Press, 1982.

————. *The Kristeva Reader*. Ed. Toril Moi. New York: Columbia University Press, 1986.

Levine, George. "Realism Reconsidered." In *The Theory of the Novel: New*

Essays. Ed. John Halperin. New York：Oxford University Press，1974.

Little, Judy. "Festive Comedy in Woolf's *Between the Acts*." *Women and Literature* 5(1977), 26 – 37.

_____. *Comedy and the Woman Writer*：*Woolf Spark and Feminism*. Lincoln：University of Nebraska Press, 1983.

Livingstone, Leon. "Interior Duplication and the Problem of Form in the Modern Spanish Novel." *PMLA* 73 (1958), 393 – 406.

MacAloon, John J., ed. *Rite, Drama, Festival, Spectacle*：*Rehearsals Toward a Theory of Cultural Performance*. Philadelphia：ISHI Press, 1984.

Macherey, Pierre. *A Theory of Literary Production*. London：Routledge and Kegan Paul, 1978.

Macksey, Richard, ed. *Velocities of Change*：*Critical Essays from MLN*. Baltimore：Johns Hopkins University Press, 1974.

Marcus, Jane. "Some Sources for *Between the Acts*." *Virginia Woolf Miscellany* 6 (1977), 1 – 3.

_____. *Virginia Woolf and the Languages of Patriarchy*. Bloomington：Indiana University Press, 1987.

_____. *Art and Anger*：*Reading Like a Woman*. Columbus：Ohio State University Press, 1988.

Marcus, Jane, ed. *New Feminist Essays on Virginia Woolf*. Lincoln：University of Nebraska Press, 1981.

_____. *Virginia Woolf*：*A Feminist Slant*. Lincoln：University of Nebraska Press, 1983.

_____. *Virginia Woolf and Bloomsbury*：*A Centenary Celebration*. Bloomington：Indiana University Press, 1987.

Merleau-Ponty, Maurice. *The Primacy of Perception and Other Essays*. Ed. James M. Edie. Evanston：Northwestern University Press, 1964.

_____. "The Prose of the World." *Tri-quarterly* 20 (1971), 9 – 32.

Meyer, Herman. *The Poetics of Quotation in the European Novel*. Princeton：Princeton University Press, 1968.

Miller, J. Hillis, "*Between the Acts*：Repetition as Extrapolation." In *Fiction and Repetition*：*Seven English Novels*. Ed. J. Hillis Miller. Cambridge：Harvard University

Press, 1982, pp. 203 – 231.

Modern Fiction Studies 18 (1972). "Virginia Woolf Number."

Moi, Toril. *Sexual/Textual Politics: Feminist Literary Theory*. London: Methuen and Co., 1985.

Moody, A. D. *Virginia Woolf*. Edinburgh: Oliver and Boyd, 1963.

Moore, Madeline. *The Short Season Between Two Silences: The Mystical and the Political in the Novels of Virginia Woolf*. Boston: George Allen and Unwin, 1984.

Naremore, James. *The World Without a Self: Virginia Woolf and the Novel*. New Haven: Yale University Press, 1973.

Nelson, Lowry Jr. "The Fictive Reader and Literary Self-Reflexiveness." In *The Disciplines of Criticism: Essays in Literary Theory, Interpretation, and History*. Ed. Demetz, Greene, and Nelson. New Haven: Yale University Press, 1968.

Ong, Walter J. *The Presence of the Word: Some Prolegomena for Cultural and Religious History*. New York: Simon and Schuster, 1970.

Panken, Shirley. *Virginia Woolf and the "Lust of Creation": A Psychoanalytic Exploration*. Albany: State University of New York Press, 1987.

Preston, John. *The Created Self: The Reader's Role in Eighteenth-Century Fiction*. London: Heinemann, 1970.

Richter, Harvena. *Virginia Woolf: The Inward Voyage*. Princeton: Princeton University Press, 1970.

Ricoeur, Paul. "The Model of the Text: Meaningful Action Considered as a Text." *New Literary History* 5 (1973), 91 – 120.

―――. "Metaphor and the Main Problem of Hermeneutics." *New Literary History* 6 (1974), 95 – 110.

Rosenberg, Stuart. "The Match in the Crocus: Obtrusive Art in Virginia Woolf's Mrs. Dalloway." *Modern Fiction Studies* 13 (1967), 211 – 220.

Rosenman, Ellen Bayuk. *The Invisible Presence: Virginia Woolf and the Mother-Daughter Relationship*. Baton Rouge: Louisiana State University Press, 1986.

Ruby, Jay, ed. *A Crack in the Mirror: Reflexive Perspectives in Anthropology*. Philadelphia: University of Pennsylvania Press, 1982.

Schaefer, Josephine O'Brien. *The Three-fold Nature of Reality in the Novels of Virginia Woolf*. The Hague: Mouton, 1965.

Sears, Sallie. "Theatre of War: Virginia Woolf's *Between the Acts*." In *Virginia Woolf: A Feminist Slant*. Ed. Jane Marcus. Lincoln: University of Nebraska Press, 1983.

Shanahan, Mary Steussy. "*Between the Acts*: Virginia Woolf's Final Endeavour in Art." *Texas Studies in Language and Literature* 14 (1972), 123 – 138.

Shattuck, Sandra D. "The Stage of Scholarship: Crossing the Bridge from Harrison to Woolf." In *Virginia Woolf and Bloomsbury: A Centenary Celebration*. Ed. Jane Marcus. Bloomington: Indiana University Press, 1987, pp. 278 – 298.

Silver, Brenda R. "Virginia Woolf and the Concept of Community: The Elizabethan Playhouse." *Women's Studies* 4 (1977), 291 – 298.

———. "'Anon' and 'The Reader': Virginia Woolf's Last Essays." *Twentieth Century Literature* 25 (1979), 356 – 441.

Simmel, Georg. *On Women, Sexuality, and Love*. New Haven: Yale University Press, 1984.

Spender, Stephen. *World Within World*. London: Hamish Hamilton, 1964.

Sprague, Claire, ed. *Virginia Woolf: A Collection of Critical Essays*. Englewood Cliffs, N. J.: Prentice-Hall, Inc., 1971.

Stevens, Wallace. *The Collected Poems*. New York: Alfred A. Knopf, 1954.

———. *Opus Posthumous*. New York: Alfred A. Knopf, 1971.

Summerhayes, Don. "Society, Morality, Analogy: Virginia Woolf's World Between the Acts." *Modern Fiction Studies* 9 (1963 – 1964), 329 – 337.

Transue, Pamela J. *Virginia Woolf and the Politics of Style*. Albany: State University of New York Press, 1986.

Turner, Victor W. *The Forest of Symbols: Aspects of Ndembu Ritual*. Ithaca: Cornell University Press, 1967.

———. *The Ritual Process: Structure and Anti-structure*. Chicago: Aldine, 1969.

———. *Dramas, Fields, and Metaphors*. Ithaca: Cornell University Press, 1974.

———. "Liminal to Liminoid in Play, Flow, and Ritual: An Essay in Comparative Symbology." *Rice University Studies* 60 (1974), 53 – 92.

———. "Variations on a Theme of Liminality." In *Secular Ritual*. Ed. Moore and Myerhoff. Leyden: Van Gorcum, 1977, pp. 36 – 52.

———. "Process, System, and Symbol: A New Anthropological Synthesis."

Daedalus 106 (1977), 61–80.

―――――. "Social Dramas in Stories about Them." *Critical Inquiry* 7 (1980), 141–168.

―――――. "Liminality and the Performative Genres." In *Rite, Drama, Festival, Spectacle: Rehearsals Toward a Theory of Cultural Performances*. Ed. John J. MacAloon. Philadelphia: ISHI Press, 1984, pp. 19–41.

Walker, Barbara G. *The Woman's Encyclopedia of Myths and Secrets*. New York: Harper and Row, 1983.

Watkins, Renee. "Survival in Discontinuity: Virginia Woolf's *Between the Acts*." The *Massachusetts Review* 10 (1969), 356–376.

Wilde, Oscar. *The Artist as Critic: Critical Writings of Oscar Wilde*. Ed. Richard Ellmann. New York: Random House, 1969.

Wilkinson, Ann Y. "A Principle of Unity in *Between the Acts*." *Criticism* 8 (1966), 53–63. Reprinted in Sprague, ed., 145–154.

Willeford, William. *The Fool and His Scepter: A Study in Clowns and Jesters and Their Audience*. Evanston: Northwestern University Press, 1969

Wittig, Monique. *Les Guérillieres*. Trans. David Le Vay. New York: Avon Books, 1973.

Woolf, Virginia. Mrs. *Dalloway*. London: The Hogarth Press, 1925.

―――――. *The Common Reader*. New York: Harcourt, Brace and World, Inc., 1925.

―――――. *A Room of One's Own*. New York: Harcourt, Brace and World, 1925.

―――――. *The Second Common Reader*. New York: Harcourt, Brace and World, Inc., 1932.

―――――. *Three Guineas*. New York: Harcourt, Brace and World, 1938.

―――――. *Between the Acts*. New York: Harcourt, Brace and World, Inc., 1941.

―――――. *Orlando*. New York: Harcourt, Brace and World, 1956.

―――――. *Granite and Rainbow*. New York: Harcourt, Brace and World, Inc., 1958.

―――――. *Contemporary Writers* (Reviews 1905–1921). Ed. with a preface by Jean Guiguet. New York: Harcourt, Brace and World, 1966.

―――――. *Collected Essays, Volume 2*. New York: Harcourt, Brace and World, 1967.

_____. *A Write's Diary*. London: Hogarth Press, 1972.

_____. *Moments of Being*: *Unpublished Autobiographical Writings*. New York: Harcourt Brace Jovanovich, 1976.

_____. *The Letters of Virginia Woolf*, *Vol. 6 (1936 – 1941)*. Ed. Nigel Nicolson and Joanne Trautmann. New York: Harcourt Brace Jovanovich, 1980.

_____. *The Diary of Virginia Woolf*, *Vol. 3 (1925 – 1930)*. Ed. Anne Olivier Bell. New York: Harcourt Brace Jovanovich, 1980.

_____. *The Diary of Virginia Woolf*, *Vol. 4 (1931 – 1935)*. Ed. Anne Olivier Bell. New York: Harcourt Brace Jovanovich, 1982.

_____. *The Diary of Virginia Woolf*, *Vol. 5 (1936 – 1941)*. Ed. Anne Olivier Bell. New York: Harcourt Brace Jovanovich, 1982.

_____. *The Complete Shorter Fiction of Virginia Woolf*. Ed. Susan Dick, New York: Harcourt Bracc Jovanovich, 1985.

Zorn, Marilyn. "The Pageant in *Between the Acts*." *Modern Fiction Studies* 2 (1956), 31 – 35.

Zwerdling, Alex. *Virginia Woolf and the Real World*. Berkeley: University of California Press, 1986.

象征意义和后现代表征问题

斯蒂芬·威廉·福斯特（Stephen William Foster）

斯蒂芬·威廉·福斯特，旧金山综合医院精神科护理副主任，是一名独立研究者和人类学家，曾在史密斯学院和加利福尼亚大学伯克利分校任教，著有《过去是另一个国家：〈蓝岭〉中的象征、历史意识和抵抗》（*The Past Is Another Country: Representation, Historical Consciousness, and Resistance in the* Blue Ridge）一书。他目前正在写一本关于北非及其文化断层的过程和政治的书。

那么，什么是真理呢？一支由隐喻、转喻和拟人组成的流动军队？——简而言之，一系列经过提炼、转换、美化、修辞之后的人类关系，由于这些关系的长期存在，它们对一个民族来说，似乎变成了必须坚持的固定的规范；但真理是一种幻觉，人们已经忘记了这就是它的本质……

——尼采（Nietzsche），《论超道德意义上的真理与谎言》
（*On Truth and Lie in an Extra Moral Sense*）

豪尔赫·路易斯·博尔赫斯（Jorges Luis Borges, 1962）在他著名的短篇小说《巴别塔图书馆》（*The Library of Babel*）中讲述了一个寓言，即图书馆是包含所有书籍和所有词语的档案库。图书馆包含所有可能的排列组合和谬误，以及——在某个地方——有一本书是所有书籍的总和。这本书象征着所有的知识，它太具有吸引力了，以至于图书馆管理员们疯狂地从图书馆的一个地方跑到另一个地方，拼命地寻找这本书，想要确定它包含的秘密含义。然而，博尔赫斯所设计的寓言，不是为了表达我们正在面临"表征危机"（crisis of representation①）这一事实，而是再现或描述了与这个问题相斗争的过程，这个过程与充满不确定性和祛魅的现代社会产生了强烈的共鸣。在这个后现代世界里，人们提出了许多问题：什么是权力？权力在哪里？知识如何传播？哪些类别系统是可行的？什么是真相？什么是解释？我们怎么知道事物的意义？

无论是从哲学反思还是从对事实的分析中，都不能轻易得出这些问题的答案。正是因为这样的情况，作为具有暗示意义的结构，象征、意象、隐喻和符号从嘈杂的话语中浮现出来，但它们并没有直接揭示出事物的意义。因此，这样才能激发解释的张力，也是图书馆管理员从图书馆的一个地方冲向另一地方，不断地在书架上搜查和翻阅的原因（除了死亡外，不会停止）。人类学家和文学批评家经常为这一复杂的困境和悖论进行争论。

从以上角度看，对象征意义的解释进行批判和文化分析已经迫在眉睫了。在这篇文章中，我将通过解构象征人类学②来研究博尔赫斯和其他人提出的意义与表征的问题。对意义与表征问题进行研究，我们能够进一步揭示，解释过程经历了从符号到话语的转变。从历史上看，符号分析被理解为一种解码符号（或文本及其元素）意味着什么的方法。结构语言学和符号学的范式，将意义问题视为在符号（或称为能指）与其所指示和引申的意义（或称为所指）之间建立稳定关系的问题。文学研究和人类学都将这种对符号和意义关系的理解应用于文化领域，即广义的社会话语。

随着后现代的到来，符号和意义之间这种关系的稳定性已经被打上了一个问号（Harvey，1989）。一个符号的意义不再是任何一个事物（如果曾经是的话）。没有参照的基础，符号的意义由特定场合或特定历史时刻的修辞力量和权力配置所决定。这种观点引发了人们对人类学在解释符号时做了什么，以及文学研究在阅读文本时做了什么的质疑。

---

① representation 的基本意思是代表、再现和表征。在本文中，参考国内学者对 representation 这一术语的解释，将其翻译为"表征"。陶东风教授认为，表征绝不是简单地复制世界，它涉及对意义的生产，而在这意义生产中，权力的参与不可缺少。详见陶东风、和磊：《文化研究》，广西师范大学出版社，2006 年。周宪教授认为："从符号的角度看，它的基本功能在于表征（representation）。符号被创造出来，就是为了向人们传达某种意义。因此，从根本上说，表征一方面涉及符号自身与意图和被表征物之间的复杂关系，另一方面又和特定语境中的交流、传播、理解与解释密切相关。参见［英］斯图尔特·霍尔编：《表征：文化表征与意指实践》，徐亮、陆兴华译，商务印书馆，2013 年，总序。——译者

② 象征人类学把文化当成象征符号体系加以分析，其主要的研究目的不在于探索人类文化的发展规律，也不在于揭示文化和社会的功能结构，而在于对文化意义的探索和解释。——译者

利奥塔（Lyotard，xxiv）将后现代主义定义为对元叙事的怀疑。这个定义不仅对如何确定符号的意义产生了怀疑，而且对是否能够确立一个固定、稳定的意义也产生了怀疑。像博尔赫斯这样的作家将这种怀疑戏剧化，使之触目惊心，并在《巴别塔图书馆》中告诉我们后果。博尔赫斯在小说中讲述示警性的故事，表现出明显的后现代精神。博尔赫斯不仅对元叙事采取怀疑态度，他完全否认它们，或者更确切地说，他认为元叙事（与在他的"散文"中出现的小说一样）是虚构的。

与博尔赫斯一样，罗兰·巴特（Roland Barthes）也是一位难以归类的作家。同博尔赫斯一样，巴特是评论家、散文家，更为重要的是，巴特是后现代的民族志学者。两位作家都深入反思了表征问题。从《符号学原理》（*Elements of Semiology*）到他最后的著作，巴特对能指和所指之间关系的看法发生了转变。符号学最初的理论认为，我们可以通过一种解释性的科学方法来理解能指所传达的意义。在巴特后期的作品中，关于能指和所指的联系，巴特变得不那么刻板。能指和所指的联系不再是通过分析来发现的，而是在写作实践中被发现的。巴特（1985：125）从符号学的角度提出了从现代主义到后现代主义的转变："能指：我们还必须下决心长时间来使用这个词（这个概念，我们会一劳永逸地不需要去定义它，只需运用它，也就是说将其隐喻化和使其对立于——而特别是对立于——所指。在符号学之初，我们曾认为所指就是能指的简单相关项，但是，我们今天很清楚地知道，所指是能指的对手）"①。巴特最终拒绝服从稳定的框架和方法，他的写作既是文学也是文学批评，这一点同样适用于博尔赫斯。

在后现代社会中，以叙事的形式出现的表征的问题化，已经导致人类学家和评论家也开始质疑叙事是如何传达对真实的想象的（Ricocur），他们开始探讨我们如何通过叙事来构建和理解我们对现实世界的认知。他们开始将自己的工作视为一种元叙事；他们不仅创造叙事、文本和表征，同时反思这些叙事、文本和表征，这个过程不仅是一种学术研究，也已经成为一种艺术形式。这些反思反过来又为后现代批评提出了重要问题：现在应该如何进行表征？当前话语中突出的表征形式有哪些？叙事如何被用作一种工具，来质疑我们如何通过叙事（无论是人为的还是虚构的）来确定对真实的定义？将叙事、文本和表征作为解

---

① 此处采用怀宇教授的译著《声音的种子——罗兰·巴尔特访谈录（1962—1980）》中的译文。［法］罗兰·巴尔特：《声音的种子——罗兰·巴尔特访谈录（1962—1980）》，怀宇译，中国人民大学出版社，2019年，第130页。——译者

释性修辞的认识，如何最终确定并表达对后现代转变的理解？

然而，这些含糊不清的问题，就像前面提到的其他问题一样，并不是像在战争中幸存下来的纪念碑的碎片那样随意散布。它们之间的关系是具体的、明确的，并源于特定的历史条件。詹姆斯·克利福德（James Clifford，1981：541）这样描述上述情况："现实不再是一个既定的、自然的、熟悉的环境，现实是多元的、动态的，并且充满了不确定性。同时，自我不再是与某些固定的身份或角色紧密相连的实体，而是需要在各种可能的情境中寻找和创造意义……"他进一步解释："在战后的背景下，人们对文化的理解，是由一种具有讽刺意味的文化经验构成的。对于每一种当地的习俗或真理，总是有一个异国的替代品，这可能会产生一种并置或不协调的情况。在我们所认为的普通现实之下（从心理角度看）和之外（从地理角度看），都存在着另一个现实。"

对于意义的理解和解释并不是一成不变的，而是不断被质疑和重新审视的。这种反复的问题化过程增加了意义的不确定性，因为每一次质疑和重新审视都可能改变我们对意义的理解。据推测，这种情况并不总是占据主导地位的语义和经验情况。或者，至少有人声称，它是最近才出现的，并且指出，意义的问题化和不确定性的增加这一情况，与欧洲社会和其他异国情调的地方社会中文化系统的消亡有关：殖民主义、战争和变革，导致了一些曾经稳定和一致的文化系统的瓦解。这种假定的历史主义，也可以简单地被看作浪漫主义，或是对从未真正存在过的特定文化经验的怀旧（参见Stewart，1988）。然而，这种历史的划定——文化和表征的历史——说明了"象征意义的解释"是如何被实践的，因此它的假设值得被阐明。这充其量只是一部比喻性的历史，几乎无法被直接记录下来。它大致分为三个理想类型阶段：

（1）这段历史的基线是一个原始的（原始的？）世界，在这个世界中，象征符号是透明的，可以立即揭示或描述现实。这种认识论否认或遮蔽了象征符号本身。因为在透明性表征的主观体验中，象征符号表征的是什么，象征符号表征的意义是什么，都可以直接地被理解，这样就排除了破译的过程。在这种观点中，没有什么是象征性的，因为象征符号与现实是相邻的、连续的。象征符号和意义之间没有鸿沟，没有什么是隐藏的，一切都是立即能看出的；没有象征符号所暗示的意思。不存在象征符号传达的意义的问题，因为现实的意义，连同现实本身，已近在咫尺。对于这个假定世界的居民来说，由于表征的这种透明性，解释是多余的，或与行动和经验没有区别。他们的经验在这种认识论立场下已经被现在的意义连贯起来，对其进行质疑和解释是我们的问题，而不是他们的问题。

（2）离上个基线（时间/空间上）稍微远一点的一个阶段，是象征被识别为需要进行分析或解释的阶段。如果没有像（1）中那样对现实或意义进行直接表征，那么在这个阶段，象征符号至少是可以被理解的；象征符号背后的所指，可以通过研究、仔细阅读、解码来获得。尽管象征符号本身并不直接等同于它所代表的意义，但是象征符号可以通过各种方式来表达和传达这个意义。在象征符号的背后或超越象征符号的层面，存在着一个可以解释和可以被揭示的语义基础。这种对象征符号的表征方式，使得象征符号本身变得复杂和问题化，因为象征符号并不直接等同于它所代表的意义，而是需要通过解读和理解来获取这个意义。这就使得象征符号本身成了一个问题，需要我们去解决。但是，这并没有使得意义本身变得问题化。如果付出了努力，或者解决了谜题，我们就可以得到意义。

（3）后现代中表征的问题化，在象征符号和意义之间形成了一个更大的鸿沟，将象征符号和象征符号系统视为意义的核心，这些象征符号和象征符号系统在无边界的扩散中，不断被赋予和重新赋予意义。意义不断被仲裁，但没有一种方法使其出现在地平线上，为仲裁意义的过程画上令人满意的句号。符号学理论最初承诺的秩序坍塌了，象征符号和意义的稳定关系被认为是虚幻的和不可能的。教科书上符号的任意性，不再是符号和意义之间约定俗成的联系的名称。正因缺乏这种约定，符号的任意性展开了复仇，建立符号理论、象征人类学或描述普遍符号化过程的准科学抱负在后现代主义的岩石海岸上破灭：事实证明，我们对于他者的理解，不再将他者视为异国情调的（一个令人眼花缭乱的金库），而是开始关注他者如何反映自我、我们的社会关系以及我们对文明生活的道德前景的期待和挑战。自我、社会关系、道德前景转化为需要我们讨论和解决的问题，目前文学批评和人类学所从事的象征意义的解释还不能够解决这些问题。

由这个杜撰的三段式历史所暗示的不断变化的表征及其不确定性——犹如一片充满荆棘、难以穿越的原始森林——揭示了后现代话语中明显的"解释冲突"。我将回到这个主题，并列举一个关键案例，来深入讨论如何理解与运用象征意义的三种视角，以及这三种视角如何影响我们对世界的理解。也许，维克多·特纳的《象征之林》（*The Forest of Symbols*，1967）可以被视为象征人类学研究的典范。如果是这样，特纳的研究可以作为解构此类分析的表达点。特纳的研究位于上述"历史"的第二阶段，其中对符号进行解码和将解码后的意义表达出来，被认为是理所当然的。

特纳（1967：19）以相当普遍的方式，阐述了他对象征符号的定义："象征符号指某物，它通过与另一种事物有类似的品质或在事实或思维上有联系，被人们普遍认作另一些事物理所应当的典型或代表物体，或使人们联想起另一些物体。"[①] 特纳将仪式和社会过程视为一系列按时间顺序排列的事件，所以，必须通过这一时间序列来研究象征符号。通过一系列事件，例如仪式或群体之间的冲突，能够观察到，"象征符号与人类的利益、目的、目标和手段相关联，无论这些是明确表述的，还是必须从观察到的行为中推断出来的"（1967：20）。鉴于这种方法所规定的多样的意义向量，特纳很容易就能够认识到，"事实上，一个单一的象征符号同时代表了许多事物：它是多重指涉的，而不是单一指涉的。它的所指对象并非都具有相同的逻辑顺序，而是来自社会经验和伦理评价的许多领域"（1969：52）。通过三种分析策略，将解开仪式象征符号的复杂性：（a）检查符号的外部形式和可观察特征；（b）仪式专家或土著对符号的解释；（c）将符号与其在社会和仪式话语中的语境联系起来（Turner，1967：20）。

象征符号意义的多样性使我们并不能准确预测符号中会有什么样的、有意义的内容。因此，在特纳的解释中，揭示出象征符号所表达的实际意义变得非常重要。例如，对于与特纳一起生活在赞比亚西北部的恩登布人来说，"奶树"（mudyi）是他们社会中的一个主要（支配性）象征符号。这棵树如果被划破薄薄的树皮，就会"流出乳白色的珠子"（Turner，1967：20）。恩登布妇女"根据其可观察到的特征说，奶树代表人类母乳，也代表供应母乳的乳房"（1967：20）。同时，奶树还代表了母亲这一角色，母亲是恩登布社会中的"保护者、滋养者和教师的原型"（1967：22）。除此之外，特纳通过考虑本地人的解释和背景，重新思考了奶树的符号，赋予它整体性的社会学意义：

> 在某个抽象层面上，奶树代表着母系继嗣制度，这是恩登布社会的延续所依据的原则。母系继嗣原则规定了职位的承袭和财产的继承，由它授予在地方社区居住这一重要权利。比起恩登布社会组织的其他任何原则来，母系继嗣制更多地规定了恩登布社会生活的秩序和结构……它还代表着部落风俗（muthidi wetu）自身。作为奶树的语义结构

[①] 此处采用赵玉燕、欧阳敏、徐洪峰三位学者的译著《象征之林——恩登布人仪式散论》中的译文。[英] 维克多·特纳：《象征之林——恩登布人仪式散论》，赵玉燕、欧阳敏、徐洪峰译，商务印书馆2006年，第19页。——译者

的一部分，母系继嗣原则，这个恩登布社会组织的支柱，本身象征着群体和人们之间相互关联的整个体系。而正是这个体系构成了恩登布社会。一些重要象征符号的某些意义也许自身也是一些象征符号，彼此又各具自身的意义体系。①（Turner，1967：21）

特纳根据奶树代表整个社会系统的能力，将奶树指定为恩登布的主导象征符号，并指出他的一位线人将其与附近行政总部外飘扬的英国国旗进行了比较。这里明显的参考是杜克海姆将澳大利亚土著护身符（churinga②）与作为社会象征的旗帜进行了比较。

事实上，特纳的象征符号与涂尔干的集体表象非常相似，无论是就其意义的集体共识而言，还是就其最终指称而言，广义上来说，这两种情况都是指社会，指向社会进程、社会群体以及社会本身的意义。特纳解释象征符号的方式受到这种社会学假设或预设的限制。象征符号的多义性被限制在寻求象征符号的社会意义的过程中，并因此将它们归因于社会系统或社会团结的功能相关性。特纳对他自己版本的象征意义的解释充满了信心。显然，这里有许多其他可能的选择或偏见。对于特纳来说，象征符号主要在社会术语中有意义。象征意义提供了一种理解和解释社会秩序的方式，以及理解社会秩序如何随着时间的推移而被改革和重新制定、调整以适应特定人群的紧急情况。

如果将解释视为一个生产过程而不是一个发现过程，那么我们可能无法立即或直接理解特纳的象征意义的解释。在象征符号是透明的、显而易见的假设下，在活动或叙事中，一个简单的记录或阅读就能理解意义。在象征符号的统治下，意义需要被发现、解码、揭示；它存在于象征符号之外的稳定的语义基础上，这些符号指示或指向它。但是，随着表征的问题化，这些确定性不再那么明显。解释的实践变成了一种类似于其他领域的文化生产的活动，一种创造性地重新定位、重新构建意义、看不到终点或最终意义的活动。他者赖以生存的意义被重新表征，被置于与他们无关的语境中，并被转换或修改。因此研究者不能再声称已进入他者的思想或社会世界。研究者解释象征符号的过程，不

---

① 此处采用赵玉燕、欧阳敏、徐洪峰三位学者的译著《象征之林——恩登布人仪式散论》中的译文。［英］维克多·特纳：《象征之林——恩登布人仪式散论》，赵玉燕、欧阳敏、徐洪峰译，商务印书馆2006年，第21页。——译者

② Churinga 有时拼写为 Tjurunga，是澳大利亚中部土著人阿伦特人（Arrernte、Aranda、Arunta）群体认为具有宗教意义的物体。Tjurunga 通常具有广泛而不确定的本土意义。它们可以在神圣的仪式中以不同的方式使用，如斗牛士、神圣的地面绘画、礼仪杆、礼仪头饰、神圣的圣歌和神圣的土丘。——译者

仅仅是理解象征符号的过程，也是创造新的关系和意义的过程（Boon）。

在特纳引人入胜的分析中，他所采用的方法（同克利福德·格尔茨的方法相辅相成）已成为象征符号分析的典范，但从后现代角度来看，特纳所依赖的某些原则必须受到质疑，其中之一是关于特定群体对于符号意义的约定或共识的概念。无论是什么语言，凭借其字典和其他形式的人为语义确定性，都会产生一套固定的、公认的语法规则。然而，对于象征符号来说，通常很难找到关于其意义的、任何形式的公认协议。即使在小规模社会中，当地人对象征符号的解释，也需要进行大量的研究和推理，尽管我们可以通过分析社区或社会对符号的共识来理解符号的意义，但这种方法可能存在问题。相反，象征符号形式具有德·赛尔托（de Certeau，103）所称的语义趋向，这些象征符号形式的意义并不是固定不变的，而是随着时间的推移和历史的发展而积累和变化的。因此，向传统意义寻求帮助，最好被理解为一种修辞策略，一种为给定符号建立给定意义的人为手段。我的论点是，象征符号并不自带意义，意义在特定的政治和历史环境下于特定场合被赋予（参见 Wagner, de Certeau）。

特纳认识到了这一问题，在解释的过程中，不能将其视为一种机械的解码过程，而要认识到语境的重要性。一个符号具有多种意义。在某些情况下被突出的意义，在另一些情况下可能并不重要。语境可以帮助我们理解和构建一个象征符号可能的意义范围。然而，这种象征符号的意义范围是可变的，它可以根据不同的语境有所不同。所以，这种结构（象征符号的意义范围）可能非常脆弱。在面对象征符号有可能传达多种甚至矛盾的意义的生产潜力时，特纳似乎以一种类似于惯例的方式运用语境，来稳定或确定一个符号的阅读（理解或解释）。在这种方法中，有一个默许的认识，即解码一个象征符号的意义，实际上是将分析单位从象征符号本身转移到诸如"象征符号 + 语境"之类的单位。因此，象征意义的解释暗示着其自身的局限性，并预示着从解释符号到解释话语形式的转变。

124 任何形式的表征，比如象征符号，都不可避免地嵌入在某种环境或情境，这种环境或情境，就是语境。但是，与给定的意义或字典定义相比，这种语境并没有为象征符号的意义提供一个更稳定的基础，因为语境本身是可以被重构的、可协商的、可随意取用的。对于他者和解释者来说，解释的过程都涉及一个语境的创建。至少在这方面，创造象征符号和解释象征符号具有相似之处。在特纳的研究中，象征符号的意义来自社会过程，所以，特纳所确立的象征形式的最终指称或内容，即社会，是其最终的语境。尽管象征符号最终可能不会指向社会，但在给定时刻，这些过程的状态才决定了意义。如果一个象征形式有可能有稳定的意义，那么这种可能性与它被提出和解释的条件有关。象征符号和意义在社会事件的白热化中被微弱地结合在一起。这里的社会事件也包括解释性实践。

从现在必须应对的复杂社会的角度来看，特纳的象征人类学可能存在一些问题，并招致了一些批评。这些批评可能只是针对当前普遍存在的表征危机，也可能涉及对特纳的理论适用范围的讨论，即除了恩登布这种在某种程度上与后现代社会不同的社会，特纳的理论是否适用于所有类型的社会。即使将象征意义的解释简单地视为一种方法，特纳似乎也发现了它的不足之处。在《象征之林》之后，在他的研究进展中，他越来越远离纯粹象征意义的解释，而是更加强调"象征符号+语境"的观点，这一点特别体现在《仪式过程》（1969）和《基督教文化中的图像与朝圣》（1978）中，特纳愈发专注于仪式序列、朝圣、过程和话语。尽管从未完全摆脱他早期的范式，但他逐渐偏向于行动中的批判，这是对作为解码艺术的象征意义的解释的有力修改。解释变成了一种更接近阅读的艺术。

这一举措并不完全成功。一方面，特纳坚持对意义的特殊倾向，这导致他偏离了对表征问题化的深入认识。可以说，他通过坚持仪式活动的社会功能、仪式话语的社会意义，颇有说服力地"抵御"了这个问题。虽然这种取向本身并不是错误的，但它忽略了其他同样重要的意义领域，这些意义也可能累积到或者附着在话语上。特纳的错误在于他对解释的普遍化，他试图通过他的解释来揭示仪式和朝圣的普遍性或一般性，而忽视了他们的特殊性或个别性。这可能导致他的解释过于简化或概括，忽视了仪式和朝圣在不同的文化和社会中可能有的独特性和差异性（如恩登布人和20世纪60年代嬉皮士中的结构与反结构）。这是特纳理论与实践的局限性。

另一方面，像巴特和福柯这样的作家非常重视细节，他们认为在理解和解释表征时，细节是非常重要的。他们的研究中充满了对细节的关注和深入挖掘，这种方法可以被看作一种细致入微的艺术。他们明确承认了表征的问题化现象，认识到理解和解释表征是一个复杂的过程，需要考虑到许多不同的因素和细节。他们将这些问题历史化，并在他们的作品中将其再现出来。他们是后现代表征复杂性的实践者，高度怀疑特纳的解释所暗示的那种普遍性。他们对解释的普遍性进行反思，最终拒绝一次性、永久性地确定所有事物的意义。他们的研究牢牢地处于前面概述的由三部分组成的历史的第三阶段。在特纳的观点中，解释这一解码过程显得有些机械、狭隘和贫乏。对于表征的问题，重点不再是如何解读符号的意义，而是如何通过写作来表达意义的可能性。

尽管在进行解释时，使用特纳这样的方法，可能会面临批评，但也比完全不使用任何方法令人欣慰。虽然博尔赫斯、巴特和福柯的作品中具有明显的创新性，但他们的作品并不是无章可循或无法解释的。他们的写作非常值得研究，因为他们的写作通过独特的技巧、个人的倾向和创新的想象，以一种独特的风格来呈现和重新塑造现实。他们的创作表明，在解释过程中对方法进行深入的探讨、批判和反思可能是一种有效的方式，这可能比简单地将某种解释方法（如结构主义或象征分析）作为固定的程序来使用更有价值。随着后现代的到来，解释日益成为解释的对象，叙事同时是元叙事。正如我将在下文中试图表明的那样，表征的问题已经成为解释的内部问题，并作为其条件之一存在。解释回到了其自身。这些作家在他们的解释中，投入了一种对他们的写作和表征过程的自我意识。他们的解释是实验性的、讽刺的、迷宫式的、无休止的（参见 Marcus，Cushing）。社会或政治话语与分析话语之间的界限是模糊的，对文学本身的批评话语变得文学化（Hartman）。对仪式或文化系统的解释被更为公开地理解为文化实践，或作为寻求意义的叙事探索。

正如前面对象征意义的解释所暗示的那样，如果解释与符号学有关，那么巴特在他的就职演讲（1982：474）中的一个观点，可以很好地总结我所说的关于意义和方法的看法："符号学不是一个网格；它不允许通过施加一种能使其变得可理解的、普遍的透明性来直接理解现实。它寻求的是在时间和空间上引出现实，为引出现实所做出的努力在没有网格的情况下是可能的。事实上，当符号学变成一个网格时，它什么也引出不了。"我已经论证过，如果没有网格或真正的方法，解释本身和解释是什么的问题就变成了一个相同的问题：批评/写作/文学。这种后现代话语的表述在人类学和文学研究内外，已经成为一个强大的传统。为了准确地描述这种（隐蔽的？）传统，写作作为一种工艺、一种世界观，必须与"档案"①中的"象征"（话语的积累）、"作者-功能"以及叙事作为对现实及其再现过程的描述相关联。

福柯在《图书馆幻想曲》（Fantasia of the Library）中写道："圣经已转化为

---

① 这里的"档案"代表了在某一时代实际上说出来的话语整体，这些话语在历史中延续下来，是一种"非物性的"抽象存在，是无法直观到的规律和系统。参见［法］米歇尔·福柯：《知识考古学》，董树宝译，生活·读书·新知三联书店，2021年。——译者

图书馆，图像的魔力也转化为阅读欲望"①（106）。福柯指出，在福楼拜的最后一部作品《布瓦尔和白居谢》（*Bouvard et Pecuchet*）中，布瓦尔和白居谢两位不知疲倦的朝圣者，"被引诱意味着去相信——相信他们所读到的东西、相信他们道听途说的事物；也就是直接地、无条件地相信话语的呢喃。他们的天真耽于既说语言所打开的空间"②（"Fantasia"，106）。在这个引人注目的表述中，福柯认为福楼拜的作品揭示了一个关于如何表征现实的问题，这个问题在后现代的许多作品中也有所体现。（关于福楼拜作为后现代作家的问题可以搁置一旁，除非我们认为，他可能被视为我们今天仍然深陷其中并与之抗争的那种"话语性"的创始人。）对阅读的强烈欲望或贪婪，反映了后现代人对意义的追求或寻找。这种追求可以被看作一种朝圣，一种对深层次、更广阔的意义的探索。这也是后现代主义的一种常见策略，即通过阅读和解释文本来寻找和创造意义。但同时，戏剧化的是，当人们在追求意义时，意义却似乎在不断消退或消失。

《圣经》曾被视为理解世界和生活的关键。《圣经》是意义的中心，它提供了一个框架，使我们能够理解生活的各个方面；《圣经》是道德、宇宙论和末世论的源泉，为人们提供关于正确行为法则、宇宙的本质和未来的观念；《圣经》是对现实的固定的、整体性的理解；《圣经》具有独特性、传播性和神圣性，是对现实的神圣化。当人们需要对《圣经》进行解释时，只有经过认证的教会的"官员"才有权来解释它的意义（de Certeau，172）。毫无疑问，这种回顾性的审视美化了过去表征与意义的关系。这是理解现在表征形式发生变化的怀旧背景，直接的表征现在已经被前面讨论的表征的问题化分散了。

对书籍的贪婪欲望是这种分散的一个症状。以福楼拜的《圣安东尼的诱惑》（*The Temptation of Saint Anthony*）为例，福柯将这种分散视为对档案的复杂挪用和部署，即对档案内容精心编排的引用。在小说中，这些材料以闪闪发光的幻影和木偶戏般的形象出现，困扰着圣安东尼，诱惑着他，并让他为之着迷。他们向安东尼招手，如万花筒般地消散，分解成越来越多的分支和引人入胜的场景——意义——却又再次消失在阴影中。这本书是一个由光线与阴影交织而成的幻觉挂毯，但福柯表明，它的基础更平淡无奇：构成这本书宏伟设计的片段

---

① 此处采用汪民安教授编译的《声名狼藉者的生活——福柯文选I》中的译文。［法］米歇尔·福柯：《声名狼藉者的生活——福柯文选I》，汪民安编，北京大学出版社，2015年，第101—102页。——译者

② 此处采用汪民安教授编译的《声名狼藉者的生活——福柯文选I》中的译文。［法］米歇尔·福柯：《声名狼藉者的生活——福柯文选I》，汪民安编，北京大学出版社，2015年，第103页。——译者

都是从档案中摘录出来的，它们都是对文学典故的挪用，或从先前存在的通常是熟悉的文本中借用的。它们的来源很容易追踪。因此，"奇思异想诞生自印刷的黑白符号之纸面，以及闭合的书卷与齑粉中张开飞舞的被遗忘的文字；它悉心地在消音的图书馆里舒展开来，和着层叠的书列，成排的书名与遮天蔽日的书柜，却在另一边开启着不可能的世界。想象力如今栖息于书册与台灯之间"①（"Fantasia"，90）。

形象地说，图书馆取代了大教堂，成为朝圣的目的地。档案中的重新排序篡夺了大教堂的仪式空间，被选为圣林的最新地点。书籍代替了不再给予终极意义满足的《圣经》。《圣安东尼的诱惑》是对《圣经》的宏大模仿，作家试图重新解读、组合档案中不同的信息——圣安东尼的幻觉体验——来表达一个全面的重述、一个闪烁的意义水晶。

> 《圣安东尼的诱惑》根据一种深度来展现自身，后者令各种幻象彼此包含并依照不同阶段不断推远，那么我们会看到，在话语的纹理及其系列的线条之下，书卷如此自构：每种要素（场景、人物、话语、布景之转换）都在一个线性序列的关键点上安排停当；但是它们同时也有着垂直的对应系统；它位于小说的一个确定深度之中。这也解释了为何《诱惑》乃是一部"关于书的书"：它在一个单独的"书卷"中联结了一系列从既有书籍中抽取出的语言要素，它们凭借其严格的记录性特征正是对过去所说的事物的重复；图书馆被打开，归类，筛选，重复，并在一个崭新空间中重新排列；而福楼拜归入其中的这册"书卷"也同时既体现出书的厚度（它展现出其文本的必然体现为线性的线索），又体现为一个木偶的列队游行（它向着一个彼此嵌套之幻象所构成的深处开放）。②（"Fantasia"，105）

实际上，《圣安东尼的诱惑》最终没有对档案进行重新整理，成为一本书中的书；相反，它对不同元素的部署，打开了一个新的话语空间，正如福柯戏谑般说的那样，一个"书卷"，一个福楼拜在其中继续写作的、新的仪式空间（他已经重写了三遍《圣安东尼的诱惑》）。这个空间是布瓦尔和白居谢跳舞及旋转的空间，是他们成为抄写员的空间："他们忙于那件他们不停进行了十年多的工

---

① 此处采用汪民安教授编译的《声名狼藉者的生活——福柯文选Ⅰ》中的译文。[法] 米歇尔·福柯：《声名狼藉者的生活——福柯文选Ⅰ》，汪民安编，北京大学出版社，2015年，第81—82页。——译者

② 此处采用汪民安教授编译的《声名狼藉者的生活——福柯文选Ⅰ》中的译文。[法] 米歇尔·福柯：《声名狼藉者的生活——福柯文选Ⅰ》，汪民安编，北京大学出版社，2015年，第100页。——译者

作——着手抄录。但抄录什么？那些书，他们自己的书，每一本书，无疑也包括《布瓦尔和白居谢》：因为抄写无非就是无所事事；或者说，就是去成为那本被抄写的书，成为自我增殖的语言的微小膨胀，成为话语自身的褶皱，成为此种无形之存在、它将倏忽即逝的言语转变为无边无际的呢喃低语"[1]（"Fantasia"，109）。这些档案管理员和抄写员对书籍的贪婪渴求是对意义的渴望，表达了一种祈求空虚被填补的渴望（参见 Donato）。他们进行这种无休止的挪用和占有仪式，以便在身体上，或自我内部刻下一段他们自己创作的文本，一段可以阅读的小说，一个确定的私人领域，使他们能够替代他们抄录的书，成为一本书。档案管理员是一位杰出的拼凑者和研究者，是一个痴迷的结构主义者，他试图遏制那些没有指称物的表征浪潮。

符号及其解释在进入档案时，发生了怎样的变化呢？在福楼拜的话语形式中，符号被淹没或被吞没，其意义波动剧烈，取决于整体话语。单独的符号、离散的元素本身不再具有意义。它们是浮动的能指，是一系列图像的主题，这些图像一起产生了某种有意义的效果。象征意义的解释无助于明确说明这种效果。这种效果是表演性的，主要取决于阅读的过程。表征的意义不再是固定的，而在话语的书写和阅读的过程中不断变化和发展，而话语越来越多地反映自身，思考自己的轮廓和意义，成为元话语。（这一点将在下面进一步讨论。）

在福楼拜的例子中，表征并没有传达现实，而是允许对写作实践的开拓性方面进行扩展思考，以逐层构建、分解和重构它。这种叽叽喳喳的符号"丛林"并不构成一个一致或连贯的解释学领域。它变成了百科全书式的、详尽的文献资料，是一种令人眼花缭乱、重复的潜在表征列表，是一座空中楼阁，是达利[2]笔下的充满奇思异想的画作。档案展现了一种可以以无限种方式组合的象征意义的潜力。它的丰富性和多样性令人望而生畏。与福楼拜一样，无法一劳永逸地试图对它进行整理，这样一来，就激发了更多的写作。符号变得无法解释。现在没有人有资格可以说出话语意味着什么。

---

[1] 此处采用汪民安教授编译的《声名狼藉者的生活——福柯文选I》中的译文。[法] 米歇尔·福柯：《声名狼藉者的生活——福柯文选I》，汪民安编，北京大学出版社，2015 年，第106 页。——译者

[2] 萨尔瓦多·达利（Salvador Dalí）是著名的西班牙加泰罗尼亚画家，因为其超现实主义作品而闻名，他与毕加索和米罗一同被认为是西班牙20 世纪最有代表性的三位画家。达利是一位具有非凡才能和想象力的艺术家，因触目惊心、与梦相关的超现实主义画面为人们所熟知。其作品融合了梦境、幻觉和超现实的元素，呈现出令人难以置信和神秘的画面，将怪异梦境般的形象与卓越的绘图技术和受文艺复兴大师影响的绘画技巧令人惊奇地混合在一起。——译者

在《什么是作者?》(What Is an Author?) 一文中，福柯总结了这种情况：

> 今天的写作……它只指自己，然而又不局限于内在性的限制。相反，我们在其外部展开中对它认识。这种颠倒使写作变成了符号的一种相互作用，它们更多地由能指本身的性质支配，而不是由表示的内容支配。此外，它包含一种行为，这种行为总是检验它的规定性的极限，侵越并颠倒某种它接受并运用的秩序。写作像某项运动那样展开，不可避免地超越它自己的规则，最后把规则抛开。因此，这种写作的本质基础不是与写作行为相关的崇高情感，也不是将某个主体嵌入语言。实际上，它主要关心的是创造一个开局。在开局之后，写作的主体便不断消失。[①]("Author", 142)

人们对于赋予文本、话语和符号形式和意义的冲动似乎是取之不尽的。有哪些策略有利于稳定这种无网格的杂音？在这方面，"作者－功能"（author-function）和叙事问题仍有待讨论。值得注意的是，写作作为一种实践，偏向于表征形式，这实际上不过是在我们认识到任何解释都无法立足于坚定不移的基础时，仍然对解释有着痴迷的坚持，我将在下面回到这一点。但是，从写作中产生的任何意义，并不是来自现实或文本的权威或指示。现在，它在一定程度上依赖于福柯所说的"作者－功能"，这是一种随着历史衍生出来的关于文本和话语的思想体系，而不是先验的、固定不变的。

显然，对意义和表征的质疑直接导致了对符号、文本和话语解释的质疑。这些符号、文本和话语都是场所。在这些场所中，意义和表征的潮流互相交叉、交织和再次分散；在场所中，意义之间会形成冲突，是有争议的，这些争议可能还未被解决。解释必须试图穿越这片元素的"丛林"，使其凝聚在一起，赋予它某种形式。写上作者的名字并收集一系列文本是这个过程的开始，也许可以将它们看作连续的，并可能根据一个特定的主题进行的相关组织。作者创作的文本可以被视为连贯的或有意义的。作者的名字被视为这种预期意义和秩序的象征。"一个名字可以把许多文本聚集在一起，从而把它们与其他文本区分开来"[②]("Author", 147)。将一些文本与作者的名字联系起来，我们可以更好地理解这些文本的历史背景和语境："许多文本隶属于一个独特名字的事实，却意

[①] 此处采用王潮教授选编的《后现代主义的突破——外国后现代主义理论》中的译文。王潮选编：《后现代主义的突破——外国后现代主义理论》，敦煌文艺出版社，1996年，第273页。——译者

[②] 此处采用王潮教授选编的《后现代主义的突破——外国后现代主义理论》中的译文。王潮选编：《后现代主义的突破——外国后现代主义理论》，敦煌文艺出版社，1996年，第278页。——译者

味着在文本中间确立了某些关系，如同质关系、渊源关系、互相解释的关系、证实关系或者共同利用的关系。"①（"Author"，147）

因此，解释植根于一组简单的问题中，尽管这些问题往往难以回答，如，这篇文章是谁写的？什么时候写的？它的创作环境是什么？从什么设计开始？福柯倾向于认为，我们通过作者来回答这些问题，这是我们赋予和确定文本意义的方式。由此产生的解释学依赖于作者的投射性构造。这种构造是开放的，可以有多种解释。一旦这种构造形成，作者就在话语系统中找到了位置，使得这个系统变成了现实，但这个现实部分源于作者自己。这种辩证法与我们之前观察到的语境和内容之间的辩证法相类似，在这一辩证法中，"作者+文本"或"语境+文本"再次成为要解释的话语形式。

福柯（"Author"，151）借用圣·杰罗姆（Saint Jerome）的观点定义了作者在组织话语中的具体功能：第一，"作者被限定为某种观念和理论上连贯一致的领域"；第二，"作者被视为一种文体风格上的统一"；第三，"作者就是一个确定的历史人物，他的身上集中了一系列的事件"；第四，"作者被限定为一种标准的质量水平，读者可以从其作品中辨别出一种相对稳定的'质量'"。②在上述四个准则下，福柯强调作者代表了义体风格的统一与一种价值层面上的统一体，由此，福柯主张在现代批评中以这四种方式定义作者功能，并强调其重要性："现在该研究的不仅是话语的表述价值和形式转变，而且还有其存在的方式：一切文化当中的，传播、增值、归属和占用等方式的修改和变化。尤其如果不顾作者置入作品的主题和观念，'作者-功用'还可以揭示根据社会关系表达话语的方式"③（"Author"，158）。

如前所述，话语元素和意义之间的稳定联系破裂了，无法从象征意义的层面对其进行解释，正如威廉·巴勒斯（William Burroughs）所说："没有什么是真的，一切皆有可能。"与这种显而易见的、虚无主义的、非理性的观念相对立的，是"作者-功能"概念。其意义在投射、归属和创造性发明的螺旋中疯狂的增值与扩散。"因此，作者是一种意识形态式的角色，他们的存在帮助我们理

---

① 此处采用王潮教授选编的《后现代主义的突破——外国后现代主义理论》中的译文。王潮选编：《后现代主义的突破——外国后现代主义理论》，敦煌文艺出版社，1996年，第278页。——译者
② 此处采用王潮教授选编的《后现代主义的突破——外国后现代主义理论》中的译文。王潮选编：《后现代主义的突破——外国后现代主义理论》，敦煌文艺出版社，1996年，第282页。——译者
③ 此处采用王潮教授选编的《后现代主义的突破——外国后现代主义理论》中的译文。王潮选编：《后现代主义的突破——外国后现代主义理论》，敦煌文艺出版社，1996年，第290页。——译者

解和控制意义的扩散"（Foucault，"Author"，159）。"作者－功能"概念描述了一个将混乱、无序的领域结构化的过程，就像从溶液中形成晶体一样。作者对整个档案进行了详尽的排序和分类。

> 作者将限制意指灾难的无限膨胀与扩散……作者是意指膨胀的节约原则……作者不是灌注一部作品的无限意义源泉，作者并不先于作品，他是我们文化中的某种功能性原则，通过这种原则，我们可以有效地限制、排除和选择作品的意义。简而言之，作者是人们阻止虚构作品的流通、自由操纵、自由组合、分解和重构，来控制意义的重要角色。（"Author"，158—159）

对话语的一般性解释，有意排除了其他可能的解释，这种解释明显是简化主义的和排他性的；对话语的一般性解释，是对表征问题的系统化、理性化的否认。显然，后现代主义更愿意沉浸在对表征问题的反复研究中，而不是抵制或否认它。后现代主义认为，意义并不是固定不变的，而是在不断地扩散和变化中产生的。因此，后现代主义更倾向于接受和研究这种意义的扩散和变化，而不是试图通过简化主义的方式来限制和控制它。将这种对作者功能的讨论运用到对特纳作品的分析中，我们可以明显看出，"作者－功能"的解释与象征意义的解释过于相似，并没有过多的进步。

作为一个需要解释的文本，恩登布——他者的文化——呈现出一片能指的荒野，一片需要被绘制的森林。人类学家挑选出一组有限的"关键符号"（key symbols），展示它们是如何相互联系的，并将它们置于文化中，以此来声称对他者的理解。文化是人类学话语中的传统修辞术语，就像批评中的作者一样，因此，我们可以注意到批评中的"作者－功能"与人类学中的"文化功能"之间存在密切的相似之处。这些修辞手法（如"作者"和"文化"）各自为其解释形式（如文学批评和人类学研究）提供了基础，并确定了解释的范围。当我们将他者视为他们社会话语的作者时，"作者－功能"和"文化功能"之间的相似性则再次显现。他者被视为他们自己社会话语的作者，他们通过他们的话语和行为创造并塑造了他们的社会现实。这种相似性也体现在最近的一种研究方法上，这种研究方法将文本作为解释工具，阅读他者的社会话语是为了理解其意义（Geertz）。值得注意的是，尽管文化和作者并不是固定不变的，是处于动态发展中的，但人们仍然坚持将它们作为解释的修辞手法、意识形态的干预以及控制意义的方式。人们通过作者、文化的话语和行为，定义和界定文本或文化现象的表征，否认表征的复杂性和多样性，为文本或文化现象提供一种简单的、单一的解释。

在上文中，我已经指出，文学批评和人类学都在向文学靠拢。就人类学家而言，他们正在越来越多地对人种学的解释进行质疑和实验。他们不仅让写作和解释的过程变得可见，也在探索如何通过理解他者来获取意义。许多这样的实验中，都采用了"双轨"（double-track）的叙述形式：一方面，他们讲述关于他者（研究对象）的故事；另一方面，他们描述了在进行研究过程中，如何通过人际交往的技术（比如观察、交谈、参与等）与他者的接触，从而使得研究结果的披露成为可能的故事［例如人类学家克拉潘扎诺（Crapanzano）和法夫雷特·萨达（Favret Saada）]。这些叙事同时是元叙事。由于这些已在别处被详尽讨论，因此我不会在此论述它们对人类学实践的重要性（参见 Clifford, Marcus）。相反，我将讨论叙事作为一种解释策略，作为产生大量元叙事的一种方式，以及作为解决表征问题的一种方式。

叙事的特殊吸引力在于，它能够将最多样化和最意想不到的材料组织成一个事件序列，这些事件被安排成为一个故事（Ricoeur）。故事最基本的概念是由开头和结尾、冲突的解决过程和结局组成的。一个故事是连续的，是有边界的，并在最后形成闭环。鉴于能指的激增，叙事因为其精心控制的结构，限制并聚焦了意义，这是叙事的一种优势。但是，叙事通常被视为虚构，因此不被视为可以揭示客观真相的载体。克利福德和马库斯在研究中，质疑了叙事与描述的分离，并通过暗示叙事在人种学分析中的有效性，来模糊小说叙事和科学叙事之间的界限。叙事如何帮助我们解决象征意义作为一种理解和解释世界的方式的衰落，以及表征的崩溃这些问题呢？

叙事通常是对从更广泛的历史环境中剥离出来的特定的事件和情况的含蓄陈述。当我们解释一个叙事时，我们必须怀疑它至少可以在两个层面上进行阅读，这两个层面可能是文字的字面意义和更深层次的象征或隐含意义。与仪式这一特纳的象征形式的多媒体剧场不同，严格的叙事在坚持其非象征性方面毫不妥协：它是一个平坦、光滑的表面，没有深度。因此，19 世纪欧洲人写的许多访问北非的旅行书，并不把自己呈现为与他者（东方）相遇的寓言，而是作为明晰的记录或微观的历史（Foster，1982、1983）。

旅行文学是直接将一系列体验转化为文本的。在旅行文学体裁的经典之作《莫格勒布阿克萨》（*Mogreb el-Acksa*，1930）中，坎宁安·格雷厄姆（Cunningham Graham）讲述了他在 1897 年从摩洛哥海岸到阿特拉斯山脉的旅程。他的目的地是位于撒哈拉沙漠边缘的塔鲁丹特，一座"充满神秘气息的城市"（4）。格雷厄姆指出，当时没有关于这座城市的记载，而且对非穆斯林来说是禁止进入的，所以很少有欧洲人参观过它。在旅途中，坎宁安·格雷厄姆伪装成土耳其医生，并由一名很容易被误认为穆斯林的叙利亚翻译（基督徒）陪同。他们的旅程未能到达目的地，中途他们被发现是基督徒，并被当地的卡伊德（kaid）拘留，不允许他们继续前往苏斯。他们最终返回马拉喀什和摩洛哥海岸。正如坎宁安·格雷厄姆（xii）透露的那样，这是个失败的"朝圣之旅"。尽管如此，格雷厄姆还是在书中讲述了他在沿途的无数遭遇。他打消了欧洲人对异国情调的好奇心，并公开了他对该地区政治混乱的看法。

在《莫格勒布阿克萨》中，作者首先为他写作中的对该地区"缺乏分析"（xiii）道歉。叙事就像一条穿过迷宫的线，它带领读者进入山区，经历了卡伊德城堡城墙外令人沮丧的数日等待。叙事的高潮是与卡伊德本人会面，紧接着的是同样引人入胜的结局，当团队终于到达马拉喀什时，当他沉浸在一位柏柏尔牧民的笛声中时，作者以一种怀旧的方式结束了他的叙事，他的故事邀请读者继续沉迷于其中：

> 随着他的歌唱，火车和公共汽车的噪声逐渐消失；烟雾缭绕的城镇变得更加昏暗；现代生活的喧嚣、匆忙和平淡都消失了；我再次看到了菲斯山谷、有着四座被截断的塔楼的巨大古堡、卡伊德、他受伤的马、波斯人，以及那种奇异的、迷人的、半封建、半田园诗般的生活。过了两周，我们才被人发现了，这是我唯一感到慰藉的地方。我将永远记得这次旅行。（340）

叙事的线索勾勒出一条路径，一条穿过乡村和城市的视野隧道，但几乎无法充分描述阿特拉斯、柏柏尔人、摩洛哥或马拉喀什；另一条叙事线索会展现另一种视角。叙事将基于单一经验的一系列表象联系在一起。它只传达了自己特有的领域，并没有提供全景（全知）视角。叙事并没有像扫描式的人类学那样宏大地宣称能描绘整个景观。

对这个叙事的研究分析表明，它并没有坚持自己不对事实进行分析或道德化书写的原则。它并没有限于其贫瘠的故事，而是离题到了民族志，这种离题表现在试图具体说明阿拉伯人和柏柏尔部落人的性格特征，明确提出保护主义的政治议程，以及对异国风俗的评价。这个叙事并没有严格遵循其自身的规定或原则，而是在讲述故事的过程中，引入了一些与主线故事不直接相关的元素，用镜花水月中的"现实"来修饰叙事。这样做的结果是，这个叙事并不是一个简单的观点表达或者对事物的分析，而成为一种"修辞干预"，影响了读者对于故事的理解和感知。读者被引导去相信故事中不言自明的真理。在这一叙事中，任意的表征与意义都是稳定的。坎宁安·格雷厄姆在描述前殖民时期的摩洛哥政治局势，并呼吁欧洲对其进行干预的过程中，没有将分析作为一个深入研究或者理解事物的工具，而是将它作为一个故事的一部分，作为旅行文学的一个补充，只是为了将自己描述的对象定义为现实。

叙事、"作者－功能"和象征意义的解释被证明是对后现代表征危机的策略性回应。这些话语技术清楚地指出了后现代的一个核心特征：既有实证主义或科学，也有对它们的拒斥。既存在不确定性和一种无力感，又存在着努力寻找方法否认这种"异化"（这个词已经不流行了，也许是因为我们已经适应了这种情况）的积极行动。特纳象征意义的解释方式是一种设法应对这一复杂状况的尝试，承认这种事态的复杂性，承认意义和意义问题的深度，但又坚称这种复杂性是可以被理顺的、深究的，以便进行一个令人满意的分析。这个前提现在看起来很幼稚，但深度、多面性或复杂性这些概念在我们的解释实践中仍然起着重要的作用。作者、文化和叙事在最近的话语实践中的策略部署，主要是试图通过修辞干预来解决后现代表征的问题（Hamon）。一些原本只存在于特定地区或特定情境中的权力和知识形式，被提取出来，通过修辞的方式，被过度抽象化，然后应用到全球范围内。这些原本地方性和偶然性的权力和知识形式，在这个过程中，被赋予了一种普遍性和必然性，被视为"真理"。

修辞干预的做法，造成了现实的程式化，修辞构造了现实，然后修辞又对现实进行解构。有人认为，这种修辞构造只是一种最新的狂热，是一种跟随潮流的行为，没有真正的价值和意义。有人认为，这种修辞构造是种政治上不正确的具象化，是对某些政治观点或者立场的错误表达。或者说这种修辞构造是不雅或者错误的，因为没有充分考虑其他的现实（other realities）或他者的现实（the realities of the Other）。对此种现实的争论，实际上决定了这些假设知识形式的影响力和权威性（Rabinow）。批评/写作/文学的旋转木马为了满足阅读的贪婪欲望而越来越快地旋转。正如特纳（1982：7）所说，批评/写作/文学已成为"一次个人的发现之旅"。

意义不是透明的或象征的，而是开放的（因此成了一个问题）。巴特将这些符号学境况与整个文学史联系起来：

> 从远古时代到我们现在先锋派的努力，文学一直关注于表现某种事物。是什么？我会直截了当地说是现实。现实是不可再现的，正是因为人们不断地试图用文字来再现它，才有了文学的历史。现实是不

可再现的，而只可能是可论证的，可以用几种方式论证：要么我们可以用拉康将它定义为不可能的、无法获得的和逃离话语的东西，要么用拓扑学来形容，就是我们观察到一个多维秩序（现实）与一维秩序（语言）无法一致、重合。现在正是文学反抗这种拓扑学意义上不可能性的时候。虽然语言与现实之间没有平行关系，但人们不会偏袒任何一方，这种抗争也许与语言本身一样古老，正是在这种抗争中产生了文学。（Barthes，1982：465）

巴特似乎宣称，使文学和解释成为可能并激发写作实践的那些令人沮丧/令人振奋的条件是无所不在的（普遍的？）。我认为，这些使文学和解释成为可能的条件，可能并不是普遍存在的，而是特定于后现代这个历史时期。也许我有罪，因为我构建了一个伪造的、自私（或自我揭示）的叙事，以便轻松地论证一个更巧妙的论点（更具文学性），就像坎宁安·格雷厄姆或特纳挪用他者一样，我搜刮和挪用了档案。后现代状况会不可避免地引起对这种可能性的质疑。

特纳的作品记录了他自己对类似怀疑的转变，这种变化最初在他的朝圣研究中隐含地存在，他在进行朝圣研究的过程中，开始对一些事物产生了怀疑。随后，这种怀疑在他后来的作品中被明确地体现出来，成为他个人追求的一部分。他开始主动地寻找答案，试图理解和解释那些他曾经怀疑和质疑的事物。描绘意义的过程和实践具有其仪式和朝圣的一面：一条叙事线索穿过迷宫、图书馆或档案，到达一个难以捉摸的目标或圣人的圣地。人类学家在对知识（田野调查？）的追求中，需要进行重复的搜索工作，或者不断地回顾和重新分析已经进行过的研究。

这种过程，实际上描绘了人类学家从一个研究阶段过渡到另一个研究阶段的过程。

除此之外，人类学家还需要坚持不懈地写作——试图解释无法解释的事物——这种尝试是对如何解释和表征现实的一种痛苦的挣扎。然而，巴特告诉我们，这并不能让我们真实地描绘和理解世界。

因此，对意义的探索分崩离析，向不同方向延伸，层层渗透之下，影响了认识论和叙事。我已经提出，叙事是多么容易对其讲述的故事"撒谎"，并将其变成元叙事，颠覆了它自身存在的理由。当利奥塔将后现代状况定义为对元叙事的怀疑时，他指的是一组类似的情况；如果基础的表征是不可能的，那么所有建立在基础表征上的元叙事都是可疑的。人们寻求其他元叙事来取代那些受到怀疑的元叙事，因此对元叙事的怀疑以极大的讽刺效果产生了一系列新兴的叙事和元叙事。人们隐约地希望，在这种不断扩散的话语中会找到一个现实的话语来克服表征的困难。由此产生的张力推动了表征、话语的无限产生："无论我们写下的是什么东西，都传达了我们不想传达或者不可能想要传达的各种意义，而我们的词语也不可能说出我们打算说出的意思。试图驾驭文本是徒劳的，因为文本和意义的不断交织超出了我们的控制。语言通过我们而起作用。解构主义的推动认识到了这一点，它要为另一种文本而查看一种文本，把一种文本消解为另一种文本，或者把一种文本建构成另一种文本"[①]（Harvey，1989：49—51）。

通过一系列曲折的弯路，我回到了博尔赫斯和他的档案，因为面对无休止且永远无法令人满意的解释的另一种选择是保持沉默。在《人类学家》（The Anthropologist）一文中，博尔赫斯（1974：46—51）叙述了一个简短的表征寓言。一个年轻人正在四处寻找人类学知识，他开始学习美洲原住民语言，并开始探索萨满教的秘密。经过两年的实地研究，他回到大学，并向教授宣布他已经掌握了他最开始探索的秘密。但他并不打算透露它们，并且已经烧毁了他所有的笔记。教授想知道他是否已经成为当地人。这位年轻人解释说，他决定不写专著，并不是因为发誓不公开他的知识，而是因为他所学到的东西是无法叙述的。他成为大学图书馆的图书管理员。鉴于表征的问题，他变得沉默了。我们看到他走向图书馆宏伟的正门，进入雕刻精美的门口，然后消失了，永远被档案的无限话语包围。他拥有某种权力，因为他已经获得了"所有的知识"。他认识到没有一本书能包含所有书籍，他拒绝决定"什么是真实的"或"什么是现实的"。他提供所有可能性，并可以接触到所有可能的表征系统，无论是过去的、现在的，还是未来的，他选择了沉默。

进行写作和停止写作都是解释的阶段。但是，当方法论、指南或简单的解释方法不可用时，写作和沉默（知道何时停止写作以及如何得出结论）也会成为问题。在后现代的观念中，意义并不是透明的，不是可以直接理解的。意义需要通过象征意义的分析和解释来揭示。然而，这种解释可能会陷入两个极端之间：过度书写和沉默。我给出的轶事和解释说明了这种束缚，并表明，随着对表征的怀疑，必然会产生本地的、偶然的、特殊的、政治的、试探性的和暂

[①] 此外采用阎嘉教授的译著《后现代的状况：对文化变迁之缘起的探究》中的译文。[美] 戴维·哈维：《后现代的状况：对文化变迁之缘起的探究》，阎嘉译，商务印书馆，2003年，第71—72页。——译者

时性的解释，因为它们源自可定义的场合，而不是直接来自现实。档案被整理得如此有序，以便让我们接触到无尽的话语，但是那个秩序并没有告诉我们选择什么话语，哪些书包含了真理，或者哪些词传达了知识或赋予了权力。表征受某种场合、一系列实践和当下条件的影响。它在不断变化的话语表述、历史约束、修辞力量、权力配置以及对知识的假设和主张中流动。意义和真理，一种固定的或现实的解释，取决于这些不同的元素在实践中如何被挪用和协调。后现代表征的问题要求将这种实践作为实践本身的自反性方面进行检查，因为我们不能再依赖象征意义的解释、描述、叙述或其他形式的表达来掩盖或避免面对现实。在后现代观念中，这些表达方式都是对现实的一种塑造，而不是现实本身。

解释是有风险的，作家变得脆弱，但在对意义的追寻中，作家仍然在寻找他渴望的闪烁的对象。

参考文献

Barthes, Roland. *Elements of Semiology*. Trans. Annette Lavers and Colin Smith. London: Jonathan Cape, 1967.

————. Inaugural Lecture, College de France. In *A Barthes Reader*. Ed. Susan Sontag. New York: Hill and Wang, 1982.

————. "Digressions." In *The Grain of the Voice*. Trans. Linda Cloverdale. New York: Hill and Wang, 1985.

Boon, James. *Other Tribes, Other Scribes*. New York: Cambridge University Press, 1982.

Borges, Jorges Luis. "The Library of Babel." In *Ficciones*. Ed. Anthony Kerrigan. New York: Grove Press, 1962.

————. "The Anthropologist." In *In Praise of Darkness*. Trans. Norman Thomas di Giovanni. New York: Dutton, 1974.

Clifford, James. "On Ethnographic Surrealism." *Comparative Studies in Society and History* 23 (1981), 539–564.

Clifford, James, and George Marcus, eds. *Writing Culture: The Poetics and Politics of Ethnography*. Berkeley: University of California Press, 1986.

Crapanzano, Vincent. *Tuhami, Portrait of a Moroccan*. Chicago: University of

Chicago Press, 1980.

Cunningham Graham, R. B. *Mogreb el-Acksa, a Journey in Morocco*. New York: Viking, 1930.

de Certeau, Michael. *The Practice of Everyday Life*. Trans. Steven F. Rendall. Berkeley: University of California Press, 1984.

Donato, Eugenio. "The Museum's Furnace: Notes Toward a Contextual Reading of Bouvard and Pecuchet." In *Textual Strategies*. Ed. Josué V. Harari. Ithaca, N. Y.: Cornell University Press, 1979.

Favret-Saada, Jeanne. *Deadly Words: Witchcraft in the Bocage*. Trans. Catherine Cullen. Cambridge: Cambridge University Press, 1980.

Foster, Stephen William. "The Exotic as a Symbolic System." *Dialectical Anthropology* 7 (1982), 21–30.

———. "Deconstructing a Text on North Africa." *Pretext* 4 (1983), 295–316.

Foucault, Michel. "Fantasia of the Library." In *Language, Counter-memory, Practice*. Trans. Donald F. Bouchard and Sherry Simon. Ithaca, N. Y.: Cornell University Press, 1977.

———. "What Is an Author?" In *Textual Strategies*. Ed. Josué V. Harari. Ithaca, N. Y.: Cornell University Press, 1979.

Geertz, Clifford. "Blurred Genres." *The American Scholar* 29 (1980), 165–179.

Hamon, Philippe. "The Rhetorical Status of the Descriptive." *Yale French Studies* 671 (1981), 1–26.

Hartman, Geoffrey. *Saving the Text*. Baltimore: The Johns Hopkins University Press, 1981.

Harvey, David. *The Condition of Postmodernity*. Cambridge, Mass.: Basil Blackwell, 1989.

Lyotard, Jean-Francois. *The Postmodern Condition*. Trans. Geoff Bennington and Brian Massumi. Minneapolis: University of Minnesota Press, 1979.

Marcus, George E., and Dick Cushing. "Ethnographies as Texts." *Annual Review of Anthropology* 11(1982), 25–69.

Ortner, Sherry B. "On Key Symbols." *American Anthropologist* 75(1973), 1338–1346.

Rabinow, Paul. "Discourse and Power: On the Limits of Ethnographic Texts."

Dialectical Anthropology 10(1985), 1–13.

Ricoeur, Paul. *Time and Narrative*, Vol. 2. Trans. Kathleen McLaughlin and David Pellauer. Chicago: University of Chicago Press, 1985.

Stewart, Kathleen. "Nostalgia—a Polemic." *Cultural Anthropology* 3 (1988), 227–241.

Turner, Victor. *The Forest of Symbols*. Ithaca, N. Y.: Cornell University Press, 1967.

————. *The Ritual Process, Structure, and Anti-structure*. Chicago: Aldine, 1969.

————*From Ritual to Theatre*. Performance Studies Series, no. 1. New York: Performing Arts Journal Publications, 1982.

Turner, Edith, and Victor Turner. *Image and Pilgrimage in Christian Culture*. New York: Columbia University Press, 1978.

Wagner, Roy. *The Invention of Culture*. Englewood Cliffs, N. J.: Prentice-Hall, 1975.

第二部分

特纳的理论和实践

维克多·特纳的仪式相关理论

罗纳德·L. 格莱姆斯（Ronald L. Grimes）

> 罗纳德·L. 格兰姆斯是威尔弗里德·劳里埃大学（Wilfrid Laurier University）的宗教与文化教授，也是《仪式研究杂志》（Journal of Ritual Studies）的总编辑。他著有《仪式研究开端》（Beginnings in Ritual Studies）和《仪式批评》（Ritual Criticism）。

要了解特纳的仪式至少需要从三个角度进行探究。首先，需要明确他对仪式的正式定义；其次，必须凝练他的理论思考；最后，必须推断出特纳对仪式的个人印象与感受。[1]

仪式的定义

尽管维克多·特纳的著作对于远超他自身领域和仪式主题更广泛的领域有着丰富的启示，但他对仪式的定义充其量只能算是传统的，甚至可能会阻碍我们对仪式的理解和研究。他认为，仪式是指人们在不运用技术程序，而求助于对神秘物质或神秘力量的信仰的场合时的规定性正式行为①（1967：19；1978：243）。

该定义引发了一系列问题。它不仅将仪式限制为宗教仪式，即礼拜仪式，还将宗教信仰限制为它的两个子类型，有神论和万物有灵论（分别由神秘存在和能量给人暗示）。此外，这意味着仪式在定义上与信仰有关——这是一种明显的西方观念，忽视了仪式与信仰之间的分离和不一致的状况。仪式与信仰的关系并不比它与神话的关系更密切。因为同一种仪式可以嵌入不同的时代、文化背景和宇宙观，人们无法从中推断出信仰。人们参加他们不信仰的仪式并不少见，或者如果他们信仰仪式中的观念，他们会以某种特殊的、虚拟的方式去参

---

① 此处采用赵玉燕、欧阳敏、徐洪峰三位学者的译著《象征之林——恩登布人仪式散论》中的译文。[英]维克多·特纳：《象征之林——恩登布人仪式散论》，赵玉燕、欧阳敏、徐洪峰译，商务印书馆，2006年，第19页。——译者

与。此外，他们可能相信仪式中的一部分，但不相信其他部分。杰克·古迪（Jack Goody，1977：33）在批评仪式观念的效用性时提醒我们，在希腊城邦中，人们被要求参与仪式，而不是信仰仪式。

特纳将信仰作为定义仪式时的必要条件的问题在于，信仰的概念包含了西方理性主义的假设。西方思想的某些阶段认为信仰是主要的，而行动是其次级表达的假设。如果将这一假设纳入对仪式的定义，则反映了种族中心主义。当舞者戴上狮子面具成为狮子神时，信仰到底是什么呢？

特纳否认他对仪式的定义所隐含的态度与色彩。也许我们应该调查这种定义的另一面是否正确。人们是否有可能通过参加仪式以避免信仰的义务，或者他们在进行仪式的过程中止了信仰？

宗教、信仰和仪式之间没有固定的联系。每种文化都有自己的方式来建立或掩盖这些文化现象之间的联系。由于有与宗教无关的仪式（例如，民间风俗），还有与神秘存在或能量关系不大的宗教（如禅宗），因此将此类限定词加入对仪式的定义是错误的。

此外，特纳将仪式与"运用常规技术的场合"区分开来的做法，并没有完全成功。这种策略帮助我们认识到节日、庆典和其他充满游戏性的仪式的非工具性质。但它掩盖了仪式与技术之间的联系，这种联系是在神圣技术人员（伊利亚德对萨满巫师的称呼）从事旨在获得特定经验结果的魔法仪式中显示出来的，例如使作物生长或治愈患者。肯定有一种仪式技术（当然，现代技术也有它的仪式性质）应该被理解，而不是被掩盖。

理想情况下，一个正式的定义应基于人类学家的田野调查，并作为他或她的理论凝练的产物。但特纳对仪式的定义并非如此。因为他未能使他关于仪式的定义与他的理论或他对仪式的理解相一致。

仪式理论

特纳的仪式理论与他对仪式的定义完全不同。如果他遵守对仪式的定义，就排除了他认为大部分有趣的内容。更符合他的理论思考的是这种描述："我认为'仪式'（ritual）这一术语更加适合于表示与社会过渡相关联的宗教行为，而'典礼'（ceremony）一词则更适于表示与社会状态相关联的宗教行为，因为在社会状态中政治-法律制度也有更大的重要性。仪式是转换性的，典礼则是确认性的"①（1967：95）。

特纳研究的一个主要关注点是社会转型。他倾向于从动态过程出发解释主要文化现象，而不是静态地解释。因此他强调传统文化中成年礼的阈限阶段和后工业文化中的阈限现象。

他以一种与他的仪式理论相似的方式定义神话："神话作为起源，源自过渡"（1968：576）。他在这里将神话分为内容和语境，以便能够将前者与静态或原始的事物联系起来，而将后者与动态过程性的事物联系起来，因此他将仪式分为仪式（与过渡转型期有关的仪式）和典礼（与维持现状有关的仪式）。

特纳开创性的描述具有挑衅性但又与众不同，非常符合特纳自己的风格。很少有学者以这种方式使用术语。更传统的用法将"典礼"一词与世俗或民间仪式联系起来，而严格意义上的仪式则与宗教联系在一起。如果我们要遵循特纳的用法，一个特定的仪式可能既有变革力量，也有巩固和维持现状的力量。因此，仪式和典礼不是不同类型的行动，它们是行动的特质。所以，使用特纳的理论时需要思考，"这是典礼还是仪式？"这一可能会混淆的问题。

在他对仪式的正式定义和更具理论性的描述中，特纳都将仪式和宗教联系起来——这种做法与他呼吁关注世俗仪式的变革力量，以及他在当代艺术和戏剧中关注仪式的做法并不一致。在特定情况下，艺术和戏剧可能是宗教的，也可能不是宗教的。然而，无论人们多么想将宗教与变革的力量联系起来，人类学家都没有实证上的依据来建立这种关联。当他们这样做时，他们就像神学家一样在谈论他们认为应该是什么样的情况。事实上，宗教兼有改造和维系社会的作用。特纳坚持认为宗教和仪式都不应该仅仅等同于维持社会地位的体系，但有时他将它们视为仅仅是引起社会变革的力量也是不可取的。

大多数时候，特纳并没有将理念上的仪式与仪式实践相混淆。仪式实践既是阈限的，也是面向社会系统的。特纳坚持认为，只有在仪式产生的社会领域的背景下才能理解这些仪式。因此，尽管他的理论具有高度概括性，但他的研究并不仅仅局限于这些领域。他的研究更多的是在实际的社会背景中理解仪式，而不是将其简单地归类或哲学化。

特纳的主要理论原则之一是他的戏剧理论。他既假设也论证了仪式本质上

---

① 此处采用赵玉燕、欧阳敏、徐洪峰三位学者的译著《象征之林——恩登布人仪式散论》中的译文。[英] 维克多·特纳：《象征之林——恩登布人仪式散论》，赵玉燕、欧阳敏、徐洪峰译，商务印书馆，2006年，第95页。——译者

是戏剧性的，但他的这种观点并不总是显而易见的。一方面，它可能意味着仪式展开的内部过程类似于戏剧所展示的过程。另一方面，它可能意味着围绕仪式的社会冲突类似于戏剧过程，甚至产生了戏剧过程。他没有系统地区分作为形式上的戏剧和作为仪式功能性质的戏剧，但他的重点落在了后者上。此外，他并不总是具体说明什么样的戏剧原则在仪式中起作用。难道仅仅是显而易见的身体动作吗？是否存在冲突？如何扮演角色？表演者与观众如何分工？特纳的戏剧理论成果丰硕，他为一代人关于仪式与戏剧之间的界限的讨论和实验奠定了基础。但他不是系统性的，我们不需要对他的理论进行陈词滥调的重复，而需要对他的理论进行更为批判性的扩展。

特纳仪式理论的另一个固定要素是，他坚持仪式是由符号"积木"构成的。有时他更灵活地处理符号，将它们称为"能动因素"（1975：150）。但在以下两种情况下，他都没有考虑到对象征主义思想的一些相当严厉的批评。例如，丹·斯珀伯（Dan Sperber）指出，在通行的符号埋念或特纳式的思考方式中，符号的指代具有意义的假设，他认为，符号更像是气味而不是文字：它们是唤起功能而不是指称功能。斯珀伯并不认为仪式的解释性意义（也就是对仪式的评论或解读）真的构成了对仪式本身的解释。相反，斯珀伯坚持认为，符号唤起了仪式。"对仪式的解释不是一种解释，而是象征符号的延伸，必须通过解释象征符号来解释仪式本身"（1975：34）。

特纳（1974：53）在他的研究中，似乎最倾向于将他的整个研究领域命名为比较符号学，他试图通过比较不同文化、社会和历史背景下的符号来理解和解释仪式。然而，这种方法也存在一些困难，因为符号及对其的解释可能不是组成仪式的所有元素。在仪式中，除了那些引起大量关注的符号之外，还有许多其他的元素。停顿和不规范的手势要怎么解释？那些出现在神圣区域中的非圣物要怎么解释？用于引入象征性手势的辅助动作怎么解释？许多普通的、非象征性的东西都在仪式中存在，并不是每一个动作或事物都充满了"多声部"（他的术语）的象征意义和戏剧性。这些元素可能没有明确的名称或者被忽视，但它们都是仪式的一部分，对我们理解仪式有重要的影响。仪式化事件的某些方面是乏味的、常规的，并且通常被符号研究者忽视，但是它们却与我们对仪式的理解有关。特纳知道这一事实，但从未让其在他的理论中占有一席之地。

在仪式研究领域中，特纳的仪式理论打破了保守主义的束缚。在仪式研究领域中，绝大多数定义和理论都是功能主义的，强调仪式在多大程度上保持现状并抵制变革。仪式被描绘成最保守、最落后的文化形式。它几乎无法对社会产生作用，仅仅是社会的存储库或映像库，它总是被动的。特纳描绘了仪式的另一幅图景，那就是仪式作为文化的代理人，它充满活力、具有颠覆性、创造性和社会批判性。

仪式理解

一个人对仪式的理解实际上是从对仪式的体验中获得的。特纳不仅是一位理论家和田野工作者，他还是传统仪式和实验性仪式的参与者。他在写作中（虽然以谨慎的方式）谈到了他参与仪式实践的经历。如果我们对他的多重宗教信仰和他对仪式的矛盾心理略知一二，那么理解他的定义和理论之间的不一致就不那么困难了。特纳不仅是一位虔诚的天主教徒，崇拜梵蒂冈二世之前的弥撒，而且还受到恩登布人的启发，与理查德·谢克纳（Richard Schechner）一起参与了仪式化的戏剧实验。在戏剧实验工作坊，特纳积极参与、挪用、改编和创造仪式，但他的态度是矛盾的。一方面，他喜欢并支持这样的实验，因为他认为仪式只能作为生活经验来理解（1979：80）。另一方面，他担心"同时代即兴创作带来的粗制滥造"（1976：524），以及"一个新的整体化的再阈限化过程"可能导致的个体丧失（1979a：117—120）。特纳将对仪式理解的传统方面纳入他的正式定义，而有趣的、实验性的方面则出现在他广泛的、跨学科的理论中。当他试图调和这两种倾向时，有时他会将仪式视为一个整体，但仪式千差万别，不仅跨文化而且跨类型。节日不是简单的葬礼或就职典礼。特纳倾向于将所有仪式解释为几种特定类型的变体，特别是过渡仪式、倒转仪式以及庆祝仪式。

特纳将仪式与众多主题相关联：大脑生理学、戏剧、宗教、社会过程、艺术、文学、政治等。他的研究不仅限于宗教仪式。他对仪式的理解——与他对它的定义相反——很少注意世俗与神圣的区别。受涂尔干的影响，特纳获得启发，他认为在现代世俗社会中，神圣的领域已经"收缩"（1977：36ff），参与神圣活动成为个人在闲暇时的选择，而不再是一种强制性义务。特纳明白前工业化的小规模社会和复杂的大规模社会之间存在的重要区别。他指出，最重要的一个问题是，虽然阈限集中在前者，但它在后者中被扩散（因此更名为类阈限）。如此，特纳几乎推翻了涂尔干。阈限不再有固定的边界，而是分散的，在艺术、政治、广告等领域几乎无处不在。特纳承认阈限现象可以是相当世俗化的（43），但他对阈限的描述常常听起来像是对神圣的描述，如强烈的感觉、等级制度的瓦解等。换句话说，对于世俗社会的成员来说，类阈限是神圣的。我怀疑不只特纳这么认为，他的追随者也是这样认为的。如果是这样，他将仪式定义为本质上是宗教的就更加意味深长了。宗教现在有了更广泛的含义，不再只是与神相关的意思，而意味着唤起一种共同体及孕育变革。

注解

［1］我在其他作品中更详细地讨论了特纳的思想。参见格莱姆斯1982年著作中的第4章和第9章。

参考文献

Goody, Jack. "Against 'Ritual': Loosely Structured Thoughts on a Loosely Defined Topic." In *Secular Ritual*. Ed. Sally F. Moore and Barbara G. Myerhoff. Amsterdam: Van Gorcum, 1977.

Grimes, Ronald L. *Beginnings in Ritual Studies*. Washington, D. C.: University Press of America, 1982.

Sperber, Dan. *Rethinking Symbolism*. Trans. Alice L. Morton. Cambridge: Cambridge University Press, 1975.

Turner, Victor. *The Forest of Symbols: Aspects of Ndembu Ritual*. Ithaca, N. Y.: Cornell University Press, 1967.

_____. "Liminal to Liminoid, in Play, Flow, and Ritual: An Essay in Comparative Symbology." *Rice University Studies* 60 (1974), 53-92.

_____. *Process, Pilgrimage, and Performance: A Study in Comparative Symbology*. New Delhi: Concept, 1979.

_____. "Ritual, Tribal and Catholic." *Worship* 50 (1976), 504-526.

_____. "Symbolic Studies." *Annual Review of Anthropology* 4 (1975), 145-161. Ed. Bernard J. Siegel.

_____. "Variations on a Theme of Liminality." In *Secular Ritual*. Ed. Sally F. Moore and Barbara G. Myerhoff. Amsterdam: Van Gorcum, 1977, pp. 36-52.

_____. "Dramatic Ritual/Ritual Drama: Performative and Reflexive Anthropology." *Kenyon Review* N. S. 1 (1979), 80-93.

_____. "Myth and Symbol." In *The International Encyclopedia of Social*

Sciences, Vol. 10. Ed. David L. Sill. New York: MacMillan and Free Press, 1968, pp. 576 – 582.

———, and Edith Turner. *Image and Pilgrimage in Christian Culture: Anthropological Perspectives*. New York: Columbia University Press, 1978.

"从天神到丑怪"[①]

——维克多·特纳思想的反结构和批判性

弗雷德里克·特纳（Frederick Turner）

弗雷德里克·特纳，教授，得克萨斯大学达拉斯分校艺术与人文学科创始人，《哈泼杂志》（*Harper's Magazine*）的定期撰稿人。他同时是一位诗人、文学评论家和文化研究者，著有两部史诗《新世界》（*The New World*）、《创世纪》（*Genesis*），一本关于文学和科学论文集《自然古典主义》（*Natural Classicism*），以及其他几本关于诗歌、小说和批评的书。他还时不时地出现在《史密森尼的世界》（*Smithsonian World* PBS）系列纪录片中。

维克多·特纳曾坦言，他非常害怕有一天会出现一本以他的名字命名的论文集，他声称这等同于死神的来访。在这种情况下，如其所言，伤害已经造成了。但是，我们有责任以他的精神来进行这项事业，也就是说，以一种嬉戏的态度，睁大眼睛，对所有可能的"元"视角的讽刺含义保持敏感。

事实上，检验特纳对"元"模式的特殊使用方法，是深入理解他的作品的绝佳方式。无论是历史学家、社会学家、哲学家，还是有文学倾向的批评家，在参与隐秘的意识形态斗争时，比如，当他们在推动修正主义理论并希望避免与他们的敌人相交锋时，通常都会采取"元"立场。换句话说，"元"视角被用于疏远、疏离、控制和剥夺合法性。特纳则出于完全不同的目的使用"元"模式。他没有别有用心的意识形态策略，并没有暗示说揭示一个行动背后的理由

[①] "从天神到丑怪"（Hyperion to a Satyr）是一个典型的比喻，源自莎士比亚的《哈姆雷特》。其中，Hyperion 指许珀里翁，希腊神话中提坦巨人之一，是大地女神盖娅和天王乌拉诺斯之子，第一代太阳神。Satyr 指萨堤尔，希腊神话里的潘与狄俄尼索斯的复合体的精灵，他们拥有人类的身体，同时有部分山羊的特征，他们主要以懒惰、贪婪、淫荡、狂欢饮酒而闻名。Hyperion 代表了尊贵和光明，而 Satyr 则代表了世俗和欲望。在这里，它可能被用来象征特纳的理论中的两个对立面：结构（Hyperion）和反结构（Satyr）。此处采用朱生豪的译著《莎士比亚悲剧——哈姆雷特》中的译文。［英］威廉·莎士比亚：《莎士比亚悲剧——哈姆雷特》，朱生豪译，译林出版社，2013 年，第 11 页。——译者

和意图会降低这个行动的价值。相反,他试图让参与争论的人面对他们自己和彼此的内在动机。他希望人们能更深入地理解和反思他们的行为和观点,而不是仅仅停留在表面的争论和辩论上。当辩论者能够接受他们自己和他人的内在动机,并认识到人们的共同处境时,他们就能够以一种包容的态度来看待彼此。这种理解和接纳是特纳试图通过他的质疑和探讨来达到的目的。他这样做不是出于任何敌意,而是本着坦率、同情、洞察、顿悟的心态和对人性的承认。他总是将自己置于讨论过程中,"元"模式作为占据优势地位的手段。

对他来说,文化起源于炽热、流动且不断变化的共同体的生命力,即反结构、狄尔泰意义上的"体验"、富有魅力的阈限状态、介于社会常规稳定状态之间的"中间地带"。这个肥沃的苗床将被保护,免受任何亵渎的指控,因为这个空间中的所有行动都"只是"虚拟的,可以说,都在引号中。在风格上,特纳喜欢引号和虚拟语气。

随着时间的推移,原始启示性体验的参与者或其追随者,会试图通过将其凝结或封装在仪式、符号、神话和解释的外壳中,来珍藏和保护原始的启示。这个外壳将保护种子或语义内容,使其在另一个时期能够再次绽放。特纳对于在各种伟大的宗教中,仪式和精神体验能够一次又一次地焕发新生的现象感到非常着迷,这部分解释了他对朝圣、千禧年崇拜和像圣弗朗西斯这样的人物的兴趣。保存精神沉淀的文化的普遍方式往往会演变。例如,生命危机和历法仪式的同心三方结构,带有分隔的屏障——分离和重新聚集的仪式——在仪式开始和结束时,保护着神圣的阈限期。然而,这个过程伴随着"石化"和致命的风险。最初自发结构中的活力逐渐被内在魅力所消耗,他们热情的活力逐渐被固定和死板的传统替代,这种传统的"防腐剂"最终变成了一种冷漠和僵化的权威。最终,原本旨在征求人类生命免于"石化"的良方,却反而成了这种病症的主要特征。

这些都是特纳的隐喻,它们对我们现在这本书有什么启示?显然,我们必须谨防将结构和程序作为精神和神圣魅力的合法替代品;这本书中的文章应该像种子一样,具有成长潜力,而不是成为对方法和术语的非本质事物的僵化纪念碑。在像我们这样的民主社会结构中,存在一个特殊的风险,那就是将特纳的工作简化为一套分析技术,并使之系统化成为为专家们量身定制的方法,以便任何没有特殊才能或背景的公民都可以有效地接受培训并使用这一方法(这里无意诋毁民主本身,其他社会制度的颠覆和祛魅的方式往往更不吸引人)。特纳肯定会赞成跨越人文学科和社会科学的界限去使用他的思想与方法。但我们必须承认，我们为特纳文学批评体系或学派的前景感到不安，尤其是如果它显示出转向正统的迹象。

那么，我们是否应该放弃将特纳思想应用于文学研究中去呢？我们是否至少应该避免对它们进行仔细的、系统的考量，而是集中精力尝试再现他的核心精神？矛盾的是，特纳本人是一位极其谨慎、博学、精确和科学的思想家，要想入其境，既要在情感上，也要在思想上跟随他。解决这个悖论的唯一方法是提出一种全新的学院观念，这是特纳自己的教育法所开创的，并且已经在大学中进行实践。只有在这种学院观念的照耀下，以及这种对教育的适当目标和能量的理解下，真正的特纳式批评才能发展起来。

特纳的特点是，他很少把他的跨学科方法本身作为一个问题，也从未将其作为意识形态进行传播。尽管特纳的跨学科的研究方法对传统的学术研究造成了冲击，但他安静地继续他的工作，没有任何宣传的意味。当他发现一个机构的学科纪律过于束缚时，他要么改变与该机构的关系，要么干脆离开。但从他的实践中可以推断出一组假设，它们对文学批评有着至关重要的影响。

学术研究主题的传统模型可以被形象化为一个向四面八方延伸的平面，由其自然边界划分为研究领域。每年招收的学生在这片广阔的土地上进行探索，并被鼓励根据个人倾向、个人需要和受培训的程度选择一个特定的领域进行研究。同时，学生在选择自己的专业领域后，会对与自己专业紧密相关的其他领域产生一些兴趣，并对其进行一定的关注和学习。然而，这种兴趣和关注不应过度，以免分散了对自己专业领域的专注和深入研究。学生在表达对其他领域的兴趣时，应保持一种自嘲的语气，这可以被看作对那些已经在那些领域内有所建树的学者（"领土占有者"）的一种礼节性的尊重和安抚。此外，学生可以选择一个有助于个人拓宽视野的爱好，最好是与学生的专业完全无关的领域。因此，出现了一种景观，围起来的学科被无数辛勤工作的人占据，就像蚂蚁或白蚁一样，他们从个体上对其他领域的大局视而不见，但从集体上却能完成令人惊叹的建筑壮举。在这个平原上方，明智而仁慈的管理员们洒下财政资源，裁决学科之间的领土争端，并向社会大众报告结果。每个领域都有自己独特的语言或行话，其密码和标志由高级祭司小心翼翼地守护，只有在遭受屈辱和长期磨难后才会向新手透露。在工作区的边缘，英勇的开创性学者从荒野中开辟了新的领域，而"帝国主义的系主任们"则夺取并暂时控制了邻近的领土。当一个领域的工作对于一般受过训练的研究人员来说变得过于困难时，该领域就会分裂成多个子领域，这些子领域可能会慢慢获得独立领域的地位。

特纳在这片领域上四处游荡，仿佛是某种末世预言者。对于特定领域的居民来说，他展现出了作为专家的所有必要资格；但令人不安的是，他随后又出现在几个领域之外，与"圣殿"的长老们用他们的语言交谈；再后来，他又在另一个地方被视为开拓者。甚至还有一种情况，特纳表现得好像领域之间的划分本身并不是必不可少的或固有的，并揭示了以下令人不安的事实：如果接受的领域曾经是子领域，那么它们现在的边界要么是任意的，要么我们无法保证脚下可能隐藏着未被发现的裂缝，而这些裂缝像安德烈亚斯断层一样，随时可能吞噬我们。特纳一次又一次地证明了，一个领域的问题的答案通常在另一个领域是显而易见的。他有时会将一个学科领域看作另一个学科领域的一部分，或者认为一个学科领域可以与另一个学科领域重叠。因此，可以说一个人可以同时出现在两个地方。作为行话大师，他经常被大祭司托付他们纪律中最神圣的话语。但随后他会转过身来背叛他们的信任，表明这些话语的最佳和最典范的定义实际上来自另一个完全不同的学科。（例如，他对社会补救程序的重新定义，或者他对贝克特殉难仪式的政治分析，或者他对恩登布仪式符号的新的批判性处理，或者他对弗洛伊德研究的重新社会化分析，或者他对传统仪式和庆典的布莱克/黑格尔/马克思主义式的解释。）旧研究模型的基本特性之一是研究人员比研究对象更有研究意识，特纳经常认为这恰恰相反。当特定学科的领域是人类时，他拒绝承认研究人员和研究对象之间的区别，并招募了有天赋的本土线人作为合作者、指导者，甚至研究主管（如他关于大黄蜂穆乔纳的文章）。

重要的是将特纳的方法与通常被认为是跨学科的方法区分开来。令人感到奇怪的是，旧的跨学科模式确实占有一席之地。跨学科的方法作为一种被允许的旅行或外交，非常尊重学科语言的相互不可翻译性，以及非常尊重外国习俗。跨学科研究被视为是破格的，只能被权威专家们运用。诺贝尔奖得主获得了前往其他领域旅行的签证，但他们所进行的访问是"国事访问"。年轻研究者进行的跨学科研究，有时可能是一个学科领域分裂或产生新的子领域的第一个迹象。这种跨学科研究通常会得到认可和支持，因为由此产生的新的学科领域通常比原来的领域更小，更专注于自己的研究范围，更强烈地维护自己的边界，并更加坚决地支持一般的学科意识形态。当然，人们总是可以通过成为管理员来超越学科界限；但正如旧的跨学科模式规定的那样，随后人们就会被要求放弃任何创造性的工作。事实上，特纳经常被推向这个方向，但他一直抵制到最后。

在传统的学术模式中，真理被视为一个完整的、和谐的、未知的风景，本质上没有矛盾。当我们开始探索这个风景（也就是寻求真理）时，我们最初可能只能以片段的方式理解它，而这些片段可能看起来是矛盾的。然而，随着对这个风景的深入探索，我们最终会揭示其秘密，理解其真实的面貌，并能够对其进行精确描述，这时候，之前看似矛盾的片段也会得到解释。特纳接受了这个模式用于物理科学的研究，尽管他对这个模式在其他领域的应用持有怀疑态度，这种怀疑可能会被量子力学的非凡逻辑证实。特纳认为这个模式可能不适用于所有的学科领域，特别是在人类社会研究中，他明确否认了这个模式的适用性。

对特纳来说，人类的真理就像一个成长中的系统，充满了生命力。而思考人类真理的思想家，他们的思想就是这个成长过程的一部分，对这个系统的成长至关重要。真理的成长过程——在这里他从未忘记他从马克思那里学到的东西——本质上是矛盾的，它的悖论的解决意味着它的死亡。布莱克的"没有反对就没有进步"是他最喜欢的名言之一，就像惠特曼的"我是否自相矛盾？很好，我自相矛盾"一样。

但这并不是说特纳不寻求一致性和逻辑的连贯性。事实上，特纳是一个令人敬畏的推理者。他知道如果一个想法足够强大和有生命力，它会为每一个解决的矛盾产生一个新的矛盾，像尼尔斯·玻尔（Neils Bohr）一样，他觉得一个深奥真理的反面是另一个深奥真理。我们对一致性的渴望正是揭示最为丰富的矛盾的动力。特纳反对的是在产生矛盾的那一刻就拒绝这一想法或事实的倾向。他的另一句名言是"提防过早拒绝"。

重要的还有将特纳的立场与解构主义者的立场区分开来。解构主义分析为每一个文本或文化创造提供了完全相同的内容，即所有的意义都是在虚空上跳舞，这个虚空是所有意义的基础，是我们理解和解释事物的出发点。特纳承认，我们所有人，无论是文明的还是"野蛮的"，都已经知道这一点。然而这种意义的舞蹈比虚空要实质得多，我们对现实的定义可能也应该更多地基于这个舞蹈，而不是虚空。我们应该更多地关注我们如何理解和解释事物，而不是关注那些我们还不知道或者不能确定的事物。然后我们就会准备好去研究真正有趣的事情，即意义如何生成的，以及我们如何参与其中。特纳同意解构主义者的地方在于，他们拒绝结构主义通过穷尽其形式来穷尽对象内容的主张。如果一个文本真的是一个仪式、庆典或戏剧的剧本，我们在它被表演之前，不会知道它的全部内容是什么，而且下一次它可能会大不相同。但剧本中存在的矛盾并不意味着剧本本身有问题或者不值得信赖。相反，它们充满冲突和悬念。演员必须选择、决定、限制意义和内容，以确保演出成功。解构分析不认可这些冲突与矛盾，因此不适用于对它的分析。

特纳的实践中隐含了一种不同的学术观念与生活观念。尽管他对道德深感怀疑，但他实际上从事的是一项深刻的道德事业，一生致力于他所谓的想法和个人兴趣——他并没有明确区分这两者。他欣赏个人自由、独特、富有创造性智慧的特质。但这还不够，对他来说成为某个领域的专家已经不够了——尽管他要求专业性是认真思考的必要但不充分的条件。如果没有质疑、判断、想象的能力，是不能够跟上并深入了解一个领域甚至几个领域的发展的。要成为一名真正的思想家，一个人必须积极地探索各种不同的学科领域，而不仅仅局限于自己的专业领域。同时，这个人需要有一套不断发展和完善的核心思想，用这些思想去理解、解释和评价他在各个领域中遇到的知识和信息。这个过程可能会涉及对已有观点的确认或否认，也可能会产生新的观点和理解。一个人必须准备好在人生的任何阶段学习新的语言或新的话语模式。教学是研究、探索、获取新知、不断学习的重要工具。在特纳的研讨课上，师生同舟共济，总是勇于尝试探索和运用新材料。特纳以身作则，学生向他学习如何获取新知、如何犯错误、纠正错误并找出错误的原因，最终在该领域获得新的见解、新的原创性成果。教室就是他们的实验室。

特纳根本不承认学科之间的界限。他的跨学科模式以所有的人类生活为主题，假定其各方面之间具有完全有机的关系，因此在一种学科模式中获得的信息，必须在其他学科的背景下进行理解。如果我们要将特纳的跨学科研究方法应用到大学的组织结构中，那么可能需要大学废除现有的各个学科部门。如果这样实行，学院的变化将与从中世纪经院哲学到文艺复兴人文主义的变化一样大：合法性的结构，构成学科的概念、信息、论证和实践方式，以及学术人员的认证都将发生巨大的变化。

因此，维克多·特纳留给我们的精神遗产中包括这样一种观念，即不存在合法的文学批评；文学是仪式和类仪式（一个新创造的术语）人类活动的一部分，对它的研究可能会将我们立即带入神经解剖学、心理物理学、经济学、神学、亲属关系研究、政治哲学、戏剧和个人生活的领域。文学既不是人文学科的一部分，也不是社会科学、艺术或生命科学的一部分。

因此，我们对特纳对文学批评的贡献的考量，导致我们对学院本身的结构进行了更大的批评。但是，如果我们放弃传统的部门界限和这一界限所暗示的学习模式，那么什么将会取而代之？如果我们可以确保为真的有天赋的天才服务，那就可以简单地让他们和一些学生一起坐在树下，让他们自己去做。如果没有这样的天才，我们需要某种结构来确保为学生们服务。

由于旧的学科模型不能反映现实的实际结构——一棵橡树在其生长过程中不会区分物理的、化学的和生物的生长过程，莎士比亚在他的戏剧中没有将美学、道德、法律、哲学、文学、科学和戏剧元素分开——我们的学术研究方法和组织结构应该能够适应并反映现实世界的多样性和复杂性，而不是被限制在传统的学科界限和模式中。尽管我们在世界上找到的真实关系会存在风险，但我相信，如果我们准备好根据新发现和新理论观点立即改变我们的管理结构，这种方法将是富有成效的。

特纳的教学实践也发生了相应变化。在晚年，特纳开发了一种效果卓越的教学方法，这种方法是综合性的。特纳结合了他对人类学庆祝仪式、入会仪式和祈祷仪式，复杂的戏剧和表演技巧，正在发展中的人类动机理论和大脑奖励机制等内容的深刻理解，还融入了辩论、辩证的思想和举行研讨会的经典方法，这些理念强调了批判性思考和开放性讨论的重要性。他的教学主要采用三种形式：研讨会（the seminar）、民族志戏剧（the ethnodrama）和热情洋溢的演说（the dithyrambic speech）。

特纳的午夜研讨会总是在他家里举行，他的妻子及合作者伊迪丝·特纳也会参与讨论。第一批学生会在晚上 7 点 45 分左右到达。他们会喝咖啡——因为此时需要一种高度集中、全神贯注的模式。成群的人会聚集在门廊、厨房、客厅、花园里，打破学术和家庭之间的正常界限是仪式的一部分。这不是为了躲避赞西佩（Xanthippe）①而举办的男性专属座谈会，而是不同的人在乌尔比诺城堡中聚集在一起，听取关于爱、美德和知识的演讲，并被卡斯蒂廖内②记录下来。

大约 20 点 15 分，每个人都将围坐在一起阅读当晚的论文。大约五分钟之后，就会被打断。一位学生可能会提出问题、反驳文中的观点或者进一步阐述文中的观点，继而大家进行辩论，每个人都会把所有想法说出来，因为每个人都知道他们有足够的时间来讨论所有的事情，没有人需要带着心中的想法回家，

---

① 又译詹蒂碧、桑提婆、香蒂琵，哲学家苏格拉底之妻，他们生有三个儿子。有关她的故事，比历史事实还要多。传说她比苏格拉底年轻得多，可能相差 40 年。她以其尖锐的口才闻名，据说是唯一一个在讨论时胜过苏格拉底的人。——译者

② 巴尔达萨雷·卡斯蒂廖内（Baldassare Castiglione, 1478 年 12 月 6 日—1529 年 2 月 2 日），文艺复兴时期欧洲诗人。其代表作《廷臣论》以美妙的文笔虚构了发生在 1507 年间乌尔比诺公爵与其廷臣之间的谈话。谈话的主题是如何成为一名"完美的廷臣"和"完美的宫廷贵妇"。除谈话外，《廷臣论》还向世人描绘出当时的宫廷生活等历史、文化场景。——译者

所以这种辩论通常是丰富且高效的。最后，讨论会回到论文上，以螺旋式的方式继续进行，每次谈话回到论文时都会增加一些内容。在这种离题模式中，讨论可能会偏离原来的主题，但这种偏离并不会造成混乱，反而会给讨论者带来一种舒适的感觉，因为它能够在过程中解决所有未解决的问题。随着时间的推移，听众和领读者会逐渐进入一个"同步"的状态，这种状态通常会在领读者开始回应听众时出现，例如，当有人想要提问时，领读者可能会说"我马上就要讲到那个"。最后，讨论会达到一个高潮，所有的人都在同时参与讨论，通常会由特纳来做总结。这种讨论会的高潮通常会为参与者带来一种高度兴奋、顿悟的感觉，也锻炼了他们的洞察力与思辨能力。

在休息时间中，大家会一起喝啤酒、吃椒盐脆饼和松脆的零食，啤酒是对正在进行艰苦脑力工作的人们的一种温和的奖励，研讨会采用了派对或庆祝活动的方式——通过愉悦来进行教学。在研讨会中，可能会出现两个、三个或四个人之间的争论。这些争论可能会合并成一个更大的讨论，也可能分裂成几个小的争论。同时，参与者可能会去找其他人证实他们的观点，或者寻求专家的建议或判断。随着小组重新聚集起来，分享个人讨论的结果时，气氛将变得更加轻松。大约在 23 点 30 分，开始有人离开，但有四五个不愿意离开的人会一直待到 1 点左右，他们在前门口谈话，不愿离开，有时还会去一个能够通宵的酒吧继续进行讨论。

研讨会的一个主要特点是特纳本人会在某一刻"兴奋起来"，开始扩展论文，或就讨论中提出的观点进行演讲。尽管特纳从未放弃科学怀疑论的严谨精神，但那一刻，他展现了非凡的口才，对事实和引文的精确记忆，坦率和直接的态度，引人入胜的幽默，以及冒险使用诗意、神秘的语言。与其说这是演讲，不如说是表达在讨论的过程中形成的集体智慧，主讲人甚至有某种萨满、酒神祭祀或牺牲者的特质，既庄严又疯癫。个人的感情甚至爱都隐含在演讲者和听众的注意力中。在这种心态下，可能会获得在更传统、更冷酷的学术氛围中无法获得的洞察力。或者更讽刺地说，西方传统的学术氛围虽然很有价值，但实际上会阻止人们捕捉灵感。

特纳教学方法的另一个主要元素是民族志戏剧。为了理解，并让他的学生理解，在另一种文化中正在发生的事情，特纳采取了最直接的方法，那就是通过亲身经历。在他的田野调查中，特纳与他所研究的人建立了亲密的个人友谊，并且他的经历与一个孩子从完全的陌生人成长为社区成员的过程非常相似。这个过程被称为"解释学螺旋"，是一种逐渐适应和理解新文化的过程。特纳以导演民族志戏剧的方式，让他的学生经历了与他同样的经历，在民族志戏剧中，特纳会为他的学生分配角色，并让他们经历一些重大的生活危机和核心仪式。他的民族志戏剧包括仪式中的规则、禁忌、亲属关系和实际的历史背景，学生必须花费一定的时间，准备仪式所需的仪式服装、装饰品、圣物、音乐、食物和礼物。这些准备工作可能需要几天或几周的时间，过一段时间，一旦学生习惯了他们的角色，他们就更容易留在角色中。他们就会发现，相比于不断地从人种学的、疏离的模式（也就是作为一个观察者或研究者来看待这个文化）中来回翻译异文化，直接在角色和环境中生活与体验异文化会更加容易理解异文化。

但是，停留在角色里有时是一件很困难的事，就像在现实生活中一样，没有剧本可以告诉我什么是适合我的角色，我必须在这个舞台上得到演员同伴的帮助，一边想一边排练。一个特定的大脑可以支持数十种不同的真实自我，这事实在分裂人格的研究中是众所周知的。我们的理智可能在于我们如何选择并展现自我。就像演员在表演中选择一个目标或角色一样，我们在生活中也会选择并展现出不同的自我。这个选择过程需要合作，因为我们的自我形象不仅受到自己的影响，也受到他人的反馈和互动的影响。因此，特纳的民族志戏剧虽然是模拟的，但却具有实际人生所有的真实性和虚构性，虽然场景和角色可能是虚构的，但参与者的体验和感受却是真实的。民族志戏剧甚至可能比现实的民族志体验更受欢迎，因为参与者以新鲜感和热情来演绎它，他们可能会更投入，更享受这个过程。

在特纳看来，想象力天然地维持着人类社会的交往活动，想象力是能够使我们真正亲身体验某事的唯一方式。因此，任何人如果告诉我们，他们有过我们自己无法想象或体验过的经历，那么他们就是在胡说八道。因为想象它就是经历它，反之亦然。当下，我们面临的最大的问题可能不是现代人对他者生活条件的有限经验，而是他们没有被教导去想象，因此无法去感受，甚至他们无法感受自己的经历。整个世界都是一个舞台。

语言教学理论的新进展证实了特纳民族志戏剧教学实践的优势。传统的语言教学方法，如分析法和语言实验室系统法，都有其局限性和缺陷。分析法试图让学生在尝试使用语言之前学习语法和词汇，语言实验室系统法试图通过一种机械化的操作性条件来让学生掌握语言，这两种方法都存在很大缺陷。事实证明，特纳的这种新方法比任何一种方法都有效，它产生了一种高强度、高情感的戏剧环境，在这种环境中，教师和学生创造了特殊的戏剧性情境，这种情境带有紧迫性的特点，由冲突和欲望的紧迫性驱使他们在现场发明有效的语言。这就像一个孩子在家庭环境中成长、学会说话一样，必须适应并学习有效的交流方式。这种教学技术实际上是一种通过模拟戏剧情境来提高语言学习效果的教学方法，已被证明是非常成功的。

特纳曾策划举办了非洲式和迪克西兰式的婚礼、朝圣、治疗仪式，甚至葬礼。他的葬礼是恩登布的葬礼形式。这是一场恩登布酋长式的葬礼，有鼓乐、蒙面舞者、寡妇的隐居小屋、集体舞蹈、饮酒、眼泪、欢笑和回忆。特纳的朋友、家人、学生，以及他在人类学、宗教研究和表演艺术领域的同事们，在特纳的家中为他举办了这场葬礼。他们在举办葬礼时，参考了特纳自己的田野笔记，这些笔记详细记录了如何正确进行这个仪式。他们按照特纳的研究，尽可能地按照传统的方式举办了这个葬礼。所有参与人员都深受感动——许多参与者不久后梦到了特纳，并从那时起就感受到特纳在他们的生活中的存在，并对他们产生了一种创造性影响，使他们富有活力。这个仪式的奇怪之处在于，我们都能从中感受到喜剧的元素，但这完全符合恩登布仪式本身的精神，这个仪式部分包括将死者的死亡拟人化为一个怪诞和荒谬的人物，以及对他进行滑稽的嘲弄，直到他被制服。这样做是为了使死亡变得不那么可怕，更加熟悉和可接受。一位杰出的人类学教授扮演这一怪诞的角色（戴着华丽而可怕的红色、白色和黑色羽毛面具），将其视为他一生中最重要的经历之一，第二天他才感觉到被服装上的带子划出了一道伤口。

怀疑论者可能会对此提出反对意见，认为这个仪式是不真实的，因为它是有意识和自反性地进行的，可以说是在一种元模式下进行的。但是特纳的研究表明，所有现存的人类仪式都已经是"元"的；自反性不仅是复杂的后现代主义艺术作品的一个特征——比如说，作者成为小说中的人物角色——而且是主要人类仪式的正常状态，甚至是其功能的一部分。这可能是特纳最伟大的见解之一：从来没有任何单纯的、无意识的野蛮人生活在一种不反观自我和本能的和谐状态中。我们人类总是很精明，能够有意识地对我们自己的生活进行反思，在我们继续前进的过程中共同创造我们的生活、做游戏，表现我们自己的存在。这是我们作为动物的专长，是我们的本性。真正的天真是现代或后现代知识分子的天真，他们认为自己是社会批评、存在的不安全感和元视角的发明者。他们攻击的主流文化实际上比他们更有自我意识，因为它的自反性仪式比他们的更古老、更精细。我们只需要重新学习如何正确地完成这些仪式。

正是出于这个原因，特纳对文学中的古典和民间流派非常着迷：史诗、礼拜仪式、戏剧、故事和笑话。他更喜欢传统韵律的诗歌——布莱克的赞美诗曲调，里尔克和霍普金斯的十四行诗，法国象征主义者的紧凑韵律结构，但丁的三行韵，莎士比亚的五音步诗——也许是因为韵律是一种古老的通灵技术，能够带他体验他在仪式中发现的那种类似于意识恍惚的状态。他喜欢叙事、情节、角色、戏剧，然而，这些元素经常被现代主义实验者抛弃，因为他们认为这些元素体现了既定社会的自满情绪，即社会对现状的接受和满意，没有对改变和创新的追求。因此，他们在创作中抛弃这些元素，试图打破传统，挑战既定的规则和观念，以此表达他们对社会的批评和对新的可能性的探索。这些元素也经常被现代主义批评家忽视，因为他们认为这些元素是药丸上的糖衣。相反，特纳在这些元素身上看到了文化自省、自我批评和自我超越的钥匙。对他来说，解释是仪式的一部分，批评是文学展演的一部分，分析是发明和构建文化现实的实用工具。

展示特纳精神遗产的最佳方式或许是在实践中。当然，随着新范式的出现，甚至连"实践"这一概念也发生了变化。对于新批评家来说，实践意味着对文本的形式分析——这一分析是隐含的，由研究中的个人进行，不受历史或传记的限制。对特纳来说，实践意味着一个团体能够对文化剧本进行展演，在展演这个剧本的过程中，团体成员会根据具体的情境和互动，创造出新的内容和意义，这些内容和意义的丰富性和不可预测性与原始的表演或仪式中的那种丰富性和不可预测性相同。特纳的方法并不排除分析，但分析只是手段之一，是一种排练和导演技术，而不是实践的对象。尽管如此，将特纳的方法应用于解决经典文学难题可能会很有趣。我自己的教学实践与特纳的教学实践非常相似，因此，我认为将特纳的方法应用到文学批评的语境中是恰当的。

我选择的经典难题是在莎士比亚的《哈姆雷特》中，关于哈姆雷特在从他未完成的英格兰之旅返回后性格变化的问题。许多评论家隐含地——有时候明确地——对哈姆雷特从深思熟虑的社会批评家转变为单纯的行动者感到失望，并且放弃了他那令人惊叹的独白（他在第五幕放弃了独白）。为什么幽灵的命令一开始对他来说是个难题，到了最后被如此随意地接受和执行？哈姆雷特失去了他的道德敏感性吗？莎士比亚是否只是一个有奇妙灵感的"骗子"，他在写《哈姆雷特》时，用正统的复仇悲剧来表达哲学，当最后复仇之刻到来时，哲学被遗忘了吗？或者用弗洛伊德的话说，哈姆雷特的俄狄浦斯情结最后发生了什么变化吗？这似乎不再困扰他了，这个问题似乎消失了。在第五幕中，他甚至没有提到父亲，只是非常冷漠和随意地提到他是他的前任君主。哈姆雷特，或者更糟糕的是，莎士比亚，刚刚把复仇这件事扫到了地毯下吗？对这一难题的解释中产生的一些问题可能在于，批评家根本无法想象有人能够同时进行哲学思考和战斗，更不用说采取政治行动了。但这只是对批评家思考方式的解释，而不是对文本的解释。

最近，在我举办的莎士比亚表演研讨会上，讨论了这个问题，尽管它不是像我在这里描述的那样以关键难题的形式出现，而是以实际行动的形式出现。对这次研讨会的描述可能会阐明特纳方法的一些优势。

我的研讨小组是由肯扬学院的美国英语专业学生组成，他们在英国埃克塞特大学学习了一年。我是这个团体的导师，我们之间的关系比普通的师生关系更为紧密。虽然我经常在家里举办研讨会，但这次是在校园的普通教室里进行的。申请学院通过我们在教室举办研讨会费了一番周折，但环境对我们很重要。我们重新布置教室，带来食物和饮料，并在那里举办严肃又有趣的活动，从而使这个教室成为我们自己熟悉的环境。

我向小组解释了我自己对展演与哲学意义上的展演模式之间关系的看法，其中，一种陈述可以是一种言语行为，并通过它的话语真正表达它的意义。并且，我参考中世纪的宗教戏剧，将戏剧和仪式联系起来，进一步将这个概念扩展到教室环境中，教室也可以被视为一个表演的场所，就像戏剧和仪式的舞台一样。我认为，教室可以被视为一个可以支持替代现实的空间。在这个空间中，学生和教师可以通过互动和表演来创造和体验不同于日常生活的现实。这就像一个小型的社区，只要有两三个人聚在一起，他们就可以通过共同的行动和表演来创造一个新的社会现实。我还将最近关于公共仪式集体恍惚状态的大脑化学研究（brain chemistry）与文艺复兴时期的记忆、创造力、剧院、艺术和现实的理论联系起来，参考了弗朗西斯·耶茨（Frances Yates）关于记忆剧场的研究，以及莎士比亚自己在《仲夏夜之梦》中关于诗人的话语。在学期结束时，我们将上演《冬天的故事》(The Winter's Tale) 中的最后一幕，一位女王死而复生，这被视为一种精神召唤。这可能意味着这个角色的转变或重生代表了莎士比亚自己的精神转变或重生；然而，这就是另一个故事了，需要进一步的解读和探讨。

课堂的具体教学方法如下：每个学生都被分配去导演莎士比亚的一场戏，从班级中选角，我则作为剧务为他们记录排练过程，以便他们后期的论文写作有大量的参考资料可以使用。班上的其他人会对表演进行投票，演员、导演和我以及其他人员都将获得相同的评分。换句话说，这个群体要么一起成功，要么一起失败，这个评分机制的目标是要求学生们的表演能够吸引并打动观众，包括那些有经验、有洞察力的观众。随着时间的推移，学生们的制作变得越来越大胆、精致，并且经过了长时间的排练。学生们喜欢这种方式，有些人的表演次数远超过我所要求的。他们开始使用服装、布景、化妆，甚至灯光和特效，在我们单调的小教室里巧妙又大胆地进行创新。评分机制很快就被遗忘了，我们不得不提醒自己需要对表演进行评分。有的同学认为自己的成绩太高，甚至提出抗议，他们有一种强烈的艺术进取心和正直感。

每场演出结束后，我们都会按照特纳的方式，进行长时间的讨论，甚至讨论到深夜。讨论从最实用的层面开始，如演员在舞台上的位置、舞台布置、演员的动作以及使用的道具等。然后，讨论逐渐深入导演和演员在排练过程中做出的艺术性选择，例如他们如何理解角色，如何表达剧本的主题等。这些选择反映了他们对剧本的解读和他们的艺术目标。之后，我们会回到文本，然后再回到表演，每一次围绕解释的螺旋都会产生新的洞见和灵感。在排练过程中，演员和导演会发现一些关于表演节奏的新的理解和突破。这些发现会引导我们理解参与者的个人经验，他们会根据这些经验来解释剧本的各个部分。这种解释通常会涉及剧本的心理和道德深度，从而引发对剧本更深层次的讨论和理解。他们在排练和表演的过程中尝试了各种策略——现代服饰、表现主义表演技巧、歌剧风格，甚至有一次他们尝试了荒谬的变装。大家对表演的批评虽然直白，但总是温和而慷慨，毕竟，你这周批评的演员可能下周就会和你对戏，或者指导你，甚至评判你的表演。然而，我们的重点始终是在艺术作品上，没有人表现出在戏剧课上遇到的那种庸俗的专业精神，在那里，艺术表演的一切都变成了只是遵循一定的程序和规则的工作。我们的研讨会本身就是一个神圣而有趣的空间，遵循的规则是美和仪式的有效性。

我们的原则之一是，演绎一场戏有无数种方式，但一次只能演绎其中的一种，有些方式比其他方式更感人、更深刻、更有趣、更有启发性。我们同时拒绝了客观正确性、相对主义、多元主义和主观主义的教条。客观正确性是指存在一种唯一正确的方式来演绎一场戏，这显然是不可能的。相对主义观念，则认为所有的演绎方式都是平等的，没有好坏之分。因为它不做选择，不追求卓越，所以会让观众感到无聊。多元主义观念则认为，可以同时采用多种方式来演绎一场戏。这在实践中是无法实现的、无法演绎的。在每个人都必须合作才能使节目成功的环境中，主观主义观念则认为，个人的主观感受和理解是最重要的，这在一个需要团队合作的环境中，需要考虑到整个团队的需求和目标，

159 所以主观主义观念也是不符合我们要求的。我们必须追求的是一种共同体般的和谐，这种和谐是通过某种行为（可能是滑稽的或者需要牺牲的）来实现的。这种和谐不仅仅体现在个人之间，也体现在整个团体中。

在年中某个大家都感到舒适的时刻，我们演出了《哈姆雷特》第五幕第一场墓地场景。演出开始时，男主角宣读了一封来自美国的电报，电报内容是他的父亲刚刚死于冠状动脉血栓，已经安排好第二天送他飞往美国去参加葬礼。观众不知道这些信息是否真实。我们团队有一种特殊的氛围和信任感，即使在面对个人生活中重大事件（如父亲去世）的情况下，学生演员也可能选择与团队其他成员分享这个消息，并选择继续他们的表演。（令我们欣慰的是，这封电报不是真的；但这位演员可以说是足够信任团队的"好运"，他相信即使假装收到这样的电报也不会引来不幸。学生们都知道爱德华·阿莱恩的故事，他是伊丽莎白时代的演员，四百年前在埃克塞特扮演浮士德博士；在诅咒场景那一幕中，人们注意到魔鬼的数量比预期的多了一个，从那以后，每当阿莱恩演这个角色时，他都会在衬衫下面戴一个十字架。）

房间突然陷入一片漆黑。当点燃了一根蜡烛后，能看到男主角查尔斯正对着镜子化妆。他化得很慢，很小心，脸上流露出非同寻常却又克制的悲伤。舞台搭建好了。艾莉森扮演掘墓人的角色，在平时艾莉森是一位非常害羞的年轻女性。当大声朗读一篇论文时，她很容易因为害羞而停下来。然而，在舞台上，她完全变了样，可以展现出皇家的尊严或威风凛凛的权威，完全有能力扮演美丽却令人害怕的罗莎琳德，或狡猾而天真的克娄巴特拉。她在观众中挑选了四个人，用他们的身体在房间中央建造了一座坟墓。她背后有一种相当坚定的信念，才能自然地、亲切地、优雅地做到这一点。导演并不担忧在他们的表演中引入一些看似荒谬的元素。毕竟，彼得·昆斯和巴顿①为他们的戏剧带来了一面墙，他们因此得到了一种有创造性的视觉体验，甚至得到了皇家的表演命令。

接下来，是一些黑色幽默的场景，表演的气氛既狂热又怪诞。其中有一个细节是，他们用卷心菜来代替头骨进行表演。就在哈姆雷特现身的那一刻，温文尔雅、文静的查尔斯迸发出可怕的力量："我就是，丹麦人哈姆雷特。"说罢，查尔斯跳进坟墓。就在这一关键时刻，出乎意料的事情发生了，场面的情感达到了非常强烈的高潮，观众以为表演已经结束——导演可以随意剪辑——有人误会戏剧已经结束提前把灯关了。原本的表演计划应该有一个完整的结尾，然

---

① 彼得·昆斯和巴顿是莎士比亚戏剧《仲夏夜之梦》中的角色。——译者

后是查尔斯（主演）先从哈姆雷特的角色中"脱离出来"，然后再从他所扮演的演员角色中"脱离出来"，这是一种后记或者说是表演的延续。然而，由于之前的误操作（灯光提前熄灭），演员们决定结束表演。然后，对查尔斯父亲的焦急关切打断了观众的掌声。我们都感觉到一些重要的仪式已经完成。尽管表演的结束并不如预期，但是我们已经成功地完成了一些重要的艺术创作和表演，达到了我们想要的目标。

在后续的讨论中，我们揭露了戏剧中一层又一层的含义。整个团队都在英国感受到了陌生感，想念家乡和美国，查尔斯的"电报"暴露了许多人埋藏在心底的恐惧。在上演的场景中，哈姆雷特从维滕贝格大学，浮士德的大学，被召回来参加他父亲的葬礼。并且，哈姆雷特从一个原本目的地是英格兰的旅程中返回，这个旅程原本的目的是背叛和杀死哈姆雷特。我们讨论的"共同的主题"是"父亲之死"。前一年，在一次关于但丁的研讨会中，有人告诉我，我父亲的心脏病发作了。而我们用来理解莎士比亚的方法部分是由他所传授的。莎士比亚对他自己的各个"父亲"的心理，无论是字面上的还是隐喻的（可能是指他的导师、榜样或者影响他的其他人），在剧中都有明显的体现。在写这部剧时，约翰·莎士比亚（莎士比亚的父亲）很可能因为酗酒而走向死亡，他不久后去世。（奥布里的轶事也将此作为威廉·莎士比亚死因）同时，莎士比亚的儿子哈姆尼特也在创作期间去世，哈姆雷特的名字与他的儿子的名字极为相似。不仅如此，莎士比亚还与各种戏剧创作上的"父亲"竞争：那些尚未被伊丽莎白时代剧作家接触到的希腊神话剧作家；在《哈姆雷特》第二幕第二场中被戏子提到的斯多葛派的罗马悲剧作家塞内卡（塞内卡的戏剧正在由"那些小雏鹰们"——对手的男孩剧团——上演）；还有莎士比亚在复仇悲剧这一类型中的前辈，其中可能包括一位失传的早期版本《哈姆雷特》的作者。总之，莎士比亚在创作《哈姆雷特》时，不仅受到个人经历的影响，还在与戏剧传统中的前辈进行"较量"。

哈姆雷特本人感受到了伟大的古典英雄和众神的压力，他们从不缺乏正确的英勇行动——海伯利昂、马尔斯、墨丘利、俄瑞斯忒斯、皮洛士、赫克托尔、阿贾克斯、恺撒；当然还有赫拉克勒斯和亚历山大，二者都在第五幕第一场中被提到。在这些英雄父亲面前，他必须找到或塑造一个身份。艾略特笔下的普鲁弗洛克（Prufrock），就像斯托帕德（Stoppard）笔下的罗森克兰茨（Rosencrantz）和吉尔登斯特恩（Guildenstern）一样，都面临着个人的困境并对此感到茫然。普鲁弗洛克认为，"不，我不是哈姆雷特王子，也不应该成为他"；但对他来说，他面对生活的困难和挑战，并不比罗森克兰茨和吉尔登斯特恩面对他们的困难和挑战要容易。

也许学生演员面临的主要障碍是，他们可能已经在录像带上看过一些伟大的莎士比亚剧演员的表演，而几天后，他们会在1984年斯特拉福德的《哈姆雷特》上看到现场表演。这些伟大的演员的表演可能在他们心中留下了深刻的印象，成为他们心中的一种无形存在。如何避免陈词滥调？如何在忠于英勇独立精神的同时服从于父亲？这其实是个问题。这些问题对我来说也很重要，尤其是在我最近失去亲人的情况下。这些学生都清楚地知道，当我被通知父亲病危时，其中一位学生也参加了那个研讨会。但重要的是，在英国，我是他们的"代理父亲"，我把这项任务交给他们，要他们演绎王子的成就。我自己的教学法显然就是将权力移交给年轻的继任者，正如萨拉斯特罗（Sarastro）在《魔笛》（The Magic Flute）中所做的那样，赋予权力也是一个挑战。查尔斯和艾莉森以及导演史蒂夫正在以这种激进和非正统的诠释来回应这个挑战，毕竟我在十八年前的一本书中，用了很长的一个章节来解读这部戏。

161 那么当查尔斯跳进坟墓，声称自己拥有的名字和头衔只能属于哈姆雷特的父亲时，发生了什么？我们正在接近我们所感受到的净化的重要性，当讨论继续进行时，我们再次感受到了这一点：接近意义可以恢复体验。正如T. S. 艾略特所说，为什么哈姆雷特不再对服从他的父亲（他的罗马和希腊前辈，复仇悲剧的陈词滥调，甚至他的创造者莎士比亚）产生同样的抗拒感？因为他变成了他们。他是他们的坟墓、他们被埋葬的地方。这就是他，丹麦人哈姆雷特。哈姆雷特调换了克劳狄斯写的下令杀死哈姆雷特的信，并用自己父亲的印章封好，欺骗了罗森克兰茨和吉尔登斯特恩，从而粉碎了克劳狄斯、罗森克兰茨和吉尔登斯特恩的阴谋。他代替他的父亲成为一个文学意义上的人物：通过成为埋葬我们父亲的坟墓，我们吞噬他们，吸收他们的经验和知识，然后在我们自己的生活中实践和发扬，以此来形成我们自己的身份。当查尔斯跳进坟墓时，学生变成了老师，陌生人变成了本地人，美国人变成了英国人，儿子变成了父亲，反演了典型的复仇悲剧，萨堤尔成了许珀里翁。哈姆雷特曾经只是作为儿子而不是作为自己，现在他已经成了太阳王。最后，他能够公开宣布爱本可以成为他的王后的女人："我爱奥菲莉亚……"——他的跳跃不是回到母腹，而是进入妻子的坟墓，这两者是不一样的。"让赫拉克勒斯做他自己的事情，猫和狗都会过自己的日子。"矛盾的是，只有通过接受父亲的身份，哈姆雷特才能够获得独立的身份。

这种变化的代价是，我们必须面对和承认我们父亲的死亡。我们害怕承担父亲的角色，因为这意味着我们必须面对和接受死亡的现实。在父亲死亡之前，我们是永生的，因为他站在我们和死亡之间，用他勇敢的苍老的躯体保护我们免于死亡。如果我们接受他的身份，那么我们自己将会死去。选择成功就是选择死亡。继承就是加入垂死者的行列。死亡税（也就是接受父亲的遗产和责任，可以暂时避免面对我们自己的死亡）是一种抵御死亡的魔法，这样当死亡来找我们时，我们可以躲避死亡。

但我们如何选择成为"丹麦人哈姆雷特"呢？当查尔斯化妆时——实际上他是在模仿——他展现了他神圣的面孔，他真正的灵魂。我们通过全力以赴的表演才能成为现在的样子，我们不会通过内省或分析来发现我们是谁。镜子和蜡烛与其说是研究工具，不如说是创造工具。我们的真实自我就是我们表演出来的自我。至于那些可能反对这种生活方式的人，可以让他们参与一场现实的小实验，用他们的现实对抗我们的现实。如果我们像哈姆雷特那样，全身心地投入我们所选择的身份，那么无论别人怎么质疑或挑战，他们都无法动摇我们的决心。因为我们已经奉上了像奥斯里克（Osric）所说的那样的最大的赌注——我们的生命。让我们看看谁能活下来——一个太复杂而无法选择身份的人、多元主义者、相对主义者——或者一个通过穿上演员的服装，愿意全身心投入他们所选择的角色，甚至愿意为此付出生命的人。这种疯狂最终可能会变成一种理智的选择，因为它让人们能够真实地面对生活和死亡。

那么，继承维克多·特纳的批评精神，可能是一种比我们预想中更令人振奋的解放。我们可能会被要求像哈姆雷特对待丹麦那样对待当代学术界，那是一个腐败的监狱，已经不合时宜，我们必须正确对待它们。我们可能会面临一些我们不愿意面对的尴尬和困难。我们可能不愿意面对现代语言协会（MLA）和美国大学教授联合会（AAUP），我们可能不得不扮演一个我们觉得还没有准备好的角色。但正如我描述的两次葬礼表明的那样，我们可能会在这个过程中找到我们的真实身份。

维克多·特纳人类学理论的文学根源

伊迪丝·特纳（Edith Turner）

> 伊迪丝·特纳，弗吉尼亚大学人类学讲师，著有《基督教文化中的图像与朝圣》（与维克多·特纳合著）、《精神与鼓》（The Spirit and Drum），发表过许多关于仪式、表演和文学中的象征主义的文章。她目前正在撰写《游走的牙齿》（The Wandering Tooth），这是一本分析非洲治疗仪式的书，并且，她还完成了一本关于因纽特村庄中现代海洋猎人和治疗者的书的相关材料搜集工作。

维克多·特纳这个名字与人类学密不可分，但我们也看到他在文学研究中的声誉越来越高。众所周知，英语是他的第一个研究领域。因此，更详细地了解他早期的研究如何促进了他的人类学理论发展，以及他如何将文学用作比较材料，将会帮助我们更好地理解他的人类学理论。对他来说，人类学不仅涉及原始部落的文化，而且涉及人类的各个层面。

在许多场合，特纳都会根据他为传统仪式设计的理论之一，对一位文学家的作品进行分析。与对理论的解释比起来，这些案例更形象地展示了特纳研究方法的全面性与具体性。例如，他将梅尔维尔的白鲸，比作他在赞比亚参加的恩登布雷电仪式中的白色精灵（Kavula）。他分析了白色这个主要象征，白色在这两种"自然精神"中都存在着同样令人敬畏的力量——预示着危险、圣洁、缺席，同时还有一些类似于吉尔松（Gilson）的"存在行为"（act-of-being）。[1] 另一个例子是在莎士比亚的《暴风雨》（Tempest）中，特纳将贡萨罗想象中的、丰饶的、无法律约束的联邦——一个被岛屿环境激发的幻想——与他自己关于共同体和反结构的新概念，以及马丁·布伯描述的整体和具体的人之间的"我－你"（I-Thou）体验结合在一起。[2] 特纳表明，这些关系通常出现在过渡仪式（1969：134—140）的阈限阶段。

在特纳的另一篇文章中，他谈到了最喜欢的文学作品，冰岛萨迦（1985：71—118）。他在其中追溯了"社会戏剧"（冲突的案例历史），这些"社会戏剧"类似于他在恩登布人中观察到的那些。实际上,他最初正是从冰岛的材料中,推导出了他所谓的社会戏剧的前意识模型,这是他承认的"债务"(1985:75)——这是他利用文学扩展人类学的一个明显例子。特纳在研究传奇故事的过程中,发现了一些新的人类学理论或观点,这些发现对于理解传奇故事的创作有很大的帮助,他将这种成果称为史诗关系。他也在《列王纪》(Shahnameh)、《摩诃婆罗多》(Mahabharata)、《伊利亚特》(Iliad)和《奥德赛》(Odyssey)中标明了这种关系,在《国王的荣耀》(Kebra Nagast)、《平家物语》(Tale of the Heike)、《卡勒瓦拉》(Kalevala)、《罗摩衍那》(Ramayana)、《圣经》和《吉尔伽美什》(Gilgamesh Epic)的故事中也考虑了这种关系。史诗关系指的是一部史诗创作的三个阶段:英雄时代,即原始事件发生的时刻;之后可能经过数百年的间隔到第二阶段,即口传与叙事时代,第一部史诗在这一时间段完成;第三个阶段是文献时代,即原始史诗的修订时代(1985:98—103)。

可以在特纳关于但丁《炼狱》的文章中,找到他对人类学概念的更直接应用,他用分析非洲符号的方式分析但丁的符号,着眼于它们的多元性、对立性和不同意义的统一。1977年,在他思想的后期,他研究了日本文学和戏剧,并写了一篇论文《阈限性》(Liminality)讨论了《源氏物语》(The Tale of Genji)与能剧(Noh play)《蜀葵公主》(Princess Hollyhock)中的同一角色六条夫人的命运。特纳展示了在小说和戏剧两种类型中,六条夫人的命运的悲剧性。他认为两者都是元表演,构成了对日本价值观的自反性批评。在这一点上,特纳正在超越阈限领域进入类阈限,这些类型对应于复杂社会中的阈限——他的文学自我再次触及人类学自我,使他意识到发达民族的文化及其更私人的艺术形式(小说),或者与娱乐世界有关的艺术形式。

特纳在1982年写的最后一篇文章,包括了对威廉·布莱克的《四天神》(The Four Zoas)的非凡解读。特纳推测,这位灵性的诗人和神秘主义者,在他对人类意识的四种强大形态的拟人化中——大玛斯(Tharmas,身体)、卢瓦(Luvah,激情)、理生(Urizen,人类理性)和罗斯(Los,创造性的艺术家)——是否可能预示着神经生物学家在20世纪70年代和20世纪80年代所证明的,大脑四个区域(脑干、边缘系统、左脑和右脑)的功能(1985:283—289)。

在这些文章中,我们看到,特纳有意识地用人类学家知识研究他非常熟悉的材料。他很清楚,他的人类学理论对文学研究的几乎每个方面都有影响——象征符号的研究、社会戏剧的研究、过渡仪式的研究,对中世纪繁重的仪式研究，以及对当下的艺术与娱乐流派的研究。为了解释这一点，读者认为他不是在纯粹的科学或功利主义的家庭环境中长大，这一推测是正确的。事实上，他早年就被文学和戏剧吸引（From Ritual to Theatre，7—9）。但奇怪的是，他并没有停留在令人愉快的文学研究中，他不对文学的意义、语言、戏剧形式和结构成分进行分析，而是反对进行这样的研究，认为应该逆流而上，回到它们的力量源泉。正如他常说的那样，他必须"从内心深处"了解这些来源。他提出了一个问题，是什么样的早期的原始激情产生了宗教、艺术等？通过陀思妥耶夫斯基、易卜生、劳伦斯等人的作品，我们可以看到这些激情如何在人类社会中得到体现和发展。

什么环境产生了平等主义？什么环境产生了专制主义？什么是俄狄浦斯情结？让我们去相对未受影响的社会，看看年轻人在青春期是否、为什么以及如何与母亲分离。他对过渡仪式以及在它们的中间时期，即阈限阶段中的倒置和重组感到非常兴奋。特纳对原始的人类行为、冲突及冲突的解决非常感兴趣，因此他列出了他称之为"社会戏剧"的阶段，分别是最初的违反规范，随后是危机的发生阶段、纠正阶段以及最终的重新融合或分裂的阶段。后来，当他遇到表演理论家理查德·谢克纳（Richard Schechner）时，他们合作创建了特纳－谢克纳八字图（Turner-Schechner figure 8 diagram），展示了社会（原始的）和文化（表演的）戏剧之间的关系。

特纳与社会科学和表演艺术领域的许多同事一起启动研究的车轮，吸引来自世界各地的仪式和舞台表演者来会面和研究彼此的技艺。[3]这里没有批评家，这里只有实验者，只深入研究最复杂的问题，如仪式、人类冲突和戏剧。这是一种新型的研究，或者更确切地说，这种新型的研究方法并不仅仅局限于文学或人类学的范围，而是故意超越这些领域，进入一个更大的、全球性的领域。

维克多·特纳与我们的新文学巨匠大江健三郎、君特·格拉斯、加布里埃尔·马尔克斯处于同一个世界，他们是一群巴洛克文化生产者，他们就像哥特式大教堂的雕刻师一样奇特古怪。他们是创造者，创造出了一些独特、新颖的事物，而不是仅仅在文章中描述或评论这些事物。特纳以他自己的方式为我们开辟了一个全新的仪式世界；他不仅分析了象征意义，而且丰富了它。

我们可以追溯特纳的阅读习惯在不同节点是如何发展变化的。当他还是学生时，他阅读了布莱克的诗歌和雅各·波墨（Jacob Boehme）的《万物的签名》（Signatura Rerum）。十二岁时，他自学希腊语，因为想体验原版的经典作品，事实上，他在找到"真正的东西"（原版的经典作品）时，非常高兴。他阅读了很多作品：经典作品、宗教作品，诗歌（法国象征主义诗人、自然诗人、主张"生命冲力"的诗人所创作的诗歌作品），然后是史诗、伟大的故事讲述者的作品，滑稽的作品，神秘主义者的作品，以及他的最爱，那些有着伟大心灵和温暖的作家的作品。特纳思想的最深层的灵感来源是布莱克和波墨，他们都有着一种远见卓识，那就是将万物视为一个正在发展中的振荡网。后来，特纳热衷于卡巴拉（Kaballah）和源质［生命树（Sephirot）］的思想，以及禅宗和天主教思想。这些不断激发特纳去创作诗歌，创作他自己的诗，这些诗歌对他来说是特殊的作品，他写下的不是草书而是罗马字体，独立的、端正的字体，好像它们是口述的，是直接从他的内心或灵感中流出的：

所有的死亡都是生物隐藏的黄金

闪烁的，深不可测的，如同秋天的落叶

至少在退潮时留下，海滨的火焰，

溅满了经期的深红色的意义

时间——高潮的黄金，

就像山顶上的太阳，

水面上的最后一道耀斑，

暗示即将来临的事情，

对视觉来说，过于闪耀，

纯为听觉，胜于触动——

冬天和黑夜，它们最真实的意义。

我们刚刚提到的一切与人类学有什么关系呢？它是否融入了他的人类学研究？他听从自己探索起源的召唤，投身于人类学，并因此遵守了人类学狭隘的研究规律——社会结构主义、时代的生态决定论、基于弗洛伊德的亲属理论，然后是霍布斯、马克思以及历史的铁律。他把它们全都吸收了，偶尔吐出一些东西，比如法国的熵规则结构主义（entropy-ruled structuralism）。他甚至探索了共产主义，无论是在曼彻斯特的贫民窟，还是在英国殖民主义统治下的北罗得西亚（现在的赞比亚），特纳在深入研究人们面对的真正的困境。

出乎他的意料，在恩登布人中进行田野调查时，特纳看到了爱、共同体的起源，它们在仪式的阈限阶段萌发，这不是基督教能够解释的。很久以后，他意识到恩登布人所拥有的，并不是教会傲慢地称为自然宗教的东西，而是一种真正的宗教——因为精神实际上接触并"捕获"了他们选定的人，就像在伟大的宗教中一样。在恩登布，在与恩登布人接触和交流的过程中，他的诗歌创作得到了新的启发和灵感。同时，他开始接受和探索更多的思想和观念。当从田野回来时，他面临着一个广阔的新的阅读领域，最后，这个阅读范围指向了天主教思想，这是为数不多的像恩登布那样具有丰富宗教冲动的世界观之一——阅读沃夫（Waugh）、切斯特顿（Chesterton）、路易斯·德·沃尔（Louis de Wohl）、格雷厄姆·格林（Graham Greene）、佩吉（Peguy）、吉尔松、巴特菲尔德（Butterfield）等人的作品。特纳打破了束缚人类学家寻找他们自己宗教的禁忌，他摆脱了马克思的束缚，发现自己处于理论进步的洪流之中，这些理论洪流包括对通过仪式基本性质的阐述、对阈限及其类型的研究、对过程理论的阐述、对符号的分析、意义的两极化等多个方面的探索。他还研究了社会场域理论的复杂性，竞技场概念作为社会戏剧发生场所的作用，他对未知的神和神圣性有自己的想法，后来，他对阈限领域有了新的研究，发现了在阈限阶段出现了仪式倒置、共同体和重组等现象（1985：249—289）。

为了阐明这些不同阶段的阅读，我将提供对每种探索类型产生影响的文学作品的详细信息。

首先，这些文学作品中有戏剧——社会戏剧的故事，尽管这个术语还没有被使用——特纳在记录穆坎扎村的社会戏剧之前，就已经对类似的主题有了深入的理解和感知。这些主要是冰岛的传奇故事，它们有着奇特的思想，干练的写作语言，引人入胜的世仇故事；还有希腊悲剧，阿喀琉斯在他的帐篷里闷闷不乐；有伊丽莎白时代的舞台剧；易卜生创造的可怕冲突；哈代作品中的两难境地；福楼拜、康拉德和他的意志之战。特纳后来在穆坎扎看到了这些戏剧，并注意到了它们的发展阶段。

在对传统民族通过仪式有了一定认识后，特纳发现他在潜意识里已经认出了许多通过仪式。比如在卡利班岛上的船难中，在罗莎琳德在亚登森林逗留期间，在寻找白鲸莫卡·迪克的过程中，在《罪与罚》的赎罪过程中，在科隆诺斯的俄狄浦斯——等待死亡和升华的牺牲人物中，在《摩诃婆罗多》中潘达瓦兄弟的旅程中，在《罗摩衍那》西塔被绑架和救援的过程中，在托尔金寻找魔戒的过程中，在 C. S. 路易斯的《纳尼亚传奇》中——一个阈限世界，在杰克·凯鲁亚克的《在路上》的节拍中，在日本的许多能剧中从一个地方到另一个地方的通道中，每一部作品都在描绘一个从世俗的暴力冲突到达涅槃的过程——更不用说《玛丽·波平斯》以及无数以成长为主题的儿童故事。在这些作品中，特纳发现了作品背后的仪式。

在象征意义方面，除了他发表的对文学符号的分析之外，特纳还会抽出时间阅读法国象征主义诗人的作品。他看到了波德莱尔朴实的诗歌如何表征符号意义的两极分化：他们身上的污秽和陈腐与一种幸福密切相关，兰波、劳伦斯、普鲁斯特和乔伊斯的作品中也有这种现象。在这些作品中，一些粗糙的元素激活了寻找爱的主题。

特纳在阅读中认出了许多处于临界状态的人，处于介于两者之间的人——处于边缘状态的人，由于某种原因没有融入静态社会结构的人。作家往往是阈限人，因为写作本身就是一种阈限活动。他曾经提到中世纪"被咒诗人"弗朗索瓦·维永，在他的想象中的泰勒梅修道院中的拉伯雷，莎士比亚的李尔王、奥赛罗、夏洛克，波尔多的理查德等人物，疯狂的诗人约翰·克莱尔，流浪汉沃尔特·惠特曼，赌徒陀思妥耶夫斯基，吸毒者波德莱尔，同性恋者兰波，都过于软弱以至于被特纳笑称为"落叶和麻醉剂"的马拉美，梦幻世界中的刘易斯·卡罗尔，与吉卜赛人在一起的乔治·博罗，在木筏上的哈克·芬，流浪汉杰克·伦敦，战壕中的和平主义者威尔弗雷德·欧文，山地疗养院中的托马斯·曼，"垮掉的一代"的创始人杰克·凯鲁亚克，以及与残疾儿子相伴的大江健三郎。特纳非常了解这些人物，因为他们的人性而爱他们，并与他们产生了共鸣，他既是诗人，又是处于自己社会边缘的人类学家——这都是为了探索一切，认同一切。

然后，在通过仪式的阈限阶段，特纳看到了共同体，当共同体还是一种未命名的现象时，他已经在文学中看到并在生活中体验过了。他在罗伯特·伯恩斯（Robert Burns）身上看到了这一点——"一个人就代表了人类"，在哈克·芬恩、汤姆·索亚和奴隶吉姆之间，在巴赫金、契诃夫、豪尔赫·阿马多、圣约翰福音和登山宝训中，尤其是在莎士比亚那里，他看到了共同体。这些作品倒置、颠覆了结构价值并强调了人类的共同性。在宗教文学中，这种倒置像圣像一样明显。

特纳深知，仪式的中心是神圣的存在，他曾多次接近神圣。除了我已经提到过的宗教作品，他在埃克哈特大师（Meister Eckhart）的著作、奥利芙·施莱纳（Olive Shreiner）鲜为人知的《南非农场的故事》（*The Story of a South African Farm*）、帕特里克·怀特（Patrick White）的《人树》（*The Tree of Man*）、冯·许格尔（von Hugel）的《永恒的生命》（*Eternal Life*）中感受到了神圣。必须是特纳这样的人类学家，才能从心理学家冷酷的还原主义分析中挣脱出来，并写出《奇姆巴哈，白色精灵》（*Chihamba, the White Spirit*）。

也许最重要的是，特纳喜欢小丑。在通过仪式的阈限阶段，有一种巨大的释放感使得游戏性成为主导。就像在雅基仪式中，鹿悲惨死亡后，戴着面具的豺狼人立即进行滑稽表演。人们通过滑稽和游戏来应对和处理生活中的困难和挑战,从而达到一种解脱和自由的状态。特纳指出这些和其他狂欢节人物是游戏性重组的典型人物,他们以各种大小和形状的存在进行奇妙的游戏,以求纯粹的灵活性,即他们可以自由地改变和调整自己的角色和行为,以适应不同的情境和环境。特纳喜欢庞大固埃(Pantagruel)和高康大(Gargantua)、堂吉诃德(Don Quixote)、道格培里(Dogberry)、韦尔斯(Verges)、乌布图(Ubu Roi),甚至还有伯蒂·伍斯特(Bertie Wooster)和班尼·希尔(Benny Hill)这些现实中的演员。

特纳阅读了一群作家的作品,他们在作品中描述了传统生活或部落生活,如梅尔维尔的《泰比》(Typee),R. L. 史蒂文森旅行时的创作,巴肯和他笔下的苏格兰人——特纳是苏格兰人,沃尔特·斯科特本人,哈代笔下的威塞克斯人,阿玛多笔下的巴西人,查尔斯·金斯利许多带有异国情调的书,海明威,甚至还有托尔·海尔达尔。他是一个民族浪漫主义者吗?大概,特纳是一位浪漫主义者。有一件事是真的,那就是,整个地球对他来说都很重要。史密森尼学会拥有他于 7 月 4 日在购物中心拍摄的一些视频片段,国会大厦在他身后,他喝得醉醺醺的,向政府的圆顶和快乐的人群挥手说:"让我们忘记战争这一可笑的愚蠢行为——这里才是真正的美国人民……"

注解

[1] Turner, *Revelation and Divination*, pp. 179 – 203(包括 1962 年首次出版的《奇姆巴哈,白色精灵》); Gilson, *Christian Philosophy*, p. 368.

[2] William Shakespeare, *The Tempest*, Act II, Scene 1, lines 141 – 163; Buber, *I and Thou*, p. 72.

[3] 温纳-格伦人类学研究基金会于 1982 年慷慨资助了这项事业。

参考文献

Buber, Martin. *I and Thou*. Edinburgh: Clark, 1958.

Gilson, E. H. *The Christian Philosophy of St. Thomas Aquinas*. New York: Random House, 1956.

Turner, Victor. *From Ritual to Theatre*. New York: Performing Arts Journal Publications, 1982.

_____. "Liminality and the Performative Genres." In *Studies in Symbolism and Cultural Communication* 14. Ed. F. Allen Hanson. Lawrence, Kan.: University of Kansas Press, 1982.

_____. *On the Edge of the Bush*. Tucson: University of America Press, 1985.

_____. *Revelation and Divination*. Ithaca: Cornell University Press, 1975.

_____. *The Ritual Process*. Chicago: Aldine, 1969.

维克多·特纳的学术生涯和出版成果

弗兰克·E. 曼宁（Frank E. Manning）

弗兰克·E. 曼宁，西安大略大学人类学教授，社会与人文研究中心主任。他是《百慕大黑人俱乐部》（Black Clubs in Bermuda）的作者，《社会庆典》（The Celebration of Society）的编辑以及"文化与表演"系列书籍的主编。

维克多·特纳的一生是一场充满智慧的人生之旅。这一旅程始于格拉斯哥，他于1920年5月28日出生在格拉斯哥，父亲是电子工程师，母亲是演员。因为对诗歌和古典文学的兴趣，他在十八岁时进入伦敦大学学院学习英语。他的高等教育之旅被第二次世界大战打断了，当时他被征入英国军队服役五年。这段时期后来可能被他称之为生命中的阈限阶段。他与妻子伊迪丝结婚四十年，有两个孩子，他们住在拉格比军事基地附近的吉卜赛大篷车里。拉格比市有一所非常著名的公立学校，这所学校是英式橄榄球的发源地。特纳作为一名非战斗人员，在服兵役期间的另一个转变是其研究从文学转到人类学。战后回到大学学院，他在当时一些领先的社会人类学家的指导下学习：著名的"三个F"——弗斯（Firth）、福德（Forde）和福特斯（Fortes），还有一段时间，特纳跟随利奇（Leach）、拉德克利夫-布朗（Radcliffe-Brown）和纳德尔（Nadel）进行学习。

特纳在二十九岁时获得荣誉学位，他表现出不循规蹈矩的创新意识，这种创新意识始终贯穿他的学术生涯。他离开了伦敦著名的学术区，进入了马克斯·格鲁克曼（Max Gluckman）刚刚在曼彻斯特大学创立的新部门。他与罗德斯-利文斯通研究所合作的博士研究项目，将他带去了赞比亚（当时的北罗得西亚）。在赞比亚，他在恩登布人中生活了三年。他首先用人口统计学和经济学的方式研究恩登布社会，但逐渐将注意力转移到仪式象征意义——这一转变似乎与他对马克思主义的疏远有关，马克思主义强调的是物质的决定性作用。然而，特纳愈发相信，人类关系的核心不是物质利益的吸引力，而是共同体意义的象征表达。从这次实地考察中，他出版了两部主要专著和他的博士论文，博士论文以《一个非洲社会的分裂与连续》（Schism and Continuity in an African Society）为题出版。

特纳 1955 年至 1963 年在曼彻斯特大学担任研究和教学职位。在此期间，他撰写了大量文章，探索仪式与治疗、神学、亲属关系和政治等各种现象之间的动态关系。他的工作因其新颖的方法和详尽的文献而受到认可，使他成为蓬勃发展的曼彻斯特人类学派的领军人物。

特纳于 1963 年接受了康奈尔大学人类学教授的职位，开始了他在美国的职业生涯。在接下来的几年里，他又两次前往非洲，并完成了他在过去十年的田野调查工作的主要著作：《象征之林》是他自己关于恩登布仪式的论文集；《苦难的鼓声》是以仪式为中心的综合民族志；《仪式过程》的内容最初以路易斯·亨利·摩尔根[①]（Lewis Henry Morgan）讲座的形式发表，在这本书中他提出了关于规范社会结构如何在仪式戏剧中象征性地解构和重建的核心理论立场。

1968 年，特纳前往芝加哥大学，担任人类学和社会思想教授。此举恰逢他的研究兴趣从部落宗教转向世界宗教，更广泛地说，从小规模社会转向大众社会。他开始了对当代基督教朝圣的长期研究，在墨西哥、爱尔兰、英国和欧洲大陆进行了积极的实地考察。他出版了两本书——《戏剧、场景及隐喻》以及《基督教文化中的图像与朝圣》（与伊迪丝·特纳合著），探讨了这些国家的社会历史与朝圣传统以及与其他各种类型的文学、民俗和流行文化流派的关系。后来，他将他的朝圣研究扩展到亚洲宗教，这一兴趣使他去了印度、斯里兰卡和日本。

特纳在芝加哥待了将近十年，确立了自己作为象征人类学的主要代表人物的地位，但他经常使用多学科的术语来描述这个领域，将其称为比较符号学，这是一种将社会科学 - 人文研究方法，用于研究象征形式和过程的研究方法。他在 1973 年编辑了"象征、神话、仪式"一系列丛书，并在接下来的六年中出版了十七本书。为该系列贡献原创作品的杰出学者，包括研究人类学的雷蒙德·弗斯[②]（Raymond Firth）爵士和研究宗教史的米尔恰·伊利亚德[③]（Mircea

---

[①] 路易斯·亨利·摩尔根，美国知名人类学家和社会理论家。——译者
[②] 雷蒙德·弗斯，人类学家、民族学家、英国功能学派代表人物之一。——译者
[③] 米尔恰·伊利亚德，罗马尼亚宗教史学家、哲学家，美国芝加哥大学教授。他对宗教的解读开风气之先，成为宗教研究影响至今的范例。其基于宗教提出的"圣显"（hierophanies）理论将人类对现实的体验分为圣与俗两部分。——译者

Eliade)。

特纳最后的工作经历是在弗吉尼亚大学，1977 年他被任命为威廉·R. 凯南人类学和宗教学教授，并且在那里还获得了高级研究中心和南亚项目的会员资格。他继续进行朝圣和比较宗教的研究，但也越来越关注戏剧展演。这使他开始研究戏剧和节日。他参加了纽约的一个实验戏剧工作坊，会根据经典民族志编写剧本并进行表演。根据这种经历，特纳完成了他的专著《从仪式到戏剧：展演中的人文价值》(*From Ritual to Theatre: The Human Seriousness of Play*)。他还对里约狂欢节进行了实地考察，从赫伊津哈①（Huizinga）、贝特森②（Bateson）和卡卢瓦（Caillois）等文学家或哲学家的视角来审视里约狂欢节。他没有完成关于节日的研究，但在他编辑的一本书《庆典》，以及他在史密森尼学会协助策划的一个相关展览中，可以看到他的部分成果。在去世之前，他也开始发表关于里约狂欢节的文章。

特纳将因其在研究生涯中反复出现的各种令人兴奋的想法和方法而被人们铭记。他的一组思想与仪式象征符号的性质有关，他认为仪式象征符号是高度浓缩的、戏剧性表达的重要单位。它们的特征是"多声部"，因为它们有很多意义；但它们又是统一的，因为它们可以将这些不同的意义联系起来，并通过类比的方式表达这些意义。更具体地说，仪式符号有两个重要极点：一个是意识形态极，指的是道德和社会价值观；另一个是感官极，它承载着情感和身体（通常是性）的吸引力。在仪式的行动语境中，这两个极点是互换的。一方面，道德和社会价值观中渗透着情感；另一方面，原始的情感也因为与社会价值相联系，会转化为美德。

特纳进一步概述了一种象征符号分析方法，这种方法被用在了他严谨的田野调查过程中。他说，象征符号应该从三个层面的意义——解释性的、操作性的和位置性的来考察。解释意义包括当地人如何有意识地理解象征符号，以及象征符号的语言来源、社会历史和物质实质。操作意义的核心是如何使用象征符号——在什么情况下，由什么群体使用象征符号等。位置意义与一个象征符号在特定仪式中，以及整个仪式框架内与其他象征符号的关系有关。他指出，这三个象征符号分析领域分别与语言分析的三个领域重合：语义学、语用学和

---

① 约翰·赫伊津哈，荷兰语言学家和历史学家。——译者
② 格雷戈里·贝特森，英国人类学家、社会科学家、语言学家、视觉人类学家、符号学家。20 世纪 40 年代，他将系统论/控制论扩散至社会/行为科学领域，晚年致力于发展一种认识论的元科学，统一系统论的各种早期形式。——译者

句法学。

特纳最广为人知的研究成果，可能是他对社会过程的强调——这一立场使他与他在英国社会人类学背景中的主要关注结构和静态功能主义的观点形成了鲜明的对比。他认为社会是一种形成的体验，而不是一种存在的状态。象征性行动的形式——仪式、朝圣、庆典、戏剧表演等——本身就是过程性的，也是更广泛的文化和历史过程中不可或缺的，而且往往是激发性的阶段。这种观点的大部分灵感来自比利时民俗学家阿诺尔德·范热内普（Arnold van Gennep），他从三个连续的阶段分析了传统的成年礼：分离（与前社会状态）、阈限和重新聚集。特纳强调了这一模型的阈限阶段，他认为这是模棱两可的、倒转的、嬉戏的，是他称之为共同体的强烈情感的来源。关于后工业社会，特纳谈到的是类阈限而不是阈限类型，强调他们的文化创造力和促进社会与政治变革的潜力。

特纳这些富有启发性的思想和理论，都基于他的田野调查（民族志）并在他的众多作品中得到了深化和扩展。他的这些作品包括十八本书籍，以及近七十篇已经发表的文章。这些作品为他的思想提供了实证支持，并帮助他进一步发展了他的理论。特纳的大量思想已被广泛传播和翻译。例如，《仪式过程》提供（除英语外）葡萄牙语、意大利语、西班牙语、法语、日语和俄语版本。《象征之林》《苦难的鼓声》《一个非洲社会的分裂与连续》《戏剧、场景及隐喻》和《基督教文化中的图像与朝圣》等已被至少一种其他语言翻译。

特纳是一位广受欢迎的学术访问者。他通常每年至少花两个月在大学、研究所和会议上讲学。1973年至1974年，他在十个校园进行了三十二场讲座，这是美国宗教历史讲座系列的一部分。他喜欢与同事进行这些访问，将乐趣与学术业务结合起来。（如果仪式是"众神的工作"——他最喜欢的词之一——学术社交类似于"人类的游戏"。）他还担任了一些客座教授。恰如其分的是，他最后一个完整的教学学期是在三大宗教的圣城耶路撒冷度过的。1983年春天，他在以色列科学与人文学院获得了爱因斯坦奖学金。

特纳对人类学、宗教研究、文学和戏剧研究、民俗学和人文学科的其他领域产生了巨大影响。他还试图与比符号学更"科学"的领域，特别是心理学和神经生理学进行交流。他为著名的杂志《科学》（Science）撰写了有关仪式的文章。在几篇已发表的论文中，他将自己关于游戏的想法与心理学家兹克申特米哈伊（Czikszentmihalyi）的心流概念联系起来，后者本身类似于马斯洛早期的高峰体验概念。在生命的最后几年，他在对大脑左右半球的研究背景下探索了游戏、仪式、戏剧和其他形式的象征表达。

对于认识特纳的人来说,特纳留给我们的最伟大的遗产,是他将学术与生活联系起来的感染力。他热情地接受了他所学的一切:他对非洲仪式有着非凡的共鸣,最终促使他皈依罗马天主教;他体验朝圣,并将它作为一种高尚和解放的宗教共同体的形式;他参与到狂欢节中,并将狂欢节看作嬉戏放纵和文化再生的终极体验。他将自己描述为一个阈限人物,在许多社交场合扮演"游戏大师"的角色,并公开表达了他希望在里约开办一所桑巴舞学校的愿望。

参考文献

书籍与学术专著

(1952) *The Lozi Peoples of North-western Rhodesia*. London: The International African Institute Press.

(1953) *Lunda Rites and Ceremonies*. Occasional Papers No. 10. Livingstone: RhodesLivingstone Museum.

(1957) *Schism and Continuity in an African Society: A Study of Ndembu Village Life*. Publ. on behalf of the Institute for Social Research, University of Zambia. Manchester: Manchester University Press.

(1961) *Ndembu Divination: Its Symbolism and Techniques*. Rhodes-Livingstone Papers No. 31. Manchester: Manchester University Press.

(1964) *Lunda Medicine and the Treatment of Disease*. Occasional Papers No. 15. Livingstone: Rhodes-Livingstone Museum.

(1966) and Marc J. Swartz and Arthur Tuden, eds. *Political Anthropology*. Chicago: Aldine.

(1967) *The Forest of Symbols: Aspects of Ndembu Ritual*. Ithaca: Cornell University Press.

(1968) *The Drums of Affliction: A Study of Religious Processes Among the Ndembu of Zambia*. Oxford: Clarendon Press.

(1969) *The Ritual Process: Structure and Anti-structure*. Chicago: Aldine.

(1971) Ed. *Profiles of Change: African Society and Colonial Rule*. Cambridge: Cambridge University Press.

(1974) *Dramas, Fields, and Metaphors: Symbolic Action in Human Society*. Ithaca: Cornell University Press.

(1975) *Revelation and Divination in Ndembu Ritual*. Ithaca: Cornell University Press.

(1978) and Edith Turner. *Image and Pilgrimage in Christian Culture: Anthropological Perspectives*. New York: Columbia University Press.

(1979) *Process, Performance, and Pilgrimage*. New Delhi: Concept Publishing Co.

(1982) *From Ritual to Theatre: The Human Seriousness of Play*. New York: Performing Arts Journal Publications.

(1982) Ed. *Celebration: Studies in Festivity and Ritual*. Washington, D. C.: Smithsonian Institution Press.

(1985) Ed. with Edward Brunner. *The Anthropology of Experience*. Champaign: University of Illinois Press.

(1985) *On The Edge of the Bush*. Tucson: University of Arizona Press.

(1986) *The Anthropology of Performance*. New York: Performing Arts Journal Publication.

文章

(1955) "A Lunda Love Story and Its Consequences: Selected Texts from Traditions Collected by Henrique Dias de Carvalho at the Court of Mwatianvwa in 1887." *The Rhodes-Livingstone Journal* 10: 1 – 26.

(1955) "The Spatial Separation of Adjacent Generations in Ndembu Village Structure." *Africa* 25: 121 – 137.

(1955) "A Revival in the Study of African Ritual." *Rhodes-Livingstone Journal* 17: 51 – 56.

(1955) with E. L. B. Turner. "Money Economy Among the Mwililunga: A Study of Some Individual Cash Budgets." *The Rhodes-Livingstone Journal* 18: 19 – 37.

(1960) "Muchona the Hornet, Interpreter of Religion." In *In the Company of Man: Twenty Portraits by Anthropologists*. Ed. Joseph B. Casagrande. New York: Harper and Row, pp. 333 – 355.

(1961) "Ritual Symbolism, Morality, and Social Structure Among the Ndembu." *The Rhodes-Livingstone Journal* 30: 1 – 10.

(1962) "Themes in the Symbolism of Ndembu Hunting Ritual." *Anthropological Quarterly* 35: 37 – 57.

(1962) "Three Symbols of Passage in Ndembu Circumcision Ritual: An Interpretation." In *Essays on the Ritual of Social Relations*. Ed. Max Gluckman. Manchester: Manchester University Press, pp. 124 – 173.

(1964) "Witchcraft and Sorcery: Taxonomy versus Dynamics." *Africa*. New York: Performing Arts Journal Publication, 34: 314 – 324.

(1964) "An Ndembu Doctor in Practice." In *Magic, Faith, and Healing: Studies in Primitive Psychiatry Today*. Ed. Ari Kiev. Glencoe: Free Press, pp. 230 – 262.

(1964) "Symbols in Ndembu Ritual." In *Closed Systems and Open Minds: The Limits of Naivety in Social Sciences*, Ed. Max Gluckman. Edinburgh: Oliver and Boyd, pp. 20 – 51.

(1964) "Betwixt and Between: The Liminal Period in *Rites de Passage*." In *Symposium on New Approaches to the Study of Religion*. Ed. June Helms. Seattle: American Ethnological Society, pp. 4 – 20.

(1965) "Some Current Trends in the Study of Ritual in Africa." *Anthropological Quarterly* 38: 155 – 166.

(1965) "Ritual and Symbolism." In *African Systems of Thought*. Ed. M. Fortes and G. Dieterlen. London: Oxford University Press for the International African Institute, pp. 9 – 15.

(1966) "Colour Classification in Ndembu Ritual: A Problem in Primitive Classification." In *Anthropological Approaches to the Study of Religion*. Ed. Michael Banton. London: Tavistock Publications, pp. 47 – 84.

(1966) "The Syntax of Symbolism in an African Ritual." In *Philosophical Transactions of the Royal Society of London*, Series B, Biological Sciences 251(772): 295 – 303.

(1966) "Anthropological Epilogue." In *Philosophical Transactions of the Royal Society of London*, Series B, Biological Sciences 251 (772): 521 – 522.

(1966) "Ritual Aspects of Conflict Control in African Micropolitics." In *Political Anthropology*. Ed. Marc J. Swartz, Victor W. Turner, and Arthur Tuden. Chicago: Aldine, pp. 239 – 246.

(1966) "Sorcery in Its Social Setting: A Review Article (M. G. Marwick)." *African Social Research 2: 159 – 164.

(1966) and M. Swartz and Arthur Tuden. "Introduction." In *Political Anthropology*. Chicago: Aldine, pp. 1 – 41.

(1967) "Aspects of Saora Ritual and Shamanism: An Approach to the Data of Ritual." In *The Craft of Social Anthropology*. Ed. Arnold L. Epstein. London: Tavistock Publications, pp. 181 – 204.

(1967) "Mukanda: The Rite of Circumcision." In *The Forest of Symbols: Aspects of Ndembu Ritual*. Ed. Victor W. Turner. Ithaca: Cornell University Press, pp. 151 – 279.

(1968) "The Waters of Life: A Study of Zulu Zionist Water Symbolism." In *Religions in Antiquity*. Ed. Jacob Neusner. Leiden: E. J. Brill, pp. 506 – 520.

(1968) "Mukanda: The Politics of a Non-political Ritual." In *Local Level Politics: Social and Cultural Perspectives*. Ed. Marc J. Swartz. Chicago: Aldine, pp. 135 – 150.

(1969) "Symbolization and Patterning in the Circumcision Rites of Two Bantu-Speaking Societies." In *Man in Africa*. Ed. Mary Douglas and Phyllis M. Kayberry. London: Tavistock Publications, pp. 229 – 244.

(1969) "Forms of Symbolic Action: Introduction." In *Forms of Symbolic Action*. Ed. Robert F. Spencer. Seattle and London: University of Washington Press, pp. 3 – 25.

(1971) "An Anthropological Approach to the Icelandic Saga." In *The Translation of Culture*. Ed. T. O. Beidelman. London: Tavistock Publications, pp. 349 – 374.

(1971) "Themes and Symbols in an Ndembu Hunter's Burial." In *Themes in Culture: Essays in Honor of Morris E. Opier*. Ed. Mario D. Zamora, J. M. Mahar, and Henry Orenstein. Quezon City: Kayumangil Publishers.

(1972) "Passages, Margins, and Poverty: Religious Symbols of Communitas." *Worship* 46: 390 – 412, 482 – 494.

(1972) "Foreword." In *Function, Purpose, and Powers: Some Concepts in the Study of Individuals and Societies*. Ed. Dorothy Emmet. Philadelphia: Temple University Press, pp. vii – xi.

(1973) "The Center Out There: Pilgrim's Goal." *History of Religions* 12: 191 – 230.

(1973) "Symbols in African Ritual." *Science* 179(4078): 1100 – 1105.

(1973) "Analysis of Ritual: Metaphoric Correspondences as the Elementary Forms: A Reply to James Fernandez." *Science* 182(4119).

(1974) "Metaphors of Antistructure in Religious Culture." In *Changing Perspectives in the Scientific Study of Religion*. Ed. Allan W. Eister. New York: Wiley-Interscience, pp. 63 – 84.

(1974) "Liminal to Liminoid, in Play, Flow, and Ritual: An Essay in Comparative Symbology." In *Rice University Studies* (special number on "The Anthropological Study of Human Play") 60: 53 – 92.

(1974) "Symbols and Social Experience in Religious Ritual." *Studia Missionalia* 23: 1 – 21.

(1974) "Pilgrimage and Communitas." *Studia Missionalia* 23: 305 – 327.

(1975) "Ritual as Communication and Potency: An Ndembu Case Study." In *Symbols and Society: Essays on Belief Systems in Action*, Proceedings of the Southern Anthropological Society No. 9. Ed. Carole Hill. Athens, Ga: University of Georgia Press, pp. 58 – 81.

(1975) "Death and the Dead in the Pilgrimage Process." In *Religion and Change in Southern Africa: Anthropological Essays in Honour of Monica Wilson*. Ed. M. West and Michael G. Whisson. Capetown: David Philip, pp. 107 – 127.

(1976) "Ritual, Tribal and Catholic." *Worship* 50: 504 – 524.

(1976) "Religious Paradigms and Political Action: Thomas Becket at the Council of Northampton." In *The Biographical Process*. Ed. Frank E. Reynolds and Donald Capps. Utrecht: Mouton, pp. 153 – 186.

(1976) "The Bite of the Hunter's Ghost." *Parabola* 1.

(1976) "African Ritual and Western Literature: Is a Comparative Symbology Possible?" In *The Literature of Fact*, English Institute Series. Ed. Angus Fletcher. New York: Columbia University Press, 45 – 81.

(1977) "Variations on a Theme of Liminality." In *Secular Ritual*. Ed. Sally Moore and Barbara Myerhoff. Leyden: Van Gorcum, pp. 36 – 52.

(1977) "Sacrifice as Quintessential Process: Prophylaxis or Abandonment?" *History of Religions* 16: 189 – 215.

(1977) "Process, System, and Symbol: A new Anthropological Synthesis." *Daedalus* 106: 61 – 80.

(1977) "Frame, Flow, and Reflection: Ritual and Drama as Public Liminality." In *Performance in Postmodern Culture*. Ed. Michel Benamou and Charles Caramello.

Madison Wis. : University of Wisconsin Press.

(1977) "Ndembu Divination and Its Symbolism." In *Culture, Disease, and Healing: Studies in Medical Anthropology*. Ed. David Landy. New York: Macmillan Publishing Co., pp. 175 – 183.

(1978) "Encounter with Freud: The Making of a Comparative Symbologist." In *The Making of Psychological Anthropology*. Ed. George and Louise Spindler. Berkeley: University of California Press, pp. 538 – 558.

(1978) "Comments and Conclusions." In *The Reversible World: Symbolic Inversion in Art and Society*. Ed. Barbara Babcock. Ithaca: Cornell University Press, pp. 276 – 296.

(1978) "Review of Ethnopoetics: A First International Symposium." *Boundary* 6: 583 – 590.

(1978) "Foreword." In *Number Our Days*, Barbara Myerhoff. New York: Simon and Schuster, pp. xiii – xvii.

(1979) "Dramatic Ritual/Ritual Drama: Performative and Reflexive Anthropology" *Kenyon Review* 1: 80 – 93.

(1980) "Religion in Current Cultural Anthropology." *Concilium*.

(1980) "Social Dramas and Stories About Them." *Critical Inquiry* 7: 141 – 168.

(1982) "Images of Antitemporality: An Essay in the Anthropology of Experience." *Harvard Theological Review* 75: 243 – 265.

(1982) "Introduction." In *Celebration: Studies in Festivity and Ritual*. Ed. Victor Turner. Washington, D. C. : Smithsonian Institution Press, pp. 11 – 30.

(1982) with Edith Turner. "Postindustrial Marian Pilgrimage." In *Mother Worship*. Ed. James Preston. Chapel Hill: University of North Carolina Press, pp. 145 – 173.

(1982) with Edith Turner. "Religious Celebrations." In *Celebration: Studies in Festivity and Ritual*. Ed. Victor Turner. Washington, D. C. : Smithsonian Institution Press, pp. 201 – 219.

(1982) with Edith Turner. "Performing Ethnography." *The Drama Review* 26: 33 – 50.

(1983) "Play and Drama: The Horns of a Dilemma." In *The World of Play*. Ed. Frank E. Manning. West Point, N. Y. : Leisure Press, pp. 217 – 224.

(1983) "Foreword." In *A Celebration of Demons*. Bruce Kapferer. Bloomington:

Indiana University Press, pp. ix – xii.

(1983) "*Carnaval* in Rio: Dionysian Drama in an Industrializing Society." In *The Celebration of Society: Perspectives on Contemporary Cultural Performance*. Ed. Frank E. Manning. Bowling Green, Ohio: Bowling Green University Press, and London, Ontario: Congress of Social and Humanistic Studies, pp. 103 – 124.

(1983) "The Spirit of Celebration." In *The Celebration of Society: Perspectives on Contemporary Cultural Performance*. Ed. Frank E. Manning. Bowling Green: Bowling Green University Press, and London, Ontario: Congress of Social and Humanistic Studies, pp. 187 – 191.

(1984) "Liminality and the Performative Genres." In *Rite, Drama, Festival, Spectacle: Rehearsals Toward a Theory of Cultural Performance*. Ed. John MacAloon. Philadelphia: ISHI, pp. 19 – 41.

(1985) "Dewey, Dilthey, and Drama: An Essay in the Anthropology of Experience." In *The Anthropology of Experience*. Ed. Victor Turner and Edward Bruner. Champaign: University of Illinois Press, pp. 3 – 15.

索　引[1]

（索引页码为原书页码，即本书边码）

Alcoff, Linda: feminist criticism and post-structuralism 琳达·阿尔科夫：女权主义批评和后结构主批评 xiii—xiv **181**

Anthropology: interdisciplinary studies 人类学：跨学科研究 ix; Turner's theories of historical change 特纳的历史变革理论 xv—xvi; symbolic and role of art in culture 艺术在文化中的象征意义和作用 21—22; Derrida and deconstructive discourse 德里达与解构话语 42—43 interpretation of Corpus Christi play of Künzelsau, 刘昆策尔绍基督圣体节的解释 49—50; culture-function and author-function in criticism 批评中的文化功能和作者功能 130; literary criticism and literature 文学批评和文学 131; Turner and literary criticism 特纳和文学批评 163—168; Turner's definition of symbolic 特纳对象征的定义 171

Aristocracy: eleventh-and twelfth-century France 封建领主：11—12 世纪的法国封建领主 33—34,37—38

Art: role in culture and symbolic anthropology 艺术：在文化和象征人类学中的作用 21—22; social expression of ideology 意识形态的社会表达 23; function and crisis 仪式与危机 25; symbolic expression 象征表达 26; cultural development and communitas 文化发展和共同体 30—31; cultural change 文化变革 32—33

Artists: structural roles 艺术家：结构性角色 28—29; marginality and ideology 边缘性和意识形态 29—30; antistructural liminality 反结构阈限性 30

Auerbach, Erich: style and chivalric romance 埃里希·奥尔巴赫：骑士浪漫传奇 35; class consciousness and chivalric romance 阶级意识与骑士浪漫传奇 37,38; feudalism and chivalric ideal 封建主义和骑士理想 37—38

Austen, Jane: Woolf on silences 简·奥斯汀：伍尔夫的沉默的观点 92

Bakhtin, Mikhail: liminality and the carnivalesque 米哈伊尔·巴赫金：狂欢节

---

[1] 此部分页码标注英文原书有误，现标注与英文原书有出入，为修订后页码。——译者

和阈限 xviii，xix；theories of otherness 他者理论 43；medieval biblical drama 中世纪圣经剧 54—58，59—62

Balzac，Honoré de 奥诺雷·德·巴尔扎克，See *La Peau de chagrin* 参见《驴皮记》

Barthes，Roland：postmodernism 罗兰·巴特：后现代主义 118—119；postmodern representation 后现代表征 125；semiotic conditions and history of literature 符号学与文学史 133—134

Belief：Turner's definition of ritual 信仰：特纳对仪式的定义 141—142

Bell，Clive：Woolf's liminality 克莱夫·贝尔：伍尔夫作品中的阈限 95

Benedict，Ruth：Woolf and concept of culture 露丝·本尼迪克特：伍尔夫与文化观念 95

Between the Acts：recent criticism《幕间》：近期对《幕间》的批评 88—89；reflexivity 自反性 89—106，See also Woolf，Virginia Bevington 参见弗吉尼亚·贝文顿·伍尔夫；David：Wakefield Annunciation 大卫：韦克菲尔德天使报喜 59—60

Bewley，Marius：English culture and nationalism 马吕斯·比利：英国文化和民族主义 77

Blake，William：Turner and truth 威廉·布莱克：特纳与真理 151；Turner and literary analysis 特纳和文学分析 164

Boling，Robert G.：Sisera and ritual 罗伯特·G. 博林：西西拉和仪式 12

Borges，Jorges Luis："The Library of Babel" and power of knowledge 豪尔赫·路易斯·博尔赫斯：《巴别塔图书馆》与知识的力量 117—118；Barthes 巴特 118—119；problematics of representation 表征问题 135

Bourdieu，Pierre：structuralism and Russian Formalism 皮埃尔·布尔迪厄：结构主义和俄罗斯形式主义 xii—xiii；society's *doxa* distinguished from heterodoxy and orthodoxy 信念切分了异端与正统 23；crisis and ideology 危机与意识形态 23—24，25；social class 社会阶级 75

Bouvard et Pecuchet：Foucault《布瓦尔和白居谢》：福柯 126，127

Brooks，Peter：desire and narrative deployment 彼得·布鲁克斯：欲望与叙事的发展 65—66

Burridge，Kenelm：prophets and structural roles 凯内尔姆·布里奇：先知和结构性作用 28

Callinicos，Alex：literary criticism and problem of historical change 亚历克斯·

卡里尼科斯：文学批评与历史变迁问题 xiv

Carnival：Bakhtin and medieval biblical drama 狂欢节：巴赫金和中世纪圣经剧 54—57

Carroll, Lewis：mirrors and imagery 刘易斯·卡罗尔：镜子与意象 92

Cather, Willa：liminality 薇拉·凯瑟：阈限 81—82

Catholicism：Turner and liminality 天主教：特纳和阈限 57—58；Turner's sense of ritual 特纳的仪式理解 145；Turner and Ndembu 特纳和恩登布 166

Ceremony：Turner's terminology 典礼：特纳的术语 143

Chanson de geste：compared to chivalric romance 武功歌：与骑士浪漫传奇的比较 35, 37

Chastaing, Maxine：Woolf's characters as spectators 玛克辛·查斯坦：伍尔夫笔下的角色是观众 109 注

Cixous, Hélène：women and writing 埃莱娜·西苏：女性与写作 98

Clark, Katerina：Bakhtin's analysis of carnival 卡特琳娜·克拉克：巴赫金对狂欢节的分析 55, 56；Bakhtin and religion 巴赫金与宗教 58

Class：consciousness and chivalric romance in twelfth-century France 阶级：12 世纪法国骑士浪漫传奇与阶级意识 37；*The Last of the Mohicans* 《最后的莫希干人》73

Clifford, James：essays and cultural criticism 詹姆斯·克利福德：随笔与文化批评 ix；problematization of representation 表征的问题化 119

Clowns：Turner and liminality in literature 小丑：特纳和文学中的阈限性角色 168

Colacurcio, Michael："Roger Malvin's Burial" 迈克尔·科拉库西奥：《罗杰·马尔文的葬礼》79

Commager, Henry Steele：American nationalism and literature 亨利·斯蒂尔·康马杰：美国民族主义与文学 77

Communitas：art and cultural development 共同体：艺术与文化发展 30—31；chivalric romance 骑士浪漫传奇 36；ritual entry into liminal state 进入阈限状态的仪式 36—37；Durkheim on Turner's concept 涂尔干谈特纳概念 38；Hawthorne and liminality 霍桑和阈限 79—80；reflexivity 自反性 106；Turner and literature 特纳与文学 167—168

Conflict：social drama and ritual 冲突：社会戏剧和仪式 67

Context：Turner and symbolic analysis 语境：特纳和符号分析 123—124

Cooper, James Fenimore：liminality 詹姆斯·费尼莫尔·库柏：阈限 72—75

Corpus Christi play：medieval biblical drama 基督圣体节戏剧：中世纪圣经剧 49—52

Craig, Hardin：literary criticism and medieval biblical drama 哈丁·克雷格：文学批评与中世纪圣经剧 45—46

Crisis：function of art 危机：艺术的功用 25

Csikszentmihalyi, Mihaly：Turner and studies of flow 米哈伊尔·兹克申特米哈伊：特纳与心流研究 57, 173

Culler, Jonathan：text and ritual 乔纳森·卡勒：文本与仪式 18

Cult：definition 狂热崇拜：定义 46

Cultural Dynamics：literary criticism and problem of historical change 《文化动态》：文学批评与历史变迁 xiv

Culture：definition 文化：定义 83 注；Benedict's concept 本尼迪克特的概念 95
—popular：Bakhtin's analysis of carnival 流行文化：巴赫金对狂欢节的分析 55

Daiches, Davis：*Between the Acts* 大卫·戴奇斯：《幕间》102

Dante：Turner and literature：特纳和文学 160—161

Death：symbolism in chivalric romance 死亡：骑士浪漫传奇中的象征意义 36；Shakespeare and fathers 莎士比亚和父亲们 161

de Certeau, Michael：symbolic analysis 米歇尔·德·塞尔托：符号分析 123

Deconstructionism：Turner 解构主义：特纳 151

de Lauretis, Teresa：Turner's paradigm of social drama 特瑞莎·德·劳蕾蒂斯：特纳的社会戏剧范式 xvi

Delbanco, Andrew：American culture and liminality 安德鲁·德尔班科：美国文化与阈限 72

Derrida, Jacques：deconstructive discourse and anthropological theory 雅克·德里达：解构主义话语和人类学理论 42

Desire：narrative deployment 欲望：叙事发展 65—66

Deuteronomy：sexual image related to Sisera/Yael murder 《申命记》：与西西拉/雅亿谋杀案有关的性想象 16

Dewey, John：readers and art，约翰·杜威：读者与艺术 105

Dialogism：Bakhtin's analysis of carnival 对话：巴赫金对狂欢节的分析 55, 56

DiBattista, Maria: *Between the Acts* 玛丽亚·迪巴蒂斯塔:《幕间》90

Difference: anthropological concept and inerpretation of Sisera/Yael murder 差异:人类学概念和对西西拉/雅亿谋杀案的解释 7—9

Donadio, Stephen: American literature and liminality 斯蒂芬·多纳迪奥:美国文学与阈限 81

Donoghue, Denis: idea of American exceptionalism 丹尼斯·多诺霍:美国例外论思想 76

Douglas, Mary: *Between the Acts* 玛丽·道格拉斯:《幕间》91—92

Doxa: Bourdieu's definition 信念:布尔迪厄的定义 23

Dragon Slayer: folktale and ritual 屠龙者:民间故事和仪式 67

Drama, medieval biblical: twentieth-century scholarship 中世纪圣经剧:20世纪的学术 43—47; Künzelsau Corpus Christi play 昆策尔绍基督圣体节戏剧 49—52; anti-structural elements 反结构元素 53; performance conditions 展演环境 53 54; Wakefield Annunciation 韦克菲尔德报喜 59—61

Dramatism: Turner and ritual 戏剧主义:特纳和仪式 143—144

Durkheim, Emile: Turner's concept of communitas 埃米尔·涂尔干:特纳关于共同体的观念 38; functionalism 功能主义 48; Turner and symbolism 特纳和象征意义 122; liminality and ritual 阈限和仪式 145

Eliade, Mircea: folktales and ritual 米尔恰·伊利亚德:民间故事和仪式 67

Eliot, T. S.: meaning and experience T. S. 艾略特:意义与经验 161

Epics: Turner and literature 史诗:特纳和文学 163—164

Ethnodrama: Turner's teaching methods 民族志戏剧:特纳的教学方法 154—156

Fathers: Shakespeare and relationships 父亲:莎士比亚和影响关系 160—161

Faust: desire and narrative 浮士德:欲望和叙事 67

Feminist criticism: post-structuralism 女权主义批评:后结构主义 xiii—xiv; Woolf scholarship 对伍尔夫的学术研究 88

Feudalism: chivalric ideal 封建制度:骑士理想 37—38

Fiction: fact and imagination 小说:现实与想象 74; Hawthorne and liminality 霍桑和阈限 76, 79—81

Fitzgerald, F. Scott: liminality 弗朗西斯·斯科特·菲茨杰拉德:阈限 81—83

Flaubert, Gustave: Foucault on symbol and interpretation 居斯塔夫·福楼拜:福柯论象征与诠释 128. See also *Bouvard et Pecuchet* 参见《布瓦尔和白居谢》; *The*

Temptation of St. Anthony《圣安东尼的诱惑》

Folktales：plot structure and ritual 民间故事：仪式与情节结构 67—68

Foucault, Michel：text and historical context 米歇尔·福柯：文本和历史背景 xiii；postmodern representation 后现代表征 125；on Flaubert 论福楼拜 126—128；author and text 作家和文本 129—130

France：survival of eleventh-and twelfth-century literature 法国：11—12 世纪幸存的法国文学 21；eleventh- and twelfth-century society and development of chivalric romance 11—12 世纪法国社会与骑士浪漫传奇的发展 33—38

Freud, Sigmund：desire and narrative 西格蒙德·弗洛伊德：欲望与叙事 68

Frontier：liminality 边疆：阈限 72—75，76—82

Frow, John：structuralism and Marxism 约翰·弗罗：结构主义和马克思主义 x—xi；formalism 形式主义 xi；Bakhtin's concept of the carnivalesque 巴赫金的狂欢节概念 xviii

Fry, Roger：Woolf's liminality 罗杰·弗莱：伍尔夫作品中的阈限 95

Functionalism：Turner's theories 功能主义：特纳的理论 48

Funeral：Turner's ethnodramas 葬礼：特纳的民族志戏剧 155

Geertz, Clifford：traditional boundaries between social sciences and humanities 克利福德·格尔茨：社会科学与人文学科之间的传统界限 ix；structuralist-functionalist analysis 结构主义-功能主义分析 xiv—xv；"experience-distant" concept "远程经验"概念 7；social stress and ideology 社会压力和意识形态 23；ideology and symbolic expression 意识形态和符号表达 25—26；art and cultural change 艺术和文化变革 26；definition of ideology 意识形态的定义 39 注；definition of culture 文化的定义 83 注

Gender：murders in *Judges* 性别：《士师记》中的谋杀 4；honor/shame opposition and ritual in Sisera/Yael murder 西西拉/雅亿谋杀案中的荣辱对立和仪式 12，19

Genesis：ritual and sexuality 起源：仪式和性行为 10—11

Goody, Jack：ritual and belief 杰克·古迪：仪式和信仰 141

Grabes, Herbert：mirror imagery 格拉布斯·赫柏特：镜子意象 93

Graham, Cunningham：travel literature as narrative 坎宁安·格雷厄姆：作为叙事的旅行文学 131—133

Grammars：categories and structuralism 语法：分类与结构主义 64

The Great Gatsby: liminality《了不起的盖茨比》：阈限 82—83

Greenblatt, Stephen: post-structuralism and historical context 斯蒂芬·格林布拉特：后结构主义和历史背景 xiii

Grund, Francis: idea of American exceptionalism 弗朗西斯·格伦德：美国例外论 76

Les Guérrillières: violence in Woolf's texts《女游击队》：伍尔夫文本中的暴力 97

Haller, Evelyn: Isis imagery 伊芙琳·哈勒：伊希斯图像 100—101

Hamlet: Turner and teaching methods in literary criticism 哈姆雷特：特纳关于文学批评的教学方法 156—162

Hardin, Richard F.: literature as form of ritual 理查德·F. 哈丁：文学作为一种仪式形式 6; concept of ritual 仪式的概念 19

Hardison, O. B.: late medieval biblical drama O. B. 哈迪森：中世纪晚期圣经戏剧 43

Harmon, Barbara Leah: Greenblatt and post-structuralism 芭芭拉·利亚·哈蒙：格林布拉特和后结构主义 xii

Harrison, Jane: art and reflexivity 简·哈里森：艺术和自反性 106; *Between the Acts*《幕间》108 注

Hartman, Geoffrey: artist and vision 杰弗里·哈特曼：艺术家与愿景 96

Hawthorne, Nathaniel: liminality 纳撒尼尔·霍桑：阈限 76—82

Heterology: late twentieth-century social theory 异质性：20 世纪后期的社会理论 42

Historicism: interpretation of symbolism 历史主义：象征意义的解释 120

History: Hawthorne and American 历史：霍桑和美国历史 77, 79—81

Holquist, Michael: Bakhtin's analysis of carnival 迈克尔·霍尔奎斯特：巴赫金对狂欢节的分析 55, 56; Bakhtin and religion 巴赫金与宗教 58

Hospitality: ritual elements of Sisera/Yael text 食宿款待：西西拉/雅亿文本中的仪式元素 5—6

Icelandic sagas: Turner and literature 冰岛萨迦：特纳和文学 163—164

Ideology: social expression of and art 意识形态：思想艺术的社会表达 23; social stress 社会压力 23—24; symbolic expression 象征表达 25—26; definition 定义 39 注

Imagination：Turner's ethnodramas 想象：特纳的民族志戏剧 155

Ingarden, Roman：places of indeterminacy 罗曼·英加登：未定点 110 注

Interdisciplinary studies：literary criticism 跨学科研究：文学批评 ix, x; traditional academic model 传统的学术模式 150, 152

Interruptions：Woolf and feminism 中断：伍尔夫和女权主义 88; *Between the Acts*《幕间》96—97, 98

Intertextuality：Woolf 互文性：伍尔夫 110 注

Irigaray, Luce：men's texts and the feminine 露西·伊丽格瑞：男性书写文本和女性 88

Irving, Washington：liminality 华盛顿·欧文：阈限 75

Iser, Wolfgang：fiction and imagination 沃尔夫冈·伊瑟尔：虚构与想象 74

Isis：*Between the Acts* 伊希斯：《幕间》100—101

Jameson, Fredric：structuralism and Marxism 弗雷德里克·詹姆逊：结构主义和马克思主义 xi—xii; Marxist view of art and cultural development 马克思主义艺术文化发展观 31

Japan：Turner and literature 日本：特纳与文学 164

Jauss, Hans Robert：Russian Formalism 汉斯·罗伯特·姚斯：俄罗斯形式主义 xii

Jensen, Adolph：definition of cult 阿道夫·詹森：狂热信仰的定义 46

Judges, book of：murder and critical reaction《士师记》：谋杀和连锁反应 3—5; explicit elements of ritual 明确的仪式元素 5; lyric and epic versions of Sisera/Yael murder 西西拉/雅亿谋杀案的抒情诗和史诗版本 7—8

Kolve, V. A.：literary criticism and medieval biblical drama V. A 科尔维：文学批评和中世纪圣经剧 45—46

Kristeva, Julia：Bakhtin and dialogism 朱莉娅·克里斯蒂娃：巴赫金与对话 56; subversion of signifying practices 对符号实践的颠覆 91; *Between the Acts*《幕间》96, 103, 104; language and the semiotic 语言与符号学 109 注—110 注

Künzelsau：medieval biblical drama 昆策尔绍：中世纪圣经剧 49—52

LaCapra, Dominick：text and social context 多米尼克·拉卡普拉：文本和社会背景 xi; Bakhtin's concept of the carnivalesque 巴赫金的狂欢理论 xviii

Langer, Suzanne：art and symbolic expression 苏珊·朗格：艺术与象征表达 26; artists and abstract thought 艺术家与抽象思维 29

Language：concept of ritual and Sisera/Yael murder 语言：西西拉/雅亿谋杀案和仪式 9—13；*Between the Acts*《幕间》98—99；Turner and theories of teaching 特纳和教学方法 155

The Last of the Mohicans：liminality《最后的莫希干人》：阈限 73，74—75

Lévi-Strauss, Claude：Derrida on 克劳德·列维-斯特劳斯：德里达对列维-斯特劳斯的批判 42

Liminality：Turner's concept 阈限：阈限的概念 xix—xx；antistructural and planned 反结构与计划性 29；artists and antistructural 艺术家与反结构 30；class consciousness and chivalric romance 阶级意识与骑士浪漫传奇 37；Turner and antistructure 特纳与反结构 53，102；Turner's Catholicism 特纳与天主教 57—58；attributes of 属性 70—71；James Fenimore Cooper 詹姆斯·费尼莫尔·库柏 72—75；Turner on frontier 特纳与边疆 76；Nathaniel Hawthorne 纳撒尼尔·霍桑 76—81；Willa Cather 微拉·凯瑟 81—82；F. Scott Fitzgerald 弗朗西斯·斯科特·菲茨杰拉德 82—83；reflexivity 自反性 87；use of term 术语使用 109 注；ritual 仪式 145；Turner and literature 特纳与文学 167

Literary criticism：interdisciplinary studies 文学批评：跨学科研究 xi，x；medieval biblical drama and twentieth-century scholarship 中世纪圣经剧和 20 世纪学术 43—47；culture-function in anthropology and author-function 人类学中的文化功能与作者功能 130；anthropology and literature 人类学与文学 131；Turner's ideas 特纳的理念 148—149；Turner's contributions 特纳的贡献 152，156；Turner and anthropology 特纳和人类学 163—168

Literature：mediating function and ritual symbol 文学：中介功能与仪式符号 6；criticism and anthropology 文学批评与人类学 131；Turner's interests 特纳的研究兴趣 156

——American：Turner's theories 美国文学：特纳的理论 70

——English：*Between the Acts* 英国文学：《幕间》101—102

——Japanese：Turner and anthropological concepts 日本文学：特纳与人类学 164

Lyotard, Jean-Francois：definition of postmodern 让-弗朗索瓦·利奥塔：对后现代的定义 118，134

Macksey, Richard：literary criticism and interdisciplinary studies 理查德·麦克西：文学批评与跨学科研究 ix

"Main-Street"：liminality《大街》：阈限 79—81

Mandelbaum, Maurice: structuralist approach to problem of change 莫里斯·曼德尔鲍姆：结构主义方法与变革 xi

Marie de France: death and symbolism in chivalric romance 玛丽·德·法兰西：骑士浪漫传奇中的死亡与象征意义 36

Marriage: Wakefield Annunciation 婚姻：韦克菲尔德天使报喜 60，61

Marxism: cultural analysis of change 马克思主义：变革的文化分析 x—xii，xiv; art and functionalist view of structure 艺术与结构的功能主义观 31; Turner and truth 特纳与真理 151; Turner's alienation 特纳的疏远 170

Marx, Leo: idea of American exceptionalism 列奥·马克思：美国例外论 76

Melville, Herman: Turner and ritual 赫尔曼·梅尔维尔：特纳与仪式 163

A Midsummer Night's Dream: *Between the Acts* 《仲夏夜之梦》：《幕间》90

Miller, J. Hillis: discursive practices in *Between the Acts* J. 希利斯·米勒：《幕间》中的话语实践 97

Mills, David: literary criticism and medieval biblical drama 大卫·米尔斯：文学批评与中世纪圣经剧 47

Mirrors: imagery and *Between the Acts* 镜子：《幕间》与意象 92—93，104—106; Woolf and imagery, 伍尔夫与意象 110 注

Mogreb el-Acksa: travel literature as narrative 《莫格勒布阿克萨》：作为叙事的旅行文学 131—133

Moi, Toril: Woolf and deconstructionism 陶丽·莫依：伍尔夫与解构主义 108 注

Monologism: Bakhtin's analysis of carnival 独白：巴赫金对狂欢节的分析 55

Mother Goddess: mythology and *Between the Acts* 母神：《幕间》与神话 100—101，102—103

Mrs. Dalloway: reflexivity 《达洛维夫人》：自反性 90

My Antonia: liminality 《我的安东尼娅》：阈限 81

Myth: Turner's definition 神话：特纳的定义 142—143

Mythology: reflexivity and *Between the Acts* 神话学：《幕间》与自反性 100—101，102—103

Narrative: problematics of representation 叙事：表征问题 131—134

Narratology: grammars and categories 叙事学：语法与分类 64

Ndembu: Turner's fieldwork 恩登布：特纳的田野调查 24; milk tree as symbol

奶树的象征 121—122；Turner and religion 特纳与宗教 166

New Criticism：Turner's legacy 新批评：特纳的影响 156

Newton, Judith：feminist criticism of post-structuralism 朱迪思·牛顿：女性主义对后结构主义的批评 xiv

Nobility：development of in eleventh- and twelfth-century France 贵族：法国 11—12 世纪贵族的发展 33—34, 37

La Peau de chagrin：desire and narrative deployment《驴皮记》：欲望与叙事的发展 65—66, 68；Faustian family of plots 浮士德式的情节 67

Phythian-Adams, Charles：performance conditions and medieval biblical dramas 查尔斯·菲提安-亚当斯：展演条件与中世纪圣经剧 54；English Annunciation and late medieval marriage taboos 英国天使报喜和中世纪晚期婚姻禁忌 60

Pilgrims：liminality and frontier 朝圣者：阈限和边界 72

Postmodernity：symbols and meaning 后现代：符号与意义 118；Barthes and Borges 巴特和博尔赫斯 118—119；problematization of representation 表征的问题化 119；Turner and symbolic analysis 特纳与象征分析 123；interpretation of author-function 作者功能的解释 130；narrative 叙事, authorfunction 作者功能, and interpretation of symbolism 象征意义的解释 133

Post-structuralism：criticism of historiography 后结构主义：史学批评 xiii—xiv

Propp, Vladimir：grammars and categories 普罗普·弗拉基米尔：语法和分类 64；folktales and ritual 民间故事和仪式 67

Quixote：desire and narrative 堂吉诃德：欲望与叙事 66—67

Reader：Woolf and reflexivity 读者：伍尔夫与自反性 103—104；Woolf and creative 伍尔夫与创造力 110 注

Realism：representation 现实主义：表征 15—17

Reflexivity：Turner's theories 自反性：特纳的理论 xx；liminality 阈限 87；*Between the Acts*《幕间》89—106

Religion：Turner's definition of ritual 宗教：特纳对仪式的定义 141—142；Turner and Ndembu 特纳与恩登布 166

Representation：realism 表征：现实主义 15—17

Research：Turner and traditional academic model 研究：特纳与传统学术模式 149—155

Rites of passage：ritual and social roles 过渡仪式：仪式和社会角色 11；Turner and literature 特纳和文学 167

Ritual：Turner's analyses 仪式：特纳的分析 xvii—xviii；concept and interpretation of ancient texts 对古代文本的解释 3；interpretation of Sisera/Yael murder 西西拉/雅亿谋杀案解读 5—7, 9—13, 17—19；medieval biblical drama 中世纪圣经剧 46, 48；interpretation of Corpus Christi play of Künzelsau 昆策尔绍基督圣体节戏剧解读 49—50；structure 结构 52；conflict and social drama 冲突与社会戏剧 67；folktales 民间故事 67—68；definition 定义 141—142；theory 理论 142—144；sense of ritual 仪式理解 144—145；Turner's ethnodramas 特纳的民族志戏剧 155—156；Turner's legacy 特纳的影响 172

"Roger Malvin's Burial"：liminality《罗杰·马尔文的葬礼》：阈限 77—79

Romance, chivalric：Turner and development in eleventh-and twelfth-century France 浪漫骑士传奇：特纳、11—12 世纪骑士浪漫传奇在法国的发展 33—38

A Room of One's Own：mirror imagery《一间自己的屋子》：镜子意象 93

Russian Formalism：literature and historical context 俄罗斯形式主义：文学、历史背景 xii

Russian Orthodoxy：Bakhtin 俄罗斯东正教：巴赫金 58

Said, Edward：Foucault's theories of power 爱德华·萨义德：福柯权力理论 xii

Satanstoe：liminality《萨坦斯托》：阈限 72, 73

Schechner, Richard：collaboration with Turner 理查德·谢克纳：特纳的合作者 165

Seminars Turner's teaching methods 研讨会：特纳的教学方法 153—154

Semiology：modernism and postmodernism 符号学：现代主义和后现代主义 119；Barthes 巴特 125

Serpent：*Between the Acts* 蛇：《幕间》102—103

Sexism：gender and honor/shame opposition in Sisera/Yael murder 性别歧视：西西拉/雅亿谋杀案中的性别和荣辱对立 13；realism and critical interpretation of Sisera/Yael murder 西西拉/雅亿谋杀案的现实主义和批判 15

Sexuality：Sisera/Yael murder 性行为：西西拉/雅亿谋杀案 10—11, 15—16；Wakefield Annunciation 韦克菲尔德天使报喜 61

Shakespeare, William：Turner and teaching methods in literary criticism 威廉·莎士比亚：特纳、文学批评的教学方法 156—162；Turner and ritual 特纳和仪式 163

Shattuck, Sandra：*Between the Acts* 桑德拉·沙特克：《幕间》103, 108 注

Shelley, Percy Bysshe: role of poet 珀西·雪莱：诗人的角色 22—23

Silences: Woolf and fiction 沉默：伍尔夫与小说 92

Silver, Brenda: *Between the Acts* 布伦达·西尔弗：《幕间》104, 106

Simpson, David: literary criticism and problem of historical change 大卫·辛普森：文学批评与历史变迁问题 xiv—xv

Sisera: murder and critical reaction 西西拉：谋杀案、批评家的反应 3—5; ritual language 仪式语言 10, 12

Sisyphus: desire and narrative 西西弗斯：欲望与叙事 66

Smyth, Ethel: described by Woolf 埃塞尔·史密斯：伍尔夫的描述对象 103

Social dramas: Turner's theories of historical change 社会戏剧：特纳关于历史变革的理论 xv—xvi; four phases 四个阶段 24—25, 27; categories of narrative grammar 叙事语法的类别 65; conflict and ritual 冲突与仪式 67; Turner and literature 特纳和文学 166—167

Song of Deborah: lyric and epic versions of Sisera/Yeal murder 底波拉之歌：西西拉/雅亿谋杀案的抒情诗与史诗版本 4, 8; gender and honor/shame opposition 性别、荣辱对立 13; ritualistic interpretation 仪式解释 18—19

Sperber, Dan: symbols and ritual 丹·斯珀伯：象征符号和仪式 144

Structuralism: cultural analysis of change 结构主义：变革的文化分析 x—xv; grammars 语法 64

Structure: Turner's concept of ritual 结构：特纳关于仪式的观念 52

Symbols and symbolism: analyses of ritual 象征符号与象征意义：仪式分析 xvii—xviii, 144; ritual and meaning 仪式与意义 7; ideology and expression 意识形态与表达 25—26; art and expression 艺术与表达 26; artistic and ritual 艺术与仪式 27; chivalric romance and Western culture 骑士浪漫传奇与西方文化 38; postmodernity and meaning 后现代主义和意义 118; postmodern problematization of representation 后现代主义与表征问题 120—121; definition 定义 121; Turner's approach to analysis 特纳的分析方法 123; context 语境 123—124; interpretation and postmodernity 解释与后现代 133, 134; Turner and literature 特纳与文学 167; Turner's legacy 特纳的影响 172

Teaching: Turner's methods 教学：特纳的教学理念 152, 153, 155, 156—162

Technology: Turner's definition of ritual 技术：特纳对仪式的定义 142

The Tempest: Turner and ritual 《暴风雨》：特纳和仪式 163

The Temptation of St. Anthony：Foucault：《圣安东尼的诱惑》：福柯 126—127

de Tocqueville, Alexis：ritual and narrative 亚历西斯·德·托克维尔：仪式与叙事 68

Touraine, Alain：literary criticism and problem of historical change 亚兰·杜罕：文学批评与历史变迁问题 xiv

Transitions：*Between the Acts* 过渡：《幕间》97—98

Transue, Pamela J.：*Between the Acts* J. 帕梅拉·特兰斯：《幕间》89

Travel literature：as narrative 旅行文学：一种叙事 131—133

Travis, Peter：literary criticism and medieval biblical drama 彼得·特拉维斯：文学批评与中世纪圣经剧 46—47

Truth：traditional model of academic research 真理：传统学术研究模式 150—151

Turner, Edith：Turner's first work on liminality 伊迪丝·特纳：特纳关于阈限的第一部作品 70；Turner's seminars 特纳的研讨会 153

Turner, Victor：structure of group and role of individual 维克多·特纳：群体的结构与个人角色 39 注；theories of otherness 他者理论 43，122—123；Catholicism 天主教 57—58，145，166；narrative categories 叙事类别 64—65；American frontier 美国边疆 73；compared to Barthes and Foucault 与巴特、福柯的比较 125；"meta" mode 元模式 147；ideas and study of literature 文学研究与思想 148—149；traditional model of academic research 传统学术研究模式 149—155；seminars 研讨会 153—154；anthropology and literary criticism 人类学与文学批评 163—168；social process and Turner's legacy 社会过程与特纳的影响 172，See also Communitas 参见共同体；Liminality 阈限；Reflexivity 自反性；Ritual 仪式；Social drama 社会戏剧；Symbols and symbolism 象征符号与象征意义；individual topics 个体话题

Uncertainty：*Between the Acts* 不确定性：《幕间》94

van Gennep, Arnold：concept of liminality 阿诺尔德·范热内普：阈限的概念 xvii，71—72，109 注；ritual and social roles 仪式和社会角色 11；Turner and social process 特纳和社会过程 172

Verbal：elements of ritual 口头言语：仪式元素 6

Vergil：Cather and liminality 维吉尔：凯瑟、阈限 82

Vie de Saint Alexis：survival of eleventh-century French literature 《圣·亚力克斯行传》：11 世纪幸存的法国文学 21

Wainwright, Elizabeth：Künzelsau Corpus Christi play 伊丽莎白·温赖特：昆策

尔绍基督圣体节戏剧 49

Wakefield Annunciation：antistructural elements 韦克菲尔德天使报喜：反结构元素 59—61

Wallace, Anthony F. C.：definition of culture 安东尼·F. C. 华莱士：对文化的定义 83 注

Watt, Homer A.：literary criticism and medieval biblical drama 霍默·A. 瓦特：文学批评与中世纪圣经剧 44

Whiteness：Turner and ritual 白色：特纳与仪式 163

Whitman, Walt：Turner and truth 沃尔特·惠特曼：特纳与真理 151

Wilkinson, Ann：Woolf and reflexivity 安·威尔金森：伍尔夫和自反性 101

Williams, Raymond：Marxist view of art 雷蒙德·威廉斯：马克思主义艺术观 31

Woolf, Virginia：Babcock and reflexivity 弗吉尼亚·伍尔夫：巴布科克和自反性 xiv；

feminist criticism 女权主义批评 88；characters as spectators 角色作为观众 109 注；multivocality 多声部 109 注；intertexuality 互文性 110 注；abjection 卑贱 110 注；reader 读者 110 注；mirror imagery 镜子意象 110 注，See also *Between the Acts* 参见《幕间》

World War II：*Between the Acts* 第二次世界大战：《幕间》90

Yael：murder and critical reaction 雅亿：谋杀案与批评家的反应 3—5；ritualistic elements of text 文本中的仪式元素 5—6；language and concept of ritual 仪式的概念和语言 10；female voice and lyric and epic versions of murder 女性声音、谋杀案的抒情诗与史诗版本 13—14

Zakovitch, Yair：talmudic criticism and sexual reading of Sisera/Yael murder 雅尔·扎科维奇：犹太教法典批评与对西西拉/雅亿谋杀案的性解读 16

Zwerdling, Alex：*Between the Acts* 亚力克斯·茨沃德林：《幕间》89